Knaur.

Knaur.

Im Knaur Taschenbuch Verlag sind bereits folgende Bücher der Autorin erschienen:
Die Wassergärtnerin
Seerosensommer
Winterherz

Über die Autorin:
Tania Krätschmar wurde 1960 in Berlin geboren. Nach ihrem Germanistikstudium in Berlin, Florida und New York arbeitete sie als Bookscout in Manhattan. Heute ist sie als Texterin, Übersetzerin und Autorin tätig. Sie lebt mit ihrem Sohn in Berlin.
Weitere Informationen finden Sie unter
http://www.taniakraetschmar.de

Tania Krätschmar

Die Wellentänzerin

Roman

Knaur Taschenbuch Verlag

Besuchen Sie uns im Internet:
www.knaur.de

FSC
www.fsc.org
MIX
Papier aus verantwortungsvollen Quellen
FSC® C083411

Originalausgabe Dezember 2011
Knaur Taschenbuch

Ein Unternehmen der Droemerschen Verlagsanstalt
Th. Knaur Nachf. GmbH & Co. KG, München

Umschlaggestaltung: ZERO Werbeagentur, München
Umschlagabbildung: plainpicture/Elektrons 08; © Westend61/Corbis; FinePic®, München; © Frank Krahmer/Corbis
Satz: Adobe InDesign im Verlag
Druck und Bindung: CPI – Clausen & Bosse, Leck
Printed in Germany
ISBN 978-3-426-50944-9

2 4 5 3 1

… Und die Passagiere, bunt gemengt,
am Bugspriet stehn sie zusammengedrängt,
am Bugspriet vorn ist noch Luft und Licht,
am Steuer aber lagert sich's dicht,
und ein Jammern wird laut: »Wo sind wir? wo?«
Und noch fünfzehn Minuten bis Buffalo …

Theodor Fontane

Für Menschen, die lieben, ist sogar das Wasser süß.

Chinesisches Sprichwort

1. Kapitel

Antonius sah Rosa. Und es gefiel ihm nicht. Überhaupt nicht. Flüchtig überlegte er, ob er einfach Gas geben sollte. Nein, entschied er dann. Er hatte an diese Stelle an der Alten Oder gewollt, also würde er auch hierbleiben. Außerdem lohnte es sich nicht mehr, woanders hinzufahren. Er war später losgekommen als geplant, und nun war es bereits Nachmittag. Wenn er das helle Licht nutzen wollte, konnte er es sich nicht leisten, jetzt noch weiterzufahren.

Er parkte den klapprigen Golf am Randstreifen, griff sich alles, was er brauchte, und stieg aus. Die Mühe, den Wagen abzuschließen, machte er sich nicht. Selbst wenn er ein paar Meter weiterging, um einen ungestörten Blick auf den Fluss und den Oderberger See zu haben, würde er jeden sehen, der sich dem Auto näherte. Außerdem war jemand, der diese Karre klaute, selbst schuld.

Während er den mit Unkraut überwucherten Uferweg entlangschlenderte, fuhren einige Boote an ihm vorbei: ein Segelschiff mit gelegtem Mast, zwei Kajakfahrer und das blau-weiße Boot der Wasserschutzpolizei.

Anfang Juli war er zum letzten Mal hier gewesen. Aber damals hatte nicht dieses auffällige Schiff vor Anker gelegen. Dieses Teil, das wie ein riesiges Erdbeereis auf den Wellen dümpelte. Knalliges Rosarot vor vergissmeinnichtblauem Sommerhimmel.

Er stellte den Klapphocker und die Staffelei im Schatten einer

Trauerweide auf und plazierte die Leinwand darauf. Während er Farben, Palette und Pinsel auspackte und neben sich ins Gras legte, sah er sich das Schiff genauer an.
Es war nicht so lang wie die Frachtlastkähne, die sonst die Alte Oder befuhren, vielleicht fünfunddreißig, maximal vierzig Meter lang. Dafür zog sich ein ungewöhnlicher Aufbau aus Glas und Holz das Deck entlang, mit großen Fenstern, von denen einige nach oben hin geöffnet waren. Es gab der ansonsten plumpen, schmucklosen Form etwas Luftiges. Dem Schriftzug nach kam es aus Deutschland und nicht wie die meisten Schiffe aus Polen: »Drei Töchter«, las er auf dem klobigen Bug. Ein seltsamer Name.
Er setzte sich und griff nach einer Farbtube. Doch noch bevor er den Verschluss aufgeschraubt hatte, hörte er eine laute Stimme ungeduldig sagen: »Nun bring mir doch mal die Wäscheklammern hoch! Ich muss den Kram hier aufhängen! Siehst du das denn nicht?«
»Wie denn! Kann ich durch Metall schauen, oder was?«, rief eine zweite Stimme gedämpft, aber unüberhörbar hitzig zurück. Antonius ließ die Tube sinken und blickte in Richtung Schiff. Eine junge, blonde Frau war mit einem Berg nasser Wäsche auf dem Arm auf das Deck getreten. Sie hatte den Kopf gesenkt und schaute nach unten – wo gerade ein roter Haarschopf auftauchte. Eine zweite sehr junge Frau, fast noch ein Mädchen, kletterte die Schiffstreppe hoch. Sie hatte einen Beutel in der Hand und schwenkte ihn direkt vor der Nase der anderen hin und her. »Hier. Nimm.«
Die Blonde sah so wütend aus, als würde sie der Rothaarigen am liebsten eine runterhauen. Was genauso unmöglich war, wie nach dem Beutel zu greifen, denn dann wäre die Wäsche auf dem Boden gelandet. Stattdessen zischte sie: »Hilf mir jetzt auf der Stelle, Katharina. Wenn nicht, schmeiß ich deinen Laptop über Bord und dich gleich hinterher!«

Das schien die Rothaarige nun doch zu beunruhigen. Sie griff nach dem Wäschestück, das obenauf lag – ein türkisfarbener BH –, und klammerte ihn an der Wäscheleine fest, die zwischen Reling und Kapitänsbrücke festgemacht war.
»Krieg dich ein«, sagte sie halblaut und nahm das nächste Wäschestück. Diesmal war es ein knallroter BH, wie Antonius feststellte.
»Ich begreif nicht, warum du immer so transusig bist, wenn ich dich um was bitte«, ereiferte sich die Blonde wieder.
»Weil es dein Job ist, hier zu kochen und den Haushalt zu schmeißen, vielleicht?«, meinte die Rothaarige schnippisch. »Weil ich fürs Technische zuständig bin? Weil ich mir nichts aus diesem Hausfrauen-Kram mache?«
»Jetzt ist es aber gut! Es sind doch keine Passagiere an Bord! Ich glaube, du bist einfach nur stinkfaul!«
»Wenn du nicht aufhörst, mich hier anzuzicken, gehe ich auf der Stelle wieder runter, Franziska. Dann kannst du die blöde Wäsche allein aufhängen. Du nervst echt, weißt du das? Der Download müsste längst fertig sein. Frag doch nächstes Mal Emma. Immer willst du was von mir.«
»Emma!« Die Blonde schien von dieser Idee nicht besonders angetan zu sein. »Die klammert glatt ihr Buch an die Leine, damit sie beim Arbeiten weiterlesen kann!«
Darüber musste die Rothaarige lachen, und damit schien der Frieden zwischen ihnen halbwegs hergestellt. Rasch hängten sie den Rest auf und verschwanden wieder unter Deck. Die Wäschestücke – ausschließlich BHs und Slips in allen Regenbogenfarben – flatterten wie frivole Fähnchen im Wind. Es herrschte Stille, nur unterbrochen vom sanften Rauschen der Blätter in den Bäumen und dem gelegentlichen Schnattern einer Ente.
Antonius konzentrierte sich wieder auf die Tube, die er noch

immer in der Hand hatte. Er drückte etwas Farbe heraus, legte sie weg, griff nach der nächsten. Kobaltgrün. Buntingblau. Und etwas Masalabraun.

Auf der Palette mischte er die Farben, bis das Ergebnis dem entsprach, was er sich vorgestellt hatte. Vom jahrelangen Gebrauch war sie von so vielen Farbschichten bedeckt, dass man das dünne Holz, aus dem sie bestand, längst nicht mehr sah.

Es gab Maler, die ihre Paletten nach jedem Gebrauch sorgfältig reinigten. Antonius gehörte nicht dazu. Er mochte diese Überlagerungen von Blau-, Grün-, Grau- und Brauntönen, diesen Mix aus seinen Herzfarben. Andere Farben wie Rot und Gelb waren dagegen kaum unter den Ölschichten zu entdecken. Er verwendete sie bestenfalls in homöopathischen Dosierungen.

Und Rosa? Niemals.

Wie aufs Stichwort erschien plötzlich ein drittes Mädchen an Deck. Es hatte sehr langes, dunkelbraunes, leicht welliges Haar, war aber bei weitem nicht so zierlich wie die anderen beiden. Die Brünette trug einen Minirock, der ihre stämmigen Beine zeigte, und ein weißes Flatterhemd. Langsam ging sie zu einem Liegestuhl auf dem hinteren Deck und ließ sich hineinplumpsen. Sie streckte die gebräunten Beine aus, zauberte von irgendwoher ein Buch hervor und schlug es auf.

Antonius beobachtete sie noch einen Moment, aber sie rührte sich nicht mehr. Entschlossen wandte er den Blick von der Lesenden und dem rosa Schiff ab und fuhr mit dem Pinsel über die weiße Leinwand, locker, kraftvoll und vorsichtig zugleich. Dann sah er kritisch auf den breiten Strich, der nun die helle Fläche teilte. Eigentlich bedeutete er nichts, konnte hundertmal und mehr verändert werden. Aber aus Erfahrung wusste Antonius, dass manchmal der erste Ansatz über das Schicksal eines Bildes entschied. Ob es letztendlich so werden würde, wie er es sich vorstellte, oder ob er so unzufrieden damit war, dass er es schließlich wieder übermalte. Er wusste selbst nicht, woher dieses Wissen kam.

Einmal hatte er sich mit seinem Vater darüber unterhalten. Der wusste immer vom ersten Pinselstrich an, wie sein Bild zum Schluss aussehen sollte. Aber der malte ja auch völlig anders als er. Dekorativ, mit einem immer wiederkehrenden Motiv: Schafe. Antonius dagegen versuchte auszudrücken, was unter der Oberfläche dessen lag, was er mit dem Pinsel darstellte. Es war ein Relikt aus Uni-Zeiten und wurde in der hochgestochenen Sprache der Kunstanalytiker und -kenner gern »Assoziationsraum« genannt.

Aber im Grunde war es bei den Bildern wie mit Menschen: Manchmal entschieden die ersten Sekunden, ob man sich sympathisch war. Ob es was werden würde, eine Freundschaft, eine Liebe. Es gab Menschen, die oberflächlich und bestenfalls dekorativ waren, und andere, bei denen es sich lohnte, zu verweilen und sie tiefer zu ergründen, und so war es bei seinen Bildern auch. Was dieses Bild hier anging, war der Beginn vielversprechend. Also malte er weiter.

Der Fluss strömte träge dahin, schlängelte sich zwischen Schilfrändern hindurch, verschwand unter einer Metallbrücke und tauchte auf der anderen Seite wieder auf. Wellen schwappten ans Ufer, wenn ein beladener Frachter – Steinkohle, Sand, Kies, Metall –, von Stettin aus kommend, Richtung Berlin vorbeiglitt.

Es war ein schwüler Sommertag. Die Mücken witterten Blut und umschwirrten ihn. Geistesabwesend schlug Antonius eine tot, die sich hoffnungsvoll auf seinem Unterarm niedergelassen hatte, dann eine zweite, die gerade versuchte, ihn am nackten Schienbein zu stechen. Er wischte sich den Schweiß aus dem Nacken. Wie meistens hatte er sein Haar zu einem Pferdeschwanz gebunden. Trotzdem war die Haut darunter feucht, bekam kaum einen Lufthauch ab.

Versunken in die Arbeit, war er in Gedanken beim Wasser. Was es für ihn bedeutete. Sein Thema. Sein Leitmotiv. Seine Sehnsucht. Seine Vergangenheit. Sein Verlust.

Eigentlich hätte er genauso gut im Atelier sitzen können. Es war ja schließlich nicht so, als ob er nicht wüsste, wie Wasser aussah. Theoretisch würden Fotos genügen, Aufnahmen, die den Charakter des jeweiligen Gewässers wiedergaben.

Aber das war für ihn nicht das Richtige, hatte Antonius herausgefunden. Er brauchte zum Malen die unmittelbare Nähe von Wasser. Der Blick auf ein manchmal stilles, manchmal bewegtes Gewässer. Die wechselnden Gerüche – brackig, schlammig, fischig, salzig. Er fühlte sich unruhig, wenn er nicht in der Nähe von Wasser war. Dann fehlte ihm etwas. Richtig gut ging es ihm nur, wenn er an einem Teich, einem Fluss, einem See oder am Meer malte. Andere Maler hatten menschliche Musen, er hatte das Wasser …

Eine Bewegung auf dem Schiff erregte erneut seine Aufmerksamkeit. Er schaute über die Leinwand hinweg in Richtung der »Drei Töchter«. Wieder die beiden von eben? Oder hatte sich die Brünette geregt?

Nein. Diesmal sah er an Deck eine ältere Frau. Sie hatte kurzes, präzise geschnittenes Haar, das früher sicher blond gewesen, jetzt aber mit viel Grau durchzogen war. Der Wind drückte ihr blaues Kleid gegen ihren schlanken, fast mageren Körper. Langsam ging sie die Reling entlang, blieb stehen und lehnte sich dagegen. In der Hand hielt sie etwas Kleines, Dunkles. Sie legte den Kopf schief, während sie konzentriert darauf blickte. Er konnte nicht erkennen, was es war. Ein Taschenbuch vielleicht. Oder ein Fotoapparat?

Ein leises Piepsgeräusch ertönte, das Antonius nur hörte, weil es so still war. Und dann geschah es: Obwohl das Schiff vollkommen ruhig lag, strauchelte die Frau. Sie schwankte, und einen

Moment lang sah es so aus, als ob sie stürzen würde. In letzter Sekunde konnte sie sich mit beiden Händen an der Reling festhalten. Was nur möglich war, weil sie das, was sie festgehalten hatte, losließ.

Es fiel aufs Deck, wurde von dem Schwung wieder hochgeschleudert, prallte an einer Strebe der Reling ab und segelte dann im hohen Bogen ins Wasser. »Oh nein! Nicht!«, rief die alte Dame bestürzt und blickte dem kleinen Gegenstand hinterher. Einen kurzen Moment schwamm er auf dem Wasser, dann sank er und hinterließ nichts als konzentrische Ringe, die sich rasch ausbreiteten.

Antonius dachte nicht lange nach. Noch bevor die alte Dame oder das junge Mädchen, das ihr zur Seite geeilt war, etwas unternehmen konnten, war er schon aus den ausgetretenen Turnschuhen geschlüpft und hatte sich das T-Shirt über den Kopf gerissen. Ohne zu zögern, watete er ins Wasser, und als es endlich tief genug war, hechtete er hinein und tauchte dem kleinen Gerät hinterher. Mit kräftigen Zügen schwamm Antonius die wenigen Meter, geleitet von der Dunkelheit des Schiffsrumpfs, bis er endlich die Stelle erreichte, wo etwas Kleines, von der sanften Strömung wie ein Blatt im Wind bewegt, dem Grund der Alten Oder entgegensank. Er tauchte hinterher, bekam es zu fassen, machte dann zwei entschlossene Bewegungen mit Armen und Beinen und durchbrach, tief Atem holend, die Wasseroberfläche, die Hand mit dem Gegenstand nach oben gereckt.

Als er zu der Frau schaute, fürchtete er, dass er gleich wieder tauchen musste, diesmal, um sie zu retten. Sie hatte sich gefährlich weit über die Reling gebeugt, und so wacklig, wie sie auf den Beinen war, fürchtete er, sie würde im nächsten Moment ins Wasser stürzen. Doch seine Sorge war unbegründet: Die stämmige Brünette hakte sie unter, während die Ältere ihm zuwinkte

und erleichtert rief: »Sie haben es! Das ist ja wunderbar! Sie sind ja sehr fix, junger Mann! Hoffentlich funktioniert es noch! Warten Sie, ich komme runter.«
»Ist schon gut, ich bring es Ihnen«, antwortete Antonius. Das fehlte noch, dass diese Frau irgendwelche steilen Leitern hoch- und wieder herunterkletterte!
Gegen den Wasserwiderstand und die leichte Strömung strebte er dem Ufer entgegen, wobei er das Teil in seiner Hand anschaute. Was war das bloß? Irgendwo hatte er so etwas schon mal gesehen, aber ihm fiel beim besten Willen nicht ein, wo.
Triefendnass, wie er war, ging er um das Schiff herum, bis er zu der Gangway kam, die es mit dem Land verband. Auf dem warmen Holz hinterließen seine nassen Füße unregelmäßige Abdrücke. Auf dem Schiff warteten bereits die beiden Frauen auf ihn. Er streckte der Älteren das Gerät entgegen. Sie nahm es, trocknete es notdürftig an ihrem Kleid ab und lächelte ihn an. Trotz ihres einfachen Sommerkleides und den schlichten Sandalen hatte sie etwas Damenhaftes, vielleicht weil sie so grazil war. »Vielen Dank! Das war wirklich nett von Ihnen. Das ist mein Blutzuckermessgerät. Ohne bin ich aufgeschmissen, wissen Sie. Und die Apotheken haben ja heute alle zu. Ich hätte auf die Schnelle kein Neues herbekommen.«
»Ah so«, sagte Antonius. Jetzt erinnerte er sich, dass er so ein Gerät schon mal in einer der Apothekenzeitungen gesehen hatte, die sein Vater gelegentlich anschleppte. »Auf jeden Fall gern geschehen.« Er wandte sich zum Gehen.
»Moment mal! Sie können doch nicht einfach so verschwinden! Haben Sie denn überhaupt trockene Sachen dabei?«
Antonius drehte sich um und zuckte mit den Achseln. Nein, hatte er nicht. »Ist doch egal. Bei der Hitze trocknet die Hose in null Komma nix.«
»Nein, nein«, meinte die Frau energisch. »Den Mädchen sag ich

auch immer: ›Zieht euch nach dem Baden immer um.‹ Stimmt's, Emma?«

Emma neben ihr nickte stumm.

»Und das gilt für junge Männer schließlich auch. Da fühle ich mich verantwortlich.«

»Das muss wirklich nicht sein.« Antonius mochte es nicht, bemuttert zu werden. Auch wenn es sicher nett gemeint war. Er wollte sich weder mit der Älteren noch mit dem Mädchen unterhalten, das ihn anstarrte und noch kein Wort gesagt hatte. Er wollte zurück zu seinem ruhigen Platz unter der Trauerweide.

»Doch, muss es. Schließlich ist es meine Schuld, dass Sie hier so vor sich hin triefen. Franziska!«, rief sie die Treppe hinunter, die ins Schiffsinnere führte.

»Ja? Was denn?«, schallte es fragend zurück.

»Bring mal schnell ein Handtuch hoch.«

Einen Augenblick später kam die Blonde, die er beim Wäscheaufhängen beobachtet hatte, mit einem hellblauen Handtuch an Deck. Er schätzte sie auf ungefähr zwanzig, vielleicht zweiundzwanzig, ein paar Jahre älter als die andere Tochter Emma. Sie war sehr zierlich, hatte ihre langen blonden Haare zu einem losen Zopf geflochten, trug abgeschnittene Jeans und ein rotes Bikinioberteil. »Wofür brauchst du das denn, Groma … oh. Hallo. Was ist denn los?«, fragte sie, als sie Antonius bemerkte.

»Mir ist mein Messgerät ins Wasser gefallen. Er ist danach getaucht.« Die alte Dame deutete freundlich auf ihn.

»Das ist aber nett.« Die Blonde lächelte ihn an und reichte ihm das Handtuch. Er faltete es auseinander. Das Logo »Drei Töchter« fiel ihm ins Auge. Flüchtig trocknete er sich das Gesicht ab, strich sich übers Haar, fuhr sich dann über den Oberkörper, die Arme und Beine.

»Jetzt gehe ich aber wirklich«, sagte er zu der Älteren und hielt ihr das Handtuch hin, das sie ihm jedoch nicht abnahm. Stattdessen hatte sie die Arme verschränkt und betrachtete ihn prüfend. Offensichtlich war sie nicht zufrieden mit dem, was sie sah. Die interessierten Blicke Franziskas versuchte er ebenso zu ignorieren wie die Emmas, die genauso gut ein Standbild hätte sein können. Ein hübsches, etwas pummeliges Standbild.

»Ich hab unten noch Ersatzjeans von Mark«, meinte Franziska zu ihrer Großmutter. »Er hat sie letztes Mal hier vergessen. Sie könnten passen. Ich heiße Franziska.« Den letzten Satz sagte sie zu Antonius.

»Ich denke wirklich, es ist das Beste, wenn Sie sich umziehen«, antwortete ihre Großmutter. »Charlotte Hagedorn.« Sie hielt ihm die Hand hin.

»Antonius Merano«, antwortete er, ergriff flüchtig die Hand und nickte allen dreien zu. »Und ich würde jetzt wirklich lieber gehen. Meine Staffelei wartet.« Er zeigte mit dem Daumen hinter sich. Und begriff zu spät, dass er genau das Falsche gesagt hatte.

»In nassen Hosen malen? Das geht doch nicht«, sagte Charlotte Hagedorn kopfschüttelnd. »Bring ihn nach unten, Franziska. Und dann, Antonius, lassen wir Sie gehen. Vorher leider nicht.« Ihr Lächeln nahm ihren bestimmten Worten die Schärfe.

Antonius resignierte. Mit einem Schulterzucken folgte er Franziska. Sie stiegen die Treppe in den Schiffsrumpf hinunter, die in einem weitläufigen Raum endete, der wohl als Wohn- und Esszimmer diente.

Sie gingen den verglasten Gang entlang, den er vorhin von oben gesehen hatte. »Hier sind unsere Kabinen. Und die der Gäste«, sagte Franziska, obwohl er sie nicht danach gefragt hatte. In diesem Moment wurde am Ende des Gangs eine Tür aufgerissen: Das rothaarige Mädchen – Katharina? – von vorhin erschien. Die Sonne fiel auf ihr lila Sommerkleidchen, das einen dramatischen Gegensatz zu ihrem Haar bildete. »Was ist denn oben los gewesen? Alles okay mit Groma?«, wollte sie wissen. Ihr Blick blieb an Antonius hängen. Sie hob die blassen Augenbrauen. »Was will der denn hier, Franziska?«

»Das ist Antonius. Er hat Gromas Messgerät aus dem Wasser gefischt«, erklärte Franziska kurz. Das schien der anderen an Erklärung zu reichen. Sie verschwand wieder und knallte die Tür hinter sich zu.

Franziska blieb vor einem Wandschrank stehen und öffnete ihn. Hellblaue Handtücher und Bettwäsche lagen ordentlich gestapelt darin. Sie bückte sich, zog aus dem untersten Fach abgetragene Jeans und drückte sie Antonius in die Hand.

»Hier kannst du dich umziehen«, sagte sie und machte eine Kajüte auf. Sie war höchstens drei mal vier Meter groß, hatte einen Holzfußboden in warmem, dunklem Braun und Wände, die im hellsten aller Hellblaus gestrichen waren. Der Raum hatte ein überdimensionales, in Messing gefasstes Bullauge, durch das die Nachmittagssonne hineinfiel. Davor standen zwei schilfgrüne Korbstühle.

Antonius war noch nie auf einem vergleichbaren Schiff gewesen, geschweige denn in einer Kajüte. Aber hätte man ihn gefragt – so hätte er es sich nicht vorgestellt. Es war … edel. Geschmackvoll. Sinnlich.

Er ließ den Blick über das breite Bett schweifen, das mit der Stirnseite zur Wand stand. Es war nicht gemacht, die Decke nachlässig zurückgeschlagen, als ob es jemand gerade erst noch schlaftrunken verlassen hatte und mit nackten Füßen über den warmen Holzboden getappt war. Die Bezüge der Decke und der gemütlichen Kissen waren grün-blau und sahen wie gebatikt aus. Ein blumig-zarter Duft hing in der Luft. Keine Frage: Dies war die Kajüte einer Frau.

Antonius trat über die Holzschwelle. Hinter ihm zog Franziska die Tür ins Schloss. Er war allein.

2. Kapitel

Das Abendbrot war vorbereitet, aber es war noch nicht mal sechs. Zu früh, um zu essen, fand Dana, als sie zu ihrer Kabine ging. Sie hörte Gemurmel, die Stimmen ihrer Mutter und ihrer Töchter, die durch die geöffneten Flurfenster nach unten drangen. Bei dem traumhaften Wetter waren sie natürlich alle an Deck. Hier unten war es dagegen ein bisschen stickig.

Dana strich sich das glatte, halblange Haar aus dem Gesicht und beschloss, Badesachen anzuziehen und auch nach oben zu gehen. Da war es sicher kühler. Sie würde noch eine Runde schwimmen, vielleicht kämen die Mädchen ja mit …

Sie stieß die Tür zu ihrer Kabine auf – und blieb wie angewurzelt stehen. Das Erste, was sie sah, waren schmale Hüften und ein nackter Po. Ein wunderschöner Po. Ein *männlicher* Po. Die beiden sanft gerundeten, aber muskulösen Backen verrieten, dass der Gluteus maximus gut trainiert war. Er war deutlich blasser als der gebräunte, schlanke Rücken darüber und die langen Beine darunter. Keine Frage: Ihr bot sich das, was ihre Töchter anerkennend als Knackarsch bezeichneten. Eine Augenweide. Es war sehr lange her, dass sie so einen Hintern zu Gesicht bekommen, geschweige denn, das Spiel der Muskeln unter ihren Fingern gefühlt hatte … Irgendwann in einem anderen Leben musste das gewesen sein.

Blieb nur die Frage: Wem gehörte dieser ansprechende Hintern?

»Wer sind Sie?«, fragte sie scharf. Sie hatte keine Angst, aber es

war dennoch eine durchaus berechtigte Frage. Schließlich befand er, ein Wildfremder, sich in ihrer Kabine auf ihrem Hotelschiff, das sie nur mit ihren drei Töchtern und ihrer Mutter teilte. Jedenfalls so lange, bis sie in Berlin die nächsten Passagiere an Bord nehmen würden, mit denen sie dann über Havel, Müritz und die Elde hoch bis nach Schwerin schippern würde.
Bis jetzt hatte kein Mann diese Kabine betreten, mal abgesehen von den Handwerkern, die sie umgebaut hatten. Und die waren, im Gegensatz zu diesem hier, immer angezogen gewesen. Und zwar vollständig.
Der Fremde drehte sich langsam zu ihr um. Zu seinen Füßen lagen eine nasse Hose und ein feuchtes Frotteetuch. Ein bordeigenes, wie Dana an dem Logo erkannte. In der Hand hielt er verwaschene Jeans. Offensichtlich hatte er sie gerade anziehen wollen. Jetzt bedeckte er damit seine Blöße, aber er schien nicht im Geringsten peinlich berührt zu sein. Er schien jedenfalls keine falsche Scham zu kennen. »Oh. Hallo«, sagte er und ließ die Hose sinken, um hineinzuschlüpfen.
Rasch wandte Dana den Kopf ab und schaute erst wieder hin, als sie hörte, wie ein Reißverschluss zugezogen wurde. Mit den Jeans, dem nackten Oberkörper und der kaum behaarten, aber muskulösen Brust erinnerte der Fremde vage an eine Werbung für verschiedene Lifes-Styleprodukte, deren Zielgruppe Frauen um die zwanzig, dreißig waren. Also nicht direkt ihre Altersgruppe.
Der Mann hatte offensichtlich beobachtet, dass sie den Kopf abgewandt hatte, denn jetzt lächelte er sie an, irgendwo zwischen jungenhaft verlegen und männlich amüsiert. »Ich heiße Antonius Merano. Frau Hagedorn wollte unbedingt, dass ich mich umziehe. Ich nicht, aber ganz ehrlich, ich hatte keine Chance. Keine Sorge, ich verschwinde gleich wieder.« Er bückte sich und hob die nassen Shorts auf. Aus ihnen tropfte es auf den

Holzboden. »Sorry. Haben Sie einen Lappen? Dann wische ich das auf.«
»Das ist schon okay«, sagte Dana automatisch, unfähig, den Blick von dem Fremden zu lösen. Sein dunkles Haar war schulterlang, lockig und sehr nass. Er hatte es zu einem Pferdeschwanz gebunden, aber einige Strähnen hatten sich daraus befreit. Wassertropfen rannen seinen nackten Oberkörper herunter. Er sah aus, als sei er gerade der Alten Oder entstiegen, ein mysteriöser Fremder in geheimer Mission, mit der er von Neptun persönlich betraut worden war und von der sie nicht die leiseste Ahnung hatte.
»Aber warum hat meine Mutter Sie in meine Kabine gelassen? Und warum sind Sie so nass?« Irritiert blickte Dana jetzt in olivfarbene Augen, die von dichten, dunklen Wimpern umkränzt waren. Der Mann sah gut aus. Er erinnerte sie an diesen jungen Stargeiger, für den viele Frauen schwärmten, dessen langes Haar sich im Laufe seines temperamentvollen Spiels aus der Spange löste und dramatisch um sein schönes Gesicht wehte.
Aber dieser Mann hier hatte zugleich eine rauhe Ausstrahlung, die das Gefällige seines Gesichts minderte: Seine Züge waren scharf geschnitten, das schmale Gesicht wurde von hohen Wangenknochen und einer sehr ausgeprägten Nase dominiert. Die Lippen waren von einem dunklen Rot und die Unterlippe etwas voller als die Oberlippe. Seine linke Augenbraue war durch eine zarte Narbe zweigeteilt. Er trug einen Drei-Tage-Bart, wahrscheinlich nicht aus modischem Kalkül, sondern weil er keine Lust hatte, sich öfter zu rasieren. An seinen schlanken Fingern schimmerten zwei breite silberne Ringe, aber trotz allem wirkte er wie jemand, der sich nicht übermäßig viel um sein Aussehen kümmerte.
Dana fragte sich, wie alt er wohl sein mochte. Sechsundzwanzig, schätzte sie. Vielleicht drei, vier Jahre älter als Franziska.

Jedenfalls jung. Direkt ein bisschen zu jung, um ihren abschätzenden Blick so dermaßen kühn zu erwidern. Wäre er Franziskas Freund gewesen, hätte sie sich als Mutter ernsthaft Gedanken gemacht.

»Nein, in diese Kabine hat mich nicht Frau Hagedorn gelassen«, verbesserte er sie. »Das war Franziska. Ich wusste nicht, dass es Ihre ist.«

Irgendwas ist mir hier entgangen, entschied Dana. Dafür, dass sie ihn noch nie vorher gesehen hatte, schien er mit ihrer Familie recht vertraut zu sein. In diesem Moment wurde die Tür aufgerissen, und Katharina erschien. »Ist der Typ noch hier …? Ach ja. Da ist er ja. Groma sagt, er soll mit uns essen.«

Jetzt kam Franziska herein. »Katharina, du bist unhöflich. Groma lässt fragen, ob du mit uns essen möchtest, Antonius. Als Dank für deinen Einsatz möchte sie dich einladen.«

Jetzt drängelte sich auch noch Emma in die Kabine. »Was gibt es denn zu essen, Mama?«, fragte sie, ohne Antonius anzuschauen, der neben Dana stand.

Die Kabine wirkte auf einmal beengend klein. »Nun geht doch mal raus«, sagte Dana energisch. »Das können wir doch alles oben besprechen.« Ihre Töchter verließen den Raum, und Antonius folgte ihnen. Dana blieb unentschlossen zurück und starrte auf die kleine Wasserlache auf dem Holzboden. Plötzlich war ihr der Gedanke, sich jetzt umzuziehen, unangenehm, ohne dass sie hätte sagen können, warum. Also blieb sie, wie sie war, in ihrem beigefarbenen Jeanshemd und ihrer blauen Leinenhose, und ging den anderen langsam hinterher.

An Deck standen ihre Töchter in ungewöhnlicher Eintracht zusammen und tuschelten. Etwas abseits davon entdeckte Dana ihre Mutter, die zum Ufer schaute. Von Antonius keine Spur. Sie ging zu Charlotte. »Was war denn eben hier los?«, fragte sie.

»Er hat es gerettet«, antwortete ihre Mutter. »Und es funktioniert sogar noch.« Sie hielt ihr Blutzuckermessgerät hoch und erzählte, was geschehen war.

»Warum ist es dir denn überhaupt ins Wasser gefallen?«, wollte Dana wissen.

Charlotte zuckte mit den Schultern. »Ich bin gestolpert.«

Dana sah sie aufmerksam an. Ihre Mutter sah müde aus, fand sie. »Mit deinem Diabetes ist doch alles in Ordnung, Mutti?«

»Jaja. Natürlich. Und, wie findest du diesen jungen Mann?« Sie machte eine Kopfbewegung zum Ufer hin. Jetzt erst entdeckte Dana ihn hinter einem Vorhang aus Weidenzweigen. Sie hatte gar nicht bemerkt, dass er das Schiff verlassen hatte, und so beobachteten sie nun beide, wie er sich ein T-Shirt überzog.

»Wie soll ich ihn denn schon finden?«, fragte Dana und dachte flüchtig an den nackten Po.

»Den Mädchen gefällt er«, sagte Charlotte. »Er malt«, fügte sie überflüssigerweise hinzu, denn Antonius hatte sich inzwischen hinter seine Staffelei gesetzt.

»Schön für ihn«, meinte Dana, mit den Gedanken bereits bei etwas ganz anderem. Wenn sie nicht schwimmen ging, könnte sie genauso gut die Liste mit den Dingen fertigstellen, die sie für die nächste Tour nach Schwerin brauchen würde. Zwar stand das Konzept ihrer Touren fest und hatte sich in diesem Sommer wie auch in den vergangenen zwei Jahren bewährt. Aber bei jeder Reise gab es einige Besonderheiten, auf die sie achten musste. Gelegentlich machten die Passagiere bei den Buchungen im Vorfeld schon Vorschläge, auf die sie gern einging. Dafür standen die Binnenkreuzfahrten auf der »Drei Töchter« schließlich – für ein hohes Maß an Individualität. Auch diesmal war wieder jemand dabei gewesen, der bestimmte Vorstellungen hatte. Ein Rechtsanwalt.

»Na, nachher werden wir mehr über ihn erfahren«, unterbrach Charlotte ihre Überlegung.

»Wieso das denn?«
»Er isst mit uns zu Abend. Um sieben kommt er hoch. Und bis dahin ist sie sicher auch trocken.« Sie deutete hinter sich zu der Leine, wo neben bunten Seidendessous eine helle, nicht besonders saubere Bermudashorts träge in der Brise wehte.

»Ich finde ihn süß«, sagte Franziska und spähte in Richtung Trauerweide. »Ob er hier in der Gegend wohnt?«
»Keine Ahnung. So wie er aussieht, findet den sicher jede süß«, meinte Katharina. Emma sagte nichts. Sie kratzte nervös am Schorf einer alten Wunde an ihrem Zeigefinger und zuckte zusammen, als er abging und die Wunde erneut zu bluten anfing. Hastig steckte sie den Finger in den Mund und schmeckte den metallischen Geschmack von Blut.
»Glaubst du, er verdient mit dem Malen sein Geld?«, überlegte Franziska laut.
»Keine Ahnung. Nein, wahrscheinlich nicht. So was ist eher ein Hobby, oder?« Katharina fand das Interesse ihrer älteren Schwester an Antonius seltsam. »Wie läuft es eigentlich mit Mark?«
»Ach, der. Er hat mir vorhin gesimst. Will mich sehen, wenn ich wieder in Berlin bin.«
»Und, was hast du geantwortet?«
»Noch gar nichts.«
Katharina nickte, mäßig interessiert. Typisch Franziska. Ihre On- und Off-Beziehung mit Mark kapierte keiner in der Familie so richtig. Wenn er wollte, wollte sie nicht, und wenn sie wollte, wollte er nicht. Aber ohne einander ging es offensichtlich auch nicht.
»Ich zieh mich zum Abendessen um«, verkündete Emma und ging in Richtung Treppe.
»Seit wann ziehst du dich denn zum Essen um? Wir sind doch nicht auf dem Traumschiff beim Kapitänsdinner. Sieht doch gut

aus, was du anhast«, rief Franziska ihr hinterher, erhielt aber keine Antwort. Katharina deutete grinsend zu Antonius beziehungsweise zu seinem Rücken. Seit er wieder malte, hatte er die Staffelei so herum gerückt, dass die »Drei Töchter« nicht mehr in seinem Blickfeld lag. »Ich schätze, du bist nicht die Einzige, die ihn süß findet.«

»Wohnst du in Oderberg?«, wollte Franziska wissen. Sie lächelte Antonius an und nahm einen Schluck von der Weißweinschorle, die sie allen eingeschenkt hatte. Nur Emma trank lieber Orangensaft.
»Nein. Wir wohnen auf einem Hof in der Schorfheide«, antwortete Antonius. »Gut dreißig Kilometer von hier entfernt.«
Die Frauen hatten den Tisch draußen gedeckt. Er hatte das Klappern des Geschirrs gehört, während er mit sehr mäßigem Erfolg versucht hatte, sich wieder auf sein Bild zu konzentrieren. Irgendwann hatte er es aufgegeben, seine Sachen im Wagen verstaut und war dann an Bord gekommen. Um seine Hose abzuholen. Und mit ihnen Abendbrot zu essen. Danach würde Frau Hagedorn ihn hoffentlich endgültig gehen lassen.
Inzwischen waren nur noch wenige Motorboote unterwegs. Antonius warf einen flüchtigen Blick auf den Oderberger See. Von der erhöhten Position war die Aussicht aufs Wasser ganz anders als vom Ufer aus. Noch schöner, wenn das überhaupt möglich war.
»Wir?«, fragte Franziska. Er wandte den Blick vom See ab und zu ihr hin, quer über den Tisch hinweg. Das Licht hatte nicht mehr das Strahlen des Tages, sondern kündete bereits den Dämmerhauch des Abends an. Franziska schien die Wortführerin der drei Mädchen zu sein. Sie gab sich am selbstbewusstesten, vielleicht war sie aber auch einfach nur am neugierigsten. Außerdem versuchte sie, subtil mit ihm zu flirten. Er fragte sich, ob die anderen es auch merkten.

»Mein Vater und ich. Aber ich bin auch oft in Berlin«, antwortete er.
»Wir auch«, sagte Emma und malte mit der Gabel auf der Tischplatte herum. »Da liegt die ›Drei Töchter‹, wenn sie nicht unterwegs ist. Außerdem haben wir da eine Wohnung. Wir gehen in Berlin in die Schule.«
»*Du* gehst in Berlin zur Schule«, sagte Katharina. »Ich bin nämlich fertig. Endlich.«
»Katharina hat gerade ihr Abi gemacht«, erklärte Charlotte. »Die Hagedorns leben schon seit Generationen in Berlin«, fügte sie dann hinzu. »Vor vier Jahren ist Dana mit den Mädchen zu mir in die Wohnung gezogen, in der mein Mann und ich unser ganzes Leben lang gewohnt haben und in der auch Dana und ihre Schwester aufgewachsen sind.«
»Wo denn in Berlin?«, fragte Antonius.
»In Moabit. Essener Straße.«
In diesem Moment erschien Dana mit einem großen Teller Tomaten und Mozzarella. Sie stellte ihn auf den Tisch, auf dem bereits ein anderer mit italienischer Mortadella und Parmaschinken und ein weiterer mit aufgeschnittener Melone standen, und setzte sich. »Guten Appetit. Bitte bedienen Sie sich, Antonius«, forderte Dana ihn auf, während Charlotte ihren Blutzucker maß und sich dann Insulin spritzte.
Antonius nahm von allem etwas und begann zu essen. Franziska neben ihm tat es ihm gleich. »Was ist das eigentlich für ein Passagierschiff?«, fragte er kauend. »So was habe ich auf der Alten Oder noch nie gesehen. Ich kenne wohl Ausflugsdampfer, aber das ist hier ist irgendwie anders.«
»Die ›Drei Töchter‹ ist ein Hotelschiff. Früher war es ein Frachter«, erklärte Dana.
Antonius hob fragend die Augenbrauen. »Und wie sind Sie dazu gekommen?«

»Mein Mann war Partikulier. So nennt man Frachtschiffer mit eigenen Schiffen. Zum Schluss hatte er sogar vier. Nach seinem Tod musste ich mich entscheiden, was ich tun wollte. Ich besaß ja bereits das Binnenschifffahrtspatent, aber ich hatte keine Lust, mich mit Ladungen herumzuärgern, mit Zoll und dem ganzen Handelskram. Dann schon lieber mit Passagieren.« Sie lachte, und er sah, dass die Zähne ihres Oberkiefers weiß und regelmäßig waren, im Unterkiefer dagegen ein Zahn aus der Reihe tanzte. »Aber ganz im Ernst: Wir haben viel Spaß mit ihnen. Obwohl es auch immer wieder nett ist, wenn sie von Bord gehen.«
»Und die ›Drei Töchter‹ ist eines der alten Frachtschiffe?«, fragte Antonius weiter. Dana hatte das Kinn in die Hand gestützt und sah ihn jetzt quer über den Tisch direkt an. Ihr Gesicht war ein ebenmäßiges Oval, ihre Haut von einem hellen, fast britischen Porzellanton, die Sorte, die sich in der Sonne rötet, aber niemals braun wird. Sie hatte eine gerade Nase, schmalrückig und elegant, das genaue Gegenteil von stupsig. Von den drei Mädchen kam am ehesten Franziska nach ihr. Aber nur, weil sie auch blond war. Antonius verstand zwar, woher Katharina ihren hellen Teint hatte. Ansonsten war der Genpool ausnehmend gut gemixt worden. Keine der drei ähnelte ihrer Mutter besonders.
Dass Dana dagegen die Tochter von Frau Hagedorn war, sah man auf den ersten Blick. Zwar war die ältere etwas hagerer, die jüngere etwas kurviger, aber sie waren gleich groß, knapp über eins siebzig, schätzte er. Beide Frauen waren nicht das, was man schön nennen würde, definitiv aber das, was man als apart bezeichnete. Unverwechselbar. Wiedererkennbar. Ein bisschen wie … Meryl Streep, einmal in einer jüngeren, einmal in einer älteren Variante. Wäre er ein Porträtmaler gewesen, hätte er alles dafür gegeben, eine von ihnen zu malen. Am meisten ähnel-

ten sich ihre Augen. Sie standen relativ weit auseinander, was ihren Blicken etwas Weitwinkliges gab. Auch ihre Augenfarbe war identisch, ein dunkles Blau, von dem Antonius nicht wusste, wie er es benennen sollte. Aus irgendwelchen Gründen betonte das Beige von Danas hellem Hemd und der Fall ihres dunkelblonden Haars genau dieses ungewöhnliche Blau. Vielleicht, weil sich direkt an der Schläfe eine Locke in Richtung Augenbrauen ringelte, wie eine widerspenstige Gegenbewegung zu ihren wiederholten Versuchen, das Haar hinter die Ohren zu verbannen. Es war eine auffällige Geste, die sie gerade in diesem Moment wiederholte. Chambray, dachte Antonius. So hieß sie, die Augenfarbe der Kapitänin. Er war sich ziemlich sicher, dass er irgendwo eine Tube davon hatte. Er musste direkt mal danach suchen.

»Ja, ich habe es umbauen lassen. Nach eigenen Vorgaben. Wenn ich nicht so früh geheiratet und Kinder bekommen hätte, hätte ich Innenarchitektur studiert. So war es eine späte Selbstverwirklichung, und es hat mir großen Spaß gemacht. Die Kabinen habe ich auch eingerichtet. Mir waren die Farben und die Materialien wichtig, Holz, Glas, viel Blau und Grün.« Emma reichte ihrer Mutter den Tomaten-Mozzarella-Teller. Sie nahm sich und gab ihn dann an Charlotte weiter.

»Dieser Glasgang war Ihre Idee?«, frage Antonius.

»Ja. Dadurch konnten wir die ganze Länge des Schiffs für Kabinen nutzen. Irgendwie muss es sich ja rechnen.«

Antonius blickte in die Runde. »Sie sind doch schon zu fünft. Wie viele Kabinen hat das Boot denn?«

Dana machte eine abwehrende Handbewegung. »Oh nein, wir sind im Moment nur alle unterwegs, weil wir ein bisschen Urlaub gemacht haben. Während der Schulzeit sind meine Mutter, Emma und Katharina bis jetzt zu Hause geblieben. Bei den nächsten zwei Fahrten wird Katharina noch dabei sein. Ab

Herbst werde ich aber wohl einen Maat einstellen müssen. Zum Glück bleibt Franziska auf der ›Drei Töchter‹. Sie ist Hotelfachfrau, das passt prima. Sie kümmert sich ums Hauswirtschaftliche, Katharina macht das Mädchen für alles und den Schiffsjungen. Dann haben wir noch sechs Gästekabinen.«
»Rechnet sich das?«, fragte Antonius.
»Kommt drauf an, wie viele Fahrten wir machen. Im Großen und Ganzen ja. Noch ein Tickchen mehr Buchungen wäre gut, dann wären wir aus dem Schneider. Aber ich denke, das entwickelt sich mit der Zeit. Wir sind ja erst zwei Jahre dabei. Und Sie, Antonius? Was machen Sie? Studieren Sie?«
Er schaute in die Runde und stellte fest, dass er die ungeteilte Aufmerksamkeit aller Frauen hatte. »Nein, damit bin ich seit vier Jahren fertig«, sagte er.
»Wirklich? Wie alt sind Sie denn?«
»Fast dreißig.«
Dana schien eine Bemerkung auf der Zunge zu liegen, die sie aber nicht aussprach. »Was haben Sie denn studiert?«, fragte sie stattdessen.
»Kunst auf Lehramt.« Er griff nach dem Glas und nahm einen großen Schluck Schorle. »Aber Unterrichten war nicht meins, habe ich im Referendariat bemerkt.«
»Und nun?«
»Nun schlage ich mich als freier Künstler durch.«
»Das stelle ich mir nicht leicht vor«, sagte Charlotte. »Vielleicht überlegen Sie es sich noch mal. Lehrer sind doch im Moment gesucht. In den Ferien hätten Sie ja genug Zeit für Ihr Hobby.«
»Nein, das überlege ich mir bestimmt nicht.« Antonius' Miene war ausdruckslos. »Die Malerei ist für mich auch mehr als ein Hobby. Pädagogik dagegen – das war überhaupt nichts. Ab nächster Woche gibt es eine Sammelausstellung in Berlin, in der auch einige meiner Bilder zu sehen sein werden. Das sind die

Momente, die Hoffnung machen. Wer weiß, vielleicht ist das ja mal der Durchbruch.«

Er lachte, wenn auch etwas freudlos. Er hatte keine Lust zu erzählen, dass es sich dabei um eine selbstorganisierte Ausstellung in den Räumen eines ehemals besetzten Hauses handelte und nicht etwa um eine Galerie von Rang und Namen.

Einen Moment lang herrschte Stille, dann fragte Emma: »Was malst du denn?«

»Wasser.«

»Wasser?«

»Ja. Gewässer aller Art. Meere, Flüsse, Seen. Teiche, Pfützen. Willst du mal sehen?«

Emma nickte. Antonius zog sein Handy aus der Hosentasche und schaltete in den Fotomodus. »Hier«, sagte er und reichte es ihr.

»Woran erkenne ich denn, ob es ein Meer oder eine Pfütze ist?«, wollte Emma wissen, während sie sich durch die Fotos klickte. »Und woran, dass es überhaupt Wasser ist? Es könnte genauso gut der Himmel oder die Erde sein.«

»Erkennen tust du es wahrscheinlich nicht. Jedenfalls nicht an Wellen oder Schaumkrönchen oder so. Ich male nicht gegenständlich. Ich versuche darzustellen, wie man sich beim Betrachten von Wasser fühlt. Wie *ich* mich beim Betrachten von Wasser fühle. Was es für mich bedeutet. Wo es mich hinbringt. Es ist ja das Element, mit dem alles anfing. Und mit dem es für manche von uns auch endet.«

Jetzt schauten auch Dana und Charlotte auf das kleine Display.

»Für uns auch«, sagte Dana. »Bei uns dreht sich alles ums Wasser. Unsere ganze Existenz hängt davon ab.«

»Wie groß sind Ihre Bilder, Antonius?«, fragte Charlotte.

»Unterschiedlich. Aber weil ich am liebsten draußen male, nur so groß, dass sie auch ins Auto passen.«

Emma gab das Handy zurück, und er steckte es wieder ein. Dana griff nach einem Feuerzeug und machte die Windlichter an, die auf dem Tisch standen. Inzwischen war die Sonne hinter den Uferbäumen verschwunden, aber noch nicht untergegangen.

»Mama.«

»Was denn, Franziska?«

»Ich habe eine Idee.«

»Und die wäre?«

»Warum stellen wir denn unten im Gang nicht ein paar von Antonius' Wasserbildern aus? Das würde doch supergut passen!« Sie war Feuer und Flamme.

Dana zögerte. »Du weißt doch gar nicht, ob Antonius das möchte«, sagte sie abwägend.

Jetzt sahen alle ihn an. Vier Augenpaare fragend, eins voller Zurückhaltung.

»Das Licht ist sehr schön«, sagte er vorsichtig. »Und natürlich wäre es für mich gute PR.«

»Ich weiß nicht so recht«, meinte Dana. »Das müssen wir uns noch mal gut überlegen, Franziska. So etwas muss vorbereitet werden, und dazu haben wir jetzt in der Hochsaison eigentlich keine Zeit. Dazu kommen ja auch wirtschaftliche Aspekte, versicherungstechnische. Und wenn die Leute dann etwas über die Bilder wissen wollen, müssten wir dazu auch etwas sagen können …« In ihrer Stimme lag etwas Warnendes. Du gehst da gerade ein bisschen weit, mein Schatz, bedeutete es.

»Ich kann ja mal meine Nummer dalassen«, sagte Antonius unverbindlich. »Soll ich Sie anrufen? Dann können Sie sie abspeichern.« Dana nickte. Er griff nach dem Handy und sah sie fragend an. »0172 …«, begann sie, und als ihre Mailbox ertönte, legte er auf.

Abrupt stand Katharina auf. »Ich bin fertig«, sagte sie. »Ich muss noch an einem Programm arbeiten.« Dana bemerkte Antonius' fragende Blicke. »Katharina fängt im Herbst an, Informatik zu

studieren. Sie denkt, lebt und atmet Computer«, erklärte sie und griff nach dem Tablett.
»Ah. Ein Job mit Einstellungsgarantie«, sagte er, stand auf und begann, die Teller zusammenzustellen. Die beiden anderen Mädchen griffen sich ihre leeren Gläser und gingen nach unten.
»Ich bleibe noch etwas sitzen«, verkündete Charlotte. »Es ist himmlisch hier. So ruhig haben wir es in Berlin bestimmt so schnell nicht mehr.« Sie goss sich ihr Weinglas zum zweiten Mal halb voll und lehnte sich gemütlich zurück.
»Lassen Sie, ich mach das schon«, sagte Dana, als Antonius das Tablett hochnahm.
»Kein Problem«, meinte er, und nacheinander stiegen sie die Treppe hinunter. »Hast du Lust, noch mal schwimmen zu gehen, Emma?«, hörten sie Franziskas Stimme. »Klar, ich zieh mich nur um«, antwortete Emma, als sie an ihnen vorbei aus der Küche in Richtung Kajüte entwischte.
Sie betraten die Kombüse. Das schwindende Abendlicht fiel durchs Fenster. Draußen färbte sich die Landschaft allmählich rot-orange, hier unten war es bereits schummrig. Antonius stellte das Tablett ab, und Dana bedankte sich.
»Ich muss jetzt aber mal endlich los«, sagte er. »Vielen Dank für die Essenseinladung.«
»Keine Ursache. Sie haben uns heute einen großen Gefallen getan«, antwortete sie. »Auf Wiedersehen, Antonius. Und viel Glück bei Ihrer Ausstellung!« Sie erwartete, dass er ging. Aber das tat er nicht. Er blieb vor ihr stehen und sah sie unverwandt an. Im schwachen Licht wirkten seine Züge schärfer, Licht und Schatten schufen Täler und Höhen, wo keine waren, der Abend wurde zum Zerrspiegel der Zeit. »Das Schiff heißt so, weil Sie drei Töchter haben?«, fragte er.
Dana lachte leise. »Das war nicht so schwer, oder? Burkard hat es so gewollt.«

»Ihr Mann.«
»Ja.«
Sie schwiegen, bis Dana unwillkürlich einen Schritt zurücktrat, denn sie meinte plötzlich, die Wärme seines Körpers zu spüren. Aber das musste sie sich eingebildet haben. Schließlich trennte sie mehr als ein Meter.
»Na dann. Tschüs.« Er drehte sich um und verschwand. Seine Turnschuhe machten kaum ein Geräusch auf der Treppe, als er nach oben ging, immer zwei Stufen auf einmal nehmend. Sie hörte, wie er sich von Charlotte verabschiedete. Einen Moment später beobachtete sie durchs Bullauge, wie er in seinen Wagen stieg und davonfuhr.
Dann begann sie, den Geschirrspüler einzuräumen.

Eine Stunde später wurde Katharinas Gesicht vom Schein des Monitors bläulich beleuchtet. Bei der Google Bildersuche hatte sie Antonius' Namen eingegeben und war fündig geworden. Einige Fotos seiner Bilder waren ins Netz gestellt worden. Sie betrachtete sie genau. Vorhin, auf dem kleinen Display, hatte sie kaum was erkennen können. Hier schon.
Was sie sah, gefiel ihr nicht wirklich. Schon in der Schule hatte sie nicht gemocht, wenn ihre Lehrerin abstrakte Kunst in den Himmel hob und den gesamten Kurs zu Ausstellungen in den Hamburger Bahnhof abkommandierte. Sie hatte es lieber, wenn man erkannte, was da gemalt wurde. Dieser Gefühlskram, die Frage, was hinter den Bildern lag, war nichts für sie. Entweder man sah es, oder man sah es nicht. Basta. Letztere Sorte konnte ihr gestohlen bleiben.
Bloß schade, dass nicht mehr über Antonius im Netz stand. Sie war neugierig, was er für einer war. Und auch schade, dass es kein Foto von ihm gab. Sehr schade! Sie hätte es glatt in ihren Ordner »Eigene Bilder« kopiert und es sich von Zeit zu Zeit angeschaut.

Sie war zwar nicht so emotional wie ihre beiden Schwestern, nicht so schwärmerisch veranlagt, nicht so gnadenlos subjektiv, aber dass Antonius ein heißer Typ war, war ja auch nicht subjektiv. Es war Fakt.

Eine Kabine weiter lag Franziska auf ihrem Bett und checkte ihr Handy. Schon wieder eine SMS von Mark!

»Wann kommst du? Want 2 c u«, schrieb er.

Franziska zögerte. Dann antwortete sie: »Übermorgen. Weiß noch nicht, ob ich Zeit habe. Nacht.«

Sie packte das Handy weg, legte sich auf den Rücken, verschränkte die Arme hinterm Kopf und starrte an die Decke. Sie kannte Mark schon seit ihrer Schulzeit, seit zwei Jahren waren sie zusammen. Manchmal liebte sie ihn wirklich, aber gelegentlich ging ihr seine Planerei auf die Nerven.

Er war immer so ultimativ verlässlich. Wenn er was sagte, dann tat er es auch. Eigentlich war das ja eine gute Eigenschaft. Aber im Moment hatte sie wirklich überhaupt keine Lust darauf! Ihre Gedanken wanderten zu Antonius, den sie geheimnisvoll fand, mit diesen langen dunklen Haaren und seinen Fingerringen. Leider hatte er ihre Flirtversuche vollkommen ignoriert, aber er war ja auch sechs Jahre älter als sie. Trotzdem – ein Künstler, wie cool! Antonius war eine ganz andere Nummer als Mark. Der arbeitete auf dem Flughafen Schönefeld in der Logistik-Abteilung.

Die jüngste der drei Schwestern, Emma, hatte in ihrer Kabine schon das Licht ausgemacht. Aber auch sie konnte nicht schlafen. Es war einfach zu heiß. Außerdem flitzten ihre Gedanken wie die Fledermäuse über der Alten Oder umher, machten immer dann scharf kehrt, wenn sie glaubte, sie greifen zu können. Sie knipste das Licht an und griff nach dem Buch, das sie vorhin

angefangen hatte. Aber das war auch nicht das Richtige, und so schloss sie es wieder.
Nach ein paar weiteren unruhigen Minuten, in denen sie sich rastlos hin und her wälzte, stand sie schließlich auf und tappte zu dem Schreibtisch, der unter dem Bullauge stand. Sie schnappte sich ihr Tagebuch und einen Stift, ging zurück ins Bett, lehnte sich gegen die Wand und begann zu schreiben. Die Zeit verging, während sie versuchte, in ehrlichen Worten festzuhalten, was heute passiert war. Mit ihr passiert war. Beim Schreiben gelang es ihr, die Gedanken festzuhalten, und schon nach den ersten Sätzen fühlte sie sich besser. Sätze, die zum Glück kein anderer jemals lesen würde.

Während die drei Mädchen ihren eigenen Gedanken nachhingen, saß Charlotte noch immer an Deck und schaute auf die dunkle Wasseroberfläche. Sie trank genüsslich den letzten Schluck Wein, stellte das Glas wieder auf den Tisch und ging zur Treppe. Sie stieg vorsichtig die Stufen hinunter, sich am Geländer festhaltend. Wenn sie jetzt wieder so einen Schwindelanfall wie vorhin bekam, würde sie nichts mehr auf der Treppe halten können.
Sobald wir wieder in Berlin sind, muss ich dringend zum Arzt, dachte sie.

Als Dana die Kombüse verlassen hatte und ihre Kabine betrat, warf sie einen flüchtigen Blick auf den Holzfußboden. Er war trocken. Nicht der leiseste Fleck wies darauf hin, dass vor kurzem jemand an dieser Stelle gestanden und leise vor sich hin getropft hatte. Sie zog sich ihr Nachthemd an, schlug die Decke zurück und schlüpfte ins Bett. Dann drehte sie sich auf ihre Lieblingsschlafseite, dem Bullauge zu, seufzte einmal genüsslich und schlief ein.

3. Kapitel

»Will wer ein Ei?«

Niemand antwortete, aber alle schüttelten die Köpfe. Also setzte sich Dana an den gedeckten Frühstückstisch.

Es war ein prachtvoller Morgen. Die Mücken surrten noch nicht umher, sondern versteckten sich in der Uferböschung. Über Nacht hatte sich die Luft abgekühlt und war nicht länger schwül, sondern hier, auf dem Wasser, herrlich frisch. Ihnen blieb noch ein ruhiger Sommertag, bevor sie morgen in aller Frühe in Richtung Berlin aufbrechen würden. Dann hatten sie noch genau eine Woche Zeit, um alles vorzubereiten, bevor die Passagiere für die nächste Kreuzfahrt an Bord kommen würden.

Die drei Mädchen trugen noch ihre Schlafshirts und wirkten alle vollkommen übermüdet. Unter Emmas Augen lagen dunkle Schatten, wozu sie immer neigte, wenn sie nicht genug schlief oder zu sehr im Stress war. Auf Katharinas heller Haut zeigten sich deutlich die Abdrücke des Kissens, auf ihrer weichen Wange sogar der eines Knopfes. Franziska sah abwesend aus und war offensichtlich mit ihren Gedanken ganz woanders.

Charlotte hingegen wirkte frisch und entspannt. Sie griff nach dem Kaffee, goss sich ein und verkündete gleichzeitig: »Ich habe mir etwas überlegt.«

»Was denn?«, fragte Franziska und nippte an ihrem Tee.

»Ich habe mir noch mal den Vorschlag durch den Kopf gehen lassen, den du gestern gemacht hast. Ich finde ihn sehr gut.«

»Welchen Vorschlag denn?«
»Dass wir an Bord Bilder ausstellen könnten.«
Dana stellte ihren Becher ab. »Warum das denn?«
»Weil das ungewöhnlich ist. Damit könntest du gut Werbung machen. Eine schwimmende Ausstellung – das würde die ›Drei Töchter‹ aus der Menge der anderen Anbieter hervorheben. Und Leute anziehen, die sich für Kunst auf einem Bootel interessieren.« Charlotte hatte die Angewohnheit, die Worte Boot und Hotel zusammenzuziehen, auch wenn Dana die »Drei Töchter« lieber als Hotelschiff bezeichnete.
»Eine Klientel, die bereit ist, für Kultur an Bord etwas mehr zu zahlen. Du könntest die Preise anheben. Katharina könnte es auf die Website stellen«, erklärte sie.
Dana beschlich ein ungutes Gefühl, während sie der Reihe nach ihre Töchter anschaute. Die Müdigkeit in ihren Gesichtern war wie weggeblasen. Charlottes Worte hatten sie offensichtlich munter gemacht.
»Der Gang scheint mir in der Tat perfekt dafür«, fuhr Charlotte fort. »Das Licht kommt von oben, die Bilder werden beleuchtet, ohne dass die Sonne direkt darauffällt. Jeder geht den Gang entlang, kann alles in Ruhe auf sich wirken lassen. Zwischen den Kabinen ist Holz, das würde den Bildern gleich den richtigen Rahmen geben. Es hätte so etwas … Stilvolles und Zeitgenössisches zugleich. Kunst an Bord, so etwas gibt es bis jetzt noch nicht.«
»Das mag ja alles so sein«, meinte Dana und griff nach einer Scheibe Brot mit dicken Sonnenblumenkernen. »Das Problem ist nur, dass wir alle von Kunst keine Ahnung haben. Nachher hängen wir etwas Kitschiges auf, und das würde uns mehr schaden als nützen.«
»Aber wir haben doch den perfekten Künstler an der Hand«, widersprach Charlotte. Bevor sie weitersprach, wusste Dana

schon, was jetzt kommen würde. »Antonius. Er malt Wasserbilder, ich bitte dich! Besser kann es doch nicht passen!«
»Ich habe auf dem Handy kaum was sehen können. Vielleicht sind die Bilder ja schrecklich«, wandte Dana ein.
Katharina holte Luft, als ob sie etwas sagen wollte, schien es sich dann aber zu überlegen und schwieg.
»Ich finde die Idee klasse, Groma.« Franziskas Aufmerksamkeit war wieder voll im Hier und Jetzt. »Das Einzige, was wir machen müssen, ist, Antonius anzurufen. Warum schauen wir uns seine Bilder nicht einfach an und entscheiden dann, ob sie was für uns wären? Wir haben doch heute Zeit!«
»Ich bin auch dafür«, sagte Katharina und biss in die Schnitte, die sie dick mit Käse belegt und mit Marmeladentupfern verziert hatte. Sie hatte von den drei Schwestern den besten Appetit und gleichzeitig das Glück, dass nichts ansetzte. »Ich könnte gleich Fotos mit der Digicam machen und sie einstellen. Heute noch. Kein Problem.«
»Du hast doch seine Telefonnummer, oder, Mama? Musst du ja. Er hat dich extra angerufen«, fragte Emma. Die Schatten unter ihren Augen waren schlagartig verschwunden. Auf einmal strahlte sie wie der frische Morgen.
Warum habe ich das Gefühl, dass das bereits beschlossene Sache ist, fragte sich Dana, halb amüsiert, halb entnervt. Dass heute kein ganz entspannter Sommertag zu fünft wird? Dass es hier nicht nur um Bilder geht?
»Moment mal. Ihr könnt das nicht so einfach über meinen Kopf hinweg entscheiden«, sagte sie. »Warum bin ich überhaupt die Kapitänin, wenn ich sowieso nicht das Sagen habe? Selbst wenn es euch gefallen würde, wenn die Bilder hier hingen. Aber es hat schließlich auch was mit Wirtschaftlichkeit, mit dem Gesamtkonzept zu tun.«
»Aber eine Überlegung ist es doch wert, Mama. Hatten wir nicht

neulich erst das Gespräch, wie wichtig es ist, in dem Hotelbereich mal was Neues auszuprobieren?«, warf Franziska ein.
Nun musste Dana allerdings nicken.
»Na siehst du. Nur deshalb *wäre* es eine Überlegung wert.«
»Wir können es doch mal versuchen. Vielleicht ist es ja eine Pleite, aber verlieren können wir nix«, fügte Katharina schnell hinzu.
Dana wurde das unbestimmte Gefühl nicht los, dass sie gerade manipuliert wurde. Auf der anderen Seite konnte sie nicht bestreiten, dass die vier cin paar gute Argumente hatten. Es stimmte, andere Anbieter schliefen nicht, und alles, was die ›Drei Töchter‹ aus der Masse der Kreuzfahrtschiffe heraushob, war gut fürs Geschäft. Sie unterdrückte einen Seufzer, als sie sagte: »Na gut. Wahrscheinlich habt ihr recht.«
»Meinst du, er würde uns abholen?«, fragte Emma weiter.
»Das muss er wohl, wenn er seine Bilder hier aufhängen will. Wir haben ja kein Auto an Bord«, sagte Katharina. »Komm, ruf ihn mal an, Mama.«
»Es ist noch nicht mal halb neun«, widersprach Dana energisch. »Jetzt will ich erst mal in Ruhe zu Ende frühstücken. Und wir wissen überhaupt nicht, ob Antonius heute Zeit hat. Hat er nicht gesagt, dass er oft in Berlin ist? Und selbst wenn wir uns die Bilder anschauen, heißt auch das noch lange nicht, dass wir demnächst eine schwimmende Ausstellung haben.« Trotzdem sahen alle plötzlich sehr zufrieden aus. Sogar Charlotte.

Eine halbe Stunde später setzte Dana den Plan ihrer Töchter in die Tat um und rief Antonius an. Er antwortete schon nach dem zweiten Klingeln.
»Ja?«, sagte er.
Dana erkannte seine Stimme sofort. Komisch, dass die Stimme, wenn wir erst mal erwachsen sind, so unveränderbar ist, dachte

sie. Gesichter werden älter, Stimmen nicht. Sie lief mit dem Handy in der Hand das Deck entlang, weg von den Blicken und den gespitzten Ohren ihrer Töchter.
»Hallo Antonius. Ich bin's, Dana van Aken. Von der ›Drei Töchter‹.«
»Oh, hallo Dana. Warum rufen Sie an? Habe ich was bei Ihnen vergessen?« Er klang überrascht.
Dana lachte. »Nein, nicht dass ich wüsste. Es geht um was anderes. Gestern beim Abendessen hat meine Tochter Franziska den Vorschlag gemacht, dass wir Bilder an Bord ausstellen könnten. Heute Morgen kam das Thema noch einmal auf. Die Möglichkeit, Ihre Wasserbilder im Glasgang aufzuhängen.«
»Oh!« Jetzt klang seine Stimme noch überraschter. »Das klingt interessant.«
»Ja, schon. Aber ehrlich gesagt, ist das für mich komplettes Neuland. Ich habe keine Ahnung, wie man so etwas organisiert. Ich habe auch keine Ahnung, was so etwas überhaupt kostet. Und zuallererst möchte ich mir Ihre Bilder ansehen. Von unserer Seite ist es zunächst mal nur eine Überlegung. Nicht mehr.« Jedenfalls nicht von meiner, fügte sie im Stillen hinzu.
»Natürlich.«
»Außerdem fahren wir morgen zurück nach Berlin. Wir könnten einen Termin ausmachen, vielleicht so in drei Wochen, wenn ich von der nächsten Fahrt wieder zurück bin? Wahrscheinlich haben Sie vorher sowieso keine Zeit, wegen Ihrer anderen Ausstellung.«
Am anderen Ende schwieg Antonius einen Moment. Dann sagte er: »Doch, ich habe Zeit. Für die Ausstellung ist bereits alles vorbereitet. Ich könnte sogar heute. Haben Sie Zeit?«
»Doch, heute ginge bei uns auch. Da gibt es aber noch ein Problem. Wenn wir mit der ›Drei Töchter‹ unterwegs sind, haben wir kein Auto dabei. In Berlin schon, aber hier nicht ...«

»Auch kein Problem«, meinte Antonius. »Ich hole Sie ab. Passt es so in einer Stunde?«
»Das passt«, sagte Dana, und sie beendeten das Gespräch.

Er würde in ungefähr einer Stunde da sein – kaum hatte sie es ausgesprochen, verschwanden die Mädchen nach unten. Türen gingen auf und wurden hektisch wieder geschlossen. Franziskas empörte Rufe drangen nach oben, als sie Katharina beschuldigte, sie hätte sich unerlaubt ihr nagelneues, hellgelbes Top ausgeliehen, was Katharina nicht weniger empört damit rechtfertigte, dass Franziska ihre weißen Turnschuhe genommen hätte, ohne um Erlaubnis zu fragen. Emma fuhr dazwischen, weil sie offensichtlich nach ihrem Lipgloss mit Erdbeergeschmack suchte, das unauffindbar war.
Dana setzte sich neben Charlotte, griff nach der Thermoskanne und goss sich noch einen Kaffee ein. Sie sah zu ihrer Mutter und verdrehte die Augen.
»Ich bin mir nicht sicher, ob das klug ist«, sagte sie halblaut. »Antonius bringt mir ein bisschen zu viel Aufregung in die Truppe. Wenn wir jetzt noch seine Bilder an Bord haben, heißt das zwangsläufig, dass wir ihn öfter sehen. Mindestens zwei Mal. Wenn er die Bilder bringt, und wenn er sie wieder abholt.«
»Ich kann sie verstehen. Er ist ein interessanter junger Mann«, antwortete Charlotte. »Sie schmeißen sich alle drei ganz schön ins Zeug. Besonders Franziska. Aber ich hatte nicht den Eindruck, dass er ein Filou ist. Sonst hätte ich das vorhin auch nie vorgeschlagen. Er wirkte eher nachdenklich. Zurückhaltend. Und er hat auch mit keiner geflirtet. Im Gegenteil. Er war zwar bei Franziska nicht direkt abweisend, aber doch sehr sachlich.«
»Das wäre ja auch noch schöner, wenn wir alle daneben sitzen! Trotzdem, wir wissen nichts über ihn«, gab Dana zurück. »Aber heute Abend werde ich mehr über ihn wissen, das kannst du mir

glauben. Und wenn er mir nicht passt, dann lass ich das mit der schwimmenden Ausstellung. Egal, was die Mädchen wollen und wie gut ihnen die Bilder gefallen. Macht es dir was aus, wenn du heute allein hierbleibst?«, fragte sie ihre Mutter.

»Aber nein, natürlich nicht. Es passen ja nur fünf Leute in den Wagen.«

»Genau.« Dana nippte an ihrem Kaffee. »Ich lass dir mein Handy da. Wenn irgendwas ist, rufst du sofort an, ja? Die Nummern der Mädchen sind abgespeichert.«

»Ich weiß.«

»Na, dann mach ich mich auch mal fertig.«

»Lipgloss und ein hellgelbes Top?«, fragte Charlotte milde.

Dana zog die Augenbrauen hoch und verzichtete auf eine Antwort.

Als eine halbe Stunde später ein Motorrad den Uferweg entlanggebraust kam, dachten sich weder Dana noch ihre Töchter etwas dabei. Auch nicht, als es exakt an der Stelle hielt, an der Antonius gestern seinen Wagen geparkt hatte. Erst als der Motorradfahrer abstieg, schaute Dana aufmerksamer in seine Richtung. Die schlanke Figur in Jeans und Lederjacke kam ihr vage bekannt vor, auch wenn sie das Gesicht hinter dem dunklen Visier des Integralhelms nicht erkennen konnte. Noch nicht – was sich änderte, als er den Helm abnahm. Neben ihr holte Franziska tief Luft. »Oh nein«, hörte sie ihre Tochter leise sagen. Katharina schien zu begreifen, was Franziska meinte. Sie drehte sich auf der Stelle um und verschwand nach unten.

Bei Dana dauerte es einen Moment länger, bis der Groschen fiel.

»Ich dachte, Antonius kommt mit dem Auto«, sagte sie erstaunt.

»Das dachten wir alle«, gab Franziska zurück. Die Enttäuschung in ihrer Stimme war unüberhörbar. Ungehalten schmiss sie ihr

langes blondes, sorgfältig gekämmtes Haar nach hinten, als Antonius die Gangway hinauf zum Schiff kam.
»Hallo. Ich bin mit dem Motorrad gekommen«, erklärte er überflüssigerweise in Danas Richtung. »Das Wetter ist so schön. Ich hoffe, Sie haben nichts dagegen?«
Das letzte Mal war Dana in der Schulzeit auf einem Motorrad gefahren, was rund fünfundzwanzig Jahre her war. Es war keine schwere Maschine gewesen wie diese hier, sondern eine, für die ein Führerschein reichte, den man mit sechzehn machen konnte. An die Havelchaussee waren sie gefahren, spätabends, in einer Gruppe. Sie hatte hinter einem Jungen gesessen, an dessen Namen sie sich nicht einmal mehr erinnerte – und es war großartig gewesen. Trotzdem zögerte sie einen Moment. »Aber nein, das ist okay«, antwortete sie dann. »Sehr sogar.«
»Aber Sie sollten sich lange Hosen anziehen und andere Schuhe«, meinte Antonius und zeigte auf Danas Sommerrock und die Flipflops, die sie trug. Sie nickte. »Moment. Ich bin gleich wieder da.« Sie eilte zurück in ihre Kabine und ließ den Rock zu Boden gleiten. Dann fiel ihr Blick auf den Spiegel an der Wand.
»Du willst Motorrad fahren?«, fragte sie ihr Spiegelbild, und es nickte. Prüfend betrachtete Dana sich. Sie sah die Fältchen rund um ihre Augen, die meisten eher vom Lachen als vom Weinen, die feinen Linien, die sich von ihren Nasenflügeln in Richtung Mundwinkel herabzogen. Ihre helle Haut war zart, aber längst nicht mehr so samtig glatt wie die ihrer Töchter. Im Gegensatz zu ihnen war sie ungeschminkt, bis auf einen Hauch Wimperntusche, die sie grundsätzlich auftrug.
Und ansonsten … sah sie haargenau so aus wie immer. Vielleicht ein bisschen aufgeregter, mit einem ungewöhnlichen Glanz in ihren Augen.
Sie trat noch näher, bis die Oberfläche des Spiegels von ihrem

Atem beschlug und sie sich nicht mehr erkennen konnte. Sie hatte keine Ahnung, wo der Trip mit Antonius hinging. Wo er sein Atelier hatte. Wie lange sie unterwegs sein und was sie an ihrem Ziel erwarten würde.

Aber natürlich machte diese Ungewissheit auch den Reiz aus. Sie schlüpfte in ihre Lieblingsjeans, die zum einen gut saßen, zum anderen aber, speziell an Taille und Hüfte, gemütlich waren. Mit ihrer Größe 40 war sie schlank genug, wenn auch nicht mehr so zierlich wie damals, als sie Burkard kennengelernt hatte. Ihr rotes T-Shirt behielt sie an, fuhr in ihre roten Stoffschuhe und griff nach einem schwarzen Blouson, den sie häufig an Bord trug. Dann ging sie wieder nach oben. Antonius sah sie prüfend an, dann nickte er.

»Bringen Sie meine Tochter heil zurück«, sagte Charlotte genau, wie sie es früher immer gesagt hatte, wenn jemand Dana abgeholt hatte. Bloß dass sie die Jungs niemals gesiezt hatte. »Hier, nimm lieber dein Handy mit, falls was ist. Ich brauche es nicht mehr, die Mädchen sind ja da.«

Franziska und Emma standen immer noch an Deck. Katharina steckte wahrscheinlich schon wieder hinter ihrem Computer.

»Also, dann fahren wir mal«, sagte Dana und verließ Seite an Seite mit Antonius das Schiff.

»Viel Spaß, fahrt vorsichtig!«, rief Charlotte ihnen nach, aber Franziska und Emma schwiegen eisern.

Am Motorrad angekommen, reichte Antonius ihr seinen Helm. Sie setzte ihn auf und versuchte mit ungeübten Bewegungen, ihn zu schließen, als sie schon seine Finger an ihrem Kinn spürte, eine federleichte Berührung, die kitzelte.

»Moment, ich helfe Ihnen«, bot er an und verstellte die Verschlussweite. Dana sah ihn an. Nur Zentimeter trennten ihre Gesichter voneinander. Diese körperliche Nähe war ungewohnt für sie. Das letzte Mal, dass ein Mann ihr so nah gewesen war,

dass sie seine Wimpern hätte zählen können, war lange her – wenn auch nicht so lange wie eine Motorradfahrt.
Als der Helm saß, vermied sie es absichtlich, zum Schiff zu schauen. Sie kannte ihre Töchter gut genug, um zu wissen, dass sie mit Argusaugen verfolgten, was gerade an Land vor sich gegangen war. Stattdessen nahm sie den Nierengurt, den Antonius ihr reichte. Ihn anzulegen war leicht. Dann schwang sie sich hinter ihm auf den warmen, schwarzen Sitz, dessen Hitze sie an den Innenseiten ihrer Schenkel durch den Stoff der Jeans spüren konnte.
»Bereit?«, fragte er über seine Schulter nach hinten.
»Moment. Wo fahren wir eigentlich genau hin?«
»Der Hof liegt in der Nähe vom Grimnitzsee. Eine gute halbe Stunde von hier. Sie wissen, wie Sie sich festhalten können? Entweder an den Griffen hinter Ihnen oder an mir, das wäre auch sicherer. Und immer schön in die Kurven legen.«
Damit startete er die Maschine, und Dana wählte zum Festhalten die sicherere Variante.

Auf der »Drei Töchter« beobachteten die Zurückgebliebenen missmutig das Geschehen.
»Wo Mama doch Angst hat, wenn es zu schnell wird«, sagte Emma besorgt, als das Motorrad, noch langsam, von ihnen fortrollte.
»Sie ist viel zu alt fürs Motorradfahren«, murmelte Franziska böse. »Das ist ja total albern. Direkt peinlich!«
Charlotte lachte auf. »Na hör mal, sie ist doch erst vierundvierzig. Wenn ich das wäre, dann könnte ich dich verstehen. Obwohl …« Sie schwieg nachdenklich, ganz so, als ob sie es nicht ausschließen würde, sich selbst auf ein Motorrad zu schwingen.
»Lasst eure Mutter doch auch mal ein bisschen Spaß haben«, sagte sie dann beschwichtigend. »Motorradfahren ist doch kein

Vorrecht der Jugend! Außerdem war es doch deine Idee, Franziska, dass die Bilder hier ausgestellt werden. Nur deshalb fährt sie doch mit Antonius in sein Atelier.«
Doch das schien Franziskas Unmut nicht zu schmälern. Wortlos verschwand sie unter Deck.
»Was macht Mama in dem Atelier?«, fragte Emma.
»Was soll sie machen?«, meinte Charlotte schulterzuckend. »Sie wird sich die Bilder anschauen und dann entscheiden, ob sie das Richtige für uns sind. Was denn sonst?« Aber ihre Enkelin blieb ihr eine Antwort schuldig.

Dana sah und fühlte nichts als schwarzes, abgewetztes Leder, als sie sich an Antonius festhielt. Zunächst hatte sie seine Taille nur vorsichtig berührt, aber als er die erste Kurve nahm, griff sie fester zu. Er hatte es gemerkt, denn er fuhr jetzt langsamer und rief gegen den Fahrtwind: »Ist alles gut da hinten?«
»Ja«, rief Dana zurück. »Es macht Spaß. Es ist ein bisschen wie Fliegen, nicht wahr?«
Zum ersten Mal, seit sie ihn kannte, lachte Antonius laut. »Sie möchten fliegen?«
»Gelegentlich«, sagte Dana leise, aber war sich nicht sicher, ob er es gehört hatte.
Abgemähte Felder, grüne Wiesen, Seen, Waldstücke und die hügelige Moränenlandschaft der Schorfheide glitten an ihnen vorbei. Nach einer guten halben Stunde entdeckte Dana dann endlich ein Schild am Straßenrand: Atelier Schwarzkopp.
Antonius bremste ab und bog in einen Sandweg ein, der hinter dem Schild in die Straße mündete. Langsam fuhr er den unbefestigten Weg entlang. Hinter ihnen stob eine Staubwolke dem Himmel entgegen.
Schließlich kamen alte Hofgebäude in Sicht, die wie ein Viereck um einen Innenhof gruppiert waren. Der ganze Hof machte

einen ziemlich heruntergekommenen Eindruck, das Tor hing schief in den Angeln, vom Wohnhaus bröckelte der Putz, und im oberen Stock war eine Scheibe zerbrochen. Es gab drei Scheunen, bei einer sackte das Dach bedrohlich ein. Vor langer Zeit aufgegeben, der Natur überlassen, vielleicht dem Vandalismus von gelangweilten Jugendlichen, dachte Dana – bis Antonius vom Holperweg abbog und in den Innenhof fuhr.

Sie erkannte sofort den dunkelgrünen Golf, der dort parkte. Kein Zweifel, mit ihm war Antonius gestern an der Alten Oder gewesen. Was nur bedeuten konnte, dass er in dieser Bruchbude sein Atelier hatte. Dass er hier lebte.

Er hielt, und Dana stieg ab. Sie bewegte ihre nach der Fahrt etwas steifen Arme und Beine, dann löste sie den Verschluss des Helms, nahm den Nierengurt ab und legte beides auf den Sitz. Antonius zog seine Lederjacke aus und packte sie daneben. Darunter trug er ein schlichtes dunkelblaues T-Shirt. »Willkommen im Atelier Schwarzkopp.«

»Warum denn Schwarzkopp? Heißen Sie nicht anders?«, fragte Dana und versuchte, sich nicht anmerken zu lassen, wie erschrocken sie über den Zustand des Hofes war.

»So heißt mein Vater. Meine Eltern waren nicht verheiratet. Merano war der Nachname meiner Mutter. Na, gehen wir rein.«

Dana wandte sich in Richtung Haus, aber Antonius deutete in eine andere Richtung. »Unsere Ateliers haben wir in der Scheune da«, erklärte er.

Sie schlenderten zu einem weitläufigen Gebäude aus Feldsteinen, das sich über eine Seite des Grundstücks zog. Kleine, einfache Fenster waren in die Mauer eingelassen worden, blind vor Staub. Spinnen hatten von außen und innen dichte Netze gewebt, die darauf hinwiesen, dass diese Fenster nie geöffnet wurden.

»An dieser Scheune haben wir das meiste gemacht, als mein

Vater das Ganze hier vor zehn Jahren gekauft hat. Es war eine gute Schule: Ich kann klempnern, Fliesen verlegen, Mauern ziehen, Dächer flicken und Fenster einbauen. Oh, und am besten bin ich als Elektriker. Das ist zwar ziemlich knifflig, aber wenn das Licht angeht und der Starkstrom da knistert, wo man ihn haben will, weiß man, was man getan hat.« Er lachte. »Wenn uns nicht das Geld ausgegangen wäre, sähe alles so aus«, erklärte er und stieß eine Holztür auf. »Hier arbeite ich gern, wenn ich nicht in Berlin bin.«

Dana holte erstaunt Luft. Sie wusste nicht, was sie erwartet hatte. Vielleicht Reste von Heu, schummriges Licht, kaputte Schwalbennester, ausrangierte Landmaschinen, Gerümpel in den Ecken. Stattdessen hatte sie das eigenartige Gefühl, sie sei in ein überirdisches Licht getreten, das sie wie eine Flutwelle ergriff.

»Das ist unglaublich«, sagte sie. Es hätte sie nicht gewundert, wenn statt Worten Luftblasen aus ihrem Mund gekommen wären.

In dem Raum war die Zwischendecke entfernt worden. Er war hoch, mindestens sieben Meter, und ins Dach waren zur Nordseite große Atelierfenster eingelassen worden, was erklärte, warum die kleinen Fenster so vernachlässigt aussahen: Sie wurden einfach nicht mehr gebraucht. Die Wände waren unverputzt und zeigten die Struktur der Feldsteine, waren aber weiß gestrichen. Der Boden bestand aus groben Dielen.

Alles in allem war der Raum blendend hell, aber das war nicht das Erstaunlichste an ihm: Unzählige Bilder hingen, standen und lehnten an Wänden, auf Regalen, nebeneinander, hintereinander, übereinander und untereinander. Sie weckten Erinnerung an Strömendes, Fließendes, Rauschendes, mächtig Tosendes, auch an Stehendes, geheimnisvoll Verträumtes – an Wasser in all seinen Erscheinungsformen. Nichts Gleichförmiges war auf ihnen, dekorative Schaumkronen auf akkurat gemalten Wellenkämmen suchte man vergebens. Jedes einzelne Bild schien eine unterschiedliche Facette dieses Elements festzuhalten, jedes schien wenig mit dem Wasser und mehr mit den Gefühlen des Malers und des Betrachters zu tun zu haben. Es waren Gefühle, die Dana wortlos verstand. Ohne sagen zu können, woher sie die Gewissheit hatte, wusste sie, dass Antonius und sie beim Anblick eines Gewässers das Gleiche fühlten. Dass sie dieses geheime Wissen um Wasser teilten.

Sie konnte sich nicht sattsehen.

»Ich bin fast jeden Tag auf dem Wasser. So gesehen habe ich es noch nie, so gefühlt aber schon oft«, sagte sie leise. »Woher kannst du das, Antonius?«

Unwillkürlich hatte sie ihn geduzt. Es hatte etwas mit der Intimität des Moments zu tun, mit der Gewissheit, durch den Blick auf seine Bilder einen Blick in seine Seele getan zu haben – und in ihre. Und nicht zuletzt auch damit, dass er nicht viel älter als ihre Töchter war.

Er zuckte mit den Schultern. »Ich habe immer gemalt. Das Studium hat mich zwar nicht zum Lehren gebracht, aber gelernt habe ich dabei schon was. Verschiedene Techniken. Intellektuelle Auseinandersetzung mit Kunst. Das Gefühlte durch den Kopf fließen zu lassen, sozusagen. Emotionen mit Gedanken anzureichern. Dadurch male ich zwar nicht anders, aber der Ausdruck verändert sich trotzdem. Macht das Sinn?« Er lächelte sie an, und Dana bemerkte seine leuchtenden Augen und seine gesunden, regelmäßigen Zähne, die mit Sicherheit niemals mit einer Zahnspange in Berührung gekommen waren.

»Ja, es macht Sinn«, antwortete Dana und lächelte zurück. Dann ging sie auf ein Bild zu, das ihren Blick seit Betreten der Scheune gefangen hielt. Es war eine stille, bewegungslose Darstellung des Wassers, auf dem sich etwas spiegelte, das Dana nicht genau erkennen konnte. Himmel? Wolken? Baumkronen?

Dieses Bild hatte ein größeres Format als die anderen, aber das war nicht das Einzige, was es von den anderen Werken unterschied. Denn unter der Wasseroberfläche, hinter der Spiegelung entdeckte Dana etwas, das aussah wie – »Ist das ein Mensch?«, fragte sie. »Ja, das ist es«, beantwortete sie ihre Frage selbst, als Antonius schwieg. Sacht fuhr sie mit dem Zeigefinger über das Gemälde, spürte der Farbstruktur nach. »Sonst malst du aber keine Menschen, oder? Das ist unglaublich. Je länger ich hinschaue, umso mehr erkenne ich, was es ist. Am Anfang dachte ich, es sind die Wolken, die sich in der Oberfläche spiegeln. Aber nein. Es ist eine Frau. Das dort ist der Oberkörper, hier sind ihre Beine. Sie hat sie angewinkelt. Sie liegt seitlich, wie ein Baby. Und das hier – sind das die Haare? Sie sind dunkel und fließen um ihr Gesicht. Die Augen sind geschlossen, stimmt's?«
»Es ist meine Mutter«, sagte Antonius. Er stand neben ihr, so dicht, dass diesmal kein Irrtum möglich war: Sie konnte seine Wärme wirklich spüren. Und anders als gestern wich sie dem Gefühl nicht aus, sondern blieb stehen, wo sie war, fasziniert von dem Gemälde. »Sie ist tot.«
Jetzt endlich wandte sie ihren Blick ab. »Oh Antonius, das tut mir leid. Wann denn?«
»Vor neunzehn Jahren. Ich war zehn.«
»Ist sie hier auf dem Hof gestorben?«
»Nein, nein. Interessiert es dich, oder fragst du nur aus Mitleid?« Er konterte selbstbewusst ihr Duzen.
Dana überlegte kurz. »Beides, denke ich.«
»Ich mach uns einen Kaffee«, schlug er vor. »Dann können wir reden und weiterschauen.«
Sie nickte und folgte ihm zu einer Tür, die in einen weiteren Raum führte. Als Antonius sie öffnete, schlug ihnen ein strenger Geruch entgegen, eine Mischung aus Terpentin, Ölfarbe, Kneipe – und Wolle. »Hier arbeitet mein Vater.«

Dana trat ein, zog unwillkürlich den Kopf ein und schaute sich um. In diesem Raum war die Zwischendecke nicht entfernt worden. Die Deckenhöhe betrug höchstens zwei Meter. Wo Antonius' Atelier eine lichte Weite schuf, fühlte man sich hier wie in einer verkramten Höhle. Und wo Antonius' Bilder sich ausschließlich mit Wasser auseinandersetzten, hatte dieser Maler ein anderes Motiv: Schafe. Wo immer sie auch hinschaute, sah sie Bilder mit Schafen. »Sheep-Art«, sagte Antonius schulterzuckend, während Dana die Gemälde betrachtete. »Mein Vater liebt Schafe. Sie sind sein bevorzugtes, nein, sein einziges Motiv. Hinten auf der Weide hält er eine Herde. Die Bilder sind in erster Linie dekorativ. Aber sie verkaufen sich gar nicht mal so schlecht. Besser als meine. Auf Märkten und so. Richtig gut gehen sie auf Weihnachtsmärkten.«
Er ging zu einer Kaffeemaschine, die in einer improvisierten Küchenecke stand, füllte rasch Wasser ein, gab Kaffee in den Filter und schaltete ein. Augenblicklich fing es an zu brodeln, und das Aroma von frisch gebrühtem Kaffee mischte sich mit dem strengen Geruch, der sonst im Raum herrschte.
»Die Bilder sehen naiv aus«, meinte Dana. »Ein bisschen wie die von Grandma Moses.«
»Ja, von der Technik her schon. Aber bei ihr stehen die Landschaften im Vordergrund, bei Karl die Schafe. Er ist Autodidakt, hat sich alles selbst beigebracht.«
Mit einem letzten Brodeln war der Kaffee fertig. Antonius goss zwei Tassen voll. »Milch?«
»Ja bitte.«
Er reichte Dana eine Tasse. »Komm, wir gehen wieder nach nebenan.« Sie nickte, froh, aus der Schafhöhle rauszukommen.
»Mein Mutter war eine schöne Frau«, sagte Antonius und trat vor das Bild, das Dana vorher betrachtet hatte. Muss sie wohl, wenn du nach ihr kommst, dachte sie. Sie sah, dass er die Tasse

mit beiden Händen festhielt, vielleicht auf der Suche nach einer Wärme, die nichts mit Temperatur zu tun hatte.
Irritiert fragte sie sich, ob es etwas mit ihrem Alter zu tun hatte, dass er schon wieder auf seine Mutter zu sprechen kam. War das die Assoziation, die sie in ihm weckte? Wesentlich älter als er, mit eigenen Kindern und vielleicht ja – zumindest das war ein schmeichelhafter Gedanke – schön wie seine Mutter?
»Sie war Italienerin, stammte vom Gardasee«, unterbrach er ihre Gedanken. »Ein halbes Jahr lang war sie in Berlin, gerade erst zwanzig, und hatte mit einem viel älteren Mann eine kurze Affäre. Das war mein Vater. Er war damals schon über vierzig.« Er nahm einen Schluck Kaffee. »Sie hatte wohl nie die Absicht zu heiraten. Als sie schwanger war, ging sie zurück nach Italien, bekam mich, und als ich fünf war, zog sie mit mir nach Südfrankreich. In ein Dorf in der Nähe von Aix-en-Provence. In eine Künstlerkommune.«
»Ist es schön für ein Kind, in einer Kommune zu leben?«, fragte Dana neugierig.
»Ja, ich fand es schön. Es waren immer Leute da, die sich um mich kümmerten. Wir wohnten in einem alten Bauernhaus. Es war ein extrem freies Leben.«
»Und Schule?«
»Ich bin in die Dorfschule gegangen, aber so richtig erinnere ich mich nicht mehr daran. Eher an die Kinder, die auch in der Kommune wohnten. Es war ein bisschen wie hier, ein großes altes Bauernhaus, Scheunen, drum herum viel Land. Aber eben alles im Licht des Südens. Zikaden, Pinien, Lavendel.«
Er schwieg einen Moment, dann sagte er: »Meine Mutter hatte einen Freund. Er war Silberschmied und hieß Marcel. Er war wie ein Vater zu mir. Mein erster Vater.« Er hob die Hand, an der er die beiden silbernen Ringe trug, einen am Zeigefinger, einen am kleinen Finger. »Die hat er mir zum Abschied gege-

ben. Es hat aber eine Weile gedauert, bis sie mir gepasst haben.«

»Was ist denn mit deiner Mutter passiert? War sie krank?«, fragte Dana.

»Krank? Nein, überhaupt nicht. Im Gegenteil. Sie sprühte vor Leben. Es war ein Unfall. Wir waren alle drei am Meer, sie, Marcel und ich. Es war schon abends.« Jetzt sah er so aus, als hätte er vergessen, dass sie hier war, als sei er selbst ganz woanders, an einem fernen Strand, inmitten einer Gruppe ausgelassener Leute, einem lodernden Lagerfeuer, einer kreisenden Rotweinflasche, Sonnenuntergang über dem Mittelmeer ... Seine olivgrünen Augen waren seltsam hell. Das dunkle, wellige Haar, in der Mitte gescheitelt und locker nach hinten gebunden, umrahmte sein Gesicht. Er sah selbst ein bisschen wie ein Gemälde aus, fand Dana. Wie jemand, der nur zufällig in dieser Zeit gelandet war, aber genauso gut auch in einer anderen Epoche hätte leben können.

»Als wir ankamen, ist sie sofort ins Wasser gerannt. Allein rausgeschwommen. So was hat sie gern gemacht. Ins Blaue hinein, frei und ohne jemandem Rechenschaft über irgendetwas abzulegen. Das war das Leben, das sie liebte. Wir anderen waren noch am Ufer. Ich weiß noch, dass ich ihr hinterherrief, dass sie mir vom Wasser aus zugewunken hat. Und dann ... ist sie verschwunden.«

»Wie denn verschwunden?«

»Ich weiß es nicht. Ich werde es wohl nie erfahren. Sie ist einfach verschwunden. Nicht zurückgekommen. Vielleicht hatte sie einen Hitzschlag im Wasser bekommen und ist dann ertrunken.«

»Das ist ja schrecklich!«, sagte Dana. »War das Meer denn unruhig?«

»Nein, es war spiegelglatt. Sie haben sie nie gefunden. Ich konnte mich nie von ihr verabschieden. Das war schwer für mich zu ertragen. Für einen Zehnjährigen eigentlich unmöglich.«

Dana schwieg voller Mitleid für den Jungen, der er mal gewesen war. »Und was ist dann mit dir passiert?«

»Sie haben meinen leiblichen Vater benachrichtigt. Karl ist sofort gekommen und hat mich abgeholt. Das war nicht leicht für ihn, glaube ich. Für mich sowieso nicht. Wir kannten uns nicht, und ich habe nur Französisch und Italienisch gesprochen. Aber in Berlin blieb mir gar nichts anderes übrig, als schnell Deutsch zu lernen. Karl hatte damals einen Trödelladen in Wedding«, fügte er hinzu, als Dana ihn fragend ansah. Sie nickte. Das machte Sinn, seine Nähe zu Berlin.

»Ist das ein Abschied?«, fragte sie dann und deutete auf das Bild vor sich.

»Irgendwie haben alle meine Wasserbilder etwas mit Abschied zu tun«, antwortete er. »Dieses Thema lässt mich nicht los. Aber dieses hier – ja, ich glaube, dass es das am deutlichsten trifft: den Abschied. Es ist mein persönlichstes Bild. Die meisten haben keinen Titel. Dieses schon.« Er zeigte auf einen dunklen Schriftzug, der am unteren Rand zu sehen war, nur schwach, weil er mit dem Hintergrund fast verschwamm. Giulia.

»So hieß meine Mutter. Giulia Merano«, fuhr Antonius entspannt und ohne eine Spur Selbstmitleid fort. »Sie hat meine Kunst geprägt wie keine andere Frau. Ohne jemals davon zu erfahren.«

»Weil du in deinen Bildern das große Gefühl ihres Verlustes verarbeitest, immer und immer wieder.« Dana verstand. »Ich hätte mir auch gewünscht, so etwas zu können.«

Sein Blick wanderte zu ihrer ringlosen Hand. »Du bist jung Witwe geworden.«

»Ja. Vor vier Jahren. Nicht leicht, wenn man erst vierzig ist.« Sie lachte, als ihr klarwurde, was sie gesagt hatte. »Blödsinn. Der

Tod eines geliebten Menschen kommt ja nie zum richtigen Zeitpunkt. Ob man acht ist oder vierzig oder achtzig. Aber ich hatte meine Töchter. Sie haben mir geholfen. Wir haben uns gegenseitig geholfen. Obwohl die Mädchen genauso gelitten haben wie ich. Ihr Papa bedeutete ihnen viel. Gerade weil sie ihn nicht so oft gesehen haben, war er ihnen besonders nah, wenn er dann mal in Berlin war.«

»Was ist denn passiert?«

»Er hatte einen Herzinfarkt. Auf einem Schiff. Nicht auf der ›Drei Töchter‹, sonst hätte ich sie niemals behalten können, auf einem seiner anderen Schiffe. Burkard hat sich regelrecht kaputt geschuftet. Er hatte sich gerade so peu à peu auf vier Schiffe hochgearbeitet, als nach dem Mauerfall die ganze Konkurrenz aus dem Osten kam. Früher haben die Firmen, die was auf dem Wasserweg zu transportieren hatten, mit einem Partikulier gearbeitet. Das war fast, wie angestellt zu sein, und man hatte eine sichere Auftragslage. Und dann fing plötzlich die Pfennigfuchserei an. Es zählte nur noch das Geld, nicht Vertrauen, nicht langjährige Bindung, nichts.

Alle unterboten sich, die Polen, die Tschechen und die Ukrainer mischten mit und konnten für weniger Geld fahren. Burkard hatte immer mehr zu tun, aber gleichzeitig kam immer weniger rüber. Damit ging der Stress richtig los, und ich konnte ihm nur eingeschränkt helfen. Franziska war ja fast noch ein Baby, dann kam Katharina, dann Emma. Er hat zu viel geraucht. Sicher auch zu viel getrunken, wenn er allein an Bord war. Zu wenig Bewegung hatte er auch. Und er war nie der Typ, der freiwillig zum Arzt ging. Er war erst fünfundfünfzig, als er starb.«

Dana zuckte zusammen, als Antonius seine Hand auf ihren Unterarm legte. Einen Moment lang ließ er sie dort liegen, bewegte flüchtig den Daumen. Vielleicht absichtslos, vielleicht, um Trost zu spenden. Aber die Wärme und der zarte Reiz, die von

seiner Berührung ausgingen, versetzte etwas in ihr in Schwingung.
»Seitdem bist du allein mit deinen Töchtern? Kein neuer Mann?«
»Allein würde ich nun nicht sagen, wir leben ja bei meiner Mutter. Und nein, kein neuer Mann.«
»Ich finde, wir haben jetzt genug von Trauer gesprochen«, sagte er nach einer kleinen Pause entschlossen, nahm seine Hand weg und wandte sich ab. »Komm, ich zeig dir die Bilder, die für eine Ausstellung auf deinem Schiff in Frage kommen könnten. Das hier nicht. Das stelle ich nicht aus.«
Er durchquerte den Raum und blieb vor einem hohen, offenen Regal stehen. In gefächerten Abteilungen standen unzählige Bilder hintereinander. »Dieses hier«, murmelte Antonius zu sich selbst, während er verschiedene Leinwände herauszog. »Und vielleicht auch die hier?« Mit raschen und geschmeidigen Bewegungen stellte er die Bilder nebeneinander an die Wand.
Dana trat einen Schritt zurück, um die Bilder miteinander zu vergleichen und auf sich wirken zu lassen. Rund zwanzig standen jetzt vor ihr, wie ein wässriges Band, das sich die Wand entlangzog.
»An wie viele hast du denn gedacht?«, fragte Antonius. Mit verschränkten Armen und schief gelegtem Kopf stand er neben ihr und betrachtete die Bilder, als sähe er sie zum ersten Mal.
»Wir haben sechs Kabinen. Zwischen den Türen sind Holzpaneele. Also acht insgesamt, Anfang und Ende des Gangs mitgerechnet.«
»Und welche acht gefallen dir?«
Während Dana seine Bilder betrachtete, herrschte in dem großen Raum absolute Stille. Der Geruch von Farbe, Holz und Staub vermischte sich mit einem anderen herben Geruch. Unwillkürlich rieb sie sich die Arme und trat näher an die Bilder heran. Dann fällte sie ihre Entscheidung intuitiv. »Das erste und

das fünfte. Diese beiden in der Mitte und die letzten vier«, sagte sie, ohne zu zögern, und deutete auf die entsprechenden Bilder.

Antonius nickte. »Alles Fluss- und Seebilder. Keines von denen habe ich am Meer gemalt.«

»Sie gefallen mir am besten.«

»Gut, dann nehmen wir die. Willst du wissen, wo sie entstanden sind? Falls einer der Passagiere danach fragt?«

Dana nickte.

»Das«, er zeigte auf ein längliches Bild, auf dem Braun- und Grautöne dominierten, mit einem hellen gelben Strich, der das Bild wie ein jäh einfallender Sonnenstrahl diagonal durchkreuzte, »habe ich an einem Seitenarm der Alten Oder gemalt, im letzten Sommer. Ich war mit dem Kanu unterwegs, habe dort wild gezeltet und bin erst wieder nach Haus gekommen, als es fertig war. Die da«, er deutete auf ein schmales, längliches Bild mit auffallend geriffelter Struktur, in Beige und lichtem Grün, und auf ein zweites, das fast karibische Farben hatte, »habe ich am Stechlin gemalt. Das Wasser ist so klar, dass man selbst im Tiefen noch den Grund sieht. Wenn man auf einem Boot ist und zum Ufer schaut, ist das Wasser fast türkis. Das vierte da ist vom Grimnitzsee. Als ich es gemalt habe, hat es geregnet. Das ist der Schilfrand, siehst du?« Er wies auf einen Teil eines Bildes, der an nichts Fließendes erinnerte, sondern organische Formen erkennen ließ, die vertikal verliefen.

»Und die anderen?«, fragte Dana.

»Die sind in Berlin entstanden. Havel, Wannsee, Spree, Müggelsee.« Mit einem Fingerzeig ordnete er die Bilder den Gewässern zu. »Schau mal, auf dem Spreebild liegt sogar ein Schiff.«

»Vielleicht hast du ja zufällig die ›Drei Töchter‹ gemalt. Manchmal fahren wir dort.« Sie lächelte.

»Kann nicht sein. Dann wär's ja rosa.«

»Und wie geht es jetzt weiter?«

»Ich muss sie erst rahmen.«
»Wie lange dauert das?« Dana sah sich um, als erwartete sie, dass er sofort zu Hammer und Nagel griff. Er fing ihren Blick auf. »Jetzt gleich geht es nicht. Wie lange liegt ihr noch in Oderberg?«
»Bis morgen früh.«
Er schüttelte den Kopf. »Schaff ich nicht. Ich muss sie dir nach Berlin bringen. Dann machen wir die Hängung dort.«
»Die nächste Tour nach Schwerin beginnt in einer Woche.«
»Das ist reichlich Zeit. Ich denke, ich komme Ende der Woche.«
Dana stöhnte innerlich. Genau wie sie befürchtet hatte, würde Antonius ganz selbstverständlich auf ihrem Schiff ein- und ausgehen und für eine Unruhe unter ihren Töchtern sorgen, die ihrem friedlichen Miteinander nur schaden konnte. Andererseits waren ihre Töchter in Berlin selten auf dem Boot. Gut möglich also, dass sie dem jungen Maler nicht über den Weg liefen.
Und vielleicht reagierte sie auch über.
»Müssen wir nicht über die Preise reden, falls jemand ein Bild kaufen will?«
Antonius zuckte entspannt mit den Schultern. »Galeristen bekommen die Hälfte des erzielten Preises. Wie hoch ich meine Bilder ansetze, muss ich mir noch überlegen. Wir können es in Berlin besprechen, wenn ich dir …«
In diesem Moment wurde die Tür geöffnet. Ein Mann betrat leicht hinkend das Atelier. Er trug einen grünen Filzhut, unter dem grauweißes Haar hervorquoll. Der größte Teil seines breiten, leicht geröteten Gesichts wurde von einem grauen Bart bedeckt. Er hatte eine Malerhose an, die über und über mit Farbe bekleckert war. Dazu trug er ein langärmeliges graues Hemd und darüber, trotz der Wärme, eine grobgestrickte dunkle Weste.
»Oh, du hast Besuch, Antonius«, sagte er. »Guten Tag, guten Tag. Lasst euch nicht stören.«

»Hallo Vater. Du störst nicht«, antwortete Antonius. »Das ist Dana. Sie will einige meiner Bilder auf ihrem Schiff ausstellen.«
Du sollst dir kein Bild von anderen machen, dachte Dana erstaunt. Denn Antonius' Vater hatte sie sich nun völlig anders vorgestellt. Lediglich die Größe der beiden Männer war in etwa gleich – sie waren beide groß. Aber ansonsten hätten sie nicht unterschiedlicher sein können: Wo sein Sohn elegant und in seinen Bewegungen schnell und immer ein wenig wie auf dem Sprung wirkte, war Karl Schwarzkopp eher grobschlächtig und strahlte etwas Bedächtiges aus. Die regelmäßigen Gesichtszüge seines Sohnes teilte der alte Maler ebenso wenig wie dessen Augen- und Hautfarbe. Eine Zahnlücke leuchtete dunkel aus dem Bartgestrüpp.
Prüfend schaute er Dana aus funkelnden Augen an. Versuchte er einzuschätzen, ob sie eine gut betuchte Interessentin für die Bilder seines Sohnes war?
»Schön für dich, mein Junge«, sagte er, ohne den Blick von Dana abzuwenden. »Mögen Sie auch Schafbilder? Dann hätte ich da vielleicht was für Sie!«
Sie lachte. »Ich denke, auf die ›Drei Töchter‹ passen Wasserbilder besser.«
»Ich könnte Schafe am Wasser malen«, schlug er vor. »An einer Uferböschung. Oder auch auf einem Deich, wenn Sie möchten. Oder Strandschafe …«
»Ach Vater.« Antonius klang ungeduldig.
»Schon gut, schon gut«, sagte Karl Schwarzkopp beschwichtigend. »Ich weiß ja, dass du mit deiner Kunst was ganz anderes willst. Hast du mir ja oft genug gesagt. Mach du mal deins, ich mach meins.« Er öffnete die Tür zu seiner Schafsmaler-Höhle und verschwand.
»Tja. Das war mein Vater«, sagte Antonius. Er klang resigniert. »Er ist ein bisschen kauzig.«

»Wir können uns unsere Eltern nicht aussuchen«, lächelte Dana.
»Wie alt ist er?«
»Gerade siebzig geworden.«
»Ah. Meine Mutter ist auch siebzig.«
»Sie hat sich aber deutlich besser gehalten. Ich dachte, sie sei jünger als Karl.« Dana freute sich über das Kompliment, um sich dann flüchtig zu fragen, für wie alt Antonius sie wohl bei ihrer ersten Begegnung gehalten hatte. Und warum ihr diese Überlegung Unbehagen bereitete.
»Sie hat immer auf sich geachtet«, gab sie zurück. »Viel Sport getrieben, immer Fahrrad gefahren. Schon wegen ihres Diabetes hat sie auf ihre Ernährung ein scharfes Auge. Sie ist sehr diszipliniert. Und vermutlich hat sie auch gute Gene. Ihre Mutter ist über neunzig geworden.«
»Ja, gute Gene sind hilfreich«, stimmte Antonius zu, als Dana auf einmal zusammenzuckte. »Was ist denn?«, fragte er.
»Ich vibriere«, antwortete sie, griff in ihre Hosentasche und holte ihr Handy raus. »Nur eine SMS. Trotzdem würde ich gern allmählich zurück. Wir sind ja mit den Bildern durch, oder?«
»Vorerst«, sagte Antonius.

Als sie aus dem Atelier in den Hof traten, brannte die Sonne vom dunkelblauen Himmel herunter. Der Sitz des Motorrads war kochend heiß, ihre dunklen Jacken fast unerträglich aufgeheizt. »Soll ich dich lieber mit dem Wagen zurückbringen?«, fragte Antonius unschlüssig.
»Nein. Ich fahre gern mit dem Motorrad«, beruhigte Dana ihn.
Er grinste. »Eine verkappte Bikerin also? Immer noch Spaß am Fliegen?«
Sie grinste zurück. »Scheint so.«
Diesmal fanden ihre Finger den Verschluss des Sturzhelms auf Anhieb. Sie schwang sich hinter ihn, der deutlich schneller als

vorhin losfuhr. Dana konnte gar nicht anders: Sie griff fest um seine Taille, rückte dicht an ihn heran und lehnte ihren Kopf gegen seinen Rücken. Tief atmete sie den Geruch ein, der von ihm und von der Landschaft zu ihr aufstieg: ein verführerisches Gemisch aus Benzin, Rauch, Kaffee, Teer und gemähter Wiese. Und schließlich kam noch der unverwechselbare Duft von Wasser hinzu, der immer stärker wurde, je näher sie der Alten Oder kamen.

Sie fuhren den Uferweg entlang, und Antonius wurde langsamer. Direkt vor der letzten Bicgung, kurz bevor die Anlegestelle der »Drei Töchter« in Sicht kam, hielt er an. Dana stieg ab und reichte ihm den Helm. Er nahm ihn, stieg ebenfalls ab und bockte die Maschine auf.

»Willst du noch mal mitkommen und dir anschauen, wo wir die Bilder aufhängen könnten?«, fragte sie.

Er schüttelte den Kopf und nahm seinen Helm ab. »Nein, das entscheiden wir, wenn ich nach Berlin komme.« Er strich sich die dunklen Haare aus dem Gesicht. »Dana.«

»Ja?«

Er streckte die Hand vage in ihre Richtung, und Dana griff sie, einem Impuls folgend.

»Auf Wiedersehen.«

»Auf Wiedersehen.«

Und bevor sie verstand, was er da tat, hatte er ihre Hand zu den Lippen geführt. Sie holte tief Luft – da zog er sie mit seiner anderen Hand dicht an sich heran, und sie spürte seine Lippen auf ihrem Mund.

Schwarzes Leder rieb an schwarzer Baumwolle. Dana war so überrascht, dass sie nicht reagierte. Sie wollte ihre Hände gegen seine Brust pressen, um wieder Abstand zu gewinnen. Aber irgendwie kam sie nicht so weit. Ihre Hände schwebten noch durch die Luft, als sich seine Lippen öffneten und er sie zart und feucht, aber auch fordernd und drängend küsste. Einen glorreichen Moment lang erwiderte sie seinen Kuss, ließ zu, dass ihre Zungen sich berührten, schmeckte seine herbe Süße. Dann endlich sprang ihr Verstand wieder an, brüllte lautstark: Was machst du da eigentlich? Ihre Hände gehorchten ihr wieder, sie stieß Antonius von sich und sah ihn schockiert an. »Was war das denn?«, fragte sie. Ihre Stimme zitterte.

»Fühlte sich an wie ein Kuss«, antwortete er lächelnd. Vom Tragen des Motorradhelms hatte sich wieder eine Haarsträhne gelöst und hing ihm ins Gesicht. Seine Augen glitzerten, er sah verwegen aus, ein bisschen wild – und verboten jung.

»Aber warum, um alles in der Welt?«

»So wirkst du auf mich«, sagte er. »Schon gestern. Deine Art. Deine Weichheit. Dein Aussehen.«

Welche Weichheit, dachte sie irritiert und wiederholte: »Ja, aber warum denn nur?«

»Warum nicht? Meinst du, ich müsste dich voller Zurückhaltung behandeln, nur weil du älter bist als ich?«, fragte er, seine Stimme plötzlich spöttisch. »Ich finde, wir sollten das überhaupt nicht diskutieren. Es ist, was es ist. Soll ich dich zum Schiff fahren?«

»Nein, ich laufe«, sagte Dana, irgendwo zwischen verwirrt und empört.

»Dana. Bist du sicher?« Diesmal klang seine Stimme anders. Vorsichtiger.

»Ja, bin ich.«

»Wie erreiche ich dich, wenn ich die Bilder fertig habe?«

Dana wusste nicht, ob sie überhaupt noch wollte, dass er sie erreichte. Sie war sich ganz und gar nicht sicher, ob das eine gute Idee war. Ihr Blick musste das verraten, denn er fragte: »Wir haben doch einen Deal, oder?«

»Was du so Deal nennst«, gab sie zurück, verärgert und verun-

sichert zugleich über diese Mischung aus Geschäftsinteresse und Frechheit, aus Intimität und Lockerheit. Über seine ungerührte Gelassenheit. Sie atmete tief durch.
»Ja, okay, wir haben einen Deal. Und du hast meine Handynummer. Also ruf mich an, wenn du die Bilder gerahmt hast. Rechtzeitig. Dann treffen wir uns auf dem Schiff.«
»Mach ich.« Er nickte und verstaute ihren Helm, dann setzte er seinen auf. »Nicht böse sein. Ich konnte nicht anders«, sagte er und strich ihr über die Wange. Dann ließ er den Motor an und war verschwunden.

Dana blickte ihm hinterher, dann zog sie ihre Jacke aus. Jetzt, wo kein Fahrtwind sie kühlte, heizte das Schwarz zu sehr auf. Vielleicht war aber auch der Kuss schuld.
Unter den dünnen Sohlen ihrer Stoffschuhe gab der warme Sand nach. Sie reckte den Kopf nach oben und schloss die Augen, spürte die Wärme auf Gesicht und Armen, fühlte mit allen Sinnen die Sonne, die Luft und das nahe Wasser. Spürte, wie sie trotz der Hitze eine Gänsehaut bekam, als sie in den Schatten einer Pappel trat, merkte, wie ihre Schritte auf eine Art und Weise federten, die heute Morgen noch nicht da gewesen war. Sie öffnete die Augen wieder, ging weiter und bog um die Kurve, hinter der die »Drei Töchter« ankerte. Rosarot und ruhig lag ihr Schiff da. Als sei nie etwas gewesen, keine Fahrt auf dem Motorrad, kein Ausflug zu einem verkommenen Hof mit einem wunderschönen Atelier, kein Eintauchen in die Vergangenheit eines anderen Menschen, kein Kuss.

»Warum kommst du zu Fuß zurück? Ist was passiert?«, rief ihr Charlotte vom Liegestuhl aus zu, während Dana an den schweren Schiffsrumpf herantrat.
»Nein, alles okay. Antonius hat da hinten gehalten«, antwortete

sie. Das erklärte zwar nichts, aber Charlotte gab sich glücklicherweise damit zufrieden.
»Wo sind die Mädchen?« Dana ließ den Blick über das Deck gleiten. »Unten?«
»Nein. Sie sind schwimmen gefahren. Mit dem Beiboot zum See.«
»Ach so.«
»Und, wie sind die Bilder?«, erkundigte Charlotte sich. »Sind sie was für uns?«
»Sie sind beeindruckend, und ja, sie sind was für uns. Ich habe acht ausgesucht. Antonius bringt sie nach Berlin, bevor es wieder losgeht. Nächste Woche.«
»Da werden sich die Mädchen aber freuen. Sie waren ganz schön ungehalten, als du vorhin mit ihm weggebraust bist. Sie hatten sich wohl etwas mehr versprochen. Er macht mächtig Eindruck auf sie.«
»Ich weiß. Aber ich konnte ja nun wirklich nichts dafür.« Dana stand mit dem Rücken zu ihrer Mutter. In der Ferne konnte sie Gelächter hören, spritzendes Wasser und einen kleinen, spitzen Schrei. Mit der Hand schirmte sie ihre Augen gegen die Sonne ab und spähte auf die glitzernde Wasseroberfläche hinaus. »Haben sie sich beruhigt?«
»Abgekühlt, meinst du? Werden sie wohl. Das Interesse an Antonius entzweit sie zwar, aber der Ärger auf dich hat sie dann doch geeint.«
»Wie beruhigend«, meinte Dana trocken.
»Und deshalb sind sie zusammen schwimmen gegangen. Das Beste, was sie tun konnten«, fuhr Charlotte ungerührt fort. »Du wirst sehen, wenn sie zurückkommen, benehmen sich alle wieder normal.«
Sie hatte recht. Als sich das Boot eine knappe Stunde später mit gleichmäßigen Schlägen näherte – Emma und Katharina saßen

nebeneinander auf der Bank und ruderten mit perfekt aufeinander abgestimmten Bewegungen –, winkte ihnen Franziska schon aus der Ferne zu. Dana winkte zurück. Der Rücken von Emmas rotem Badeanzug leuchtete ihr breit entgegen, gelb und schmaler daneben der von Katharina. Franziska trug Grün. Sie sahen aus wie drei wunderschöne Seerosen.

Unwillkürlich musste Dana schlucken, doch das Gefühl der Rührung verging ebenso schnell, wie es gekommen war. Ihre drei Töchter. Sie würde alles tun, um die drei sicher und glücklich zu wissen, alles! Burkard war immer so stolz auf sie gewesen, wäre so stolz, wenn er sie jetzt sehen würde, an der Schwelle zum Erwachsensein.

»Na, ihr Badenixen«, sagte sie und lehnte sich über die Reling, um zu beobachten, wie die drei das Boot an der Vorrichtung festmachten, die es an Bord heben würde. »Wie war das Wasser?«

Franziska kletterte als Erste die Leiter hoch. »Einfach herrlich!« Ihre Augen leuchteten. Ihr nasses Haar umrahmte ihr schmales Gesicht, klebte strähnig an Hals, Dekolleté und Badeanzug. Sie strahlte pure Lebensfreude aus – pure Jugend. Die Zeit hatte noch keine Zeichen auf ihre glatte Haut gemalt, keine Spuren von Sorgen hinterlassen, sah man mal von einem leichten Sonnenbrand ab, den sie in den letzten Tagen bekommen hatte.

Als Nächste kam Katharina, das Sandwichkind, ihre unbeugsame, wilde Pippi-Langstrumpf-Tochter, deren rote Haare perfekt zu ihrem hitzigen Temperament passten. Schwungvoll kletterte sie hoch, nutzte die letzte Stufe der Leiter mit einem geschickten Klimmzug zu einer gymnastischen Zwischenübung. In ihren Bewegungen lag viel Dynamik, viel Ungeduld. Katharina bei der nächsten Fahrt dabeizuhaben würde nett sein, aber Dana wusste, dass es unmöglich war, sie dauerhaft an Bord zu beschäftigen.

Sie alle fünf waren mehr als froh gewesen, als Katharina im Juli ihr Abizeugnis in die Hand gedrückt bekommen hatte. Vermutlich waren es die Lehrer auch. Kompromisslos und undiplomatisch wie Katharina war, hatte sie einigen von ihnen unverblümt gesagt, was sie von ihnen hielt. Nicht, dass ihre Anschuldigungen nicht zum Teil berechtigt gewesen wären. Aber für Unruhe in der Schule und in ihrem Haushalt hatte es trotzdem gesorgt …

Katharina brauchte Herausforderungen statt Routine, sonst wurde sie unleidlich. Im Moment fand sie zum Glück reichlich Herausforderungen in der Beschäftigung mit ihrem Computer.

Emma war, wie so häufig, das Schlusslicht. Ihre Bewegungen hatten etwas Bedächtiges, das Dana oft an Burkard erinnerte, ebenso wie der dunkle Hautton und das braune, dichte Haar. Emma, die Stille, die Vorsichtige, die Nachdenkliche, die Leseratte, die Noch-nicht-Wachgeküsste. Nicht mehr lange, und sie würde sich von ihr verabschieden müssen, denn das nächste Schuljahr verbrachte Emma in den USA. Wenn sie in Berlin waren, checkte Emma jeden Tag den Briefkasten. Noch immer wusste sie nicht, wo es hingehen würde. Am liebsten wollte sie nach New York, hatte sie Dana erzählt, die sich insgeheim fragte, ob ihre verträumte Tochter in einer kleineren Stadt nicht besser aufgehoben wäre. Auf der anderen Seite wäre vielleicht eine große Stadt gerade das, was sie brauchte, um durchsetzungsfähiger und realistischer, um erwachsen zu werden.

Und dann standen sie endlich alle drei an Deck, warfen die nassen Haare nach hinten, fegten sich das Wasser von Armen und Beinen, dass die Tropfen nur so spritzten, griffen nach Handtüchern, lachten und vertrieben damit alle Gedanken, die Dana bei ihrem Anblick gehabt hatte. Die schönen, weil sie diese drei wunderbaren Töchter hatte. Und die wehmütigen, weil sie deren Jugend nur noch als Betrachterin erleben konnte, nie mehr aber als Beteiligte. Weil sie nie mehr so leben würde, als läge die

Zukunft noch vor ihr, mit all ihren hellen und dunklen Geheimnissen, mit den Höhen und Tiefen, die das Leben ausmachten. Die rastlosen Tage, die ungewissen Liebesgeschichten, die einsamen oder nicht so einsamen Nächte, in denen sich alles fand, was in diesem Moment zählte, gehörten ihren Töchtern, während sie selbst mit Riesenschritten auf die Wechseljahre zuging. Und *ihre* Gefühle? Die drehten sich um ihre Familie und ihre Freundinnen, aber nicht im Geringsten um einen Mann. Lange war ihr das nicht so klar gewesen wie in diesem Moment.

Und trotzdem war sie nicht unzufrieden damit. Hatte nicht auch sie viel, das auf sie wartete? Mit der »Drei Töchter« hatte sie sich in ein unternehmerisches Abenteuer gestürzt, das sich allmählich auszuzahlen begann. Wer weiß, wohin das noch führte. Sie war nicht allein und fühlte sich auch nicht allein. Was machte es schon, dass sie keinen Mann mehr in ihrem Leben hatte? Finanziell war sie abgesichert, und mit ihren Freundinnen und ihrer Familie konnte sie alles besprechen, so dass sie sich auch in dieser Hinsicht nicht nach einem Partner sehnte. Und das bisschen Sex …

Obwohl … Einen Moment lang hatte sie sich diesem Kuss hingegeben. Und es war der beste Moment des Tages gewesen. In Dana räkelte sich ein winterkalter Schmetterling, flatterte testend mit zerknitterten Flügeln, als verspüre er nach langer dunkler Zeit zum ersten Mal wieder einen Sonnenstrahl.

Franziskas Stimme unterbrach jäh Danas Gedankengänge. »Und, was ist jetzt mit den Bildern? Nimmst du sie?«, fragte sie. Sie hatte sich das feuchte Handtuch wie eine Stola um die Schultern gelegt. Mit den blonden, nassen Haaren und dem grünen Badeanzug sah sie aus wie eine Meerjungfrau auf dem Weg in eine Unterwasseroper.

Dana lächelte sie an. »Ja. Das werde ich. Ich finde sie ausnehmend passend für uns.«

4. Kapitel

»Was ’n los? Geh weg. Ich will noch schlafen«, protestierte Katharina. Mit Mühe öffnete sie die Augen und schaute ihre Schwester ungehalten an, die gerade die Zimmertür aufgerissen hatte.

Sie hatte die halbe Nacht – nein, eigentlich eher die ganze – mit einem Typen gechattet, den sie bei studiVZ kennengelernt hatte. Er wohnte in Darmstadt, hieß Bastian und alles, was er über sich schrieb, war extrem cool. Er spielte in einer Band, und zwar Folk. Katharina stand auf Folk. Auch wenn sie überzeugt vom Nutzen der Technik war, konnte sie mit Techno und Electro nichts anfangen. Nur Bässe und Töne und Rhythmen, aber keine Melodie, die man mitträllern konnte – ätzend. Aber das Beste an Bastian war, dass er nach Berlin kommen wollte, um an der TU Stadtplanung zu studieren. Ihre Messages waren hin- und hergeflitzt, bis der Himmel über Moabit graute. Jetzt war sie hundemüde. Aber das war Franziska offensichtlich völlig egal. Sie stand vor ihrem Bett, blickte auf Katharina hinunter und sah ausnehmend blass aus.

»Es ist schon nach zwölf«, sagte sie. »Ich muss was mit dir besprechen. Rutsch mal.« Sie knuffte Katharina in die Seite, die sich daraufhin stöhnend und schnaufend herumrollte. »Wo sind die anderen?«, fragte sie. »Es war so schön ruhig. Jedenfalls, bis du hier reingestürzt bist.«

»Mama ist zum Hafen gefahren und hat mich mit der ganzen

Bügelwäsche fürs Schiff hiergelassen. Last-minute-Bügeln. Groma ist beim Arzt, Emma …«

»… liest? Oder schreibt?«

»Genau. Hör mal, ich hab ein Problem mit Mark.«

Jetzt wurde Katharina langsam wach. Sie stützte sich auf den Ellbogen. »Echt? Warum?«

Franziska fummelte nervös am Knopf des Bettenbezugs herum. »Seit ich wieder da bin, haben wir uns noch nicht gesehen.«

»Na und? Das passiert doch öfter.«

»Wir haben uns nur ganz wenig gesimst.«

»Finde ich jetzt auch nicht so dramatisch.«

»Seit drei Tagen versuche ich, ihn telefonisch zu erreichen, und erwische immer nur seine Mailbox. Und er ruft nicht zurück.«

»Ah! Das ist strange.«

»Ich habe sogar schon bei seinen Eltern angerufen, weil ich dachte, dass ihm irgendetwas passiert ist. Aber sie sagen, er ist okay. Und weißt du was? Als ich letzte Woche zurückgekommen bin, hatte ich zuerst keine Lust, ihn zu sehen. Als wir dann kurz telefoniert haben, hat er behauptet, er sei zu Hause. War er aber nicht. Ich habe eine leise Stimme im Hintergrund gehört. Ich glaube, es war eine Frau. Was mache ich denn, wenn er eine andere hat?«

»Keine Ahnung. Vielleicht hat er genug von deinen Spielchen«, meinte Katharina.

»Welche Spielchen?«, fragte Franziska empört.

»Na, dieses ewige Hin und Her. Mal willst du ihn, mal nicht.«

Jetzt sah Franziska richtig unglücklich aus. »Das mache ich doch nicht mit Absicht.«

»Das glaube ich dir nicht«, erwiderte Katharina nüchtern. »Ich denke, du willst immer irgendwelche Liebesschwüre hören.«

»Will ich nicht!«

»Doch, und wenn Mark dich nicht andauernd mit Beteuerungen

seiner Liebe übergießt, bist du eingeschnappt und hältst ihn hin. Stimmt's?«
Katharina sah Franziska prüfend an, über deren blasse Wangen sich ein Hauch Rosa zog. »Na ja, vielleicht ein bisschen. Aber was soll ich denn jetzt machen?«
»Hast du Angst, Mark zu verlieren?«
Franziska nickte. Tränen stiegen ihr in die Augen, und Katharina hatte Mitleid. »Erst mal müssen wir feststellen, ob da irgendwas im Busch ist. Ich kann ja mal das Internet checken. Ist Mark bei Facebook?«
»Ja, klar.«
»Dann spioniere ich ihm mal ein bisschen hinterher.« Unternehmungslustig setzte sie sich auf.
»Morgen müssen wir schon wieder los«, murmelte Franziska. »Ich habe überhaupt keine Lust, wieder wegzufahren, bevor ich das mit Mark nicht geklärt habe. Echt nicht.«
»Ich schaue mal, was ich tun kann. Kannst du mir einen Kaffee machen, damit ich wach werde?« Katharina sprang aus dem Bett, riss den lila Vorhang und die Balkontür auf und schaltete ihren Laptop ein. Dann verließ sie das Zimmer und ging ins Bad.
Synthetische Töne erklangen, während verschiedene Programme geladen wurden. Franziska hielt das Kopfkissen eng umschlungen und schaute aus dem Fenster. Wie ihr eigenes ging auch das Zimmer ihrer Schwester zum Hinterhof hinaus. Sie sah die mit wildem Wein bewachsene Wand auf der gegenüberliegenden Seite, hörte, wie unten jemand etwas in die Mülltonne warf, und fühlte sich schrecklich. Langsam legte sie das Kissen zur Seite und stand auf, um in die Küche zu gehen.

Dana fuhr im Opel Zafira zu der üblichen Stelle am Westhafen und zwängte das Auto dort in eine knapp bemessene Parklücke. Gelegentlich kam ihr der Wagen größer vor als das Schiff. Aber wenn sie zu fünft unterwegs waren und dann noch etwas transportieren mussten, war er einfach praktisch. Sie drückte gerade auf die Zentralverriegelung, als in ihrer Tasche laut »Nimm mich mit, Kapitän, auf die Reise« erklang – ihr Handy-Ton, den Katharina im Internet gefunden hatte. Das war bestimmt Charlotte, die versprochen hatte, sich nach ihrem Arzttermin bei ihr zu melden. »Ja«, sagte sie deshalb statt einer Begrüßung.

»Dana, bist du das?«, fragte eine Stimme, die eindeutig nicht Charlottes war und die sie trotzdem sofort erkannte.

»Ja. Hallo Antonius«, antwortete sie.

Jeden Tag hatte sie insgeheim erwartet, dass er sich bei ihr meldete, und dabei erstaunt festgestellt, dass sie trotz ihrer vierundvierzig Jahre längst nicht so abgeklärt war, wie sie gedacht hatte – oder wie es wünschenswert gewesen wäre. Je mehr Zeit verstrichen war, ohne dass er anrief, desto überzeugter war sie gewesen, dass sich das mit den Bildern erledigt hatte, dass dieser Kuss am ehesten ein Abschiedskuss gewesen war, in den sie zu viel Sinnlichkeit hineininterpretiert hatte und der überhaupt nichts bedeutete. Dass sie da irgendetwas missverstanden haben musste.

Stattdessen hüpfte nun plötzlich etwas in ihr wie eine Boje im Sturm.

»Tut mir leid, dass ich mich nicht früher gemeldet habe«, sagte er. »Ich musste was fertig malen, danach bin ich erst zum Rahmen deiner Bilder gekommen.«

»Du bist mir keine Erklärung schuldig«, meinte Dana gelassen.

»Ich weiß.« Es knisterte in der Leitung, er war einen Moment lang weg, dann hörte sie ihn wieder. »Ich bin auf dem Weg nach Berlin. Die Bilder habe ich dabei. Ich würde sie dir gern vorbeibringen.«

»Jetzt?«, fragte Dana.

»Ja, jetzt. Wenn's passt.«

»Ich bin gerade beim Schiff. Es passt.«
»Na bestens.«
»Dann bis gleich.«
Nachdem sie das Gespräch beendet hatten, rief sie zu Hause an. Charlotte antwortete.
»Ah, da bist du ja«, meinte Dana. »Und, was hat der Arzt gesagt?«
»Er hat mir erst mal Blut abgenommen. Um den Langzeitzuckerwert zu bestimmen. Wie immer«, sagte Charlotte nonchalant.
»Und sonst war alles in Ordnung?«, hakte Dana nach.
»Der Blutdruck ist erhöht. Ich soll so wenig Stress wie möglich haben, kein Salz essen, das Übliche eben.«
»Dann halte dich auch daran.«
»Ich halte mich immer daran«, protestierte Charlotte. »Du musst mich nicht bevormunden, Dana. Das mag ich nicht.«
»Entschuldige, Mutti. Ich mache mir nur Sorgen.«
»Ich weiß ja. Ist schon gut. Bleibst du heute lange an Bord?«, lenkte Charlotte ein.
Einen Moment erwog Dana, ihr zu erzählen, dass Antonius auf dem Weg zu ihr war. Aus einem Impuls heraus entschied sie sich dagegen. »Ich weiß noch nicht. Aber ich versuche, um sieben zu Hause zu sein. Dann können wir noch alle zusammen essen. Ja?«
»Ist gut. Bis später dann.«

Charlotte wusste, dass die Mädchen irgendwo in der Wohnung waren, aber sie hörte und sah nichts von ihnen. Was gut war. In der Küche goss sie sich ein Glas Wasser ein, ging damit ins Wohnzimmer und setzte sich auf die Couch. Sie verzichtete darauf, das Radio anzumachen, legte auch keine CD ein. Sie brauchte Ruhe, um ihre Gedanken zu ordnen. Während sie einen kleinen Schluck trank, dachte sie nach. Sie hatte nicht die Absicht, ihre Tochter zu beunruhigen. Lieber schrammte sie etwas an der Wahrheit vorbei. Sie hatte nicht direkt gelogen, als sie erzählte, was der Arzt gesagt hatte. Aber als er sie abgehört hatte, hatte er die Stirn gerunzelt und sie dann sofort zum EKG geschickt. Dort waren Herzrhythmusstörungen festgestellt worden. Sie konnten etwas mit dem Diabetes zu tun haben, mussten aber nicht. Aber die schwankenden Zuckerwerte, die ihr Diabetes I nun mal mit sich brachte, hatten ihre Gefäße in Mitleidenschaft gezogen und machten alles auch nicht besser. Mit dreizehn Jahren hatte sie die Krankheit bekommen, sich ihr gestellt, damit gelebt, und bis jetzt war es ihr gutgegangen.

Von nun an musste sie einen Blutverdünner nehmen, regelmäßig zur Quick-Wert-Kontrolle gehen. Und das alles, ohne Dana etwas davon zu sagen, damit diese in Ruhe ihr Unternehmen weiter vorantreiben konnte und kein schlechtes Gewissen hatte, wenn sie sie für die Dauer einer Fahrt allein in Berlin ließ. Wenigstens wusste sie jetzt, woran es lag, dass sie sich in letzter Zeit so flatterig gefühlt hatte.

Charlotte ging zu dem flachen Bücherregal, das über die gesamte Längsseite des Wohnzimmers verlief und auf dem eine ganze Galerie Familienfotos stand: Bilder von pausbäckigen Babys, Mädchen mit überdimensionalen Schultüten und dünnen Zöpfchen in Semmelblond, Brünett und Karottenrot, die mit charmanten Zahnlücken in die Kamera grinsten, ein Hochzeitsfoto von Dana und Burkard, ein Foto von ihrer zweiten Tochter Marlene, acht Jahre jünger als Dana, in der flotten gelb-blauen Uniform einer Stewardess, die Hand wie zu einem spöttischen Salut an den blonden Kopf gehoben. Von Marlene hörten sie nur sporadisch. Sie hing zwar an der Familie, sie liebte sie alle sehr, Dana, die Nichten und ihre Mutter. Aber noch mehr liebte sie es, unterwegs zu sein, frei zu sein und in der Weltgeschichte herumzufliegen.

Langsam schritt Charlotte das Regal entlang, bis sie vor einem Foto in einem breiten silbernen Rahmen stehen blieb. Sie schaute auf einen Mann mit grauen, streng zurückgekämmten Haaren, der milde und ein bisschen abwesend zurückblickte. Es war ein Farbfoto, das im Laufe der letzten fünfzehn Jahre etwas verblasst war.
Sie schnipste leicht gegen das Glas. »Nun lass mich mal noch ein bisschen bei den Kindern, Walter«, sagte sie leise.
Dann drehte sie sich resolut um und verließ das Zimmer. Inzwischen drang aus der geräumigen Küche Musik. Franziska stand vor dem Bügelbrett und arbeitete sich mit verbissener Miene durch einen Berg Wäsche.
»Hat schon wer die Post geholt?«, fragte Charlotte.
Franziska schüttelte den Kopf. »Nö, glaube nicht. Frag mal Emma, ob sie runtergeht. Katharina hat zu tun.«
Charlotte nickte und ging zum Zimmer ihrer jüngsten Enkelin. Es war das kleinste, am Ende des Gangs, eine ehemalige Mädchenkammer, in die nicht mehr als ein Bett, ein Minischrank und ein Schreibtisch passten. Aber Emma hatte es unbedingt haben wollen, als Dana und die Kinder vor vier Jahren bei ihr eingezogen waren. Und es passte zu Emma, klein, gemütlich und vollgestopft mit Büchern.
Charlotte klopfte kurz an, wartete nicht auf eine Antwort und trat ein. Emma saß auf dem Bett, die rundlichen Beine angezogen, ein Schreibheft auf den Knien. Sie schaute auf, als Charlotte ins Zimmer kam. Ein bisschen mehr Bewegung würde ihr gut tun, nicht nur immer dieses Lesen und Schreiben, dachte sie.
»Emma, schaust du mal nach der Post?«, fragte sie.
»Gleich, Groma«, antwortete Emma abwesend. »Ich muss hier nur noch was fertig machen.« Sie beugte sich wieder über ihr Heft und schrieb weiter.

Im Westhafen herrschte rege Geschäftigkeit. Schiffe kamen und verließen die Anlage, Waggons wurden be- und entladen, Laster fuhren zwischen ihnen hindurch.
Aber davon merkte Dana nicht viel. Sie saß an dem großen Tisch in der Messelounge und bereitete die Fahrt vor. Während sie Unterlagen ordnete, hörte sie gleichzeitig mit einem Ohr, ob sich draußen etwas regte. Es dauerte eine gute halbe Stunde, bis Schritte an Deck erklangen. Sie schaute auf, sah erst lange Beine in schwarzen Jeans und schließlich den ganzen Antonius die Treppe herunterkommen, in seinen schmalen Händen eine schwere Kiste, ein Lächeln um den Mund und in den olivgrünen Augen, die Haare lässig zurückgebunden. Wieder strahlte er diese gefährliche Mischung aus jungenhaft und männlich, aus schüchtern und selbstbewusst, aus hippem Szenekünstler und sensiblem Piraten aus. Du meine Güte, dachte Dana selbstironisch, sein Anblick lässt mich ja regelrecht lyrisch werden …
Sie legte den Stift zur Seite und stand auf. »Hallo. Na, hast du es gleich gefunden?«
Antonius musterte sie blitzschnell von oben bis unten. Checkte er sie etwa ab? Sie war sich plötzlich ihres dünnen, roten Sommerkleids deutlich bewusst.
»Hi Dana. Kein Problem, du hast den Weg bestens beschrieben.«
Er stellte die Kiste behutsam ab. »Das sind die Bilder. Das Werkzeug habe ich noch im Wagen.« Er verschwand.
Ja, er hat mich abgecheckt, dachte Dana amüsiert.
Er kehrte mit einer Tasche zurück, in der es ominös klirrte. »Wollen wir uns gleich an die Arbeit machen?« Dana nickte, nahm ihm die Werkzeugtasche ab und führte Antonius in den Gang. Draußen war der Himmel bedeckt. Nur helles graues Licht schimmerte von oben durch das Glasdach.

»Ich denke, das passt gut hierhin«, sagte Antonius. Aufatmend stellte er die Kiste mit den Gemälden ab und griff nach dem ersten Bild. Er entfernte die Folie, in die es eingewickelt war. »Was meinst du?« Er hielt es gegen das hölzerne Paneel der Wand.

Unwillkürlich griff auch Dana danach, und ihre Hände berührten sich. Für den Bruchteil einer Sekunde hielten beide in ihren Bewegungen inne und starrten sich an. Dann zog Dana die Hand weg, als hätte sie sich verbrannt. Sie wandte den Blick von Antonius ab und schaute aufs Bild. Der breite, verwaschen-helle Rahmen hob die wässrigen Farben noch mehr hervor.

»Perfekt«, sagte sie, und ihre Stimme klang ruhig. »Aber passen nicht eigentlich alle Bilder überall gleich gut hin? Hier ist ja nichts, was sie voneinander ablenken könnte.« Sie verschränkte die Arme.

»Das stimmt schon. Aber auf dem Weg hierher habe ich mir schon die Reihenfolge der Hängung überlegt. Unter anderem«, antwortete er. Er stellte das Bild auf den Boden, und sie fragte sich, was er sich wohl noch so überlegt hatte. »Das zweite würde ich hierher hängen, die anderen«, er griff in die Tasche und stellte sie nacheinander vor die Holzvertäfelung, »hier und hier und hier. Das ergibt eine ganz subtile Abfolge. Siehst du, was ich meine?«

Nebeneinander schritten sie den Gang lang, schauten nach links und nach rechts. »Überzeugt?«, fragte Antonius und blieb dicht vor ihr stehen.

»Ja, sehr.«

»Gut. Dann hänge ich sie so. Darf ich hier Nägel einschlagen, oder soll ich lieber Leisten befestigen?« Abwartend sah er sie an.

»Nägel einschlagen ist okay.« Sie beobachtete, wie er nach dem Werkzeug griff. Reichte ihm, worum er bat, und sah, wie der Gang durch die acht Bilder langsam verändert wurde. Es sah unglaub-

lich gut aus. Charlotte hatte mit ihrem Vorschlag recht gehabt. Sie hatte etwas gesehen, an das Dana nicht geglaubt hatte.
Aber warm war es hier unten. Oder bildete sie sich das nur ein? Lag es an der Stille, die zwischen ihnen herrschte, an der Nähe, an seinem tiefen Atmen, wenn er sich bückte, um nach dem nächsten Wasserbild zu greifen, und sich dann wieder aufrichtete? Dana fuhr sich mit der Zunge über die Lippen. Sie hatte plötzlich einen ganz trockenen Mund. »Möchtest du was trinken, Antonius?«, fragte sie mit rauher Stimme.
»Nein. *Trinken* möchte ich nichts.« Sein Blick war auf ihre jetzt wieder verschränkten Arme gerichtet, als versuche er, ihre Körpersprache zu deuten. Dann wanderte er zu ihren Lippen, zum feuchten Rosa, das ihre Zunge eben hinterlassen hatte.
Und plötzlich war er bei ihr – und sie in seinen Armen. Zum zweiten Mal.
»Man kann planen, wie man Bilder hängt. Aber sonst nicht sehr viel mehr im Leben, meiner Meinung nach«, sagte er leise, bevor er sie küsste. Eine Erklärung? Eine Entschuldigung? Wie vor einer Woche spürte sie seine Lippen auf ihrem Mund. Wie vor einer Woche war sie überrascht von seinem sinnlichen Selbstverständnis. Und genau wie vor einer Woche konnte sie nichts dagegen tun.
Sie wollte es auch nicht. Sie hatte schließlich genug Zeit gehabt, sich darüber klarzuwerden. Das war es, was sie sich in den letzten Tagen gefragt hatte, was ihr im Kopf herumgespukt war: Wie reagiere ich, wenn Antonius mich noch mal küsst? Diese ungeklärte Frage war die Quelle ihrer Unruhe gewesen. Der Grund, weshalb sie in dem Telefonat mit Charlotte vorhin nicht erzählt hatte, dass Antonius auf dem Weg zu ihr war. Weil sie die Antwort immer noch nicht gewusst hatte. Jetzt wusste sie sie.
Sie griff ihm in die langen Haare, fühlte die feste Struktur unter ihren Fingern und zog ihn dichter an sich. Er spielte mit ihrem

Mund, knabberte zart, saugte leicht an ihrer Unterlippe. Anders als an der Alten Oder, als der Kuss unvermittelt war, war das hier geplant. Ein Versprechen auf mehr.

Sie öffnete leicht den Mund und spürte seine Zungenspitze. Er verlangte mehr, und sie gab ihm mehr. Die ungewohnte Intimität erregte sie, wenngleich sie das seltsame Gefühl hatte, die Szene, deren Hauptfigur sie war, auch aus der Distanz zu betrachten. Doch die beiden Bilder verschmolzen zu einem, als Antonius sich an sie presste, den Kuss kurz unterbrach und gegen die pochende Ader an ihrem Hals flüsterte. »Dana, ich musste die ganze Woche an dich denken. Hast du es auch gefühlt?«

Sie nickte, spürte das warme Holz im Rücken, gegen das sie sich lehnte. Seine Hände wanderten nach unten und erreichten den Saum ihres Sommerkleids.

In diesem Moment schallte es von oben: »Nimm mich mit, Kapitän, auf die Reise …«

»Mein Handy«, murmelte Dana. »Ich hab's oben liegen gelassen.«

Antonius hielt kurz inne. »Lass es klingeln. Bitte.«

Sie nickte wieder, und seine Hände wanderten unter dem losen Kleid auf ihrer nackten Haut wieder langsam nach oben. Sie erschauerte bei der sanften, warmen Berührung. Jetzt könnte ich das hier vielleicht noch beenden, dachte sie. Stattdessen griff sie ihn an seinen schmalen Hüften und zog ihn näher an sich heran. Der Stoff seiner Jeans rieb sacht über die Haut ihrer Innenschenkel. Ihre Hände strichen über seinen festen Hintern, fühlten, wie er die Muskeln anspannte.

Endlich verstummte das Handy. Antonius fuhr über ihren Bauch, bis er schließlich ihren BH erreichte. Seine linke Hand streichelte über den Busen. Sie spürte, wie sich ihre Brustwarze unter seiner Berührung zusammenzog. Während er sie fordernd

küsste, ließ er den Daumen über die empfindsame Härte kreisen, und unwillkürlich seufzte sie auf.
»Und ich dachte, das neulich sei ein Abschiedskuss gewesen«, murmelte sie mit einer Stimme, die alles verriet.
»Ich dachte, es sei eher ein Anfang … Komm.« Er zog sie mit sich fort, stieß die Tür zu ihrer Kabine auf und führte sie zum Bett. Langsam zog er den Reißverschluss ihres Kleids herunter, strich es ihr von den Schultern, bis es zu Boden fiel.
Als sie in Slip und BH vor ihm stand, musste sie den Impuls unterdrücken, die Arme vor der Brust zu verschränken. Was sah er in diesem Moment, sie, wie in einem knappen Bikini, aber dennoch hundertmal intimer? Lieber nicht fragen, lieber nicht wissen, den Blick abwenden …
»Ich weiß, es klingt kitschig. Aber du bist wunderschön, Dana«, sagte er und betrachtete sie so gründlich, als sei sie ein Model, dessen Formen er auf die Leinwand bannen wollte. Was er natürlich nicht tat.
Stattdessen zog er mit einer geschmeidigen Bewegung sein T-Shirt aus, umarmte sie erneut und ließ sich mit ihr aufs Bett fallen. Sie spürte die Wärme seiner nackten Brust, strich fordernd über die Jeans, öffnete sie und befreite ihn. Bebte unmerklich, als er sich nackt neben sie legte, ihren BH aufmachte, ihr den Slip auszog und sie an Stellen liebkoste und küsste, die seit Jahren kein Mann mehr berührt hatte.
Wieder spielte er mit ihren Brustwarzen, beugte sich über sie und saugte sanft an ihnen. Dana stöhnte und machte ein Hohlkreuz, um ihm, seinen Lippen noch näher zu sein. Ihr Verlangen wuchs, als er mit einem Finger in sie eindrang, und sie zog ihn über sich. Sein Gewicht auf ihr und seine Wärme weckten eine Lust auf Sex, die sie fast verloren geglaubt hatte.
»Warte«, sagte er und ließ sie los, um nach seinen Jeans zu angeln. »Ich hab ein Kondom dabei.« Hatte er das auf dem Weg zu

ihr schon so genau geplant? Oder war er ein Mann, der immer entsprechenden Schutz dabeihatte? Sie wusste so wenig über ihn. Mit wem er sonst so schlief. Mit wie vielen …
Und da war er wieder bei ihr, umarmte sie und drang schließlich mit einer einzigen geschmeidigen Bewegung in sie ein. Im völligen Einklang zu dem, wie er auch außerhalb des Bettes auf sie wirkte, scheu und bestimmt zugleich. Rasch füllte er sie aus, dicht an der Schmerzgrenze nach ihrer enthaltsamen Zeit, entzog sich dann langsam, stieß erneut zu, tief und schnell, wieder und wieder. Sie antwortete mit Bewegungen, und als sie stöhnend den Höhepunkt erreichte und sich ihre Finger in seine Pobacken krallten, war es das Beste im Leben und ein bisschen wie sterben zugleich.

Stirnrunzelnd las Emma noch einmal durch, was sie geschrieben hatte, dann sah sie zur Uhr. Lange hatte sie für das gebraucht, was ihr auf dem Herzen lag, dabei waren es eigentlich nur einige wenige Sätze. Aber sie hatte sich geschworen, sich selbst, also dem Tagebuch, gegenüber ehrlich zu sein. Wenn sie das nicht war, konnte sie das Buch genauso gut in die Tonne treten.
Sie legte es sorgfältig weg – nicht auszudenken, wenn es eine ihrer Schwestern in die Hände bekommen und lesen würde! – und verließ die Wohnung, um endlich die Post zu holen. Aus dem Briefkasten fiel ihr ein ganzer Schwung Briefe entgegen. Als sie sie durchsah, wurde sie plötzlich ganz kribbelig: Die Organisation, die den USA-Aufenthalt plante, hatte endlich geschrieben!
Sie riss den Brief auf, überflog ihn, rannte die vier Treppen nach oben und stürmte in die Wohnung. »Groma, weißt du, wo ich hinkomme? Nach Orlando, Florida!«, rief sie schon im Flur. »Hast du schon mal was darüber gehört?« Sie stürzte ins Wohnzimmer und blieb dann stocksteif stehen. »Oh, Entschuldigung«,

sagte sie. »Ich wusste nicht, dass du schläfst. Geht's dir nicht gut?«

»Doch, doch. Schon gut. Macht nichts. Du hast mich nicht geweckt. Ich hab mich nur ein bisschen ausgeruht«, antwortete Charlotte und setzte sich auf. Sie strich sich das Haar zurück und griff nach der Brille, die sie auf dem Couchtisch abgelegt hatte. »Was steht denn genau da?«

»Die Adresse der Gasteltern! Ich komme nach Orange County, keine Ahnung, wo das ist, ich muss gleich mal bei Google nachsehen. Und ich werde auf die Lake Howell High School gehen! Oh, das muss ich sofort Mama erzählen!«

Emma lief zum Telefon und wählte Danas Handynummer. Doch das Telefon klingelte und klingelte, bis schließlich die Mailbox antwortete. Noch einmal versuchte Emma es, dann legte sie den Hörer enttäuscht auf. »Komisch. Mama geht nicht ran.«

»Sie wird's nicht hören«, sagte Charlotte und legte sich wieder hin.

»Sie hat es doch immer in der Nähe!«, wunderte sich Emma. »Versteh ich nicht. Gerade jetzt, wo's wichtig ist.« Sie sah nachdenklich aus dem Fenster. Der Himmel war bedeckt, aber es regnete nicht. »Weißt du was, Groma, ich fahr einfach schnell zum Hafen«, entschied sie. »Ich muss das Mama einfach erzählen. Dann bleib ich gleich da, und auf dem Rückweg packen wir mein Fahrrad eben ins Auto.«

Sie griff sich Fahrrad- und Wohnungsschlüssel. »Nimm dein Handy mit, falls was ist«, rief Charlotte ihr hinterher.

»Ich nehme mein Handy immer mit!«, ereiferte Emma sich und verließ die Wohnung. Im Hausflur schloss sie ihr Rad ab, öffnete die schwere Haustür und sah zum Himmel. Keine Spur von Regen. Sie schwang sich aufs Fahrrad und radelte los, die stille Essener Straße hinunter, am Buchladen und an dem Café vor-

bei, das diesen köstlichen Kuchen verkaufte, bog dann rechts in die Elberfelder Straße ein und fuhr weiter, bis sie Alt-Moabit erreichte.
Sie trat schnell, ungeduldig, um ihrer Mutter endlich die aufregende Neuigkeit zu erzählen. Vor ihr schaltete eine Ampel auf Rot. Sie bremste mit quietschenden Reifen, als ihr Handy klingelte, und blickte auf das Display: Jessica, ihre beste Freundin. Vor ihr hatte Emma keine Geheimnisse. Bis auf eines, vielleicht …
»Hey Jessy«, sagte sie und blieb stehen, auch als die Ampel wieder auf Grün schaltete. »Ich weiß jetzt, wo ich in den USA wohnen werde.«
»Wo denn?«
»Orlando.«
Sie hatte den Namen kaum ausgesprochen, als Jessy am anderen Ende aufgeregt quiekte. »Echt? Krass!«
»Wieso krass?«
»Da hat doch die Harry-Potter-World eröffnet!«
Emma verdrehte die Augen. Seit zwei Jahren war ihre Potter-Begeisterung vorbei, auch wenn sie die Filme immer noch mochte. Aber bei Jessy verging kein Tag, an dem sie nicht von Muggeln und Magiern sprach.
»Oh Emma, hast du nicht Zeit, zu mir zu kommen? Dann schauen wir mal zusammen, was es in der Potter-World zu kaufen gibt. Du kannst mir ein Paket schicken! Mit ein paar Flaschen Butterbier!« Sie kicherte begeistert.
»Nö, jetzt nicht. Ich bin gerade auf dem Weg zum Hafen, weil ich meiner Mutter das mit Orlando erzählen will.«
»Ach, komm doch. Ich hab sturmfrei. Und du haust schon bald ab. Komm schon, Emma.«
Emma zögerte. Dann gab sie sich einen Ruck. »Na gut. Dann fahr ich eben nicht zum Hafen. Bin in zehn Minuten da.« Sie

beendete das Gespräch und wendete das Rad. Während sie jetzt in Richtung Hansaplatz radelte, wo Jessy mit ihrer Mutter in einem Hochhaus wohnte, legte sich ihre Aufregung ein bisschen und machte einem anderen Gefühl Platz. Ein ganzes Jahr lang würde sie weg sein. Gerade jetzt. Unvermittelt überkam sie eine Welle von Wehmut, so dass sie die aufsteigenden Tränen hinunterschlucken musste und dabei um ein Haar über die nächste rote Ampel gefahren wäre.

Dana lag mit geschlossenen Augen auf dem Rücken, Antonius neben ihr, so dass sie seine Nähe fühlen konnte. Als er sich bewegte, raschelte es leise. Antonius streckte die Hand nach ihr aus und begann, mit dem Finger Kringel auf ihren Bauch zu malen. Immer höher fuhr er, bis er ihre Brustwarze umkreiste, die sofort reagierte und sich zusammenzog.

Als Dana die Augen öffnete, sah sie das Silber seines Rings aufblitzen. Sie widerstand der Versuchung, seine Hand wegzuschlagen, wollte ihn nicht für etwas bestrafen, an dem sie sich die gleiche Schuld gab. Wenn man in diesem Zusammenhang überhaupt von Schuld sprechen konnte.

Sie schüttelte leicht den Kopf, wie um eine Frage zu verneinen, die niemand gestellt hatte. Der Finger auf ihrer nackten Haut stoppte. »Tut es dir leid?«, fragte Antonius.

Jetzt hielt sie seine Hand doch fest. »Ich weiß nicht. Ja. Vielleicht. Es fühlt sich nicht richtig an.«

»Für mich schon«, sagte er. Er stützte sich auf den Ellbogen. Seine Haare hatten sich gelöst, und eine Strähne fiel auf Danas Gesicht. Sie griff nach ihr und wickelte sie sich um den Finger. »Du hast auch nicht drei Töchter, für die du die Verantwortung trägst« erwiderte sie. Sie gab die Strähne wieder frei. Für einen kurzen Moment konnte sie darin noch ihre Fingerform ausmachen.

»Das stimmt. Aber ich weiß nicht, was das mit uns zu tun hat. Dana«, antwortete er, und seine Stimme bekam einen dringlichen Unterton. »Mach es dir nicht schwerer, als es ist. Ich musste es versuchen. Du wirkst auf mich eben so sexy.«

»Tu ich das?« Sie sah ihn fest an. »Aber warum? Warum, Antonius? Ich bin, na ja, nicht richtig alt, aber fünfzehn Jahre sind doch eine Menge. Ich stehe mitten im Leben mit meinem Unternehmen. Morgen kommen die Passagiere an Bord, ich habe meine Familie, und du bist noch so am Anfang …«

Er antwortete zuerst nicht, sondern sah sie nur schweigend an. Dann sagte er mit milder Arroganz: »Ich bin neunundzwanzig und kein Kind mehr, weißt du. Ich weiß, was ich will. Und es war schön, oder?« Sie nickte.

»Reicht das nicht für den Moment?«

Jetzt blieb sie ihm eine Antwort schuldig. Nur ihre Gedanken füllten die Stille. Das Problem ist ja gerade, dachte sie, dass du es einfach so hinnehmen kannst. Als etwas Einmaliges im Sinne von einmal passiert. Ein Abenteuer. Ein One-Night-Stand. Ein One-Nachmittag-Stand. »Ich weiß nicht. Ich glaube, ich fände es besser, wenn du jetzt gehst.«

Wieder war in seinem Blick die Mischung aus Arroganz und Milde. Dann nickte er. »Morgen kommen also die Passagiere an Bord?«

»Ja.«

»Wenn sich wer für meine Bilder interessiert, kannst du anrufen. Jederzeit.«

»Ja, natürlich. Mache ich.«

»Und wie fahrt ihr, Dana?«

»Über Spandau raus, dann über die Havel-Oder-Wasserstraße zum Lehnitzsee. Da ist unser erster Stopp.«

»Morgen Abend?«

»Ja. Warum?«

»Nur so. Ich stelle mir gern vor, wo meine Bilder entlangschaukeln.« Er küsste sie innig. Da war es wieder, dieses sehnsuchtsvolle Ziehen in ihr. Mein Gott, sie hatte nicht gewusst, dass sie so ausgehungert nach Sex gewesen war. Denn das war es schließlich – Sex. Nicht mehr.
Sie drückte gegen seine Brust. »Nein, Antonius. Es geht nicht. Nicht noch mal. Ich habe heute noch viel zu tun, weißt du«, sagte sie in der Hoffnung, ihn nicht zu brüsk abzuweisen. Und gleichzeitig sich selbst von der Wahrheit ihrer Worte zu überzeugen.
»Schon gut.« Er wandte ihr den Rücken zu, setzte sich auf die Bettkante, griff nach seinen Sachen. Sie zog die Decke über den Busen und sah ihm beim Anziehen zu. Verwundert über sich selbst, aber auch bedauernd in der Gewissheit, dass sie das nicht ein zweites Mal sehen würde: seine geschmeidigen Bewegungen, wie er in die Jeans und das T-Shirt schlüpfte. Diese glatte, braune Haut, dieses etwas schiefe Grinsen, mit dem er ihr jetzt sagte: »Bleib liegen, Dana. Ich finde den Weg allein heraus.« Das leichte Knarren des Bettes, als er sich noch einmal darauf stützte, um ihr einen letzten Kuss zu geben, süß und tief. Einen Abschiedskuss. Bis sie wieder in Berlin war und er seine Bilder abholen würde. In spätestens zehn Tagen. Auch wenn sie es so nicht verabredet hatten: So würde es sein. Weil es gar nicht anders sein konnte …

Dana war schon da, als Emma um halb sieben nach Hause kam. Endlich konnte sie ihrer Mutter die Neuigkeit berichten. Bloß dass es zu diesem Zeitpunkt längst keine Neuigkeit mehr war, sondern Dana es bereits von Katharina erfahren hatte, die es von Franziska gehört hatte, die es von Charlotte wusste.
»Ich habe versucht, dich anzurufen, Mama!«, sagte Emma vorwurfsvoll, als sie alle um den Esstisch saßen. »Warum bist du nicht ans Telefon gegangen?«

»Ich hab's oben klingeln hören. Entschuldigung, Schätzchen. Aber ich habe Antonius gerade geholfen, unten die Wasserbilder aufzuhängen«, antwortete Dana. Sorgfältig schmierte sie sich ein Brot und vermied es, dabei hochzuschauen. »Er hat sie heute vorbeigebracht. Sie sehen gut aus. Ihr werdet sie ja morgen sehen. Hast du dir mal dieses Orlando im Internet angeschaut, Emma?« Dana biss ins Brot. Sie hatte Hunger.
»Ach, Antonius war da? Das wusste ich ja gar nicht.« Emmas Augen wurden noch dunkler als sonst.
»Er hat sich auch nicht angemeldet«, gab Dana zurück. »Hat erst angerufen, als er praktisch schon am Hafen war. Und, wie ist es nun mit Orlando?« Sie wollte unbedingt das Thema wechseln.
»Jessy und ich haben es vorhin gegoogelt«, sagte Emma und griff nach einer Tomate. »Es gibt viele Siedlungen, so typisch amerikanische Einfamilienhäuser, und eine Innenstadt mit modernen Gebäuden und einem See. Außerdem haben sie da noch ein anderes Viertel, das heißt Winterpark. Dort ist es richtig hübsch. Aber ich glaube nicht, dass ich dorthin komme.« Sie schnitt die Tomate auf, und auf ihrem Teller bildete sich eine kleine wässrig-rote Lache, in der einige orangefarbene Kerne schwammen. Viertel, Achtel, Sechzehntel … Ein Sechzehntel aß sie, die anderen Tomatenstücke ordnete sie zu einer blutroten Blume an.
»Du siehst bedrückt aus«, sagte Dana und schaute sie aufmerksam an. »Ist was? Ist es wegen Orlando? Wolltest du doch in eine andere Stadt?«
»Nein. Ich habe bloß keinen Hunger.«
»Heute Mittag hast du auch kaum was gegessen«, meinte Charlotte.
»Schad ja nix, wenn sie ein bisschen abnimmt. Sie ist ja dick genug«, murmelte Katharina und angelte mit der Gabel nach einem Schnitzel, das vom Mittagsessen übrig geblieben war.
»Du bist so was von fies!«, rief Emma. Ihre Augen füllten sich

mit Tränen. Unvermittelt sprang sie auf, warf die Gabel hin und stürmte aus dem Zimmer.
»Das war gemein, Katharina«, sagte Dana streng. »Ich möchte, dass du dich bei Emma entschuldigst. Du weißt doch, wie empfindlich sie ist.«
»Wieso denn? Ich denke gar nicht daran. Es stimmt doch! Sie ist doch wirklich zu moppelig«, empörte Katharina sich.
»Wie Emmas Figur ist, steht hier nicht zur Debatte. Aber die Art, wie du stichelst, ist verletzend.«
Jetzt sprang auch Katharina auf. »Immer hältst du zu ihr, nur weil sie die Jüngste ist!«
»Das ist doch gar nicht w…« Da hatte Katharina schon Türen schlagend das Zimmer verlassen. Dana sah erst Charlotte, dann Franziska an. »Was ist denn heute los?«
Franziska schüttelte mit zusammengepressten Lippen den Kopf. »Entschuldigung«, sagte sie leise. Dann stand sie auf und verließ ebenfalls den Raum.
»Ich habe keine Ahnung, was die drei haben«, meinte Charlotte bestürzt, als sie nur noch zu zweit am Tisch saßen. »Heute Nachmittag war alles in bester Ordnung. Emma war sehr aufgeregt wegen Orlando. Vielleicht hat ihr das ja den Appetit verschlagen?« Sie wies zu dem Teller, auf dem die verwaisten Tomatenstücke lagen.
»Sie wirkte aber eben überhaupt nicht froh. Und warum ist Katharina so zickig zu ihr?«
»Ich weiß es nicht. Franziska war vorhin lange bei Katharina im Zimmer. Ist dir aufgefallen, dass sie und Mark sich überhaupt nicht getroffen haben, seitdem wir wieder zurück sind?«
Dana nickte und griff nach Emmas Teller. Sie nahm sich die Tomatenstücke und legte sie auf ihr Käsebrot. »Ja, seltsam, nicht wahr? Vielleicht bekomme ich ja während der Tour aus ihr heraus, ob bei den beiden noch alles in Ordnung ist.«

»Wusstest du wirklich nicht, dass Antonius heute zur ›Drei Töchter‹ kommt?«, fuhr Charlotte fort.
»Natürlich nicht«, antwortete Dana entspannter, als ihr zumute war, und schnitt sich ein Stück vom Brot ab. Ihr Herz pochte gegen die Rippen. »Warum hätte ich es denn verschweigen sollen?«
»Na ja, es hätte ja sein können, dass du die Mädchen nicht seinetwegen in Aufruhr versetzen willst«, meinte Charlotte nachdenklich.
»Hätte. War aber nicht so. Sie sind auch ohne Antonius schon genug in Aufruhr.«
»Stimmt. Und, wie geht das jetzt weiter mit den Bildern? Habt ihr einen Preis vereinbart?«
»Nein. Wenn sich einer der Gäste dafür interessieren sollte, stelle ich die Verbindung zu Antonius her. Wir sind schließlich keine Galerie, sondern nur eine Art schwimmender Ausstellungsraum. Es ist ja kein Problem, wenn die Passagiere sich direkt bei ihm melden müssen.« Ein größeres Problem dagegen war, dass sie mit dem überaus attraktiven und wesentlich jüngeren Maler der Wasserbilder geschlafen hatte.
»Ich verstehe.« Charlotte warf ihr einen unbestimmten Blick zu, und Dana dachte unbehaglich, dass kein Mensch auf der Welt sie besser kannte als ihre eigene Mutter. »Die Mädchen. Die Fahrt. Die Passagiere. Das sind wohl alles größere Probleme.«
»Ja, stimmt«, meinte Dana und schob den Teller von sich weg. Plötzlich war ihr der Appetit vergangen. »Möchtest du noch was essen? Sonst räume ich ab.«

»Ich finde einfach nichts«, sagte Katharina verbissen. Sie saß auf der Kante ihres Schreibtischstuhls, starrte auf den Monitor und klickte sich durch Fotos, die sie unter Marks Freunden bei Facebook gefunden hatte. »Normalerweise gibt das Netz alles preis!«

»Vielleicht ist ja nichts zu finden«, sagte Franziska. Erleichterung sprach aus ihrer Stimme. »Vielleicht hat er wirklich nur zu viel zu tun.«

»Du machst dir was vor. Die Zeit, dich anzurufen, hat er sonst immer gehabt! Nicht mit dir zu sprechen – was soll denn das! Es ist wahrscheinlich einfach noch nicht genug Zeit vergangen, damit jemand was ins Netz gestellt hat«, widersprach Katharina und fuhr sich über die brennenden Augen. Den ganzen Nachmittag hatte sie Fotos gesichtet – ohne Ergebnis. Aber sie wollte nicht aufgeben. Nicht, weil ihr Franziskas Anliegen so am Herzen lag, sondern weil es ihr viel zu viel Spaß machte, im Internet zu spionieren, und weil sie auf dem Schiff längst nicht so viel Zeit dafür haben würde. »Was ist denn mit diesem Oliver? Der ist doch mit Mark befreundet. Schmeißt der nicht immer Partys in der Laube seiner Eltern? Hat Mark das nicht mal auf dem Schiff erzählt?«

»Stimmt. Mit Oliver war er in letzter Zeit viel zusammen.«

»Wie heißt der mit Nachnamen? Weißt du das?«

»Keine Ahnung.«

Katharina klickte sich geduldig durch Marks Facebook-Freunde, was sich bei vierhundertdreiunddreißig Kontakten als echte Fleißaufgabe entpuppte.

»Meine Güte, der ist ja mit allen befreundet, die am Flughafen Schönefeld arbeiten«, stöhnte sie, als sie bei Kontakt Nummer 234 angekommen war. Dann stutzte sie. »Hier, warte mal. Oliver Körten. Das kann er sein.« Sie ging auf Olivers Seite. »Und er hat ein paar Fotoalben reingestellt. Glück gehabt. Wusste ich es doch. Mal sehen, was es so alles gibt. Meine Güte, da ging's aber echt zur Sache!«, kommentierte sie die Bilder. »Oliver ist ja ein richtiges Party-Animal. Das sind keine Schnappschüsse, das sind Schnapsschüsse. Schau mal!«

Sie rückte zur Seite, damit Franziska das Foto sehen konnte:

leere Flaschen, leere Bierkästen. »Die Leute, die so was reinstellen, spinnen ja. Haben die denn keine Angst, dass ihre Personalchefs das sehen? Iihh, ist das eklig!« Katharina hatte gerade ein Foto vergrößert, auf dem sich jemand in etwas übergab, das verdächtig wie eine McDonalds-Tüte aussah. »Und hier sind noch mehr Fotos von der Party, sogar mit Datum. Ah, vor zwei Wochen! Da waren wir unterwegs. Erkennst du irgendjemanden? Ist Mark vielleicht dabei?« Katharina klickte sich rasch von Bild zu Bild.

Franziska schaute ihr über die Schulter. Sie schüttelte den Kopf. »Nee, nein, kenn ich nicht, nicht so schnell … halt, geh noch mal zum letzten Bild zurück, und mach es mal größer!«

Ein Foto füllte den Bildschirm aus, nicht ganz scharf, aber immerhin scharf genug, um erkennen zu können, dass es ein Pärchen zeigte.

Franziska und Katharina blickten auf einen schmalen Rücken. Das Mädchen trug ein weißes Top mit Spaghettiträgern und hatte dunkle Locken, die ihm bis auf die Schultern fielen. Jedenfalls bis auf die linke Schulter. Rechts waren die Locken hochgenommen, was an der Hand des Mannes lag, die sich darin vergraben hatte. Seine andere Hand befand sich unter dem weißen Top. Das Mädchen saß mit weit geöffneten Beinen auf seinem Schoß, ihm zugewandt. Es hielt den Kopf schräg nach unten gesenkt. Zweifelsohne, weil sie und der Mann sich gerade innig küssten. Abgesehen von seinen Jeans sah man von ihm nichts. Außer einem Stückchen von seiner Hemdmanschette, die über sein Handgelenk gerutscht war. Und darauf starrte Franziska jetzt.

»Ich glaub, das ist er«, sagte sie langsam.

Katharina lachte. »Quatsch. Wie um alles in der Welt willst du das wissen? Du siehst doch gar nichts von ihm.«

»Ich sehe seine Beine. Ich *kenne* seine Beine. Und vor allem sehe

ich das Hemd. Genau so eins habe ich ihm zum Geburtstag geschenkt.«
»Ein Hemd? Das ist doch kein Beweis. Viele Männer tragen Hemden.«
Franziska schluckte. »Ich habe das Hemd bei einer Fahrt in Peenemünde gekauft. In einem winzig kleinen Geschäft mit Fischersachen, direkt am Hafen. Von der Besitzerin selbst genäht. Meinst du, Oliver Körten hat viele Freunde, die genau so ein Hemd haben? Mit Pinguinen und Albatrossen in Hellblau?«
»Wahrscheinlich nicht«, gab Katharina zu. »Oh, oh. Ich glaube, du hast wirklich ein Problem. Und jetzt?«
Franziska zuckte hilflos mit den Achseln. Sie wollte sich vom Anblick des knutschenden Pärchens losreißen, schaffte es aber nicht.
»Tu so, als ob du alles weißt«, schlug Katharina vor. »Ruf ihn an und sag ihm, du weißt, dass er dich betrügt. Ach nein, geht ja nicht. Er drückt deine Anrufe weg. Dann stell ihm per SMS ein Ultimatum. Schreib, dass er genau zehn Tage Zeit hat. Dann bist du längst wieder da, und wenn er bis dahin nicht zur Besinnung gekommen ist, kann er dich mal!«
Franziska sah sie schweigend an. Ihre Augen füllten sich mit Tränen, vor Wut und vor Verzweiflung. »Sei doch nicht immer so nüchtern. Das kann ich doch nicht machen! Nachher braucht er länger Zeit, und ich bin ihn wirklich los!«
»Na und? Du findest schon einen anderen«, antwortete Katharina ungerührt.
»Du bist so was von herzlos! Eines Tages wirst du dich auch verlieben, und dann merkst du erst mal, wie das ist!« Weinend rannte Franziska aus dem Zimmer.
»Ich bin nicht herzlos, sondern pragmatisch«, rief Katharina ihr, jetzt ebenfalls wütend, hinterher. »Und du könntest dich wenigstens bedanken, dass ich mir den ganzen Nachmittag für dich um

die Ohren geschlagen habe! Blöde Kuh«, fügte sie hinzu, vorsichtshalber leiser.
Dann schaute sie, ob Bastian online war. Natürlich nicht. Wo waren die Kerle eigentlich, wenn man sie brauchte?

Stille senkte sich über die Wohnung.
In ihrem Schlafzimmer überprüfte Charlotte zum letzten Mal an diesem Tag ihren Zuckerwert, dann spritzte sie sich ihr Langzeitinsulin und setzte sich auf die Bettkante. Ab morgen würden sie und Emma allein sein. Es war doch ein großer Unterschied, ob sie sich zu zweit oder zu fünft die Wohnung teilten. Ihre Tochter und ihre Enkelinnen bedeuteten ihr alles. Aber es war auch mal ganz schön, ein paar Tage mehr Ruhe und weniger Spannungen zu haben.
Dabei war Emma nie das Problem. Sie war immer ruhig und machte alles mit sich selbst aus. Schon als Baby hatte sie nur mit großen dunklen Augen herumgeschaut und kaum geweint. Beinahe hätte man die Kleine damals vergessen können. Ganz anders als Katharina, die gebrüllt hatte, als ob sie mit allem, was in dieser neuen Welt auf sie zukam, überhaupt nicht einverstanden wäre. Und Franziska … wie war die eigentlich gewesen? Charlotte konnte sich nur noch schwach an ein niedliches weißblondes Baby erinnern, aus dem dann plötzlich, fast über Nacht, eine junge Frau geworden war. Es war schon seltsam mit der Zeit. Ein Leben konnte so lang sein, und dann war es plötzlich auch schon wieder zu Ende. Mit Walters Tod war auch ein Teil ihrer Welt gegangen. Wie hatte sie um ihn getrauert! Aber nach der langen Krebserkrankung war es zugleich auch eine Erleichterung gewesen, ihn nicht mehr leiden zu sehen. Und natürlich hatten ihr die Töchter und die Enkelinnen geholfen, sie durch ihre bloße Existenz darauf hingewiesen, dass das Leben irgendwie weiterging. Sosehr Walter ihr auch gefehlt hatte, so war ihr

nach der ersten großen Trauer relativ schnell die Erkenntnis gekommen, dass man ohne Mann ein ganzes Stückchen freier lebte.

Wohlmeinende Freundinnen hatten die ersten Jahre nach Walters Tod versucht, sie mit alleinstehenden älteren Männern zusammenzubringen. Einige nette Nachmittage und Abende hatte sie damals mit dem einen oder anderen verbracht, aber Charlotte hatte nicht vorgehabt, sich auf eine neue eheähnliche Beziehung einzulassen. Sie wollte nicht mehr regelmäßig kochen müssen oder gar wieder zur Pflegerin werden – »Schwester Robusta« nannte das Katharina immer reichlich respektlos –, und so waren weitere Einladungen ausgeblieben. Seitdem waren die Jahre nur so an ihr vorbeigeflogen. Es stimmte, dass einem das Leben als junger Mensch unendlich lang vorkam und es umso rascher ging, je mehr es sich dem Ende zuneigte.

Charlottes Gedanken wanderten zu Dana. Sie fragte sich, was die Zukunft für sie noch bereithielt. Glaubte man ihrer Tochter, dann fühlte Dana sich so wie sie selbst nach Walters Tod. Aber das ist nicht richtig, dachte Charlotte. Sie ist einfach noch zu jung, um mit Liebe und allem, was dazugehört, für immer abgeschlossen zu haben. Ich wünsche ihr so sehr, dass noch einmal jemand kommt, der sie verdient hat. Mit diesem Gedanken löschte Charlotte das Licht.

Katharina chattete. Nicht mit Bastian, wo immer er auch sein mochte, sondern mit ihrer Freundin Vanessa, die gerade ein freiwilliges soziales Jahr in einem Kinderheim in Südafrika machte. Die Verbindung war schlecht – es dauerte jedes Mal ewig, bis sie auf ihre Messages, mit flinken Fingern getippt, eine Antwort bekam. Dabei fand Katharina interessant, was Vanessa erzählte. Sie hatte vor, mit anderen europäischen Jugendlichen nach Kapstadt zu fahren. Dort wollten sie Haitauchen gehen. Langsam würden sie in einem Käfig ins Meer gelassen, an einer Stelle, wo vorher Haie angefüttert worden waren. Das war tausendmal spannender, als auf deutschen Flüssen zur Ostsee zu schippern, befand Katharina neidisch, als sie eine halbe Stunde später den Computer ausschaltete und sorgfältig einpackte. Der würde natürlich auf die Fahrt mitkommen. Er war ihr Arbeitsinstrument, aber zugleich auch das beste Mittel gegen Fernweh und verhinderte zuverlässig, dass ihr die Welt zu klein wurde. Wenn es nach ihr ging, konnte der Herbst nicht schnell genug kommen! Dann hätte sie ihr Versprechen, noch zweimal auf der »Drei Töchter« mitzufahren, eingelöst und würde nie mehr das Mädchen für alles spielen müssen, was ihr überhaupt keinen Spaß machte. Im Oktober wartete das Studium auf sie – endlich raus und weg! Vielleicht würde sie auch ins Ausland gehen wie Emma? Die Welt mit all ihren Möglichkeiten lag vor ihr.

Ich will nicht weg, bevor ich nicht mit Mark gesprochen habe, dachte Franziska unglücklich. Er soll endlich ans Telefon gehen, verdammt noch mal, damit wir das klären können!
Aber als sie ihn anrief, erreichte sie wieder nur die Mailbox. Noch drei Mal versuchte sie es, dann gab sie auf. Sie wollte nichts weniger, als morgen an Bord der »Drei Töchter« zu gehen, die Passagiere zu begrüßen, so zu tun, als ob sie sich wirklich über ihre Anwesenheit freute, aber natürlich hatte sie keine andere Wahl. Und dann musste sie zehn Tage lang wie eine Sklavin schuften, kochen, servieren, einschenken, abräumen … Mama würde nie erlauben, dass sie wegen Mark in Berlin blieb. Einerseits verstand Franziska es ja auch. Die »Drei Töchter« war ein Familienbusiness, und wenn sie ehrlich war, freute sie sich darüber, dass sie und Dana es zusammen so gut managten. Sie wusste, wie schlecht Arbeit in Hotels bezahlt wurde und wie wenig Freizeit man hatte. Als Junior-Chefin auf dem eigenen

Schiff ging es ihr viel besser. Also gut, das mit der ›Sklavin‹ nahm sie zurück.
Andererseits vermisste sie Mark fürchterlich. Komisch. Sie hatte gar nicht gewusst, wie sehr sie an ihm hing. Gut, dass diesmal Katharina wieder mit auf die Reise kam. Dann konnte sie wenigstens mit ihr sprechen. Obwohl Katharina ja, was Jungs anging, ganz anders tickte als sie selbst. Manchmal war Franziska direkt neidisch auf die emotionale Kaltschnäuzigkeit ihrer jüngeren Schwester. Aber sie selbst war halt die Sanftere. War es immer gewesen. Und eigentlich wollte sie auch gar nicht anders sein.

Auch in Emmas Kammer brannte noch Licht. Es herrschte Stille, nur vom emsigen Kritzeln des Stifts und gelegentlichem Umblättern einer Seite unterbrochen. Schließlich hielt Emma inne und blätterte zurück, um zu lesen, was sie geschrieben hatte. Ihr Herz war übervoll mit aufregenden, aber widersprüchlichen Gefühlen.
Sie sah auf und blickte nachdenklich zu einem Bücherstapel. Es gab einfach nichts Besseres, als zu lesen und besonders zu schreiben! Allein durch das Formulieren ging es ihr schon besser. Und wenn sie es dann las, wurden ihr plötzlich Dinge klar, die sie vorher so einfach nicht erkannt hatte. Als ob sie mit einer guten Freundin sprach, die alles aus einer anderen Warte sah. Eine weise, ruhige, wohlmeinende Freundin, die sie so nicht hatte. Geschweige denn eine Schwester! Bei Franziska und besonders bei Katharina musste sie immer auf der Hut sein. Super, dass die beiden ab morgen weg waren und sie ihre Ruhe haben würde. Sie seufzte befreit und schrieb weiter.

Dana hatte sich ebenfalls in ihr Zimmer zurückgezogen, aber sich noch nicht ausgezogen. Sie ging langsam, tief in Gedanken versunken, umher. Ihre Hand streifte unbewusst die Lehne des kleinen, blau-weiß karierten Zweisitzers, rückte eine Schifffahrtskarte zurecht, die auf dem Beistelltisch lag, während sie innerlich ganz woanders war. Das Abendbrot wäre auch ohne den Streit der Mädchen eine Bewährungsprobe für ihre Nerven gewesen. Die allgemeine Gereiztheit hatte da überhaupt nicht geholfen. Am liebsten hätte sie die Zeit zurückgedreht. Bloß bis wann, war ihr nicht klar. Bis zu dem Moment heute Nachmittag, als es noch möglich gewesen wäre, alles ungeschehen zu machen? Oder bis zu dem Augenblick, als sie beide ins Bett gefallen waren? Um alles noch mal zu erleben? Nein, entschied sie, sie würde es ungeschehen machen. Sie musste weg von diesem Nachmittag, weg von diesen Gefühlen. Sie war nie eine Frau gewesen, die Sex und Emotionen voneinander trennen konnte. Das hatte sie mit Burkard ja auch nicht gemusst.

Aber vergessen, was heute gewesen war? Unmöglich. Die Erinnerung an Antonius würde morgen mitreisen, es hatte keinen Sinn, sich etwas anderes vorzumachen.

Dana strich sich mit dem Zeigefinger übers Gesicht, über ihren nackten Arm, über den Mund, ungläubig, dass vor weniger als sieben Stunden Antonius dasselbe getan hatte. Sie schauderte, als das Gedächtnis ihrer Haut vorgaukelte, dass es seine Berührung sein könnte, die sie spürte.

Als sie vorhin die »Drei Töchter« verlassen hatte, hatte sie das Bett nicht frisch bezogen. Absichtlich nicht. Wenn sie sich morgen Abend im Hafen von Lehnitz zu später Stunde zudecken würde, hundemüde nach dem ersten Tag mit den Passagieren, würde Antonius' Duft auf sie warten. Der Duft von ihnen beiden. Der Duft der Liebesstunde dieses Nachmittags.

Als sie endlich einschlief, viel zu spät für den anstrengenden morgigen Tag, der sie erwartete, streckte sie im Dämmerschlaf unwillkürlich den Arm zur gegenüberliegenden Seite ihres Bettes. Als wollte sie nach jemanden greifen, der dort nicht lag.

5. Kapitel

Zu fünft gingen sie am nächsten Morgen die Treppe hinunter und blieben vor dem Haus stehen.

»Wir sind dann in einer Woche zurück«, sagte Dana und umarmte ihre Mutter. »Bleib gesund«, sagte sie zu Charlotte, »und du auch. Passt gut auf euch beide auf. Und wenn ich zurück bin, bereiten wir zusammen alles für deine Reise vor, ja?« Letzteres ging an Emmas Adresse.

Sie streichelte ihr über die weiche Wange und umarmte sie. Franziska winkte ihrer Schwester zu, aber als Katharina auf sie zutrat, wich Emma zurück.

Dana trug bereits, wie immer am ersten Tag der Reise, ihre weiße Kapitänsuniform, mit goldenen Ankerknöpfen und vier goldenen Streifen am Arm und auf den Schultertressen. Und wie immer kam sie sich darin ein bisschen verkleidet vor. Aber dieses Traumschiffflair gehörte dazu, wenn die Passagiere an Bord kamen. Das verband schließlich jeder mit einer Kreuzfahrt, selbst wenn es eine Binnenkreuzfahrt war, wenn der Blick während der Reise nicht in endlos blaue Weiten ging, sondern an den Ufern hängenblieb. Und auch, wenn Danas Alltag an Bord herzlich wenig mit glamourösen Kapitänsdinnern zu tun hatte, wollte sie die Erwartungen der Passagiere am ersten Tag nicht enttäuschen. Die restliche Zeit über würde sie nur in Blau am Steuer der »Drei Töchter« stehen.

»Gut siehst du heute aus«, sagte Charlotte und musterte sie aufmerksam. Ein Strahlen lag in Danas Augen, ihre Bewegungen, mit denen sie sich jetzt die Umhängetasche über die Schulter warf, waren schwungvoller als sonst.

Dana lächelte. Sie fühlte es selbst. Als sie heute Morgen aufgewacht war, waren die nächtlichen Zweifel verschwunden. Das Geheimnis des gestrigen Nachmittags, einmalig, wie er gewesen war, hatte etwas verändert, ließ nicht nur das Unternehmen, das vor ihr lag, sondern den gesamten Alltag in einem anderen Licht erscheinen. Sie wusste nicht, wie lange dieser Zauber anhalten würde, aber sie hatte beschlossen, ihn zu genießen. Sie hatte nichts Schlimmes getan, nichts, was andere verletzen würde. Ihr war etwas Einmaliges widerfahren, an das sie sich noch lange erinnern würde. Es gab keine Kehrseite der Medaille. Es gab keinen neuen Mann in ihrem Leben. Es gab keine neue Beziehung, es gab keine Verantwortung, es gab keine Angst vor Verlust oder Enttäuschung. Es *war* gewesen. Und es war *schön* gewesen.

»Mir geht es auch gut. Ich freue mich auf die Reise. Seid ihr so weit, Mädchen?«

Franziska und Katharina, bei weitem nicht so voller Elan wie ihre Mutter, nickten synchron. Auch sie trugen ihre Uniformen: blaue Bermudas und Fischerhemden. Franziska schleppte eine große Reisetasche, in der die gebügelte Wäsche war, und Katharina hatte sich ihre Laptop-Tasche umgehängt. Alles andere war bereits an Bord.

»Na dann, wir melden uns«, sagte Dana, öffnete die Wagentür, und sie fuhren los.

Sie kamen zwei Stunden vor den Passagieren an, um noch letzte Vorbereitungen zu treffen. Zum Einchecken gab Dana den Gästen immer ein Zeitfenster von einer halben Stunde. Bei nur sieben Passagieren genügte das. Ursprünglich hatten sich neun

Passagiere angemeldet, in letzter Minute war ein Paar aber wieder abgesprungen. Was hieß, dass sie mit einer leeren Kabine in Richtung Schwerin fuhren. Ärgerlich, fand Dana, aber leider nicht zu ändern. Wenigstens war ihr die Hälfte des Reisepreises durch die späte Absage geblieben.

Da die Anmeldung telefonisch erfolgte, hatte Dana mit vier Passagieren bereits gesprochen. Als Katharina die Website gebastelt hatte, hatte sie sich bewusst gegen eine Anmeldung per Internet entschieden. Sie wollte etwas über die Menschen wissen, die an Bord kamen. Außerdem brauchte sie das Gespräch, um klarzustellen, dass sie während der Fahrt auf der »Drei Töchter« keine organisierten Tagesausflüge wie bei anderen Flusskreuzfahrten anbot. Auch fünf Mahlzeiten am Tag, ein Mitternachtsbüfett oder gar ein Animationsprogramm waren nicht vorgesehen. In diesen Gesprächen machte sie immer deutlich, dass die Reise in erster Linie eine Zeit der Entschleunigung war, eine Zeit für Gespräche miteinander, für Entspannung, für die Entdeckung der Langsamkeit, was bei dem hektischen Leben, das die meisten Menschen führten, in ihren Augen wertvoller denn je war. Vielleicht war die Ruhe auch deshalb für einige gerade am Anfang schwer zu ertragen. Aber es war ein Konzept, das aufging, wie die begeisterten Kommentare auf der Website der »Drei Töchter« bewiesen.

Sie mussten nicht lange warten, bis ein Taxi vorfuhr. Von der Brücke aus beobachtete Dana, wie der Taxifahrer zwei große Reisetrolleys aus dem Kofferraum hievte, während ein Mann und eine Frau aus dem Auto stiegen. Der Mann hatte kurze, braune Haare mit einem Ansatz zur Glatze. Er war schlank und wirkte in seinen weißen Jeans mit Bügelfalte, einem weißen Polohemd mit blauem Kragen und blauen Bootsschuhen, die nagelneu aussahen, äußerst dynamisch. Ich habe ein Wörtchen mitzureden, schien sein Habitus zu sagen. Ich bin erfolgreich. Ich weiß, wo's langgeht, an Bord, im Leben und überhaupt.

Die Frau, ebenfalls sehr schlank, hatte kastanienbraunes Haar, das sie hochgesteckt hatte. Sie trug ein figurbetontes hellgrünes Kostüm, eine dunkle Bluse, dunkle Pumps, schweren Goldschmuck und wirkte eher, als ob sie auf einen Kongress wollte, statt eine knappe Woche lang auf dem Wasser die Seele baumeln zu lassen.

Während der Mann zahlte, griff sie nach ihrem Schminkköfferchen und blieb unentschlossen stehen. Ihr Blick schweifte über die »Drei Töchter«, schien das Rosa abzuschätzen und blieb schließlich an dem luftigen Aufbau hängen. Dann verzog sie ihren schmallippigen Mund zu einem Lächeln.

Dana, die sie unauffällig beobachtet hatte, atmete unwillkürlich aus. Sie verließ das Steuerhaus, um die Passagiere zu begrüßen. Franziska und Katharina standen bereits links und rechts von der Gangway.

»Willkommen an Bord der ›Drei Töchter‹«, sagte Dana, als die beiden näher kamen. »Mein Name ist Dana van Aken. Ich bin Ihre Kapitänin. Das sind meine beiden Töchter Franziska und Katharina. Sie werden sich an Bord um Ihr leibliches Wohl kümmern.«

»Mertenstein«, sagte der Mann jetzt, gefolgt von ihrem: »Und Frau Dr. Mertenstein.«

»Ah, dann haben wir beide gesprochen«, sagte Dana und schüttelte den beiden die Hand. Sie erinnerte sich an Herrn Mertensteins forschen Ton, an sein Zögern, als sie ihm gesagt hatte, dass auf dem Schiff nichts geboten wurde als Muße. Und schließlich an seinen Rückruf, mit dem sie eigentlich nicht mehr gerechnet hatte. Doch, er und seine Frau fänden es schön, mal eine Woche lang absolut nichts zu tun. Und schließlich würden sie sich mit Freunden an Bord treffen, da gäbe es wenigstens Zeit zum Reden … Und dann hatte er gebucht.

»Franziska wird Ihnen Ihre Kabine zeigen«, sagte sie. Zu dritt verschwanden sie unter Deck. Dana hörte noch, wie Herr Mertenstein sagte: »Sylvia, ich habe doch gleich gesagt, du ziehst dir besser deine flachen Schuhe an«, dann erklang ein bewunderndes »Ooooh«, und sie nickte zufrieden.

Sie genoss es immer wieder, wenn die Passagiere von der Luftigkeit des großen Raums, in dem sich in der nächsten Zeit alle gemeinschaftlichen Aktivitäten abspielen würden, beeindruckt waren: von den schilffarbenen Korbmöbeln, den weiß gebeizten Einbauten, dem hellen Holzboden und dem eisernen Kaminofen, der zwar nostalgisch aussah, aber im wahrsten Sinne des Wortes brandneu war und an kühlen Tagen auf dem Wasser für wohlige Wärme sorgte. Die meisten Passagiere konnten sich diesem Charme nicht entziehen. Egal, ob in flachen oder hohen Schuhen.

In diesem Moment fuhr ein weiterer Wagen vor, kein Taxi, sondern ein dunkelblauer, schwerer Audi.

Ein zweites Paar stieg aus. Beide waren identisch gekleidet, mit beigefarbenen Cargo-Hosen und beigefarbenen T-Shirts mit Aufdruck. Durch den Partnerlook schienen sie jeden Zweifel zerstreuen zu wollen, dass sie zusammengehörten. Zudem trugen sie beide gleiche Schirmmützen.

Nur in einer Hinsicht unterschieden sie sich deutlich. Während die Frau eine normale Figur hatte, war der Mann schlicht fett – mit der Tendenz zu gigantisch. Jetzt stieg auch die Fahrerin aus. Es war leicht zu erkennen, dass sie die Tochter sein musste, denn sie war ihrer Mutter wie aus dem Gesicht geschnitten.

»Mutti, ich wünsche euch viel Spaß«, sagte sie, während ihre Eltern zwei identische Reisetaschen vom Rücksitz nahmen. »Und Vati, futtere nicht so viel. Du weißt, was Sylvia gesagt hat.« Die Ermahnung klang scherzhaft, aber in ihr steckte offensichtlich ein wahrer Kern.

»Ach Veronika, lass Vati in Ruhe«, meinte die Frau. »Er hat

einen Urlaub verdient, und dazu gehört nun mal ab und zu ein Leckerli. Oder zwei.«

»Oder auch zehn«, murmelte die Tochter leise, aber Dana hatte gute Ohren.

»Du pass lieber auf, dass im Büro alles läuft, Kleines«, gab der Mann gemütlich zurück. Sein breites Gesicht war rötlich angelaufen. Schweißperlen erschienen auf seiner Haut, als ob er eine große Anstrengung hinter sich hätte und nicht bloß aus dem Wagen gestiegen war. Er nahm die Schirmmütze ab und fuhr sich mit einem Taschentuch über die Stirn, das schüttere Haar und den mächtigen Nacken. Sein gewaltiges Doppelkinn zitterte. »Dass mir keine Klagen kommen.«

»Jaja, ist schon gut«, antwortete die Tochter und stieg wieder in den Wagen ein. »Viel Spaß dann!« Sie startete und fuhr weg, ohne abzuwarten, wie ihre Eltern an Bord begrüßt wurden. Dana beobachtete, wie die beiden stehen blieben und die »Drei Töchter« gründlich musterten. Jetzt konnte sie auch den Schriftzug lesen, der ihre T-Shirts, Käppis und die Taschen schmückte: »Graf-Reisen. Reisen wie ein Graf«. Nun wusste sie auch, wer die beiden waren: Laurenz und Irmtraud Graf, Besitzer eines Reisebüros. Bei der Anmeldung hatte Laurenz Graf offen von einer »Prüfreise« gesprochen. Sollte es ihm gefallen, würde er die »Drei Töchter« in sein Programm aufnehmen. Erst hinterher war Dana eingefallen, dass er vielleicht einen Rabatt erwartet hatte.

»Willkommen an Bord«, begrüßte Dana die beiden freundlich, als sie über die Gangway schritten. »Herr und Frau Graf, richtig?« Sie schüttelte ihnen die Hand. »Ich hoffe, Sie haben eine schöne Reise.«

»Das hoffen wir auch, Frau van Aken«, sagte Irmtraud Graf und sah sich prüfend um. »Oder möchten Sie mit Frau Kapitän angesprochen werden?«

»Nein, van Aken passt schon«, antwortete Dana. »Katharina«, sie wies auf ihre Tochter, »wird Ihnen Ihre Kabine zeigen.« Sie hoffte inständig, dass das Bett das Gewicht von Herrn Graf aushalten würde.

»Sind denn die anderen Jungs schon an Bord?«, fragte Herr Graf, während er schnaufend ein paar Schritte hinter Katharina herging. Da erst fiel Dana wieder ein, was einer ihrer Passagiere beim Telefongespräch erzählt hatte: Alle vier Männer der Reisegruppe waren zusammen zur Schule gegangen, hatten im gleichen Jahr Abitur gemacht und unternahmen nun einmal im Jahr gemeinsam eine Reise.

»Das Ehepaar Mertenstein ist bereits an Bord«, sagte Dana. »Ach, und da kommen die nächsten. Das passt ja prima.« Ein Taxi fuhr gerade vor. Die Grafs drehten sich erwartungsvoll um und setzten ihre Taschen wieder ab.

»Ah, da sind ja Jens und Falko. Oh, sie haben auch noch eine junge Dame dabei. Ganz reizend!«, rief Laurenz Graf, als zwei Männer und eine Frau ausstiegen. »Weißt du, wer von den beiden der Glückliche ist?«, fragte er seine Frau. Diese schüttelte mit zusammengekniffenen Lippen den Kopf und zog aus einer ihrer vielen Hosentaschen etwas Buntes heraus. Sie hielt es ihrem Mann hin, der reflexartig danach griff. Er riss etwas auf, steckte es sich in den Mund, kaute, schluckte und gab das Einwickelpapier seiner Frau zurück, die es entgegennahm und achtlos in die Tasche steckte. Dieser Austausch ging so schnell, dass Dana ihn nicht bemerkt hätte, wenn sie auch nur einen Moment abgelenkt gewesen wäre.

Laurenz Grafs Begeisterung für die Frau, die in Begleitung der beiden Männer ankam, war verständlich. Sie war auffallend schön, hatte große mandelförmige Augen und glattes Haar, das ihr schwarz und schimmernd wie Rabenflügel bis auf die Rückenmitte fiel. Ihr rotes Etuikleid aus weichem, glattem Stoff

ließ ihre zarten, leicht gebräunten Arme und Beine frei, dazu trug sie kirschrote Lacksandalen und ein passendes Umhängetäschchen.
Daraus zückte sie jetzt ein Portemonnaie, um den Fahrer zu bezahlen. Aber bevor sie es öffnen konnte, war einer der beiden Männer an ihrer Seite. »Lass das doch Jens machen, Isabella«, sagte er. Er trug helle Leinenhosen und ein weißes, weites Leinenhemd, dazu orangefarbene Flipflops. Mit seiner grauen, wilden Lockenmähne war er mindestens eine so auffallende Erscheinung wie die Frau.
Unwillkürlich musste Dana an einen Althippie denken, den sie eher auf einem Trip zu einem Ashram auf dem Weg zur Erleuchtung vermutet hätte als auf der »Drei Töchter«. Während Dana ihn, wie auch die anderen Männer, auf etwas über fünfzig schätzte, war die Frau deutlich jünger, vielleicht Anfang dreißig. Der dritte, der gerade ein Gepäckstück aus dem Kofferraum hob, sah fragend auf, als er seinen Namen hörte. Dann nickte er und zog ein Portemonnaie hervor. Er war groß und schlank, fast hager, und hatte dunkelblondes Haar, das so präzise um seinen Kopf lag, als ob er geradewegs vom Friseur zum Hafen gekommen war. In seinen hellen Jeans, dem dunkelgrünen Pulli und den dunkelgrünen Slippern strahlte er eine lässige Eleganz aus.
»Klar, ich mache das schon«, sagte er. »Lass mal, Isabella.« Besagte Isabella nickte, packte das Portemonnaie wieder weg und sah sich nach dem Graugelockten um. Dieser war bereits mit zwei Gepäckstücken, einer abgewetzten braunen Ledertasche und einem kirschroten Lackkoffer, auf der Gangway.
»Typisch Falko«, raunte Laurenz Graf seiner Frau zu. »Hat schon in der Schule gern geschnorrt.« Irmtraud antwortete nicht, sondern beobachtete misstrauisch die rehartige Gestalt von Isabella, die langsam auf die »Drei Töchter« zukam.
Dana überlegte. Dieser Jens, wie ihn Laurenz Graf genannt

hatte und der sich gerade von dem Taxifahrer eine Quittung ausstellen ließ, musste dann wohl Jens Flinder sein, der bei seiner Anmeldung ausdrücklich betont hatte, Rechtsanwalt zu sein. Vielleicht, um Eindruck zu schinden, vielleicht, um an seiner Ehrbarkeit keinen Zweifel zu lassen, vielleicht auch als stille Drohung, falls die Reise nicht so war, wie er sie sich vorstellte. Außerdem wusste Dana jetzt auch, zu wem Isabella gehört: zu Falko Hubschmied. Denn der hatte bei der Anmeldung eine Doppelkabine verlangt, während Jens Flinder nach einer Einzelkabine gefragt hatte, die sie ihm jedoch leider nicht hatte anbieten können. Was finanziell für Flinder anscheinend kein Problem war. Er hatte trotzdem sofort gebucht.

Als die Rede von ehemaligen Klassenkameraden gewesen war, hatte Dana sich eine homogenere Gruppe vorgestellt. Aber diese sieben wirkten, als ob sie sehr wenig gemeinsam hatten. Unwillkürlich fragte sie sich, was wohl die Basis für ihre Freundschaft war. Die Vergangenheit? Die gemeinsam verbrachte Schulzeit? Trug das so weit ins Leben hinein? Nun, sie würde es im Laufe der Reise herausfinden. Selbst wenn sie sich nicht oft in die Gespräche ihrer Passagiere mischte, bekam sie als stille Beobachterin viel mit.

Inzwischen waren auch die Mertensteins wieder an Deck getreten. »Jens! Falko! Laurenz!«, rief Philip Mertenstein erfreut, als er die anderen erblickte. »Da seid ihr ja! Dann steht ja unserer Doppelkopfrunde nichts mehr im Weg.«

»Hallo Irmtraud«, sagte Frau Dr. Mertenstein und trat neben Irmtraud Graf.

»Sylvia, wie schön, dass es geklappt hat!«, antwortete diese. »Hast du jemanden als Praxisvertretung gefunden? Du, ich habe da neulich so ein komisches Gefühl gehabt. Eine Art diffuser Schmerz. Meinst du, das ist die Galle? Könntest du mich nicht mal untersuchen? Wir haben ja so viel Zeit!« Sie zeigte auf ihre rechte Seite. »Hier ist die Galle, oder? Ich finde es wahnsinnig beruhigend, mit einer Ärztin unterwegs zu sein. Du hast doch dein Köfferchen dabei?« Sie sah Sylvia Mertenstein fragend an.

Diese schüttelte ohne eine Spur Bedauern den Kopf. »Habe ich nicht, Irmtraud«, antwortete sie. »Ich habe es extra zu Hause gelassen, weil ich Urlaub habe. Und eine Notapotheke wird es ja wohl an Bord geben.«

»Ach, wie schade«, sagte Irmtraud Graf enttäuscht. »Als Laurenz und ich diese Ferienhausanlage in Norwegen ausprobiert haben, gab es auch weit und breit keinen Arzt. Deshalb haben wir sie nicht in den Katalog aufgenommen.«

»Brauchtest du denn einen?«, fragte Sylvia Mertenstein eine Spur ungeduldig.

»Nein, nein, zum Glück nicht, aber was, wenn wir einen gebraucht hätten?«, fragte Irmtraud mit bestechender Logik.

Sylvia Mertenstein blieb eine Antwort schuldig, was Dana nur recht war. Sie wollte dem Reisebeginn den üblichen formalen Rahmen geben und dann aufbrechen. Schließlich mussten sie heute noch bis nach Lehnitz.

»Guten Tag«, sagte sie deshalb laut, und die Gespräche verstummten. Alle wandten sich ihr zu. »Ich begrüße Sie herzlich an Bord der ›Drei Töchter‹. Wir sind nun vollständig, und unserer Abfahrt steht nichts mehr im Weg. Wenn Sie Ihr Gepäck in Ihre Kabinen gebracht haben, würde ich mich freuen, Sie auf ein Glas Sekt in der Messelounge begrüßen zu dürfen.«

Sie nickte allen freundlich zu und sah ihnen nach, wie sie die Treppe nach unten stiegen, Katharina und Franziska vorneweg.

»Was ist Doppelkopf?«, hörte sie Isabella fragen. Sie hatte eine erstaunlich dunkle Stimme.

»Ein Kartenspiel«, antwortete Falko Hubschmied. »Das haben wir immer in der Schule gespielt. Ich bring's dir bei, Darling.«

Hinter ihnen ging das Ehepaar Graf. Dana sah, wie wieder einmal etwas kleines Buntes blitzschnell den Besitzer wechselte. Das Schlusslicht bildete Jens Flinder. Als auch er unter Deck verschwunden war, stieg Dana ebenfalls die Treppe hinunter. Sie ging in die Kombüse, wo, wie sie wusste, zwei Sektflaschen kalt gestellt waren. Am anderen Ende des Schiffs hörte sie es leise rumoren. Wahrscheinlich wurden dort gerade Schranktüren geöffnet und geschlossen, Schubläden aufgezogen, Betten getestet und Badezimmer geprüft.

Sie stellte sieben Gläser auf ein silbernes Tablett und goss ein. Es war ein Ritual, das sie seit der ersten Schiffsreise so ausführte. Es war gleichzeitig vertraut und doch jedes Mal wieder neu, weil immer andere Menschen daran beteiligt waren. Wie es auch immer die gleichen, aber nie dieselben Reisen waren. Nur die Schleusen, die Häfen, die Steganlagen, die sie ansteuerte, bis sie schließlich Greifswald, Stettin oder Schwerin erreichten, blieben von Fahrt zu Fahrt unverändert.

Sie nahm das Tablett, verließ die Kombüse und trug es zu dem hellen Ahorntisch, an dem die Mahlzeiten eingenommen und die meisten Gespräche geführt wurden. Die Sonne fiel durch die Bullaugen. Auf der einen Seite sah man die Hafenanlage, auf der anderen Seite das dunkle Gebüsch des Ufersaums. Eine Tür klappte, und Jens Flinder kam den Gang entlang. Vor einem Bild von Antonius blieb er stehen, musterte es, dann wandte er sich ab und trat in den lichten Raum.

»Die Kabine ist sehr hübsch«, sagte er anerkennend. Sein Gesicht war gerötet, als hätte er es sich mit eiskaltem Wasser gewaschen, seine Haare waren ein bisschen feucht und frisch gekämmt.

Dana stand am anderen Ende des Tischs und lächelte ihm entgegen. Immer freundlich, nie persönlich, hatte sie sich zu Beginn ihrer Unternehmung vorgenommen.

»Danke schön, Herr Flinder. Wir freuen uns, wenn Sie sich wohl fühlen. Darf ich Ihnen ein Glas Crémant anbieten?« Jens Flinder lächelte zurück.
»Aber gern.« Er nahm das Glas entgegen. »Und diese Bilder – was hat es mit denen auf sich? Sie sind mir sofort aufgefallen. Interessant.«
»Sie sind von einem jungen Künstler: Antonius Merano«, erklärte Dana. »Er malt ausschließlich Wasserbilder. Wir fanden, dass sie gut auf die ›Drei Töchter‹ passen.« Ihr Herz klopfte, als sie seinen Namen laut aussprach – als gäbe sie etwas von sich preis.
»In der Tat«, meinte Flinder. »Eine passende Motivwahl. Stehen die Bilder auch zum Verkauf? Junge deutsche Kunst interessiert mich. Als Investition.«
»Ich könnte einen Kontakt zum Künstler herstellen, wenn Sie wollen.«
»Das wäre schön«, sagte er. »Trinken Sie nichts, Frau van Aken?«
»Oh nein«, wehrte sie ab, erleichtert über den Themenwechsel. »Ich bin schließlich am Steuer.«
»Darf ich denn darauf hoffen, irgendwann während unserer Reise mit Ihnen anzustoßen?«, fragte er und suchte ihren Blick. Er hatte auffallend helle Augen, kühl wie blasses, graues Glas.
In diesem Moment kamen Katharina und Franziska den Raum. Sie grinsten. Offensichtlich hatten sie Flinders Satz gehört.
»Nun, bei unseren Abendessen, wenn wir bereits angelegt haben, ist gegen einen Schluck nichts einzuwenden«, antwortete Dana. Ihre Signalglocken schrillten. Es war nicht ungewöhnlich, dass der eine oder andere Passagier mit ihr flirtete, doch da bis jetzt nur Pärchen an Bord gewesen waren, waren die Männer in der Regel schnell von ihren Begleiterinnen zurückgepfiffen worden. Sie nahm sich vor, nichts zu tun, was Jens Flinder ermutigen würde.

»Gut, dann hoffe ich auf heute Abend«, meinte er, als die Grafs und die Mertensteins den Raum betraten. »Worauf hoffst du, Jens?«, fragte Laurenz Graf neugierig.
»Darauf, dass unsere reizende Kapitänin mit mir heute Abend ein Glas Sekt trinkt«, antwortete dieser gut gelaunt und nicht im mindesten entmutigt. »Wo bleiben denn Isabella und Falko?«
Das hätte Dana auch gern gewusst. Sie wollte gern anfangen, um dann endlich abzulegen.
»Ich hole sie«, meinte Philip Mertenstein. Er drehte sich um und verschwand. Die anderen schwiegen, nahmen ihre Sektgläser in Empfang, nippten daran, hörten ein Klopfen an der Kabinentür, lauschten, als ein leises Murmeln erklang. Einen Moment später war Philip Mertenstein wieder bei ihnen, seine Miene unergründlich, als er sagte: »Wir sollen ohne sie anfangen. Sie kommen später.«
Dana hob die Augenbrauen. Das war ungewöhnlich. Normalerweise kamen alle gern zu dem kleinen Empfang, mit dem ihre Reise begann. Und wenn es nur die Aussicht auf ein Glas Sekt war. Tatsächlich gab es bei den Schiffsreisen immer ein, zwei Leute, die mehr tranken, als gut für sie war. Franziska stöhnte manchmal darüber, wie schnell sich die Bar leerte. Andererseits musste man es aber auch von der wirtschaftlichen Seite betrachten: Die Mahlzeiten waren im Preis enthalten, Alkohol nicht.
Katharina und Franziska standen wie zwei hübsche, blaue Statuen links und rechts neben der Tür, als Dana begann: »Noch einmal herzlich willkommen. In wenigen Minuten werden wir ablegen.« Sie deutete auf eine große Karte an der Wand. »Auf der Karte dort können Sie unsere Route auch jederzeit verfolgen. Die einzelnen Etappen sind eingezeichnet. Außerdem werde ich Ihnen jeden Morgen einen kleinen Überblick geben, was Sie für den Tag erwartet. Wenn Sie Fragen haben, können Sie mich jederzeit auf der Brücke ansprechen. Für heute ist geplant, den

Westhafen auf dem Westhafenkanal zu verlassen und dann die Charlottenburger Schleuse zu passieren. Danach befinden wir uns auf der Spree. Sie bringt uns zur Spandauer Schleuse. Als Passagierschiff hat die ›Drei Töchter‹ vor der Sportschifferei Vorfahrt. Glücklicherweise, kann ich nur sagen. Zwei Stunden Wartezeit sind nämlich bei der Spandauer Schleuse keine Seltenheit. Aber nicht für uns. Die Tore werden sich pünktlich für uns öffnen.«

»Und das klappt immer, wenn Sie plötzlich an einer Schleuse auftauchen?«, fragte Laurenz Graf.

»Von plötzlich kann gar keine Rede sein«, erklärte Dana und nickte dem dicken Mann zu. »Ich rufe vorher bei der Schleuse an und lasse uns vormerken. Wenn wir dann also die Schleuse passiert haben, sehen Sie rechter Hand die Spandauer Zitadelle. Den Tegeler See, den Sie vermutlich alle kennen, lassen wir steuerbord liegen, was in der Nautik ›rechts‹ heißt.«

»Da waren wir doch schon mal mit dir segeln, Jens«, unterbrach Laurenz Graf Danas Vortrag und nickte dem Rechtsanwalt zu.

Dana speicherte gerade den Fakt ab, dass Jens Flinder segelte, als sie plötzlich ein leises Stöhnen hörte. Alarmiert sah sie in die Richtung, aus der das Geräusch kam. Es klang, als ob jemand große Schmerzen hatte. War jemand gestürzt? Aber das war unmöglich, die »Drei Töchter« lag ruhig wie ein Brett.

Auch die anderen schauten jetzt in Richtung Flur. Alle – bis auf Philip Mertenstein.

»Das ist nichts«, sagte er und winkte hastig ab. »Das ist nur Falko. Hat nichts zu bedeuten.« Erneut erklang ein Stöhnen. Eindeutig Falko.

»Meinst du, es geht ihm gut?«, fragte seine Frau besorgt, und Dana erinnerte sich wieder, dass sie Ärztin war.

»Jaja, es geht ihm gut«, erwiderte er abwinkend. Dazu lächelte er süffisant vor sich hin und mied gleichzeitig die neugierigen

Blicke der anderen. »Bitte fahren Sie doch fort, Frau van Aken. Sie waren gerade beim Tegeler See.«

Langsam dämmerte Dana, was in der Kabine los war, und sie spürte, wie ihr das Blut in die Wangen stieg. Bei den Einbauten hatte sie extra darauf geachtet, sie so schalldicht wie möglich zu machen, um die Privatsphäre ihrer Passagiere zu schützen. Aber offensichtlich gab es immer Menschen, die beim Sex lautstark an die Grenzen der gepolsterten Wände gingen …

»Schön«, sagte sie und hob die Stimme, in der Hoffnung, die Nebengeräusche zu übertönen. »Auf der Havel verlassen wir dann das Stadtgebiet. Über die Havel-Oder-Wasserstraße erreichen wir gegen Abend den Lehnitzsee. Dort werden wir anlegen und uns über das Büfett hermachen, das Franziska für uns vorbereitet hat.«

Sie lächelte Franziska zu. »Dort werden wir auch unsere erste Nacht verbringen. Von unserem Liegeplatz ist es nicht weit bis zum Oranienburger Schloss. Falls jemand also einen Abendspaziergang machen möchte, wäre das ein lohnenswertes Ziel. Ich wünsche uns allen einen guten Reisebeginn! Wenn Sie noch Fragen haben, können Sie sich gern an Franziska wenden. Katharina und ich machen das Schiff abfahrtsbereit.«

Zustimmendes Gemurmel erklang, leises Klirren von Gläsern, als Franziska nachschenkte – und dann ein gedämpfter Schrei, der verriet, dass Dana nicht die Einzige war, die gerade fertig geworden war.

»Leinen los«, rief Dana ihrer Tochter zu und ließ den schweren Motor an, der mit einem tiefen Blubbern zum Leben erwachte. Der Geruch des Diesels vermischte sich mit dem des Wassers, als Katharina die Taue löste, mit denen die »Drei Töchter« an den Pollern der Kaimauer befestigt gewesen war. Dana stand auf der Brücke, von wo sie den Überblick hatte, den sie brauchte.

Immer wieder hatte sie Situationen erlebt, in der trotz der Behäbigkeit des Schiffs, trotz der niedrigen Geschwindigkeit von zwölf Stundenkilometern eine kleine Unachtsamkeit zu gefährlichen Situationen führte.
Der massige Schiffskörper setzte sich langsam in Bewegung, und kleine Wellen, die sich links und rechts vom Bug aufwölbten, liefen in Richtung Ufer. Auf ihrem Weg brachten sie Sportboote, die der »Drei Töchter« ausgewichen waren, zum Schaukeln. Dana steuerte die Kanalmitte an. Fünf der sieben Passagiere waren, die Sektgläser noch in der Hand, an Deck gekommen, um das Ablegen und den Beginn ihrer Reise mitzuverfolgen.
Es war ein herrlicher Sommertag, und ein kaum merklicher Wind wehte. Die Stadt glitt an ihnen vorbei, während sie Menschen, die am Ufer lagen und sich sonnten, passierten. Auf einem Balkon, der üppig bepflanzt war, saß ein junges Paar, das der »Drei Töchter« übermütig zuwinkte. Dana lächelte, überließ das Zurückwinken aber ihren Passagieren. Wie bei jedem Reisebeginn genoss sie das Gefühl des Aufbruchs.
Sie fuhren unter der Brücke vor dem Charlottenburger Schloss durch und ließen das Schloss mit der goldenen Kuppel hinter sich. Durch die Bäume am Flussufer leuchtete die bunte Sommerbepflanzung des Schlossgartens hindurch. Klassische Musik wehte zu ihnen hinüber. Ein Freiluftkonzert, dachte Dana und lauschte den Klängen, die wieder leiser wurden, als sie den Schlosspark passiert hatten.
Allmählich verschwand die Innenstadt hinter ihnen. Zufrieden schaute Dana auf die Uhr, als sie die Spandauer Schleuse erreichten. Sie lagen haargenau in der Zeit. Im Grunde spielte es keine Rolle, ob sie den Liegeplatz heute Nachmittag eine halbe Stunde früher oder später erreichten. Aber Dana stellte sich für jede Fahrt einen privaten Zeitplan auf, den sie gern einhielt.
Rechts von ihnen konnte man jetzt die alte Burg der Spandauer

Zitadelle durch den dichten Uferwuchs erahnen. Dana steuerte das Schiff in die geöffnete Schleuse und nahm dann, indem sie kurz den Rückwärtsgang einschaltete, die Fahrt heraus. Kurz brüllte der Motor auf, dann kam das Schiff zum Stehen. Franziska und Katharina griffen nach schweren Haken, mit denen sie die »Drei Töchter« an den nassdunklen, algenbewachsenen Schleusenwänden festhielten.

Hinter ihnen folgten Sportboote, drei Motorboote und ein Segelboot mit gelegtem Mast. Sie alle fanden einen Platz an den Schleusenwänden und machten mit Leinen fest, um bei der Wucht der einfließenden Wassermassen nicht gegeneinander getrieben zu werden. Langsam schlossen sich die schweren Schleusentore.

Die Passagiere an Deck waren so weit wie möglich nach vorne gegangen. Sie beobachteten, wie das Wasser schäumend und sprudelnd einschoss, bis der Höhenunterschied von Ober- und Unterhavel ausgeglichen war.

Langsam stieg das Wasser und mit ihnen die Schiffe. Eine halbe Stunde später ließ das Strömen endlich nach, die Tore öffneten sich wieder, das grüne Licht signalisierte freie Fahrt. Dana gab Gas, und sie verließen die Schleuse – eine von vielen auf ihrem Weg nach Schwerin.

Sie kamen nun am Tegeler See vorbei, auf dem an diesem schönen Sommertag munter gesegelt wurde. Kam eine Böe, neigten sich die weißen Segel, als verbeugten sie sich vor der Macht des Windes.

Dana atmete tief durch. Ihr Blick glitt über die Wasserfläche. Alles war ihr so vertraut: das Kräuseln der Wellen, wenn der Wind übers Wasser strich, das Glitzern, wenn die Oberfläche die Sonne reflektierte, die spiegelglatten Stellen weiter vorn, die nur darauf zu warten schienen, dass der Bug der »Drei Töchter« sie durchpflügte.

Längst gab es keine hohen, geschlossenen Häuserreihen mehr. Stattdessen wechselten sich Schilfgürtel mit gepflegten Einfamilienhäusern, Stadtvillen und Wassersportvereinen ab. Rasenflächen reichten bis ans Ufer, lauschige Sitzgruppen verrieten, dass man es sich hier gern gemütlich machte. Fast überall führten Bootsstege weit ins Wasser hinein, an denen Ruderkähne, Motorboote und gelegentlich Segelboote festgemacht waren. Am Ende vieler Stege sah man Badeleitern.
Solange sie sich im geschützten Stadtbereich befunden hatten, war es windgeschützt gewesen. Doch hier draußen herrschte buchstäblich ein anderer Wind. Jetzt frischte es zunehmend auf, als sei auch der Wind froh, aus der Enge der Stadt zu entkommen. Alles schien weiter: das Wasser, der Himmel, der Blick.

Unten an Deck zückte ein Passagier nach dem anderen seine Sonnenbrille.
Sylvia Mertenstein und Irmtraud Graf waren zum hinteren Deck geschlendert, wo einige Liegestühle bereitstanden. Die drei Männer waren auf dem Vorderdeck geblieben.
»Ach Jungs, ist doch schön, dass wir es wieder geschafft haben. Alle Jahre wieder. Hoffentlich geht das noch lange so weiter!«, sagte Laurenz Graf zufrieden seufzend und tätschelte sich den Bauch, der sich über den Gürtel wölbte. »Ich frage mich, was es zum Abendbrot gibt. Niedlich, die Kleine, die dafür zuständig ist, nicht wahr?«
Jens Flinder sagte nichts, schaute nur mit kritischem Blick aufs Wasser, als ob er der Kapitänin nicht hundertprozentig traute.
»Und angenehm auch, dass wir dieses Jahr im Lande bleiben«, fügte Laurenz hinzu. Letztes Jahr waren sie zu neunt nach London geflogen. Flüge waren für ihn immer eine Qual. Eigentlich hätte er zwei Sitze gebraucht. »Da war Falko ja noch mit seiner Uschi zusammen. Wisst ihr, was aus ihr geworden ist?«

»Sylvia hatte noch eine Weile mit ihr Kontakt. Uschi hatte vor, nach Miami zu gehen«, antwortete Philip Mertenstein abwesend. »Keine Ahnung, ob sie das wirklich gemacht hat. Wirklich, Falko wechselt seine Freundinnen so häufig, dass man den Überblick verliert.«

»Uschi war immerhin zwei Jahre dabei«, widersprach Laurenz Graf. »Aber sie war natürlich kein Vergleich zu diesem Feger hier! Die ist wirklich etwas ganz Besonderes. An seiner Stelle würde ich sie mir warmhalten. Wie heißt sie noch gleich?« Der schwärmerische Ton in seiner Stimme war unmissverständlich.

»Isabella Müller-Patil«, antwortete Jens Flinder. »Ihre Mutter ist Deutsche, ihr Vater Inder. Im Taxi hat sie ein bisschen von sich erzählt. Wie sie und Falko sich kennengelernt haben.«

»Und wie?«, fragte Laurenz Graf begierig. Er leckte sich kurz über die fleischigen Lippen.

»Im Februar auf der Berlinale. Falko hat als Dolmetscher für Hindi gearbeitet …«, die beiden anderen nickten. Falko Hubschmied hatte mehrere Jahre in Neu-Delhi gelebt. »… und Isabella war zuständig für die Betreuung des Filmteams des indischen Wettbewerbbeitrags. Sie hat wohl Shah Rukh Khan nach Berlin begleitet. Ihr wisst schon, dieser Bollywood-Typ, bei dem die Mädels reihenweise in Ohnmacht fallen. Sie pendelt zwischen Indien und Deutschland hin und her.«

Laurenz Graf sah sehr beeindruckt aus, Philip Mertenstein eher skeptisch. »Klingt ein bisschen nach heißer Luft. Passt gut zu Falko.«

»Du bist immer so kritisch, Philip«, meinte Laurenz Graf.

»Das liegt an meinem Job. Banker müssen nun mal kritisch sein, wenn Leute ihnen was erzählen. Besonders, wenn sie einen Kredit brauchen«, wies Philip Mertenstein den Vorwurf zurück. »Du nicht, ich weiß. Du willst den Leuten ja auch nur Reisen verkaufen.«

»Aber anscheinend sind Falko und Isabella glücklich miteinander. Obwohl sie das nicht so deutlich zur Schau tragen sollten, finde ich.« Jens Flinder wirkte verärgert. »Ist doch unmöglich, so laut übereinander herzufallen.«
»Nur kein Neid«, erwiderte Philip Mertenstein gelassen. »Die sind noch in der Hormonphase. Wir wissen doch alle, wie das ist. Zeitlich leider sehr begrenzt.«
Er sah nachdenklich in die Richtung seiner Frau. »Tut sich bei dir eigentlich was, Jens? Wird Zeit, dass du uns auch mal wieder eine neue Herzensdame präsentierst.«
Jens Flinder winkte gelangweilt ab. »Ich bin es so leid. Mein Porsche und das Segelboot haben eine Signalwirkung auf die falschen Frauen. Alles Goldgräberinnen.«
»Aber unter den Juristinnen muss doch mal eine dabei sein, die dir auch finanziell das Wasser reichen kann«, meinte Philip Mertenstein.
»Wenn sie so viel verdienen wie ich, sind sie mir entweder zu alt oder zu dominant. Oder im schlimmsten Fall beides«, gab Jens Flinder zurück. »Nein, ich denke, meine nächste Freundin müsste aus einem anderen Umfeld kommen. Nicht aus einer Kanzlei und erst recht keine Richterin. Die letzte war wirklich … na ja, ist ja auch egal. Eine Nicht-Juristin wäre in jedem Fall besser. Natürlich attraktiv und auf jeden Fall repräsentativ! Aber sie darf es nicht auf mein Geld abgesehen haben. Was ich gebe, möchte ich freiwillig geben und nicht, weil meine Freundin von einem dreifarbigen Cartierring träumt oder nach einem Brilli sabbert. Nein, nein, die Nächste muss auf jeden Fall unabhängig sein. Beruflich, finanziell. Und mit Kinderwünschen darf sie mich auch nicht nerven.«
Noch während er sprach, wanderte sein Blick nachdenklich zur Kapitänsbrücke, wo Dana hinter dem Glasfenster die Hände fest am Steuerrad hatte. Ihre weiße Kapitänskappe hatte sie ab-

gesetzt und neben sich gelegt. Die Sonne schien von hinten auf sie und erleuchtete ihr dunkelblondes Haar wie einen Heiligenschein. Während sie konzentriert das Schiff lenkte, bewegte sich kaum merklich ihr Mund, als erzählte sie sich gerade selbst eine spannende Wassergeschichte, flüsterte einen Namen oder würde leise ein Lied singen, das niemand an Deck hörte. Sie bemerkte die Blicke nicht, die Jens Flinder ihr zuwarf.

Der Nachmittag floss träge dahin. Dana fuhr langsam. Zum einen, weil sie auf dem Havelkanal sowieso nicht schneller als neun Stundenkilometer fahren durfte, zum anderen, weil es der perfekte Einstieg für die Passagiere war, sich in die heitere Sommerlandschaft zu vertiefen. Die Ufer waren wieder näher gerückt, die Böschung erstrahlte in frischem Grün. Links und rechts erstreckten sich Wiesen so weit das Auge reichte, gelegentlich durchbrochen von einem einsamen Haus. Überall hörte man die typischen Geräusche eines ländlichen Sommertags: Mit einem Trecker wurde ein Feld bearbeitet, in der Ferne hörte man Kühe muhen. Über ihnen schrie ein jagender Raubvogel.
Schließlich waren nicht mal mehr Einfamilienhäuser zu sehen, sondern nur noch Datschen und kleine Lauben. Ein Angler, der unter einer Trauerweide saß, holte hastig seine Angel ein, als das rosarote Schiff auf seiner Höhe war. Sie passierten abgeerntete Felder, Weiden und Magerwiesen, auf denen Wildblumen blühten. Gelegentlich durchquerten sie ein Waldstück, und wenn sie in dessen Schatten kamen, wurde es plötzlich kühler an Bord. Einmal sah Dana aus den Augenwinkeln sogar einen Eisvogel von einem Zweig ins Wasser stürzen und hoffte, dass die Passagiere den kleinen bunten Vogel auch gesehen hatten.
Schließlich erschienen gegen Abend die ersten Ausläufer von Oranienburg. Laubengrundstücke, Bungalows und größere Häuser, einige schön saniert, mehr noch in rohem Grau-Putz,

säumten nun die Ufer. Als sich der Kanal bei Oranienburg-Süd gabelte, schlug Dana nach steuerbord ein. Von hier war es nicht mehr weit zur Marina am Lehnitzsee.
»Alles klar, Katharinchen?«, fragte sie ihre Tochter, die seit der Mündung des Veltener Stichkanals neben ihr stand. Über eine Stunde hatte sie kein Wort gesagt, was ungewöhnlich für sie war. Jetzt nickte Katharina. »Diesmal haben wir ulkige Leute an Bord, oder?«
»Ja. Aber das kann uns egal sein. Hauptsache, sie haben alle eine schöne Zeit. Und wenn uns die Grafs in ihren Katalog aufnehmen, umso besser.«
»Hm. Dieser Flinder hat dich vorhin ja kaum aus den Augen gelassen.«
»Wirklich? Habe ich gar nicht gemerkt«, log Dana.
»Doch, bestimmt. Franziska und ich haben es genau gesehen. Sag mal, Mama, gefällt er dir?«
»Ich kenne den Mann doch gar nicht«, wehrte Dana ab. »Warum fragst du?«
»Och, ich habe mich nur gewundert. Weil … weil Franziska und ich uns neulich darüber unterhalten haben, ob du nicht auch mal wieder eine Beziehung haben möchtest.«
Dana wandte den Blick langsam vom Wasser ab und sah ihre Tochter erstaunt an. »Das war ein Thema zwischen euch?«
»Ja«, sagte Katharina. »Papa ist schließlich vier Jahre tot. Und je älter du wirst, desto schwieriger wird es, einen Mann zu finden. Da gibt es Statistiken. Mit vierzig ist die Chance für Frauen zu heiraten niedriger, als vom Blitz getroffen zu werden. So einer wie dieser Flinder würde doch ganz gut passen. Vom Alter her, meine ich. Und wenn du ihm gefällst …«
»Ein Bauer auf Kuba wurde schon fünf Mal vom Blitz getroffen, habe ich neulich gelesen. Trau keiner Statistik, die du nicht selbst gefälscht hast«, antwortete Dana. »Und was, wenn ich

keinen Mann haben will? Wenn meine Arbeit und meine Familie mir reichen? Meine Freundinnen?«
Katharina sah aus, als ob ihr etwas unbehaglich war. »Na ja, wir sind ja nicht ewig bei dir«, sagte sie. »Irgendwann bist du dann ganz allein.«
»Ich wusste nicht, dass gerade du so konventionell gestrickt bist«, meinte Dana belustigt und korrigierte den Kurs. Unbemerkt hatte sie zu weit nach backbord gelenkt. »Eine Frau muss doch keinen Mann haben, um ein glückliches Leben zu haben.«
»Das hat nichts mit konventionell zu tun«, ereiferte sich Katharina. »Wir machen uns nur Sorgen, wie es für dich ist, wenn wir nicht mehr zu Hause wohnen.«
»Ich könnte ja in eine WG ziehen«, meinte Dana. »Und erst mal ist ja noch Groma da. Hoffentlich noch lange.«
»Könnte ja auch sein, dass du was vermisst«, murmelte Katharina halblaut. »So alt bist du ja noch nicht.«
»Danke für das freundliche Kompliment. Ob und was ich vermisse, lass mal meine Sache sein«, sagte Dana kurz angebunden. »Schau, da vorn ist die Marina. Geh bitte runter, und mach alles zum Anlegen klar.«
Katharina blieb noch einen Moment unentschlossen stehen. »Wenn dir dieser Flinder nicht gefällt, könnten wir ja auch mal im Internet schauen. Da gibt es Partnerschaftsbörsen. Ich kann dir helfen …«
»Das weiß ich!« Allmählich wurde Dana ungehalten. »Jetzt hör auf damit, Katharina. Ich lasse mich von euch nicht verkuppeln.«
»Ist ja schon gut«, murmelte Katharina und ging nach unten, um das Anlegemanöver vorzubereiten.

Die Dämmerung legte sich silberblau über den See und den rosa getupften Himmel. Die »Drei Töchter« dümpelte friedlich vor sich hin. Abendliche Ruhe herrschte, unterbrochen nur vom ge-

legentlichen Schnattern eines Wasservogels. Franziska machte sich gerade daran, die kläglichen Reste des Büfetts abzutragen.
»Begleitet jemand Isabella und mich auf einen Spaziergang?«, fragte Falko.
Die beiden waren wieder aufgetaucht, als sie Hennigsdorf passiert hatten, erfrischt, ausgeruht, mit einem höchst zufriedenen Gesichtsausdruck, der ›Schaut, wie wahnsinnig verliebt wir sind und wie wichtig uns guter Sex ist!‹ zu sagen schien.
»Gern«, anwortete Sylvia. »Ich brauche Bewegung. Komm, Philip.« Beide standen auf, die Grafs und Flinder folgten ihnen. Kurze Zeit später herrschte Stille an Bord.

Währenddessen räumte Franziska in der Kombüse das gewaschene Geschirr in die Schränke, sortierte Besteck und legte zurecht, was sie morgen früh fürs Frühstück brauchen würde. Sie führte die gewohnten Bewegungen ganz automatisch aus, mit ihren Gedanken war sie jedoch woanders – bei Mark. Noch immer hatte er auf keine ihrer SMS geantwortet. Gut, seit gestern war ja auch noch nicht viel Zeit vergangen. Wenn sie nur wüsste, ob er ihr nicht antwortete, um ihr eins auszuwischen, oder weil er schon so mit dieser anderen verbandelt war, dass er wirklich nichts mehr von ihr wissen wollte … Habe ich das wirklich verdient?, fragte sie sich, während sie die Gläser heftig polierte, ohne auf deren Zerbrechlichkeit die geringste Rücksicht zu nehmen. Ja, habe ich, beantwortete sie sich selbst die Frage. Ich dachte, er ist immer für mich da, egal, wie ich ihn behandele. Ich habe ihn als selbstverständlich betrachtet.
Sie ließ das Handtuch sinken und starrte aus dem Bullauge. Während sie über das stille Wasser des Lehnitzsees blickte, wurde ihr eines immer klarer: Nur sie war für ihr Glück verantwortlich. Nur sie wusste, wie die Beziehung aussehen musste, in der sie sich wohl fühlte, niemand sonst. Nicht ihre Freundinnen.

Nicht ihre Mutter. Und schon gar nicht ihre Schwester Katharina.
Und noch etwas erkannte sie mit schmerzhafter Klarheit: Es gab Menschen, die erst erkannten, was ihnen die Liebe bedeutete, wenn sie sie verloren hatten.

In der Mädchenkabine schaltete Katharina ihren ständigen Begleiter an und checkte, wer online war. Ihr Job an Bord war schließlich kein Grund, ihre Internet-Kontakte zu vernachlässigen. Das, was im Netz geschah, erschien ihr sowieso oft wichtiger als das, was passierte, wenn die Kiste auf Stand-by war. Sie waren erst einen Tag unterwegs, und sie wünschte sich schon das Ende der Reise herbei. Sie überlegte kurz, einen neuen Kalender für ihren Desktop zu programmieren, auf dem sie für jeden vergangenen Tag einen Strich machen konnte. Wie im Knast hinter der Pritsche, nach vier Tagen immer einen quer durch. Aber sie verwarf die Idee wieder. So schlimm war es auf der »Drei Töchter« ja nun auch nicht. Zu Hause wäre es nicht unbedingt besser gewesen. Es war nur diese schreckliche Ungeduld in ihr. Nicht an einem anderen Ort zu sein, sondern in einem anderen Leben. Kaum hatte sie das gedacht, öffnete sich auf dem Monitor ein kleines Fenster. Bastian war online. Na bitte, ging doch. Der Abend war gerettet. Tag eins war so gut wie gelaufen.

Danas erste Handlung nach dem Abendbrot war, ihre weiße Kapitänsuniform abzulegen. Jetzt trug sie Jeans und einen lockeren weinroten Rolli – Feierabendkleidung, die sie sich immer erst gestattete, wenn sie angelegt hatten.
Sie saß an Deck und tat nichts, genoss, dass keiner sie nach etwas fragte, dass sie niemandem Auskunft geben musste. Die Abendstille des Wassers umgab sie.
Den ersten Tag hatten sie gut hinter sich gebracht. Das Wetter

spielte mit, Katharina und Franziska erledigten ihren Job prima, und die Passagiere waren zufrieden. Das war alles, was sie wollte: Erfolg in ihren Unternehmungen und Harmonie in ihrem Leben. Und bestimmt nicht einen Mann aus dem Internet! Was Katharina nur einfiel. Komisch, dass sich ihre Töchter über ihr Liebesleben Sorgen machten.

Sie dachte an Antonius und begriff zu spät, dass es das falsche Thema war. Denn noch viel weniger als einen Kerl aus dem Internet brauchte sie eine Affäre mit einem wesentlich jüngeren Mann, die nach allen Regeln der Kunst nicht glücklich ausgehen konnte. Denn sie hatte mit ihm nun mal nichts gemeinsam – außer der unbestreitbaren Tatsache, dass die Chemie zwischen ihren Körpern stimmte …

Aus den Augenwinkeln nahm sie eine kleine Bewegung am Ufer wahr. Was war das gewesen?

Aufmerksam schaute sie zum Land hin. Sie sah den Pier und die Straße, die in den Ort führte. Längst war dort das Lachen und Schwatzen der Passagiere in der Distanz verstummt. In einiger Entfernung lag ein niedriges Gebäude, vermutlich eine Lagerhalle. Das Haus warf einen langgestreckten Schatten in Richtung Wasser. Und in diesem Schatten bewegte sich etwas. Eine dunkel gekleidete Gestalt trat daraus hervor, stand still und schaute in Richtung der »Drei Töchter«. Zu *ihr.* Einen Moment lang hielt Dana den Atem an, überlegte, ob sie Angst haben sollte. Blödsinn, entschied sie dann. Hier an Bord war sie in Sicherheit.

Die Gestalt kam langsam näher. Sie hatte etwas unter dem Arm. Einen Sturzhelm.

Einen Sturzhelm?

Dana sprang so heftig auf, dass der Stuhl umzukippen drohte. Hastig hielt sie ihn fest, um zu verhindern, dass das Poltern unter Deck zu hören wäre. Franziska oder Katharina waren die letzten, die sie jetzt hier oben gebrauchen konnte.

Sie hob die Hand, ein stummer Gruß, der zugleich ein Heranwinken und Wegschicken bedeuten konnte. Die Gestalt wählte. Sie blieb stehen, drehte sich um und ging zum Gebäude zurück, während Dana so leise wie möglich über die Gangway schlich. Sie spürte das Holz unter ihren Schritten federn, dann den harten Betonboden, als sie die Hafenanlage betrat und auf die Lagerhalle zueilte.

Eine Tür knarrte, wurde geöffnet und ihr aufgehalten. Sie huschte hinein, und die Tür fiel hinter ihr ins Schloss. Der Geruch von Diesel, feuchtem Seilwerk und imprägniertem Stoff stieg ihr in die Nase.

Etwas außer Atem stand sie da. »Was machst *du* denn hier?«, zischte sie, obwohl keine Gefahr bestand, dass jemand sie hörte. »Bist du verrückt geworden? Das geht doch nicht. Wenn meine Töchter dich hier sehen, wie soll ich denn das erklären, und überhaupt … wir hatten doch eine Abmachung!«

Antonius legte den Sturzhelm auf ein hellblaues Fass, das vor einem der kleinen, schmutzigen Fenster stand. Er lehnte sich gegen die Wand und zog dabei langsam den Reißverschluss seiner Lederjacke hinunter.

»Wenn ich sage, dass ich zufällig vorbeigekommen bin – würdest du mir dann glauben?« Er griff nach Danas Hand.

»Im Traum nicht«, gab sie zurück und versuchte halbherzig, ihm ihre Hand zu entziehen.

»Und was, wenn ich nur mal nach meinen Bildern schauen will?«

»Genauso wenig!«

»Und wenn ich dir sage, dass ich immerzu an gestern denken musste?« Er zog sie an sich heran. »Und nichts lieber tun würde, als wieder mit dir zu schlafen?«

Dana schluckte. »Das würde ich dir vermutlich eher glauben.«

»Gut. Frage beantwortet«, meinte er und vergrub sein Gesicht in ihrem Haar.

»Ach Antonius, das ist schrecklich«, sagte sie und schlang die Arme um seinen Hals. Da war sie wieder, diese Sehnsucht, die sie nur vergessen konnte, wenn sie von ihm getrennt war und niemals, wenn er vor ihr stand. Die hartnäckiger war, als sie sich jemals hätte vorstellen können. Und auf die es nur eine Antwort gab.

Seine Beine öffneten sich leicht, und ihre Hüften fanden den Weg in die Lücke, auf der Suche nach seiner Wärme. Seiner Härte.

Hungrig küsste er sie, mit einer Hand unter ihrem Pullover, spreizte sie über ihrem Busen, die andere an ihrem Po und presste sie an sich. »Ich habe dich so vermisst«, flüsterte er an ihr Ohr.

»Es waren nur achtundzwanzig Stunden«, murmelte Dana.

»Ja. Weiß ich. Trotzdem. Und was soll das überhaupt für eine Abmachung gewesen sein, die wir getroffen haben?«, fragte er und fuhr mit der Zungenspitze quälend langsam ihren Hals entlang.

»Dass wir uns erst wiedersehen, wenn du deine Bilder abholst. Dass wir nicht mehr aneinander denken. Dass es einmal passiert ist und nicht wieder passieren darf«, erwiderte sie und bog den Kopf zur Seite. »Das war die Abmachung.«

Er lachte leise. Sie spürte den Druck seiner Zähne an ihrem Hals, fühlte gleichzeitig, wie er ruhelos seinen Körper gegen ihren bewegte. »Die hast du aber nur mit dir selbst getroffen. Ist es dir übrigens gelungen?«

Jetzt antwortete sie nicht, sondern küsste ihn mit aller Leidenschaft zurück.

»Na also«, flüsterte er einige unglaubliche Minuten später. »Hier sind wir allein. Ungestört.« Seine Finger tanzten auf ihrem Busen, dann suchte er den Knopf ihrer Jeans, öffnete ihn und ließ seine Hand in ihren Slip gleiten. Dana stöhnte auf, als er sie verlangend streichelte. Sie zerrte das Hemd aus seiner Hose, fand den Weg zu seiner nackten Haut, strich über seine Brust und zuckte zusammen, als sich seine Hand um ihr Gelenk schloss.

»Komm«, sagte er und zog sie zu einem Bündel Taue, das wie ein regungsloses Schlangennest in der Ecke lag. In schummriger Stille ließen sie sich darauf nieder. Kleidungsstücke wurden ausgezogen, achtlos zur Seite geworfen, bis sie beide nackt waren. Dana streichelte seine Schultern, ließ die Hände über seinen Rücken bis zu seinem Hintern wandern. Antonius lag halb auf ihr, halb auf den Seilen. An ihrem Oberschenkel konnte sie seine Erektion spüren, merkte, wie erregt sie selbst war, als er sie mit einem Finger zwischen den Beinen massierte. Mit sanft kreisenden Bewegungen spielte er mit ihr, bis sie sich an ihn presste und ihn auf sich zog. »Du willst mich?«, flüsterte Antonius fragend. »Sag, dass du mich willst.«

»Oh ja, ich will dich«, antwortete sie. Ihre Blicke waren miteinander verschränkt, und Dana schloss die Augen auch dann nicht, als sie sich weit für ihn öffnete, damit er endlich in sie eindrang. Als er es tat, bog sie sich ihm seufzend entgegen.

Und dann hörte sie plötzlich Stimmen. Menschen kamen näher. Dana hielt in der Bewegung inne und lauschte.

»Hör auf«, sagte sie dann leise und stemmte sich gegen Antonius. Einen Moment lag er regungslos da, dann stöhnte er frustriert auf und rollte sich von ihr herunter.

»Mist. Das sind die Gäste«, flüsterte sie. »Keine Ahnung, warum die schon wieder zurückkommen.« Hektisch griff sie erst nach ihrem BH, dann nach dem Pullover.

»Ach, verdammt. Lass sie doch«, meinte Antonius. »Du fährst sie, aber du bist doch nicht ihre Gesellschafterin. Oder ihr Kindermädchen. Was du in deiner Freizeit machst, hat die doch gar nicht zu interessieren.«

»Nein, das geht nicht«, widersprach Dana. »So bin ich einfach nicht. Es fühlt sich nicht richtig an, hier mit dir zusammen zu sein, während die da draußen vorbeispazieren. Außerdem habe ich bei diesen Reisen nie wirklich Feierabend. Ich bin immer für alles verantwortlich, auch wenn wir angelegt haben.« Du kennst das nicht. Du musst dich um niemanden kümmern außer um dich selbst, fügte sie im Stillen hinzu. Du bist frei. Du bist zu *jung*, um das zu verstehen.

Statt sich ebenfalls anzuziehen, blieb Antonius nackt auf dem Taubündel liegen. Er hatte die Arme entspannt hinter dem Kopf verschränkt und beobachtete sie. »Du hast den Pulli falsch rum an«, bemerkte er. Rasch zog sie ihn aus, drehte ihn um, schlüpfte wieder hinein.

Die Stimmen wurden lauter.

Nun komplett angezogen, ging Dana zum Fenster und spähte hinaus. »Wenn ich um den Schuppen laufe, kann ich so tun, als ob ich auch spazieren war, und kurz nach ihnen an Bord gehen.«

Sie hörte Seile knarren, das Rascheln eines Kleidungsstücks. Dann stand Antonius hinter ihr und umarmte sie. Er trug nichts außer Boxershorts. »Na, wenn du gehen musst, musst du wohl gehen. Schade«, meinte er und küsste sie liebevoll aufs Haar. »Wo ankert ihr denn morgen?«

»In Fürstenberg an der Havel. Willst du etwa wieder vorbeikommen?«, fragte sie alarmiert und drehte sich zu ihm um. »Tu es nicht. Bitte.«

»Warum nicht?«

»Ich habe Angst, dass ich mich seltsam verhalte und dann alles auffliegt. Ich kann so schrecklich schlecht lügen. Wenn du da bist, will ich nur noch mit dir zusammen sein. Allein. Aber das ist unmöglich. Du kannst nicht an Bord kommen, ohne dass meine Töchter Fragen stellen, und schon gar nicht in meine Kabine, falls dir das vorschwebt.«

Antonius lächelte. »Immerhin weiß ich genau, wo deine Kabine ist. Gleich die erste backbord.«
Trotz des Dämmerlichts sah Dana, wie seine Augen funkelten.

»Wo warst du vorhin, Mama?«, fragte Franziska, während sie gemeinsam die Sektgläser der Gäste abräumten. »Ich habe nach dir gesucht. Ich dachte, du bist an Deck, aber da warst du nicht.«
Kurz nach Danas Rückkehr hatte Jens erklärt, dass das Schloss zwar von außen schön, der Jachthafen des Schlosses aufwendig und die Schlossparkanlage gewissenhaft renoviert worden waren, die Qualität der einzigen offenen Bar, die sie gefunden hatten, aber deutlich zu wünschen übrig gelassen hätte. Auf der Sektkarte habe sich nur Rotkäppchen gefunden, und wie es denn mit einem Glas an Bord aussehen würde?
Daraufhin hatte Franziska die Barkeeperin gespielt und drei weitere Flaschen Crémant auf seine Rechnung ausgeschenkt, bis sich alle Passagiere in ihre Kabinen zurückgezogen hatten. Nur sie und Dana waren noch im Hauptraum.
»Ich war spazieren«, gab Dana zurück. »Ein bisschen Bewegung brauche ich schließlich auch mal.« Ich lüge nur, damit sich niemand aufregt, beruhigte sie sich selbst. Es besteht kein Grund, dass sie erfahren, dass Antonius hier war. Es ist komplett unwichtig und würde nur für Unruhe sorgen.
»Mit den Passagieren?«
»Nein, allein.«
»Warum das denn?«
»Ach Franziska, hör doch auf zu fragen. Weil ich es wollte. Weil ich mir die Beine vertreten musste. Weil der Abendhimmel so schön war.« Und weil ich unbedingt wie ein durchgeknallter Teenager in einer Lagerhalle rumknutschen und Sex

haben musste, dachte Dana, behielt das aber wohlweislich für sich.

»Ich dachte, du bist vielleicht mit diesem Rechtsanwalt unterwegs. Mit Jens Flinder. Warum wolltest du eigentlich nicht, dass er dich heute Abend auf ein Glas einlädt?«, fragte Franziska und sah sie prüfend an. »Du hast es ihm doch bei unserer Abfahrt quasi versprochen.«

Dana hatte es erneut dankend abgelehnt, ihn auf ein anderes Mal vertröstet und seine Enttäuschung geflissentlich ignoriert. Sie wollte keinen Crémant mit Flinder trinken, keinen Sekt, keinen Prosecco und erst recht keinen Champagner. In ihr prickelte es ohne alkoholische Getränke schon genug.

»Hast du dich mit Katharina abgesprochen?«, fragte sie scharf. Etwas an dem Gespräch kam ihr verhängnisvoll bekannt vor.

Franziska antwortete nicht. Stattdessen gähnte sie ostentativ. »Was bin ich müde! Na, ich verzieh mich mal. Morgen wird wieder anstrengend. Gute Nacht, Mama.«

»Nacht«, sagte Dana kurz angebunden. Sie wartete noch ab, bis Franziskas Kabinentür zuklappte, dann löschte sie die Teelichter auf dem Ahorntisch.

Der Geruch von den glühenden Dochten hing noch in der Messelounge, als Dana zu ihrer Kajüte ging. Als sie die Tür öffnete, schlug ihr sanft, kaum wahrnehmbar, ein anderer Duft als ihr eigener entgegen. Sie seufzte resigniert, dann setzte sie sich auf die Bettkante. Einen Moment lang streichelte sie die Decke. Dann zog sie sich aus und schlüpfte in ihre Koje.

Gedankenverloren lag sie wach, hin- und hergerissen von den unterschiedlichsten Gefühlen. Einerseits wollte sie, dass Antonius sie morgen in Ruhe ließ, dass er nicht nach Fürstenberg kam und die Wasser der Havel ungetrübt von Lügen und heimlichen Treffen blieben.

Andererseits hoffte sie inständig, dass er sie nicht in Ruhe ließ.

Beim Sex unterbrochen zu werden war erschreckend frustrierend gewesen. Sie hatte gar nicht mehr gewusst, wie unglaublich stark dieser Hunger nach Körperlichkeit und Sinnlichkeit sein konnte. Antonius hatte ihn in ihr wieder geweckt und schien der Einzige, der ihn stillen konnte.
Dana war sich nicht sicher, wie lange sie dieses Wechselbad der Gefühle noch aushalten würde.

6. Kapitel

»Als Erstes passieren wir die Lehnitzschleuse. Oberhalb davon beginnt dann der Oder-Havel-Kanal. Ihn verlassen wir, wenn wir in den Malzer Kanal einbiegen«, erklärte Dana. Sie hatte die Hände um ihren Kaffeepott gelegt und erklärte den Passagieren, wie die heutige Route aussehen würde.
»Ich denke, wir fahren auf der Havel?«, fragte Jens Flinder. Er schien ihr die Zurückweisung von gestern Abend nicht übelgenommen zu haben. Gut gelaunt saß er mit den anderen Passagieren um den Frühstückstisch herum. Die Sonne schien in die Messelounge, in der Franziska eine Runde Kaffee nach der nächsten ausschenkte. Die Jazz-CD von Till Brönner, die sie eingelegt hatte, lief leise im Hintergrund und untermalte sanft Danas Ausführungen.
»Nicht gleich. Zunächst fahren wir parallel zur Schnellen Havel. Bis Zehdenick ist sie nicht schiffbar. Erst dort mündet sie in den Kanal und heißt wieder Havel.«
Dana nahm einen Schluck Milchkaffee. »In Zehdenick werden Sie eventuell die Zugbrücke interessant finden. Sie ist zweiflügelig, das heißt, sie klappt nach oben auf. Sie heißt auch Hastbrücke. Nicht etwa, weil sie hastig aufgeht. Ganz im Gegenteil. Sie hat etwas sehr Gemächliches. Aber der Damm führt nach Hast. Bis 1990 war es eine Holzkonstruktion, dann hat man die zweiflügelige Stahlkonstruktion gebaut, wie wir sie heute noch kennen.«

»Eine Wendebrücke«, meinte Flinder süffisant.

Dana zog es vor, ihn zu überhören. »Wenn wir die Stadt verlassen haben, kommen dann die Naturliebhaber unter Ihnen auf ihre Kosten«, fuhr sie fort. »Wir fahren bis Burgwall durch eine Gegend, in der früher traditionell Ton abgebaut und zur Ziegelherstellung gebrannt wurde. Durch den Tonabbau sind Bodensenken entstanden. Sie heißen Stiche. Viele von ihnen sind heute verschilft und bieten ideale Nistplätze für Vögel. Burgwall liegt auf halber Strecke zwischen Zehdenick und Fürstenberg. Dort werden wir heute im Gasthaus zu Mittag essen. Der Tisch ist bereits für uns reserviert. Nachmittags folgen wir dann weiter dem Verlauf der Havel. Sie läuft wunderschön durch eine reine Wiesen- und Waldlandschaft, bis sie in den Stolpsee mündet. Wenn wir ihn durchquert haben, ist es nicht mehr weit bis nach Fürstenberg, wo wir die Nacht verbringen werden. Wenn das Wetter sich hält, können wir heute Abend auch das Beiboot zu Wasser lassen. Falls Sie ein bisschen rudern möchten.«

Während sie sprach, schmausten alle um sie herum zufrieden weiter. Franziska hatte ganze Arbeit geleistet. Das Büfett sah aus wie in einem eleganten Restaurant: silberne Hauben über Wärmeschalen mit Rühreiern und gebratenem Speck, frisch aufgebackene Brötchen, Aufschnitt, Müsli, Quark, Obst und selbstgemachte Marmeladen.

Dana hatte noch nichts gegessen. Sie hatte schlecht geschlafen, und ihr Magen war wie zugeschnürt. Ihr Körper hatte sich nach Antonius gesehnt, ihr Kopf versuchte, jeden Gedanken an ihn zu verdrängen. Das Ergebnis war, dass sie müde aufgewacht war, mit dem unangenehmen Gefühl, Gefühlen ausgeliefert zu sein, die ausschließlich mit Antonius zu tun hatten. Aber wenigstens der Kaffee schien etwas zu helfen.

Sie trank ihn aus und lächelte in die Runde. »Dann werde ich uns mal auf den Weg bringen. Sie wissen ja, wo Sie mich finden.« Sie tippte kurz an ihre blaue Kappe und ging zur Brücke.

»Doko-Time. Hol mal die Karten raus, Laurenz«, sagte Philip Mertenstein voller Vorfreude. »Wir bleiben besser hier unten, oben flattern sie uns sonst noch um die Ohren. Einverstanden?«
Alle Männer nickten. Laurenz Graf ächzte leise, als er aufstand und in Richtung Kabine verschwand, um das Spiel zu holen.
»Bleibst du bei uns, Darling? Doppelkopf lernen?«, fragte Falko Hubschmied. Isabella saß neben ihm, er hielt ihre Hand, führte sie zum Mund und küsste sie. Isabella schaute zweifelnd den beiden anderen Frauen hinterher, die mit ihren frisch gefüllten Kaffeetassen nach oben gegangen waren. Dann entzog sie Falko die Hand.
»Nein. Das ist langweilig«, sagte sie und stand auf. »Ich bin schließlich wegen der Luft und der Sonne mitgekommen.«
Die Blicke der drei Männer folgten ihr, als sie, geschmeidig wie eine Katze, die Treppe hochging und verschwand.

Oben an Bord setzte sie sich in einen Liegestuhl, der hinter Sylvia Mertenstein und Irmtraud Graf stand.
»Und wenn Philip dann am Wochenende aus Frankfurt nach Berlin kommt, machen wir es uns immer richtig schön. Jedenfalls, wenn er neben dem Golfen noch Zeit hat. Er hat ja in letzter Zeit hart daran gearbeitet, sein Handicap zu verbessern«, erzählte Sylvia mit einer Zuversicht, als müsste sie sich selbst von der Wahrheit ihrer Worte überzeugen. Sie fingerte in ihrem dunkelroten Haar, das trotz des Windes perfekt saß, und schlug den Kragen ihrer Kostümjacke hoch. Heute trug sie Hellblau.
Hinter ihnen beobachtete Isabella träge das Ufer. Ihr Blick fiel auf einen Angler am Ufer. Gerade in dem Moment, als sie mit

ihm auf einer Höhe war, hatte er einen Biss. Es blitzte silbern an der Angelsehne, als er einen Fisch aus dem Wasser zog, der wild zappelte und Schuppen versprühte.

»Ist Philip denn oft in Frankfurt?«, fragte Irmtraud.

»Ja. Mehr denn je. Neuerdings fliegt er sogar schon Sonntagabend hin. Früher hat's gereicht, wenn er den Flieger am Montagmorgen genommen hat. Aber er will unbedingt frühmorgens im Büro sein. Er hat immer sehr viel zu erledigen, bevor die Börse öffnet.« Sie konnte Irmtrauds forschendem Blick nicht länger standhalten und sah zur Seite. »Ich finde es wichtig, dass man sich arrangiert. Dass man nicht zu viele negative Emotionen zwischen sich kommen lässt. Wir haben schließlich alles zusammen aufgebaut. Und ich habe ja auch sehr viel in der Praxis zu tun. Es passt ganz gut, dass ich mich unter der Woche nicht um Philip kümmern muss und wir praktisch getrennt leben.«

Irmtraud nickte. »Ihr habt ja auch keine Kinder, die beide Eltern brauchen. Das hat uns in Krisenzeiten immer zusammengehalten.« Sie strich sich nachdenklich über den Bauch. »Und Laurenz und ich arbeiten natürlich auch jeden Tag zusammen. Wir sind ein Team. Da ist wenig Raum für andere …« Als ob ihr erst jetzt klarwurde, was sie da gerade sagte, verstummte sie mitten im Satz erschrocken. Nervös spielte sie mit etwas Raschelndem in ihrer großen Hosentasche, das nur darauf wartete, vernascht zu werden.

»Na, die Kinder werden euch beide wohl nicht mehr brauchen. Veronika und Michael sind ja schon längst ausgezogen. Sei ehrlich, du setzt auf andere Mittel, um Laurenz an dich zu binden«, erwiderte Sylvia schroff.

»Ich binde ihn nicht an mich! Wir lieben uns. Wir können nicht ohne einander sein. Wir haben unser Hobby, das Reisen, zum Beruf gemacht. Und Laurenz ist nicht gesund, das schweißt uns nur noch mehr zusammen. Er braucht mich!«

»Natürlich«, meinte Sylvia beschwichtigend. »Was hältst du davon, wenn ihr beide mal wieder in die Praxis kommt? Euer letzter Gesundheitscheck ist schon eine ganze Weile her.« Ihre Goldreifen am Handgelenk klirrten leise, als sie sich mit der Fingerspitze nachdenklich gegen die spitze Nase tippte. Das Verletzbare war verschwunden, sie war wieder ganz die kühle Medizinerin.
»Du hast ja recht!«, sagte Irmtraud. Deutlich war zu hören, wie unbehaglich ihr dieses Thema war. »Wenn wir zurück sind, lasse ich uns gleich einen Termin geben. Du weißt ja, wie Laurenz ist. Er glaubt, dass er gesund ist, solange er sich seine Krankheiten nicht selbst eingesteht.«
»Das ist nicht ungewöhnlich für Männer seines Alters«, erwiderte Sylvia. »Wenn auch ziemlich gefährlich.«
Hinter ihnen knarrte ein Liegestuhl leise, als Isabella sich aufsetzte. Irmtraud und Sylvia drehten sich um. Sie hatten nicht mitbekommen, dass Isabella in Hörweite saß. Die schöne Halbinderin sah sie über ihre Sonnenbrille hinweg an. »Guter Sex hilft, die Gesundheit zu erhalten«, sagte sie dann leichthin, fast wie zu sich selbst, und ließ sich wieder zurücksinken.
»Wir reden nicht von Sex. Wir reden von Liebe. Von Ehe und Zusammensein. Davon, dass Leben miteinander zu teilen. Mit all seinen Höhen und Tiefen«, schnappte Sylvia.
»Jaja. Bis dass der Tod uns scheidet. Das sind natürlich gerade bei Männern zwei völlig unterschiedliche Dinge«, sagte Isabella mit vor Ironie triefender Stimme und begann abwesend, ihr langes dunkles Haar zu einem dicken Zopf zu flechten.
»Wie wir unsere Ehen führen, geht Sie nun wirklich nichts an«, sagte Irmtraud kurz angebunden.
»Natürlich nicht«, antwortete Isabella und schloss erneut die Augen. Damit schien die Unterhaltung für sie beendet.
»Sex!«, entrüstete Irmtraud sich jetzt im Flüsterton. »Wovon redet die überhaupt? Das mag ja furchtbar wichtig für sie sein,

wahrscheinlich ist Falko ausschließlich deshalb mit ihr zusammen. Legionen sind durch sein Bett gewandert. Du meine Güte! Aber das kann man doch überhaupt nicht mit unseren langen Ehen vergleichen! Wir sind doch über das Thema Sex längst hinaus! Wir haben mit unseren Männern doch unendlich viel mehr als das, findest du nicht, Sylvia?«
Die jedoch schien gar nicht zuzuhören. Sie starrte auf das wellige Wasser des Sees. Vor ihnen tauchte eine hohe Mauer auf. Sie hatten die Lehnitzschleuse erreicht.

»Er bückte sich hinter dem Pult, um seinen Flachmann herauszuziehen und sich blitzschnell einen Schluck zu genehmigen«, schwelgte Falko Hubschmied in Erinnerung. »Dass der überhaupt noch Latein unterrichten konnte, wo er sich doch täglich das Gehirn weggesoffen hat. Vinum, vini, vino, vinum, vino … Und wie konnte er nur glauben, dass wir das nicht merken!« Er nahm einen Schluck von seinem Bier – die Herren hatten sich zu einem Frühschoppen beim Doppelkopfspielen entschlossen.
»Ich fand ihn ja schrecklich«, meinte Laurenz Graf nachdenklich. »Hatte richtig Angst vor ihm. Wisst ihr noch, wie der immer mit seinem Schlüsselbund geschmissen hat? Und diese Tafelbilder! Kein Mensch wurde daraus schlau. Abgefragt hat er sie in den Klausuren trotzdem. Eine Tortur war es, sie auswendig zu lernen. Ich habe gebüffelt, aber wenn ihr mich fragt, ob ich irgendwas davon behalten habe? Nein.« Laurenz schüttelte den Kopf.
Sie befanden sich mitten in ihrem alljährlichen Ritual. Ganz nah fühlten sie sich dem Früher, das dann wieder bis zum nächsten Treffen in der Vergessenheit versank. Keiner von ihnen dachte im Verlauf des Jahres an die Schulzeit, die für sie vor dreiunddreißig Jahren auf der Sidonie-Springer-Oberschule in Berlin-Charlottenburg geendet hatte.

Bis auf Jens Flinder, der die Chefredaktion der Ehemaligen-Schulzeitung »Yesterday« übernommen hatte. Sie erschien zwei Mal im Jahr, seitdem hockte er ebenso oft beim Direktor und genoss mit ihm eine gute Flasche Wein.

Jetzt legte er die Karten hin. »Ich muss euch mal was zeigen. Schaut mal, was ich in meinen alten Unterlagen gefunden habe.« Er zog eine Schwarzweißfotografie hervor. »Ich habe überlegt, ob ich für die ›Yesterday‹ einen Artikel über unsere Reise schreiben soll. So nach dem Motto ›Einmal Wasser, immer Wasser, unser Team gestern und heute‹.« Er reichte die Fotografie quer über den Tisch.

Philip Mertenstein nahm sie entgegen. »Das sind ja wir vier!«, rief er und zeigte auf einen Jungen, der das Ruder übermütig hochgestellt hatte. »Falko … du hast deinen Haarstil ja überhaupt nicht verändert. Nur grau bist du geworden.« Ein Junge mit dunkler Lockenmähne, die ihm bis auf die Schultern fiel, grinste in die Kamera. »Und du, Jens, warst damals genauso pingelig mit deinem Haar wie heute.« Mertenstein zeigte auf einen jungen Mann mit skeptischem Blick und langen hellen Haaren, die er korrekt gescheitelt trug.

»Und hier vorn bist du, Laurenz«, sagte er und tippte auf eine Gestalt im Vordergrund. Er gab die Fotografie an Laurenz Graf weiter. Dieser betrachtete sein altes Selbst und lief rosig an. Die anderen wussten warum: Laurenz hatte sich als Einziger so verändert, dass man ihn unmöglich wiedererkennen konnte.

Auf dem Foto hatte er dunkles, welliges Haare, das er, anders als die anderen Jungen, kurz trug. In den Schultern war er athletisch breit. Aber ansonsten war er nicht nur schlank – er war mager.

»Irmtraud ist ja auch dabei«, sagte er und tippte auf die Fotografie. Ein schlankes Mädchen in einem geblümten T-Shirt lächelte stolz durch lange, dunkle Ponyfransen in die Kamera.

»Klar, sie hatte doch damals schon ein Auge auf dich geworfen«,

meinte Jens Flinder eine Spur ironisch. »Und sie hat ja bekommen, was sie wollte. Möchtet ihr einen Abzug davon?«
Mertenstein und Falko nickten, Laurenz schwieg und schaute weiter auf das Foto, bis er es schließlich Jens zurückgab. »Schön«, sagte er leise. »Und wie jung wir damals waren. Wie schlank. Wie hübsch. Wie lange das alles her ist.«
»Da hast du sehr recht«, antwortete Jens und verstaute das Foto wieder. »Ich werde mal schauen, ob ich den Mädchen oben zur Hand gehen kann«, sagte er dann und stand auf.
»Okay, Spielpause«, meinte Falko und streckte sich genüsslich.

Katharina und Franziska lehnten Jens Flinders Angebot höflich ab. Er beobachtete ihr geschicktes Schleusenmanöver kritisch, kam dann aber zu dem Schluss, dass er es nicht besser konnte. Sein Blick wanderte vom Glasaufbau des Schiffs hin zur Kapitänsbrücke und blieb dann, wie jedes Mal, wenn er an Deck war, an Dana hängen. Sie erwiderte ihn nicht, wartete stattdessen, gelassen auf das Steuerrad gestützt, darauf, dass die Schleusenampel grün wurde, um weiterfahren zu können.
Einem Impuls folgend, ging er auf die Brücke zu. Er bemerkte nicht, dass die Mädchen ihm hinterherschauten und jeden seiner Schritte beobachteten. Ihm entgingen auch völlig die bedeutungsvollen Blicke, die sie sich quer übers Deck zuwarfen, ebenso das Victory-Zeichen, das sie beide machten.

»Mein Schiff ist gute zehn Meter lang«, sagte Jens Flinder. »Es ist eine *Swan.*«
Dana nickte. »Ein schönes Boot.« Und irrsinnig teuer, fügte sie in Gedanken hinzu. Flinder stand neben ihr auf der Brücke, seit sich die Schleusentore wieder hinter ihnen geschlossen hatten. Er bemühte sich, das Gespräch in Gang zu halten, während sie auf der Havel durch den Nachmittag glitten. Dana entging

nicht, dass er sich mächtig ins Zeug legte. Im Moment waren sie gerade beim Thema »Mein Segelboot« angelangt. Flinder glaubte offensichtlich, dass Frauen sich von Besitztümern beeindrucken ließen. Das mochte ja bei mancher der Fall sein, bei ihr aber nicht.

»Segeln Sie auch?«, fragte er jetzt.

Sie schüttelte den Kopf und korrigierte den Kurs der ›Drei Töchter‹ leicht. »Nein. Ich bin Kapitänin für Binnenschifffahrt, das muss reichen. Damit ist mein Bedürfnis nach Wasser ausgeschöpft.« Kaum hatte sie es ausgesprochen, ärgerte sie sich über die blöde Redewendung.

»Vielleicht darf ich Sie aber trotzdem mal einladen.«

Dana wollte nicht unhöflich sein, aber noch viel weniger wollte sie mit Jens Flinder segeln gehen. Also lächelte sie ihn statt einer Antwort sehr knapp an und blickte dann einem großen, grauen Reiher, der auf der Uferbefestigung hockte, hinterher. Sein gelber Schnabel ragte hoch in die Luft, während er regungslos vor sich hin starrte. Der Vogel schien das Schiff zunächst nicht zu bemerken, denn er flog erst aufgeschreckt davon, als die »Drei Töchter« schon an ihm vorbei war.

»Ich würde Sie gern mit meinem Porsche zu Hause abholen«, fuhr Flinder fort. »Dann könnten wir zusammen zum Club fahren, und Sie müssen nicht lange nach dem Anleger suchen, wo mein Boot liegt.«

Ah, jetzt hakte er gerade den Punkt »Mein Auto« ab. »Wo wohnen Sie denn?«, fragte Flinder weiter.

»In Moabit«, antwortete Dana ausweichend. Jetzt fehlte nur noch, dass er mit seinem Haus angab, das sicher nicht in einem ehemaligen Arbeiterbezirk wie Moabit lag!

»Ich habe mir vor zwei Jahren eine Eigentumswohnung in Grunewald gekauft«, sagte Flinder wie aufs Stichwort. »Direkt neben dem Rot-Weiß-Tennisclub. Am Hundekehlesee.«

Dana nickte zufrieden. Nicht, weil Flinder im Edelbezirk von Berlin wohnte, und auch nicht, weil sie den Hundekehlesee kannte, sondern weil sie ihn so wunderbar durchschaut hatte.
»Lieber Herr Flinder«, sagte sie und rückte sich die Kapitänsmütze zurecht, »bitte nehmen Sie es mir nicht übel. Aber ich denke, Sie werden sich eine andere Skipperin für Ihr Segelboot suchen müssen. Ich habe einfach zu viel zu tun. Oh, schauen Sie, dort ist ja Burgwall!« Noch nie war sie so froh gewesen, den kleinen Anleger zu erreichen, der an der Havel inmitten der stillgelegten Tonstiche lag. »Falls Sie unter Deck gehen, könnten Sie den anderen gern sagen, dass wir in zehn Minuten am Alten Fährkrug sind. Wo sicher schon die Zanderplatte auf uns wartet!«
Einen Moment lang sah Flinder etwas pikiert aus. Dann legte er markig die Hand an sein gescheiteltes Haar, sagte: »Aye, aye, Kapitänin«, und verließ die Brücke.
Dana atmete erleichtert aus. Das war nun erst der zweite Tag. Wenn Flinder in diesem Anbagger-Tempo weitermachte, würden ihr bis zum letzten Tag glatt die Ausreden ausgehen!
Als sie beim Mittagessen Franziska und Katharina bat, neben ihr Platz zu nehmen, sahen die beiden sie erstaunt an. Dana ignorierte ihre Blicke und griff stattdessen herzhaft bei der Fischplatte zu.
Aber auch das nützte nichts. Kaum legten sie wieder von Burgwall ab, stand Jens Flinder erneut neben ihr und plauderte weiter. Egal, wie einsilbig sie antwortete, nichts schien ihn abzuschrecken oder seinen selbstgefälligen Redefluss zu dämmen: Er sprach von einem Segeltrip durch die Inselwelt der Bahamas, von seinen Anteilen an einer Ferienanlage auf einer griechischen Insel, von seinen finanzphilosophischen Betrachtungen über die Entwicklung des Euro. Dana machte mental die Notiz, einen Teil ihrer Begrüßungsrede zu streichen: nämlich den, dass sie für

alle Passagiere ansprechbar war und sich jederzeit über Besuch auf der Kapitänsbrücke freute.
Den Streckenabschnitt, den sie nun entlangfuhren, liebte sie besonders. Die Havel hatte hier trotz der Wehre und Schleusen ihren ursprünglichen Lauf behalten und wand sich in engen Schleifen durch die Landschaft. Sie fuhren flussaufwärts, der Havelquelle entgegen, die im Müritz-Nationalpark entsprang. Dicke Weiden standen an den Ufern, dahinter konnte man über Feuchtwiesen tief ins Land schauen. Gänse rasteten, Kraniche flogen, Störche suchten und fanden Frösche. Als sie an einer Wiese vorbeikamen, auf der mindestens hundert weiße Schwäne grasten, schwieg sogar Jens Flinder einen Moment beeindruckt.
Danach veränderte sich die Landschaft allmählich: Dunkle märkische Kiefernwälder zogen sich bis an die Ufer heran, steil aufsteigende Böschungen wirkten so geheimnisvoll und märchenhaft, dass es Dana nicht gewundert hätte, wenn ihnen ein Faun vom Ufer aus zugewunken hätte.
Sie wäre liebend gern mit ihren Gedanken allein gewesen und hätte die Naturbilder solo genossen, nach Ottern oder Bibern Ausschau gehalten, dem Geschnatter der Enten und dem Gesang der Vögel gelauscht, die aus dem Wasser springenden Fische beobachtet. Stattdessen musste sie wohl oder übel mit Flinder Smalltalk machen.
Sie unterdrückte einen Seufzer und sah verstohlen auf die Uhr: Es war kurz vor fünf. Noch eine Stunde, dann wären sie kurz vor Fürstenberg, und Franziska würde beginnen, das Abendbüfett aufzubauen.

7. Kapitel

Antonius trat aus dem Atelier in den Sommerabend hinaus, zu ruhelos, um in die Nacht hinein zu arbeiten, wie er es sonst gern tat. Er ging ins Haus, um sich ein Bier zu holen, und sah im Wohnzimmer seinen Vater sitzen, auf den der Fernseher ein blaues Flackerlicht warf.

Wieder draußen, setzte er sich auf die Treppe. Die unebenen Steinstufen waren noch warm von der Sonne. Er streckte die Beine aus und nahm gedankenverloren einen Schluck.

In einer guten Stunde könnte er da sein. Aber war es klug, sie jeden Tag zu sehen, sie so zu belagern? Im Grunde genommen war ihm so etwas fremd. Bis jetzt hatte er noch nie diesen starken Drang verspürt, eine Frau für sich zu gewinnen. Er hatte es locker gesehen, auch wenn es in seinem Bekanntenkreis inzwischen immer mehr Paare gab, die fest zusammen waren und Familien gründeten.

Er nahm noch einen Schluck. Er hatte sich bei Frauen nie anstrengen müssen. Auf der anderen Seite hatte es auch keine gegeben, die ihm übermäßig viel bedeutet hatte. Er war immer ein zurückhaltender Typ gewesen, und die Sache in der Schule vor fünf Jahren hatte alles noch erheblich kompliziert. Er zog es vor, seine Gefühle für sich zu behalten, bevor sie ihn in Schwierigkeiten bringen konnten.

Aber mit Dana fühlte es sich anders an. Wie eine Chance. Auch wenn er keine Ahnung hatte, worauf eigentlich. Er wusste nicht,

was er machen sollte. Er respektierte, dass Dana ein ganz anderes Leben führte als er. Er verstand, dass in ihrem Leben kein Platz für einen unbedeutenden Künstler war. Zwischen ihnen beiden schien als einzige Schnittmenge die erotische Anziehung zu sein.
Trotzdem nervte es ihn, dass sie alles, was sie voneinander trennte, auf den Altersunterschied zurückführte. Wenn es nun umgekehrt wäre – wenn er fünfzehn Jahre älter wäre? Dann wäre das Alter garantiert kein Thema, und sie würde genießend hinnehmen, dass sie nicht die Finger voneinander lassen konnten. Er wäre der Ältere, der Weisere, und es gäbe eine Zukunft für sie beide, denn alles wäre so, wie es sein musste.
So war es aber nicht. Wahrscheinlich war es klüger, sie sich aus dem Kopf zu schlagen. Und trotzdem musste er immerzu an sie denken. Er wollte sie. Er mochte ihre Souveränität, ihren intelligenten Humor und ihre Gelassenheit. Ihm gefiel ihr reifer Sex-Appeal mit dem Hauch Unsicherheit, den er eher bei einer sehr jungen Frau vermutet hätte. Nicht, dass er gern eine sehr junge Frau gehabt hätte. Bloß nicht! Er wollte Dana. Die Art und Weise, wie ihre dunkelblauen Augen leuchteten, wie sie ihre schmale Nase leicht aufblähte und die Augenbrauen hochzog, wie sie küsste und wie sie nicht etwa vor ihm, sondern nur vor ihrer eigenen Lust kapitulierte – es war einfach zu schön. Es war genau so, wie er sich das Zusammensein mit einer Frau immer gewünscht hatte, ohne dass er es je hätte beschreiben können, wenn er zu diesem Thema befragt worden wäre.
Aber was wusste er auf der anderen Seite von ihr? Was wusste er überhaupt über Vierundvierzigjährige? Unterschieden sie sich von Frauen seines Alters? Kinder zu bekommen, eine Karriere aufzubauen, Beziehungen zu haben und zu verlieren, wie prägte das eine Frau? Er wusste es nicht. Aber in einer Hinsicht war er sicher: Dana tickte wie Dana, wie keine andere Frau.

Er mochte Dana ja nicht, weil sie vierundvierzig war. Er mochte sie, und sie war außerdem vierundvierzig – so herum stimmte es schon eher. Zwischen ihnen gab es mehr als nur Sex. Den konnte er, auch wenn's eingebildet klang, schließlich überall haben. Nein, etwas anderes zog ihn zu ihr hin. Er musste nur noch herausfinden, was.

Und das würde er sofort tun. Heute Abend noch, wenn es ging. Entschlossen stellte er die Flasche ab, überließ den Rest als Bierfalle nachtwandlerischen Wespen und vergnügungssüchtigen Nachtschwärmern und ging zurück ins Atelier. Dort griff er nach Papier und Bleistift und begann zu zeichnen.

Als er wieder herauskam, war die Sonne zwar noch nicht untergegangen, aber bereits hinter dem Wald verschwunden. Er ging zu seinem Wagen, neben dem auf dem Kopfsteinpflaster des Innenhofs sein leichtes Kanu lag. Er schnallte es auf dem Autodach fest und fuhr langsam vom Hof hinunter. Er hatte keine Eile. Für das, was er vorhatte, war es sowieso noch nicht dunkel genug.

Diesmal würde Dana ihm nicht entkommen, dachte Jens Flinder. Katharina und Franziska hatten nach dem Abendessen in Fürstenberg das Beiboot zu Wasser gelassen. Während die Passagiere zu sechst davongerudert waren – »Weißt du noch, unsere Ruder-Wanderfahrten? Die Partys im Clubhaus unten am Kleinen Wannsee?«, hatte Laurenz Graf geschwärmt und unter Schnaufen und Pusten nach den Rudern gegriffen –, war Jens Flinder an Bord geblieben.

»Jetzt spricht doch nichts dagegen, wenn Sie mit mir ein Glas trinken?«, fragte er und sah lächelnd aus seiner hageren Höhe auf sie herab.

Dana kapitulierte. Wieder abzulehnen wäre regelrecht unhöflich gewesen – und das konnte sie sich Passagieren gegenüber nicht erlauben. Also sagte sie freundlich: »Überhaupt nichts, Herr Flinder. Warten Sie, ich hole uns zwei Gläser.« Während sie in die Kombüse ging, überlegte sie, was sie von ihm wusste.

»Und wo liegt Ihr Segelboot genau?«, fragte sie, als sie ihm das Glas reichte.

»Im Akademischen Segelverein«, antwortete er. »Dort ist man so wunderbar unter sich. Aber lassen Sie uns lieber über Sie reden. Wie sind Sie eigentlich dazu gekommen, das Kapitänspatent zu machen? Das ist doch für eine Frau eher ungewöhnlich.«

Dana erzählte ihm, dass ihr Mann Binnenschiffer gewesen war, und auch, dass sie, als die Kinder noch klein waren, nach einer passenden Ausbildung gesucht hatte. »Ich fand es sinnvoll, etwas zu haben, das ich mit meinem Mann teilen kann. Er hat mir beim Studium auch sehr geholfen. Es war alles anders geplant, wir wollten später zusammen arbeiten. Aber erst nach seinem Tod hat sich herausgestellt, wie goldrichtig die Entscheidung war. Sonst hätte ich ja nie die ›Drei Töchter‹ führen können.«

Flinder nippte an seinem Glas. »Ich bewundere starke Frauen, Dana. Respekt! Ich darf doch Dana sagen, oder?«

Sie nickte. Zum Glück würde sie Jens Flinder, wenn die Reise vorbei war, aller Wahrscheinlichkeit nach nie wiedersehen.

»Dana.« Er stieß das Glas gegen ihres, und es klirrte leise. »So viel Stärke hätte ich mir bei meiner Frau auch gewünscht.«

Als Dana dazu schwieg, sprach er unbeirrt weiter: »Ja, da war meine Frau ganz anders. Sie hat sich immer gern von ihren Launen treiben lassen. Schließlich musste ich mich von ihr trennen.«

Aber Dana weigerte sich, den Köder zu schlucken. »Menschen sind unterschiedlich«, sagte sie leichthin und zündete ein Teelicht an. Es flackerte in der Brise, die über das Deck wehte, hielt dem Lufthauch aber stand. Sie musste an den Abend denken, als Antonius an diesem Tisch gesessen hatte. Genau auf dem Stuhl, auf dem jetzt Jens Flinder saß.

»Ich finde eine gewisse innere Würde wichtig«, sagte er. »Sich bei Extremsituationen ein umsichtiges Vorgehen zu überlegen. Das ist man sich selbst schuldig, zumal, wenn man mit seinem Beruf im Licht der Öffentlichkeit steht. Ein Kollege in meiner Kanzlei hat sich auf Urheberrecht spezialisiert, und wir haben gelegentlich Fälle, auf die sich dann die Medien stürzen. Haben Sie das über die Picasso-Fälschungen gelesen? Das war ein richtiger Krimi, an dessen Ende dann wir standen.«

Dana nickte. Es hatte Schlagzeilen gemacht, als in Berlin angeblich verschollene Zeichnungen von Picasso aufgetaucht waren. Ein Amerikaner hatte sie veräußert, für sehr viel Geld. Allerdings waren die Werke einer fremden Zeichenkunst und dem großen Talent entsprungen, Picassos Signatur perfekt zu fälschen.

»Und dann hat es mir meine Frau im Laufe der Zeit immer schwerer gemacht, bis ich es nicht mehr aushielt.«

»Hmmm«, murmelte Dana vage und hoffte, Flinder davon abzuhalten, mehr von sich zu erzählen. Vergeblich.

»Sie werden sich jetzt sicher fragen, was sie gemacht hat. Gut, ich werde es Ihnen sagen. Sie hat sich lächerlich benommen. Das war auf Dauer untragbar für mich, in meiner Position. Sie hätte meinen guten Ruf ernsthaft gefährden können.«

»Was hat sie denn gemacht?«, fragte Dana, nun wirklich neugierig.

»Es fing mit einem harmlosen Yoga-Kurs an. Das fand ich ja noch ganz schön. Wenn das Ziel ein schöner, straffer Körper und hohe Gelenkigkeit ist, bin ich der Letzte, der dazu nein sagt. Ich meine, davon kann man ja als Mann nur profitieren. Aber dabei blieb es nicht!«

»Ach nein? Warum nicht?«

»Sie wurde allmählich richtig besessen davon. Sie ist nach Goa geflogen, zu einem Intensivkurs, drei Wochen lang. Ging auch

noch. Dann hat sie sich ein Vierteljahr lang in einem Ashram aufgehalten, und als sie von dort zurückkam, war es ganz aus. Sie wollte nicht mehr im Porsche mitfahren, weil sie überzeugt war, dass dadurch ihr Chi gestört würde. Dann diese Pling-Pling-Musik, wenn ich abends von der Arbeit kam! Hat mich schlicht verrückt gemacht. Und dann hat sie auch noch ihre Ernährung umgestellt, und meine gleich mit. Ich bin ein Steak-Mann, wenn Sie wissen, was ich meine, Dana. Aber damit war plötzlich Schluss. Nichts als Vollkornreis und Gemüse. Und dann …«
Er zögerte, als ob es ihm schwerfiel, darüber zu sprechen. Schließlich kam er so dicht an Dana heran, dass sie seinen warmen, nach Alkohol riechenden Atem spürte. Angeekelt lehnte sie sich zurück. »Dann hat sie einen jungen Inder bei uns zu Hause aufgenommen. Angeblich war er in Goa ihr Yoga-Lehrer gewesen. Ich persönlich glaube aber eher, dass er ihr Tantra beigebracht hat. Liebeskunst, Sie verstehen.«
So wie Dana das verstand, hatte Frau Ex-Rechtsanwalt in Indien erkannt, dass es im Leben mehr als einen luxuriösen Lebensstil gab. »Und was haben Sie dann gemacht?«, fragte sie.
»Die beiden rausgeschmissen. Was denn sonst? Und die Scheidung gab's gleich hinterher. Kurz und schmerzlos. Da habe ich ja die besten Verbindungen. Prost!« Wieder stieß Flinder schwungvoll sein Glas gegen ihres. »Und wissen Sie, was für mich daran am schlimmsten war?«
»Dass Sie sich betrogen fühlten?«, riet Dana.
»Nein. Über so etwas kann man, wenn es mit Stil gemacht wird, in einer Ehe hinwegsehen, finde ich. Mein Gott, ich habe ja auch nicht im Kloster gelebt, als meine Frau sich anderweitig orientiert hat. Bedingungslose Treue ist nur etwas für Dumme oder Unattraktive. Das bin ich ja nun beides nicht.«
Dana schwieg. Ihre Ehe hatte irgendwie ganz anders ausgesehen.

»Nein, weil ich diese Begeisterung für ein ganz anderes Lebenskonzept als krampfhaft jung empfunden habe«, antwortete Jens Flinder und fuhr sich mit der Hand über den Kopf, wie um zu überprüfen, ob auch jedes Haar an der richtigen Stelle saß. »Weil sie in meinen Augen zu alt für ein so versponnenes Verhalten war. Weil ich finde, dass man mit fast fünfzig wissen muss, wie man sein Leben führt. Ich will gar nicht wissen, mit welchen jugendlichen Yogis sie jetzt ins Bett geht. Könnten wahrscheinlich alles ihre Söhne sein. Wie alt sind Sie eigentlich, Dana? Oh Pardon, das fragt man eine Dame nicht.«

»Schon gut, ich habe kein Problem mit meinem Alter. Ich bin vierundvierzig«, antwortete sie und schaute auf den See hinaus. Wo blieben die anderen?

Er nickte zufrieden. »Ja, dann habe ich ja richtig geschätzt. Obwohl Sie deutlich jünger aussehen! Aber da ist doch eine gewisse Reife in Ihren Blicken, in Ihrer Sprache, in Ihrem ganzen Habitus … Also, ich fand jedenfalls, dass das Eintauchen in eine Phantasiewelt bedeuten muss, dass man sich in seiner realen Welt nicht wohl fühlt. Dafür hatte ich kein Verständnis. Irgendwann muss man doch mal erwachsen genug sein, um zu wissen, wo man hingehört und wer man ist.«

»Yoga ist ja nun nicht direkt eine Phantasiewelt«, wandte Dana ein. »Und vegetarisch zu essen ist eigentlich sehr gesund.« Sie spürte plötzlich das dringende Bedürfnis, Frau Flinders Verhalten zu rechtfertigen. Aber genauso gut hätte sie ihren Einwand einer Parkuhr erzählen können.

»Ich bitte Sie, Dana!«, ereiferte sich Flinder. »Irgendwann ist man doch selbstsicher genug, um sich nicht mehr ändern zu wollen. Das hat doch auch was mit Würde zu tun. Eine ältere Frau wie meine Ex und ein jüngerer Mann, der ein ganz anderes Leben führt, der für eine ganz andere Einstellung steht und der ganz andere Ziele verfolgt – das passt doch nicht!«

Dana schwieg. Immer wieder der Altersunterschied zwischen Männern und Frauen … neuerdings schien sie dieses Thema magisch anzuziehen.

»Und das finde ich so überzeugend an Ihnen, Dana«, fügte er leiser hinzu, während er ihr zuprostete. »Sie sind eine Frau, die in ihrem Leben fest verankert ist, wenn ich diesen Ausdruck gebrauchen darf.«

»Wir wissen nie, wann uns etwas begegnet, das uns in neue Bahnen lenkt. Das kann in jedem Alter passieren …«, warf Dana ein, aber Jens Flinder fuhr unbeirrt fort: »Sie sind sicher fern davon, sich neu orientieren zu wollen. Wahrscheinlich liegt es auch an Ihren Töchtern. Sie zeigen Ihnen Tag für Tag den natürlichen Ablauf der Generationen. Da ist kein Platz für übertrieben jugendliches Gehabe.«

»Haben Sie denn Kinder?«, fragte Dana.

Jens Flinder schüttelte den Kopf. »Nein. Vermutlich wäre dann alles anders gekommen. Wahrscheinlich war es ein Fehler, dass ich mich dagegen entschieden habe. Aber als Monika wollte, fühlte ich mich noch nicht reif dazu.«

Selbst schuld, dachte Dana ohne einen Funken Mitleid. Du hast dich zu jung für Kinder gefühlt, dafür fühlt sie sich jetzt zu jung für dich.

»Ich würde mich freuen, wenn wir uns in Berlin wiedersehen«, meinte Jens Flinder unvermittelt.

»Das wird schwierig«, sagte Dana. »Ich bin wirklich sehr eingespannt. Beruflich sowieso, und meine Töchter brauchen mich, besonders die Jüngste, und dann ist da noch meine Mutter. Sie ist leider nicht ganz gesund.« Dass Emma bald in die USA ging und Charlotte alles andere als pflegebedürftig war, behielt sie wohlweislich für sich. Aber ihr fiel beim besten Willen nichts anderes ein, um Jens Flinder den Wind aus den Segeln zu nehmen.

»Nun, ich hoffe sehr, dass Sie doch noch die Zeit finden, mit mir zu neuen Ufern aufzubrechen«, sagte er, fern davon, sich entmutigen zu lassen. Er rückte näher an Dana heran. »Seit ich Sie da oben auf der Kapitänsbrücke gesehen habe …« Er sprach nicht zu Ende, sondern ließ das Unausgesprochene bedeutungsschwanger zwischen ihnen in der Luft hängen. Dafür rückte er noch näher.
Dana lehnte sich zurück, bis ihr Stuhl sich an die harte Reling drückte. Wollte er sie etwa küssen? Das wäre dann leider das erste Mal, dass sie einem Passagier ein Glas Sekt ins Gesicht kippen musste. Brüsk sprang sie vom Stuhl auf und stellte sich mit dem Rücken zum Schiff an die Reling. Schweigend spähte sie in die wachsende Dunkelheit hinaus.
»Wo bleiben nur Ihre Freunde?«, fragte sie. »Sie müssten allmählich zurückkommen.«
»Wenn ich nicht so ein guter Menschenkenner wäre«, sagte Jens Flinder leise, der ebenfalls aufgestanden und hinter sie getreten war, »würde ich fast glauben, dass Sie mir ausweichen.« Er legte die Hände links und rechts neben Dana auf die Reling, und sie spürte seinen hageren Körper an ihrem Rücken.
Jetzt reicht's aber, dachte Dana und drehte sich so heftig zu ihm herum, dass er das Geländer wieder losließ.
»Herr Flinder«, sagte sie energisch, »Ihre Menschenkenntnis in allen Ehren, aber hier und heute liegen Sie gründlich falsch. Und jetzt entschuldigen Sie mich bitte. Die Pflicht ruft.« Welche Pflicht war egal. Irgendeine Pflicht. Und wenn sie spät am Abend anfing, das Deck zu schrubben. Alles war besser, als auch nur noch eine Minute länger mit diesem Kerl zu verbringen!

»Meinst du, das zwischen Mama und dem Flinder könnte was werden?«, fragte Katharina ihre ältere Schwester. Sie saßen in der Kabine, die sie sich teilten, im Schneidersitz auf dem Bett.
»Keine Ahnung. Ich fände es nicht schlecht. Er starrt sie ja wirk-

lich andauernd an. Aber mehr, als ihnen da oben Zeit zusammen zu geben, können wir nicht machen.« Franziska schaute aus dem Bullauge. Nur noch ein magentaroter Streifen war am Horizont zu sehen, ansonsten versank die Landschaft allmählich in einem dunklen Samtblau.

»Sie muss ihn ja nicht gleich heiraten. Aber sie könnte sich ja befreunden, er kann sie einladen, sie machen mal was zusammen. Vielleicht springen sie auch mal gelegentlich in die Kiste, und wenn wir weg sind, ist sie nicht so allein. Ich meine, Mama sieht doch eigentlich noch ganz gut aus, oder?«, überlegte Katharina laut.

»Ja, finde ich auch. Denkst du manchmal noch an Papa, Katharina?«, fragte Franziska und schaute auf ihr stummes Handy.

»Na klar. Oft sogar.«

»Meinst du, sie haben sich sehr geliebt?«

Katharina zuckte mit den Achseln. »Ich glaube schon. Sie waren ja oft getrennt, aber sie haben sich immer gefreut, sich wiederzusehen. Und sie hatten ja uns drei, das hat sie sicherlich zusammengeschweißt.«

»Glaubst du, sie hat ihn so geliebt, dass sie noch nicht bereit für einen neuen Mann ist?« Franziska sah ihre Schwester eindringlich an.

Diese zuckte mit den Schultern. »Ich weiß nicht. Kann ich mir nicht vorstellen. Sie wirkt eigentlich ganz glücklich.«

Franziska nickte. Als sie nicht weitersprach, fragte Katharina: »Und was ist mit dir? Hast du inzwischen was von Mark gehört?«

Franziska schüttelte niedergeschlagen den Kopf. Ruf an, ruf an, ruf an, sagte sie Mark hundertmal am Tag in Gedanken. Bis jetzt waren diese stummen Beschwörungsversuche jedoch ohne Ergebnis geblieben.

Antonius saß in seinem Kanu. Es war leicht gewesen, die »Drei Töchter« zu finden. Die auffällige Farbe und der Glasaufbau leuchteten ihm vom Schwedtsee entgegen, zu dem sich die Havel bei Fürstenberg ausdehnte.

Er hatte geparkt und sein Boot in einiger Entfernung zu Wasser gelassen. Inzwischen war es fast vollständig dunkel. Mit leichten Paddelschlägen bewegte er sich an einer Schilfkante entlang auf die »Drei Töchter« zu. Seine Hände waren weiß, so fest hielt er das Paddel umklammert. Der leichte Wind trug jedes Wort, das an Deck gesprochen wurde, zu ihm herüber. Am liebsten hätte er den Mann, der Dana anbaggerte, mit dem toten Frosch beworfen, der gerade bäuchlings an ihm vorbeitrieb.

»Ah«, hörte er sie sagen. »Das müssen sie sein.«

»Nur noch eins, Dana«, meinte der Fremde. »Die Bilder hier an Bord – über einen Kontakt zum Künstler würde ich mich wirklich freuen. Je länger ich sie betrachte, desto besser gefallen sie mir. Ich würde gern in Kaufverhandlungen treten. Dieser Maler ist hochinteressant.«

Okay. Vielleicht war dieser Kerl da drüben doch nicht sein Feind.

»Das mache ich gern. Ich rufe ihn gleich morgen an«, sagte Dana. Vergeblich bemühte Antonius sich, einen besonderen Unterton in ihrer Stimme auszumachen, aber er konnte nicht heraushören, ob sie ihn gern anrief. Dafür hörte er etwas anderes. Hinter der »Drei Töchter« erklang Stimmengewirr. Irgendwer sang mit sonorer Stimme. Es plätscherte laut, und dann bog im allerletzten Tageslicht ein voll besetzter Kahn um die Ecke und hielt gemächlich auf die »Drei Töchter« zu.

Der Ruderer, ein sehr dicker Mann, hielt schließlich geschickt an einer Außenleiter. Einer nach dem anderen kletterte hoch. Als alle oben waren, befestigte der Dicke das Ruderboot an

Drahtseilen, die von oben herabgeschwebt kamen, bevor er selbst die bedrohlich schwankende Strickleiter hochkletterte.
»Puuh«, hörte Antonius ihn sagen, als er schwer atmend an Deck stand. »Das hat Spaß gemacht. Endlich mal etwas Bewegung! Wollen wir morgen wieder rudern?«
»Laurenz hat den Sport für sich entdeckt«, sagte jemand lachend. »Klar können wir das morgen wieder machen. Wo sind wir denn morgen Abend?«
»In Waren. Grundsätzlich ist die Müritz für Wassersportler kein leichtes Gewässer. Sie hat ihr eigenes Wetter, ihre eigene Wellenführung«, antwortete Dana. »Aber am Ufer entlangzurudern ist sicher kein Problem.«
»Und, wollen wir noch einen Absacker nehmen?«, fragte der Typ, der Dana auf seine Bilder angesprochen hatte. Nein, dachte Antonius. Verzieht euch endlich in eure Kabinen.
»Gern!«, antworteten alle an Bord. Entnervt zog Antonius sich tiefer ins Schilf hinein. Er glitt von der schmalen Sitzbank, lehnte sich zurück und blickte in den ständig dunkler werdenden Himmel.
Eine Sternschnuppe sauste herab, zog einen silbrig-zarten Streifen über das Firmament und erlosch. Natürlich, es war Mitte August, die Zeit der Perseiden-Schauer. Oder auch Laurentius-Tränen, wie der sommerliche Meteorenschauer am Namenstag des Heiligen Laurentius, der der Sage nach am 10. August von den Römern zu Tode gequält worden war, auch genannt wurde. Beim Anblick der Sternschnuppen musste Antonius unwillkürlich an seinen Stiefvater denken. Alles, was Antonius über die Gestirne wusste, hatte ihm Marcel beigebracht. Er war ein leidenschaftlicher Sterngucker gewesen.
»Der hellste Stern wird für mich immer Giulia sein«, hatte Marcel zu ihm nach dem Tod seiner Mutter gesagt und zum Sternbild Orion gewiesen, das tief über der Provence stand. Als er das

letzte Mal von ihm gehört hatte, hatte Marcel mit einer anderen Frau in der Nähe von Marseille gelebt. Die Zeit und die Entfernung hatte sie entzweit. Aber Antonius erinnerte sich gut an alles, was der väterliche Freund ihm beigebracht hatte. Gern würde er ihn mal wiedersehen, gern mal wieder nach Südfrankreich fahren …

Er suchte gerade nach dem Sternbild des Perseus, als ihm einfiel, dass er vergessen hatte, sich etwas zu wünschen. Geduldig wartete er. Pro Nacht konnte man in dieser Zeit mit hundert Sternschnuppen rechnen. Schon oft hatte er dieses Schauspiel beobachtet, wenn er auf dem Hof war. In Berlin ging es nicht so gut. Die Lichter der Stadt waren einfach zu hell.

Aber in dieser Nacht wartete er vergeblich. Typisch. Wo waren die Perseiden, wenn man sie brauchte?

Er erwachte davon, dass neben ihm etwas platschte. Er schreckte hoch und brachte mit der plötzlichen Bewegung das Kanu zum Kippeln. Hastig griff er auf beiden Seiten den Rand, um es zu stabilisieren. Als das Boot wieder ruhig dalag, streckte er die Arme zu Himmel, dehnte sich, gähnte leise und band sich die Haare zurück.

Aus dem Abendhimmel war in der Zwischenzeit ein Nachthimmel geworden, an dem unzählige Sterne glänzten. Deutlich konnte man die Milchstraße erkennen, die sich als helles Band über den Himmel zog. Wie spät mochte es sein? Er zog sein Handy aus der Tasche. Kurz vor eins. Er sah zur »Drei Töchter« hinüber. Still und dunkel lag sie da. Nichts rührte sich an Bord. Das Schilf raschelte leise, als er das Kanu herausmanövrierte. Kaum hatte es ihn freigegeben, wurde er von einer leichten Strömung ergriffen. Antonius nahm das Paddel und lenkte das Kanu in Richtung Schiff, das er ungefähr an der Stelle erreichte, an der sie vorhin das Beiboot hochgezogen hatten.

Als er gegen den Rumpf stieß, federte er den Aufprall mit einer Hand ab. Dann tastete er sich den Schiffsbauch entlang, bis er zu dem Bullauge der ersten Kajüte backbord kam. Von seiner Position aus konnte er es nicht erreichen. Aber mit dem Paddel musste es gehen … er streckte es nach oben, senkte es sacht gegen die Scheibe.
Das Geräusch des Paddels auf dem Glas war kaum zu hören. Er versuchte es noch mal, diesmal mit etwas mehr Kraft. Da. Dieses Geräusch war deutlich. Antonius hielt den Atem an. Nichts rührte sich. Also noch mal. Lauter. Er wartete und ließ dann unschlüssig das Paddel sinken. Er wagte er nicht, noch heftiger gegen das Glas zu schlagen, dann könnte er genauso gut laut singen … Aber das war zum Glück nicht notwendig, denn plötzlich ging innen ein Licht an.

Dana öffnete die Augen und schaute auf die Uhr, die neben dem Bett stand. Sie konnte nicht sagen, was sie geweckt hatte, aber um kurz vor eins war ihr das auch herzlich egal. Sie wollte schlafen, nichts als schlafen, bevor in weniger als sechs Stunden der Wecker Tag drei ihrer Reise einläutete. Herzhaft gähnend drehte sie sich zur Seite – und fuhr hoch. Da war etwas.
Sie machte das Licht an, schaute zum Bullauge und sah etwas Langes, das sich davor bewegte, dann verschwand. Erschrocken schaute sie in die Dunkelheit und lauschte. Nichts. Sie hörte nur ihren eigenen, beschleunigten Herzschlag. Hatte sie sich das Geräusch eingebildet? Nein! Vor ihrem Fenster bewegte sich etwas. Sie versuchte gerade einzuschätzen, ob draußen etwas Bedrohliches vor sich ging, als etwas mit einem leisen »Klonk« gegen das Glas stieß. Der lange Gegenstand wurde erneut dagegengeschlagen. Nicht mit Gewalt, sondern behutsam. Wollte etwa jemand bei ihnen einbrechen? Unsinn. Ein Einbrecher würde doch wohl über Deck kommen.

Langsam stand sie auf und näherte sich auf nackten Füßen dem Bullauge. Wieder das Geräusch, wieder die Bewegung, wie ein mechanisches Winken im Dunkeln. Es war … ein Klopfen? Sie musste das Fenster entriegeln, um zu sehen, was da draußen vor sich ging. Vorsichtig öffnete sie das Bullauge und beugte sich vor. Als sie erkannte, wer dort unten saß, riss sie überrascht die Augen auf. Dann lächelte sie ins Dunkel hinein. »Hallo Antonius. Du bist ein verrückter Hund, weißt du das?«, wisperte sie.
Es war so dunkel, dass sie seinen Gesichtsausdruck nicht erkennen konnte. Aber als seine Zähne kurz in der Dunkelheit aufblitzten, wusste sie, dass er zurücklächelte. »Ich bin gleich wieder weg«, wisperte er zurück. »Aber ich habe etwas für dich.«
»Was denn?« Um ihm möglichst nah zu sein, lehnte Dana sich weit vor. Der Messingrahmen des Fensters drückte gegen ihre Beckenknochen, die nur von dem dünnen Nachthemd bedeckt waren.
»Das.« Er streckte sich und hielt ihr etwas entgegen. Sie beugte sich so weit vor, dass sie zugreifen konnte.
»Was ist das?«, flüsterte sie, als er ihr ein mehrfach geknicktes Papierstück in die Hand drückte.
»Schau es dir in Ruhe an. Wolltest du mir nicht noch was sagen?«
Als er sich wieder hinsetzte, schwankte das Kanu bedrohlich.
Dana überlegte blitzschnell. Was erwartete er von ihr? Ein Bekenntnis? Dass sie mehr an ihn dachte, als gut war?
»Dem einen Typen da gefallen meine Bilder«, flüsterte er so leise, dass sie sich anstrengen musste, um ihn zu hören.
»Oh ja. Er will mal mit dir reden. Ich dachte, du kommst an Bord und isst mit uns. Dann könnt ihr über alles reden. Ich lade dich zum Kapitänsdinner ein.« Sie unterdrückte ein Kichern.
»Wann denn?«
»Was hältst du vom letzten Abend? Überübermorgen in Schwerin? Ich rufe dich noch an, wann genau.«

»Gut. Dann also in Schwerin. Und, Dana …«
»Ja?«
»Schlaf schön und süße Träume.« Er stieß sich ab und glitt auf den See hinaus.
Sie beugte sich noch weiter vor. »Dir auch«, flüsterte sie ihm hinterher, war sich aber nicht sicher, ob er es verstanden hatte. Die Dunkelheit hatte ihn bereits verschluckt.
Sie blieb noch einen Moment am Fenster stehen und atmete tief die kühle Nachtluft ein. Dann schloss sie es geräuschlos. Sie setzte sich aufs Bett und schaute auf das Stück Papier in ihrer Hand. Sie faltete es auseinander und las: »Was macht dich aus, Dana? Außer …«, und dann folgten Bleistiftzeichnungen von der »Drei Töchter«, von den Mädchen, die man anhand ihrer unterschiedlichen Haarstile gut erkennen konnte, sogar eine Zeichnung von Charlotte mit ihrem Blutzuckermessgerät und eine ziemlich präzise Landkarte, die Berlin und mehrere Flüsse zeigte, die sie befuhr.
Antonius war ein scharfer Beobachter, nicht nur, was das Wasser anging, sondern auch, was Menschen betraf. Er hatte das Beziehungsgeflecht, das Danas Leben bestimmte, genau getroffen.
»Nett«, sagte sie leise zu sich selbst und fuhr mit dem Finger die Umrisse des Schiffs entlang. Dann faltete sie den Zettel wieder zusammen und legte ihn auf das offene Regal über sich. Schließlich schlüpfte sie zurück ins Bett und löschte das Licht. Aber während sie dalag und der Schlaf nicht kommen wollte, dachte sie über Antonius und seinen Zettel nach.
War diese Zeichnung wirklich nett?, fragte sie sich. Sie stellte schließlich eine sehr große Frage. Was machte sie aus? Gab es noch mehr in ihrem Leben als das, was auf dem Blatt zu sehen war? *Sollte* es mehr geben?
Ihn zum Beispiel?

8. Kapitel

Als der Wecker klingelte, schaute Dana verschlafen aus dem Fenster. Der strahlende Sonnenschein der letzten Tage war einem grauen, wolkigen Himmel gewichen. Dann fiel ihr Antonius und seine Frage wieder ein: Was macht dich aus? Sie wollte schon nach der Zeichnung greifen, überlegte es sich aber anders. Dafür war jetzt keine Zeit.

Heute musste sie die »Drei Töchter« quer über das riesige Gewässer der Müritz nach Waren steuern. Sie würde auf die Untiefen-Betonnung achten müssen. Außerdem waren auf dem Weg dorthin auch noch einige Schleusen zu überwinden. Dummerweise waren es relativ kleine Schleusen, in die die »Drei Töchter« nur gerade so reinpasste. Die Manöver dafür würden ihre gesamte Aufmerksamkeit verlangen.

Sie stand auf und ging ins Bad. Als sie in den Spiegel schaute, fand sie, dass sie irgendwie blass aussah, obwohl sie eigentlich gute Farbe hatte. Aber vielleicht bildete sie sich das auch nur ein.

Sie schlüpfte in eine dunkelblaue Hose und ein weißes Poloshirt, zog ihre Kapitänsjacke über und verließ die Kabine.

»Morgen Mama«, sagte Franziska leise, die gerade aus der Kabine der Mädchen kam. Sie war fertig angezogen, selbst ihre hellblaue »Drei Töchter«-Schürze trug sie schon, sah aber noch verschlafen aus.

»Ist Katharina schon wach? Ich brauche sie, wenn ich den Anker lichte«, sagte Dana. »Wir fahren gleich los. Es ist eine ganz schöne Strecke, die wir heute schaffen müssen.«

»Ja, ich weiß. Ich sage ihr Bescheid«, antwortete Franziska und ging zurück in die Kabine.

In der Kombüse setzte Dana die Kaffeemaschine in Gang. Nur für die Mädchen und sich füllte sie Wasser ein – von ihren Gästen war noch nichts zu sehen.

Während sie wartete, dass der Kaffee durchlief, hörte sie plötzlich ein Geräusch. Es klang rhythmisch. Schwer. Sie schaute zum Flur. Waren das wieder Hubschmied und Isabella? Nein. Von deren Kabine kam es nicht. Es kam vom Deck.

Als der Kaffee fertig war, schenkte sie sich eine Tasse ein, gab Milch dazu und ging nach oben. Sie schaute den Gang entlang, der sich knapp vierzig Meter lang neben dem Kabinenaufbau erstreckte. »Guten Morgen!«, sagte sie dann und versuchte vergeblich, ihre Verblüffung zu verbergen.

»Guten Morgen, Frau Kapitänin«, antwortete Laurenz Graf schnaufend und kam auf sie zu. Dabei machte er kleine Boxbewegungen in der Luft. Sein massiger Körper zitterte, sein Gesicht war hochrot. Er keuchte, obwohl er nicht besonders schnell lief. Sein T-Shirt, wieder eins mit dem Firmenlogo »Graf-Reisen«, war von Schweiß durchtränkt. Auch auf seiner Stirn perlte es.

Vor Dana blieb er stehen. »Wissen Sie«, er stützte sich an der Reling ab, »ich habe beschlossen, etwas in meinem Leben zu ändern. Das Rudern gestern hat mir solchen Spaß gemacht, aber ich war doch sehr kurzatmig. Ich muss mal runter von dem Speck.«

Er klatschte verlegen lächelnd auf seinen Bauch. Dann hielt er sich mit beiden Händen an der Reling fest und begann, kleine Kniebeugen zu machen.

»In der Schule sind wir Vierer ohne gefahren«, stieß er hervor, während er sich abmühte, seine Massen gegen die Schwerkraft zu stemmen. »Wir haben bei Wettkämpfen mitgemacht. Und einmal sogar die Berliner Schulmeisterschaft gewonnen! Ich hatte es vergessen. Aber als Jens das Bild gezeigt hat, ist es mir wieder eingefallen. Ich konnte die ganze Nacht nicht schlafen. Einmal in meinem Leben möchte ich noch auf dem Wasser entlanggleiten, so wie früher. So leicht, so schwerelos …« Er stoppte. Seine Wangen waren flammend rot. »Ich bin schrecklich unsportlich geworden«, stöhnte er. »Damit ist jetzt Schluss.«

»Aller Anfang ist schwer«, meinte Dana lächelnd. »Sie schaffen das schon, da bin ich sicher!«

Er winkte ab. »Ich habe mich aus der Kabine geschlichen«, gestand er und strich sich das spärliche Haar zurück. »Ein Mann muss ja auch mal eine eigene Entscheidung treffen dürfen. Ich bin gespannt, was Irmtraud dazu sagt. Na, ich mache mal weiter.«

Er setzte seine Massen wieder in Bewegung und lief, die Karikatur eines Joggers, zurück zum Achterdeck. Als er an Katharina vorbeikam, die gerade den Mannschaftsumgang von Backbord entlangkam, musste sie sich an die Reling pressen, um ihn vorbeizulassen.

»Laurenz?«, murmelte Irmtraud im Halbschlaf. Irgendwas hatte sie geweckt. Ein fehlendes Geräusch. Sie hörte kein Schnarchen neben sich, streckte den Arm aus und griff ins Leere. »Laurenz, Schatz?«, wiederholte sie lauter und setzte sich auf. »Bist du im Bad?« Keine Antwort.

Sie stand auf, griff nach ihrem Morgenmantel und zog ihn über. Wo war ihr Mann? Eilig verließ sie die Kabine. »Laurenz?«, flüsterte sie den Gang entlang. Alles war still, bis auf den Schiffsmotor, der gerade gestartet wurde.

Dann hörte sie Schritte in der Lounge. Sie lief schneller. Sie hatte sich nicht die Zeit genommen, Hausschuhe anzuziehen,

und so klatschten ihre nackten Füße nun leise auf dem glatten Holzboden.
Im Türrahmen zur Messelounge blieb sie stehen. Da war er! Hochrot, verschwitzt, mit einer Wasserflasche in der Hand, aus der er gierig trank. Als er sie bemerkte, ließ er die Flasche sinken und sah sie strahlend an.
»Du errätst nie, was ich gemacht habe«, sagte er strahlend.
»Was denn?«, fragte sie erstaunt und ein bisschen unruhig. Sie begann, in den Taschen des Morgenmantels zu suchen. Aber sie hatte seine Lieblingsbonbons nicht dabei.
»Ich war joggen. Ab sofort wird sich etwas in meinem Leben ändern.«

»Nein danke, ich nehme nur etwas Obst.« Laurenz Graf griff nach einem Apfel, der in der Obstschale lag. Dazu trank er Tee. Ungesüßt.
»Aber Schatz, übertreib doch nicht«, redete ihm seine Frau zu. »Schau mal hier, willst du nicht etwas abhaben?« Sie hielt ihm ihren eigenen Teller hin, auf dem Rühreier und Frühstückswürstchen lagen.
Laurenz schluckte und schaute dann entschlossen in die andere Richtung. »Nein, wirklich nicht. Ich möchte bei meinem Vorsatz bleiben.«
Na, dann haben wir wenigstens genug für alle, dachte Franziska zufrieden, während sie herumging und Kaffee und Tee nachschenkte.
Die anderen am Tisch beobachteten, wie Irmtraud beharrlich versuchte, Laurenz vom Essen zu überzeugen, und wie er sich ebenso beharrlich weigerte, darauf einzugehen. Zuerst war dieser Machtkampf amüsant gewesen, aber allmählich bekam er etwas Tragisches. In Irmtrauds Augen glitzerte es verdächtig, während Laurenz von Minute zu Minute ungehaltener wirkte.

»Und wie wäre es mit einem Happen von diesem köstlichen Brötchen mit ungarischer Salami …« Die Brötchenhälfte schwebte an seinem Mund vorbei.
»Irmtraud.« Er klang gequält, und sie ließ das Brötchen sinken.
»Ich bin Vegetarierin«, sagte Isabella und legte eine Scheibe Gurke auf ihr Knäckebrot. »Es hat mir immer gutgetan. Mein Vater isst auch kein Fleisch. Im Hinduismus gilt der Verzicht auf Fleisch als besonders erstrebenswert.«
Jens Flinder, der heute auffallend ruhig war, verdrehte die Augen. Isabella lächelte Laurenz an, und er lächelte überrascht von der unerwarteten Unterstützung durch diesen schönen Engel zurück. »Kennen Sie das Sprichwort ›Auch eine Weltreise fängt mit dem ersten Schritt an‹? Da ist was dran.« Mit Appetit biss sie in ihr Brot.
»Vegetarisch?«, fragte Laurenz nachdenklich. »Das hilft?«
»Ich nehme nie zu«, sagte sie.
»Versuch es mit Yogi-Tee, Laurenz«, sagte Falko bestätigend. »Dämpft den Appetit, hilft durch seine Schärfe, Kalorien zu verbrennen, und weckt deine Spiritualität. Körper und Geist müssen bei dir wieder eins werden.« Er strich sich eine graue Locke zurück, die ihm ins Gesicht gefallen war. Er tätschelte Isabellas Hand, die sie ihm prompt entzog.
»Laurenz, ich als deine Ärztin kann es nur begrüßen, wenn du mehr auf deine Ernährung achtest«, mischte sich nun auch Sylvia Mertenstein ein. »Ich weiß gar nicht, was du hast, Irmtraud. Unterstütz ihn doch darin. Laurenz hat einen langen Weg vor sich. Ihr könntet auch beide zu einer Diätberatung gehen. Ich kann sie euch gern über die Praxis vermitteln.«
»Wir könnten auch mal wieder segeln«, schlug Jens vor. »Ein bisschen leichter Wassersport zum Einstieg. Kann ja auch ohne gut gefüllten Picknickkorb schön sein. Ohne Baileys in unserem Cappuccino und Sprühsahne obendrauf.«

Irmtraud blickte pikiert in die Runde. Sie glaubte, perfekt zu verstehen. Das ging alles gegen sie, die nie ohne Buletten und Kartoffelsalat, ohne Hühnerbeinchen und selbst gebackene Brownies an Bord gekommen war, damit es Laurenz an nichts mangelte. Abrupt stand sie auf, warf die Serviette auf den Tisch und verließ die Lounge.

Die anderen sahen ihr nach. »Was hat sie denn?«, fragte Philip.

Laurenz antwortete nicht, aber legte nun auch die Serviette auf seinen Teller, auf dem nur ein sauber abgenagter Apfel lag.

»Entschuldigt mich«, sagte er und stand auf, um seiner Frau nachzugehen.

»Du liebst mich nicht mehr«, schluchzte Irmtraud. »Wenn wir zusammen Restaurants getestet haben, waren das immer die schönsten Zeiten während unserer Reisen! Und das soll nun alles vorbei sein! Vegetarisch! Wenn ich das schon höre! Du hast doch meine Rouladen immer so gemocht, mein Gulasch und meine Schnitzel!«

Laurenz zog sie dichter an sich. Sie saßen auf dem Bett, er hatte seinen schweren Arm um ihre bebenden Schultern gelegt.

»Was für einen fürchterlichen Unsinn redest du denn da, Irmtraud! Natürlich liebe ich dich. Ich will nur etwas in meinem Leben ändern. Das ist mir gestern klargeworden, und dazu stehe ich! Essen gehen können wir doch immer noch, mein kleines Dummerchen. Dann esse ich halt einen Salat statt Schweinebraten.« Er küsste sie aufs Haar.

Sie antwortete nicht, sagte nicht, wovor sie wirklich Angst hatte: vor einem neuen, schlanken Laurenz, der sich plötzlich für Dinge interessierte, die sie nicht mehr kontrollieren konnte. Wie sehr es sie verunsicherte, dass in ihm etwas vorgegangen war, das sie nicht kannte. Über Nacht! Wo mochte das hinführen, fragte sie sich bang, wie weit würde er ohne sie gehen wollen? Etwa aus

ihrer engen Beziehung heraus? Als der Mann einer Freundin angefangen hatte zu joggen, hatte sie ihn spöttisch gefragt: »Wie heißt sie denn?«
Ein halbes Jahr später war er ausgezogen. Wegen der anderen.
Und was Sylvia gestern erzählt hatte, hatte sie ebenfalls entsetzt. Dass Philip Sylvia betrog, war doch mehr als deutlich gewesen. Dass sie es hinnahm, einfach unbegreiflich! Und wie diese Inderin Laurenz angestrahlt hatte! Nein, sie wollte keine Wochenendbeziehung wie Sylvia, sie wollte keinen Hallodri wie Falko, sie verstand nicht, dass Jens immer allein unterwegs war. Sie würde Laurenz niemals mit einer anderen teilen, sie wollte eine ganz normale, treue Ehe, mit mehr oder weniger Sex – na gut, eher weniger –, bis der Tod sie schied.
»Freu dich doch, wenn ich mich gesünder ernähren will, Liebling«, beschwichtigte Laurenz sie jetzt. »Mach doch mit. Wir können zusammen walken gehen, und wer weiß, vielleicht nehmen wir sogar Sportangebote in den Reisekatalog auf, die wir selbst ausprobieren. Es muss doch noch mehr als Arbeit und unsere Kinder geben.« In seinen Augen glühte ein Feuer, das sie lange nicht mehr gesehen hatte.
»Ach Laurenz.« Überhaupt nicht beruhigt wandte sie sich von ihm ab, stand auf und ging ins Bad, um sich das Gesicht zu waschen. Als sie zurückkam, war er fort. Seine Schuhe auch. Wahrscheinlich machte er wieder an Deck seine Übungen. Von den Bonbons, die sie an allen strategisch günstigen Stellen deponiert hatte, waren noch alle da.
Als er eine halbe Stunde später wieder nach unten kam, nun schon zum zweiten Mal an diesem Tag durchgeschwitzt, ging er sofort ins Bad. »Muss noch mal duschen«, murmelte er. »Mir ist heiß.«
»Natürlich ist dir heiß. Sport ist was für Leute, die gern schwitzen«, gab Irmtraud zurück. Angesichts von Laurenz' ungebremstem Eifer blieb ihr nur die Flucht in den Sarkasmus.

Sie lag auf dem Bett und versuchte vergeblich, sich auf ihren Liebesroman zu konzentrieren, aber es gelang ihr einfach nicht, sich auf die romantischen Bilder einzulassen. Ihr, die immer alles plante, die in ihrem gemeinsamen Leben immer alles kontrollierte, entglitt etwas. Sie hasste dieses Gefühl und wünschte auf einmal, sie hätten die Reise auf diesem Schiff nie gebucht. Sie hoffte, dass die restlichen Tage schnell vorbeigingen. Die »Drei Töchter« würde sie auf gar keinen Fall in den Katalog aufnehmen. Und mit Sicherheit auch keine Sportreisen!
Unbewusst lauschte sie auf das Plätschern der Dusche. Es schien kein Ende nehmen zu wollen. Was machte Laurenz da bloß? Sie klappte das Buch zu, ging zur Badezimmertür und klopfte. »Laurenz, ist alles okay?«, fragte sie, aber erhielt keine Antwort. Sie drückte die Klinke herunter und öffnete die Tür.

Sylvia Mertenstein tat etwas, das ihr Mann liebte. Sie tat es selten, weil sie nicht oft Zeit dazu hatte, weil sie selten *zusammen* Zeit hatten. Aber jetzt passte es gerade, und bei dem regnerischen Wetter draußen bot es sich sowieso an, drinnen zu bleiben. Also gab Sylvia Philip eine Fußreflexzonenmassage. Das Öl, das sie benutzte, roch nach Bittermandel, und wenn sie die Augen schloss, konnte sie sich vorstellen, in einer Marzipanfabrik zu sein.
Philip hatte die Jeans hochgekrempelt, sein Oberhemd ausgezogen und sich auf dem Bett ausgestreckt. Seine nackten Füße lagen auf einem hellblauen Handtuch mit dem Schiffslogo in ihrem Schoß.
Er hatte die Augen geschlossen und stöhnte gelegentlich auf, manchmal aus Freude, manchmal aus Schmerz. »Das kannst du wunderbar, Sylvia. Warum machst du so etwas nicht professionell, statt Leuten Blut abzuzapfen, sie gegen Grippe zu impfen und ans EKG anzuschließen?«

Sie lächelte. Sie dachte gar nicht daran, ihm zu erklären, dass sie seine diversen Affären in Frankfurt mit den Börsenmiezen nur aushielt, weil sie jederzeit gehen konnte. Sie war finanziell von ihm unabhängig, und das war auch gut so. Außerdem kannte sie Philip gut genug, um zu wissen, dass ihre gutgehende Praxis ihn definitiv hielt. Er war ja schließlich nicht aus Idealismus Börsenmakler geworden. Allein die Beiträge im Golfclub waren ganz schön happig ... »Du weißt doch, wie es um Heilpraktiker bestellt ist«, sagte sie und hauchte einen Kuss auf seinen großen Zeh. Dann machte sie weiter.

Sie drückte fest in seine Fußsohle, und er schrie leise auf. »Tut's dir da weh? Das ist die Leber. Du solltest weniger trinken, wenn du allein in Frankfurt bist, Lieber«, bemerkte sie, als sie beide aus der Nebenkabine einen gellenden Schrei hörten. Zögernd verharrte Sylvias Zeigefinger auf dem verhärteten Leberpunkt.

In diesem Moment hämmerte jemand hektisch an ihre Kabinentür. »Sylvia! Sylvia! Komm schnell!«

Hastig stand sie auf und riss die Tür auf. Irmtraud stand vor ihr und presste sich völlig aufgelöst die Hände gegen die Brust. »Sylvia, du musst kommen, sofort!«

»Was ist denn?« Sylvia rannte hinter Irmtraud her, die bereits wieder in ihrer Kabine verschwunden war.

Die Luft in der Kabine war feucht, die Badezimmertür stand offen. Rasch durchquerte sie den Raum und betrat die Nasszelle. Laurenz saß nackt und bleich in der Dusche. Er hatte die Augen geschlossen und den Kopf an die Wand gelehnt. Sein Atem ging schwer und unregelmäßig, während das Wasser ununterbrochen über ihn lief. Irmtraud, die starr vor Schreck neben ihm stand, hielt in der Hand ein nasses Handtuch. Sie selbst war ebenfalls klitschnass.

Sylvia schaltete den Wasserstrahl ab und kniete sich neben Laurenz. Sie fühlte den Puls. Er schlug unregelmäßig, aber kräftig.

»Laurenz, was ist los? Hast du Schmerzen? Schwierigkeiten beim Atmen?«, fragte sie. Er stöhnte. »Mir geht's nicht so gut«, flüsterte er. »Plötzlich wurde mir ganz schwarz vor Augen.«
»Wir brauchen einen Notarzt«, sagte Sylvia zu Irmtraud.
Diese schluchzte auf. »Was hat er bloß?«
»Vermutlich nur einen Schwächeanfall. Trotzdem muss er ins Krankenhaus und gründlich untersucht werden.«
»Er hat sich überanstrengt! Ich hab's ja gleich gesagt!«, rief Irmtraud. Sie war offensichtlich kurz davor, die Nerven zu verlieren.
»Irmtraud, beruhige dich bitte. Jammern hilft nicht«, wies Sylvia sie zurecht. »Geh schnell zur Kapitänin und sag ihr Bescheid. Sie soll einen Notarzt rufen. Ich bleibe hier.« Irmtraud rappelte sich hoch und stürzte heraus.
»Danke«, sagte Laurenz und lächelte sie schwach an. »Irmtraud ist in solchen Situationen nicht sehr hilfreich, was?«
»Nein, ist sie nicht«, antwortete Sylvia und lächelte zurück. »Aber das sind die nächsten Verwandten selten. Und sie liebt dich eben sehr.«
Laurenz nickte. »Ich weiß. Und vielleicht hat sie recht, und ich hab's wirklich etwas übertrieben. Jetzt geht es mir schon ein bisschen besser. Holst du mir mal was zum Anziehen? Ich komme mir nackt vor.«
»Bist du ja auch.« Sie kicherten beide leise, während Sylvia aufstand und sich auf die Suche nach Kleidung begab.

Falko Hubschmied stand mit einem Fernglas an der Reling und beobachtete eine Gruppe Kormorane, die gerade dabei war, ein Stellnetz auszurauben. Zweifelsohne würden die Fischer deftig fluchen, wenn sie den Schaden entdeckten.
Neben ihm standen Jens Flinder und Isabella und unterhielten sich. Von der Brücke aus konnte Dana die Passagiere gut sehen, aber nicht verstehen, was sie sagten. Plötzlich drehten sich alle

wie auf Kommando in Richtung Treppe. Irmtraud Graf war an Deck gestürzt, rief etwas und rannte auf die Kapitänsbrücke zu. Sie riss die Tür auf. »Laurenz geht es nicht gut! Er ist in der Dusche zusammengeklappt! Sylvia sagt, Sie sollen einen Rettungswagen rufen!«

Dana starrte sie einen Moment an, dann nahm sie Gas weg und griff zum Funkgerät.

»Hier ›Drei Töchter‹, bitte kommen ... bitte kommen ...«

»›Drei Töchter‹, hier Wasserschutzpolizei Mecklenburg-Vorpommern Süd. Was gibt es?«

»Wir haben einen Notfall an Bord. Ein Passagier braucht medizinische Versorgung.«

»Wo befinden Sie sich?«

»Auf der Müritz-Havel-Wasserstraße, kurz vor dem Zotzensee.«

»Wir schicken den NAW«, erklang wieder die Stimme des Mannes.

»Er wird Sie in Mirow erwarten, an der Anlegestelle unweit des Schlosses. Wir sind im Moment nördlich von Mirow, kommen Ihnen aber entgegen. Ende.«

»Ende«, sagte Dana und hängte das Funkgerät ein. Dann betätigte sie den Hebel, der die Geschwindigkeit regelte. »Das müssten wir in zwanzig Minuten schaffen«, meinte sie zuversichtlich.

»Zwanzig Minuten! So lange! Was, wenn es dann schon zu spät ist?«, schluchzte Irmtraud Graf. Jens Flinder, der neben sie getreten war, legte ihr den Arm um die bebenden Schultern.

»Komm, beruhige dich«, sagte er behutsam. »So schlecht geht es Laurenz doch nicht. Ich war gerade unten, und er hat es immerhin aus eigener Kraft zum Bett geschafft.« Er führte sie aus dem verglasten Raum.

Noch fünfzehn Minuten bis Buffalo, dachte Dana und fuhr so schnell, wie die Vorschriften es zuließen – und auch ein bisschen schneller. Zwischendurch schaute sie immer mal wieder zum Deck. Von den Passagieren war inzwischen keiner mehr da, aber wenigstens sah sie Franziska und bedeutete ihr zu kommen.

»Wie geht es ihm? Was ist unten los?«, fragte sie. »Ich brauche gleich eure Hilfe beim Anlegen. Es muss schnell gehen.«

Franziska nickte. »Sylvia Mertenstein kümmert sich um ihn. Ich glaube, es geht ihm ein bisschen besser.«

»Hol Katharina. Damit ihr schon mal bereit seid«, ordnete Dana an.

Es kam ihr ewig vor, bis sie die Anlegestelle in Mirow erblickte. Schon aus der Ferne sah sie das blau blinkende Boot der Wasserschutzpolizei, dahinter, am Anleger, stand bereits der Notarztwagen, daneben wartete ein schlanker und gebräunter Mann, der eher wie ein Wassersportler als ein Mediziner wirkte. Aber der Arztkoffer, den er in der Hand hielt, ließ keinen Zweifel daran, wer er war.

Dana bremste ab und steuerte langsam die Landungsbrücke an. Katharina und Franziska, beide mit Leinen in den Händen, sprangen an Land, der Dieselmotor heulte ein letztes Mal auf. Dann stand die »Drei Töchter« still, und die Mädchen legten die Gangway an Land. Der Notarzt kam sofort an Bord, gefolgt von zwei Sanitätern. Er nickte Dana zu, die sagte: »Er ist unter Deck. Eine Passagierin ist Ärztin. Sie ist bei ihm.« Schnell ging sie voraus, der Arzt folgte ihr, hinter ihm die Sanitäter mit einer Trage.

»Ist er ansprechbar?«, fragte der Arzt Dana.

»Soweit ich weiß, ja.«

Sylvia Mertenstein, die auf der Bettkante gesessen hatte, stand auf, als sie in die Kabine kamen. Sie nickte ihrem Kollegen zu, der auf Laurenz Graf zuging. Blaß lag er auf dem Bett.

»Guten Tag, ich bin Dr. Wilhelms. Wie fühlen Sie sich?«, fragte der Arzt.

»Geht so«, murmelte Laurenz. Dr. Wilhelms griff nach seiner Hand. Weiß und weich sah sie in dessen gut gebräunten Fingern wie ein Fremdkörper aus. Stirnrunzelnd fühlte der Arzt den Puls, während Irmtraud, die neben dem Kopfende stand, unter Tränen sagte: »Er hat Sport getrieben. Und dann ist er zusammengebrochen …«

»Wie ist denn Ihre Kondition?«, fragte der Arzt und schaute skeptisch auf Grafs Leibesumfang.

»Schrecklich«, antwortete Laurenz Graf mit schwacher Stimme. »Deshalb wollte ich es ja ändern.«

»Sehr lobenswert«, meinte Dr. Wilhelms. »Aber Sie haben es übertrieben. Ich würde im Wagen gern ein EKG machen. Danach entscheiden wir, wie es weitergehen soll. Meinen Sie, Sie können laufen?«

Laurenz Graf nickte und setzte sich schwer atmend auf.

»Glück gehabt«, murmelte einer der beiden Sanitäter und ließ erleichtert die Trage sinken. Laurenz Graf schwang die Beine über die Bettkante. Dann stützte er sich ab, stand auf und geriet gefährlich ins Wanken. Die Sanitäter sprangen hinzu. Alle hielten unwillkürlich die Luft an. Als Laurenz Graf schließlich zum Stehen kam, atmeten alle aus.

»Alles gut«, sagte er. Seiner Stimme war anzuhören, wie peinlich es ihm war, so in dem Mittelpunkt zu stehen und zugleich so hilflos zu sein.

Behutsam einen Schritt vor den nächsten setzend, gelangte er zu der Tür, die Irmtraud hastig für ihn aufriss. Dann ging er vorsichtig den Gang entlang. Bei der Treppe halfen ihm die Sanitäter mit geübten Griffen. Trotzdem waren sie alle schweißgebadet, als Laurenz Graf endlich an Deck trat. Er stützte sich am Türrahmen ab.

»Wollen Sie sich nicht doch hinlegen?«, fragte Dr. Wilhelms besorgt.

Laurenz schüttelte schwach den Kopf. Für mehr reichte sein Atem nicht.

»Tja. Das ist ja gerade noch mal gutgegangen«, sagte Laurenz. Franziska hatte ihm einen Liegestuhl hingestellt, in den er sich jetzt sinken ließ. Sein fahles Gesicht hatte wieder etwas Farbe bekommen. »Aber jetzt müssen wir wirklich was ändern, Irmtraud. Ob du willst oder nicht.«
»Natürlich, Laurenz«, meinte sie ergeben und griff nach seiner Hand. Sie hatte in einem Deckchair neben ihm Platz genommen, den Katharina ihr hingerückt hatte.
»Das EKG war in Ordnung, und deswegen hat Dr. Wilhelms uns weiterfahren lassen«, erklärte sie den anderen, die um sie herumstanden. »Er meinte aber, Laurenz soll sich in Berlin gründlich untersuchen lassen und sich bis dahin unbedingt schonen. Und er soll sich besser ernähren. Viel abnehmen«, fügte sie kleinlaut hinzu.
»Na, dann wollen wir dich mal ein bisschen in Ruhe lassen, damit du dich auch erholen kannst«, sagte Philip Mertenstein munter zu Laurenz und bedeutete den anderen, ihm zu folgen.
»Genau«, stimmte Jens Flinder zu. »Erhol dich, und wenn du was brauchst – ein Wort genügt. Wir sind glücklich, dass wir dich nicht verloren haben, alter Junge. Hast uns einen mächtigen Schrecken eingejagt.«
»Und, wie geht's heute weiter?«, fragte Jens Flinder ein paar Minuten später, als sie alle zusammen um den großen Tisch in der Messelounge saßen. Franziska machte Kaffee, sie hörten sie in der Kombüse mit dem Geschirr klappern.
»Wir haben ein paar Stunden verloren«, antwortete Dana. »Und haben zwei Möglichkeiten. Entweder wir gönnen uns alle Ruhe und lassen Waren, das wir ja heute Mittag erreichen wollten, ausfallen. Hier in Mirow gibt es eine Schlossinsel mit einem

hübschen Barockschloss und einer kleinen Gaststätte. Dann fahren wir morgen gleich von hier aus nach Parchim, haben dort aber auch nicht allzu lange Zeit.«

»Einen Ritterkeller und eine Kirche haben sie hier auch«, ergänzte Flinder, der auf seinem iPhone zum Thema Mirow im Internet surfte.

»Oder aber wir fahren heute wie geplant nach Waren, kommen dort aber etwas später an und müssen unseren Stadtbummel abkürzen. Dafür können wir dann morgen wie geplant morgens in Richtung Parchim aufbrechen. Was meinen Sie? Mirow oder Waren?« Dana sah in die Runde. Sie legte Wert auf eine familiäre Atmosphäre an Bord, und schon deshalb war es nur fair, die Passagiere wegen der Änderung ihres Zeitplans zu befragen.

»Ich bin für Waren«, meinte Sylvia Mertenstein. Ihr Mann nickte zustimmend, ebenso Falko und Isabella.

»Ich auch«, sagte Jens Flinder. »Waren kenne ich zwar schon, aber es hat doch einen ganz eigenen Reiz, diese Backsteinhäuser, der Marktplatz und die alten Speicher. Wir könnten auch auf den Turm der St. Marienkirche steigen. Vor zwei Jahren habe ich die Müritz-Sail besucht, die Waren ausrichtet. Aber wissen Sie, was ich dachte, Dana? Der junge Künstler, der diese exzellenten Bilder an Bord ausstellt – erwähnten Sie nicht, dass wir mal mit ihm sprechen könnten?« Er schaute in die Runde, und alle nickten interessiert. »Haben Sie ihn schon angerufen?«

»Ich habe kurz mit ihm gesprochen. Wieso?«, antwortete Dana und ärgerte sich darüber, dass ihr Herz allein bei der Erwähnung von Antonius' Namen einen Schlag aussetzte.

»Nun, seine Bilder interessieren mich, das sagte ich ja bereits. Ich möchte ihn wirklich gern kennenlernen.«

»Das können Sie übermorgen. Dann wird er an Bord kommen. Ich habe ihn zu unserem Abschiedsdinner nach Schwerin eingeladen.«

»Er könnte wohl nicht schon heute Abend kommen? Ein interessanter Gast an Bord würde uns auf andere Gedanken bringen. Am letzten Abend sind wir eventuell schon mit Packen beschäftigt«, wandte Flinder ein. »Und müde werden wir sowieso sein, wenn wir den ganzen Tag in Schwerin waren. Das spricht alles gegen den Besuch des Künstlers in Schwerin, nicht wahr? Wenn er dagegen heute Zeit hätte, wäre das ein sehr schönes Kulturprogramm.«
»Ich weiß nicht, ob das geht«, sagte Dana etwas überrumpelt.
»Nun, das lässt sich sicher schnell herausfinden«, meinte Flinder in einem Tonfall, der deutlich machte, dass er daran gewohnt war, dass man seinen Anordnungen Folge leistete. Er hielt ihr sein i-Phone hin. »Wollen Sie, oder soll ich?«
»Das sollte ich wohl besser machen«, erwiderte Dana.
»Ist der Künstler so empfindlich?«, fragte Flinder neugierig.
Nein, ich, dachte Dana, schluckte die Worte aber noch rechtzeitig hinunter, bevor sie aus ihr herausplatzten. Sie zuckte mit den Schultern. »Das kann ich Ihnen nicht sagen. Bitte entschuldigen Sie mich einen Moment.«
Sie ging in ihre Kabine, griff leicht verärgert nach ihrem eigenen Handy und wählte Antonius' Nummer. Anscheinend war ein Tag ohne ihn im Moment nicht denkbar, jeder Versuch, Abstand von ihm zu gewinnen, schon im Vorfeld zum Scheitern verurteilt.
»Antonius? Ich bin's, Dana«, sagte sie, als sie hörte, dass jemand abnahm.
»Hallo Dana«, antwortete er. Sie hörte, dass er sich freute. Und sie? Allein seine Stimme zu hören bedeutete, ihm nah zu sein.
»Hör mal, Antonius, wir werden heute Abend in Waren sein, wenn auch etwas verspätet. Wir hatten einen medizinischen Notfall an Bord, alles hat sich zeitlich verschoben.«
»Was ist denn passiert?«

»Ein Passagier ist zusammengeklappt. Kreislauf. Er hat zu viel Sport getrieben.«
»An Bord? Wie geht denn das? Hast du einen Fitnessraum?«
»Natürlich nicht! Aber er hat, ach na ja, das ist eine längere Geschichte … Gott sei Dank geht es ihm wieder einigermaßen. Wir haben alle einen Riesenschreck bekommen, und die Stimmung ist leicht gedrückt, kannst du dir ja vorstellen! Und da hatte Jens Flinder eine Idee …«
»Ist das der Typ, mit dem du gestern Abend an Deck warst?«, unterbrach Antonius sie.
»Ja«, sagte Dana, verblüfft darüber, dass sie in seiner Stimme so was wie leise Eifersucht zu hören meinte.
»Und was will er?«
»Er ist sehr interessiert an deinen Bildern und möchte gerne, dass du schon heute Abend zum Dinner kommst und nicht erst in Schwerin. Aber du musst natürlich nicht«, fügte sie hastig hinzu. »Wenn es dir nicht passt, dann eben nicht. Es ist ja sehr kurzfristig …«
»Aber klar komm ich!«, hörte sie Antonius enthusiastisch sagen. »Das passt hervorragend.«
»Also gut. Wir essen um halb sieben. Wie wäre es, wenn du so um achtzehn Uhr vorbeikommst?«
»Ich bin pünktlich.«
»Und, Antonius …«, sagte sie zögernd.
»Ja?«
»Du bist doch … du weißt schon … diskret?«
»Natürlich«, sagte er und lachte. »Du kennst mich doch.«
Tu ich das?, dachte sie und erklärte ihm seufzend, wo sie lagen.

9. Kapitel

Nach dem Gespräch mit Antonius suchte Dana Franziska und fand sie in der Kombüse. »Wir sind heute Abend einer mehr«, sagte sie. »Antonius Merano kommt. Flinder will mit ihm über die Bilder sprechen. Vielleicht kann Antonius sogar was verkaufen.«

»Antonius kommt? Heute? Hierher?«, fragte Franziska lebhaft. Ihr Gesicht bekam Farbe. Das war doch mal ein Lichtblick, schien es auszudrücken. Endlich mal ein vernünftiger Mann! Sie musste es nicht mal aussprechen, Dana kannte sie gut genug. Sie seufzte wieder, als sie die Kombüse verließ. Dann fiel ihr ein, weshalb sie noch gekommen war, und ging wieder zurück. »Franziska, wir legen in wenigen Minuten ab, damit wir es noch nach Waren schaffen. Komm doch bitte nach oben und hilf Katharina.«

»Alles klar.« Franziska band sich die Schürze ab, hängte sie an einen Haken und folgte ihrer Mutter an Deck.

Die Mirow-Schleuse war bereits geöffnet, als sie sie zwanzig Minuten später erreichten. Sie wurden hochgeschleust. Noch einige Kilometer auf dem Müritz-Havel-Kanal, dann würden sie die Kleine Müritz erreichen, die sich dann zu der Großen Müritz erweiterte.

Als es so weit war, standen alle Passagiere an Deck. Nach den Tagen, in denen die nahen Ufer an ihnen vorbeigeglitten waren, war es aufregend, plötzlich nichts als Wasser vor, hinter und neben sich zu sehen, die Landschaft nur noch eine schmale Silhouette am Horizont.

Auf dem größten Binnensee Deutschlands zu fahren, war ein bisschen wie eine Reise auf dem Meer. Die Möwen kreischten über ihnen, die Luft roch nicht länger nach Wald, nach Wiesen, nach frisch gemähtem Gras, sondern allein nach Wasser. Schiffsleute wussten es: Wetter und Thermik waren hier, bedingt durch die große Wasserfläche, anders und zuweilen unberechenbar.

Schnell zogen die tief hängenden Wolken über ihnen dahin, und der Wind türmte die Wellen stürmisch auf. Die »Drei Töchter« schaukelte, während Dana auf ihr Ziel zusteuerte. Es sah nach Regen aus.

Als vier Stunden später die beiden Kirchtürme von Waren in Sicht kamen, prasselte es bereits gegen die Scheiben der Kapitänsbrücke. Längst waren die Passagiere, die den freien Blick genossen hatten, unter Deck verschwunden.

Von ihren gelben Friesennerzen tropfte das Wasser, als Franziska und Katharina das Schiff im Hafen von Waren festmachten. Wer sich jetzt die Stadt anschauen wollte, würde einen großen Regenschirm brauchen. Gut, dass sie nicht einen ganzen Tag in Waren eingeplant hatten.

Dana sah auf die Uhr: Es war halb vier. Ihnen blieben zweieinhalb Stunden. Franziska, um alles für das Essen vorzubereiten. Katharina, um den Tisch zu decken und Franziska zur Hand zu gehen.

Und ihr selbst, um sich zu sammeln.

Als Antonius um kurz vor sechs eintraf, wirbelte Franziska noch in der Kombüse. Der Tisch war bereits gedeckt.

Katharina hatte den Ofen geheizt, um die Regenfeuchtigkeit aus der Lounge zu vertreiben. Der nostalgische Kamin bullerte und knisterte nun fröhlich vor sich hin und verbreitete angenehme Wärme, während draußen der Wind um die »Drei Töchter« pfiff. Gegen die Düsternis, die inzwischen herrschte, hatte sie Teelichter aufgestellt, und die Wandleuchten brannten. Das Ambiente war gepflegt, geschmackvoll und gemütlich, genau so, wie Dana es liebte. Und es roch phantastisch.

Dana war nervös, als sie Antonius durch das Bullauge auf die »Drei Töchter« zukommen sah, eine alte Laptop-Tasche schräg über die Schulter gehängt. Es wurde noch schlimmer, als sie seine Schritte auf der Gangway hörte. In seiner Schlaksigkeit, mit der abgewetzten Lederjacke, den schwarzen Jeans und dem schwarzen T-Shirt sah er genauso aus wie an dem Tag, als er wegen der Bilderhängung an Bord gekommen war. Als sie im Bett gelandet waren.

»Hallo Dana«, begrüßte er sie und reichte ihr förmlich die Hand. So schien es jedenfalls, bis er seinen Daumen über ihre Handfläche kreisen ließ. Sie zog sie zurück, als hätte sie sich verbrannt, und er zwinkerte ihr frech zu.

»Hallo«, antwortete sie und rang um eine Gelassenheit, die sie nicht empfand. »Schön, dass es geklappt hat. Bist du mit dem Auto da?«

»Nein. Da muss ich erst was reparieren.«

»Und wo ist dann dein Sturzhelm?«

»Ich bin mit dem Zug von Berlin gekommen.«

»Warum das?«, fragte Dana.

»Bei dem Wetter hatte ich keine Lust, mit der Karre zu fahren.« Er deutete mit dem Daumen hinter sich. Es regnete immer noch.

»Ah, dann sollte es heute nicht zu spät werden, damit du noch rechtzeitig zurückkommst.« Sie drehte sich um, und er folgte ihr.

»Das ist Antonius Merano, dessen Bilder im Gang ausgestellt

sind. Er wird heute mit uns essen, um mit Ihnen ins Gespräch zu kommen«, stellte sie ihn in der Lounge vor, wo sich die Passagiere bereits versammelt hatten und ihnen jetzt erwartungsvoll entgegensahen.

Flinder kam auf Antonius zu und musterte ihn kurz, aber gründlich. Er selbst trug, anders als in den vorhergehenden Tagen, ein weißes Hemd mit silbernen Manschettenknöpfen und ein hellgraues Jackett, das haargenau zu seinen hellen Jeans passte – sogar zu seinen hellen Augen. Ein schwarzer Gürtel mit silberner Schnalle und schwarze Lederschuhe im Budapester Stil vervollständigten seine Erscheinung – elegant, edel und teuer. Es hätte Dana nicht gewundert, wenn Flinder seine Brieftasche gezückt hätte, um dem jungen Maler gleich mal Fotos von seinem Segelboot, seinem Haus und seinem Porsche zu zeigen. Aber wahrscheinlich verzichtete er darauf, um die Bilderpreise nicht in die Höhe zu treiben.

»Herr Merano«, sagte er stattdessen, »schön, dass Sie es möglich machen konnten! Ich freue mich auf ein anregendes Gespräch. Vom ersten Moment an haben mich Ihre Bilder fasziniert. Nicht wahr, Dana?«

Dana nickte, unangenehm berührt davon, dass er sich bei ihr rückversicherte. Als hätten sie an Bord bereits jede Menge intime Gespräche geführt, wenn nicht mehr.

Antonius' Gesichtsausdruck blieb neutral, aber Dana hatte das deutliche Gefühl, dass auch in ihm widersprüchliche Gefühle brodelten. Es war seltsam, die beiden Männer nebeneinander zu sehen. Mit dem einen war sie im Bett gewesen, der andere würde nur zu gern …

Sie schüttelte leicht den Kopf, irritiert über ihre Gedanken, auch über die Schnelligkeit, mit der sich ihre Lebenssituation geändert hatte, mit der diese Reise ihre Richtung wechselte. Sich darüber klarzuwerden, was ihr Verhältnis zu Antonius eigentlich ausmachte, war schon schwierig genug. Dieser sexuellen Anziehungskraft zu widerstehen. Oder zumindest herauszufinden, ob sie ihr überhaupt widerstehen wollte. Gleichzeitig auch noch Flinder zu entmutigen, hatte sich ebenfalls als komplizierter als gedacht herausgestellt. Und nun beide zusammen hier vor sich zu sehen, der eine wie ein dunkler Prinz und der andere wie ein silbergrauer Gentleman … Alles ist im Fluss, dachte sie. Besonders mein Leben.

»Darf ich Sie zu einem Aperitif einladen?«, fragte sie dann mit fester Stimme. Alle nickten, und erleichtert ging sie in die Kombüse. Wenigstens auf die Magie von Alkohol war Verlass.

»Du arbeitest hauptberuflich als Künstler?«, fragte Isabella. Sie saß links neben Antonius. Ohne mit ihren schönen dunklen Wimpern zu zucken, war sie sofort zum Du übergegangen. Genießerisch nippte sie an ihrem Weißwein, den Franziska zum ersten Gang – Salat mit Jakobsmuscheln – eingeschenkt hatte.

»Ja. Ich habe Kunst auf Lehramt studiert«, sagte Antonius. »Aber übers Referendariat bin ich nicht hinausgekommen.«

»Erzählen Sie uns etwas über Ihre Bilder«, bat Jens Flinder. »Woher kommt dieses Interesse für Wasser, seit wann malen Sie, welche Maler sind Ihre Vorbilder, welcher Zeichensprache bedienen Sie sich, und haben Sie bereits ausgestellt?«

Antonius grinste. »Viele Fragen auf einmal!« Aber das war schließlich der Grund, weshalb er hergekommen war. Und er begann zu erzählen.

Dana betrachtete ihn dabei aufmerksam, die ruhelosen Bewegungen der Hände, die Intensität, mit der er über seine Kunst und die Künstler sprach, die ihn beeinflusst hatten, die Leidenschaft, die ganz seiner Sache gehörte, die prüfenden Blicke, die er seinen Zuhörern zuwarf, um zu schauen, ob sie seinen Ausführungen folgten.

Sie fragte sich, warum er eigentlich nicht mehr unterrichtete. Er erzählte lebendig und interessant. Die Schüler mussten an seinen Lippen gehangen haben … Ihr wiederum gefiel es sehr, ihn mal ganz anders zu erleben. Das hier hatte nichts mit Zweisamkeit, nichts mit Sex zu tun, so schön und aufregend, wie die körperliche Nähe auch war. Hier war er ein Mensch, der begeistert darüber sprach, was ihn bewegte, was er hoffte und für was sein Herz schlug. Es tat gut, mehr von dem Mensch Antonius zu erfahren.

Nach einer Weile machte er eine Pause. Dana war nicht entgangen, dass er seine Mutter nicht erwähnt hatte, als er über das immer wiederkehrende Wassermotiv seiner Bilder gesprochen hatte. Es war eine Grenze, die er offensichtlich nicht für jeden überschritt. »Die Betrachtung löst bei jedem von uns individuelle Gefühle aus. Auf der anderen Seite ist Wasser auch ein großer Gleichmacher«, sagte er gerade.

»Wie meinen Sie das?«, fragte Philip Mertenstein und signalisierte Franziska, noch eine Flasche aufzumachen. Wenn Dana richtig mitgezählt hatte, war es bereits die vierte.

»Wo das Wasser bedrohlich steigt, müssen alle seine Macht fürchten. Eine Tsunami-Welle macht keinen Unterschied zwischen arm und reich. Wo das Wasser fehlt, haben alle Durst. Ein Fluss, der durch eine Stadt geht, schert sich nicht darum, ob er durch ein teures oder runtergekommenes Viertel fließt. Und alle, die mit dem Boot auf dem Wasser unterwegs sind, werden dieselben Bedingungen vorfinden.«

Flinder sah ihn prüfend an, so als versuche er, sich ein Urteil zu bilden, ob Antonius gerade etwas sehr Schlaues oder sehr Dummes gesagt hatte. »So habe ich das noch nicht gesehen«, sagte er schließlich. »Und das spiegelt sich ebenfalls in Ihren Bildern wider?«, fragte er dann skeptisch.

»Das muss jeder Betrachter für sich selbst herausfinden«, sagte Antonius freundlich.

Eins zu null für Antonius, dachte Dana, als Franziska mit einer großen Auflaufform an den Tisch trat. Zwei Hähnchen in aromatischer Weißweinsauce verströmten mundwässernden Duft. Sie stellte die Form direkt vor Antonius ab, dann eilte sie wieder zurück, um die Rosmarinkartoffeln und die Gemüsebeilagen zu holen.

»Guten Appetit«, sagte Dana. »Bitte greifen Sie doch zu.« Flüchtig schaute sie noch mal zu Antonius, aber inzwischen hatte er den Blick wieder gesenkt.

»Köstlich«, meinte Flinder und nahm sich von dem Hähnchen. »Könnten wir nachher noch einen Blick auf Ihre Bilder werfen, Herr Merano? Darf ich mich auf eine kleine Privatführung freuen?«

»Darauf würden wir uns auch gern freuen, Jens«, warf Sylvia Mertenstein gelassen ein und sah ihn über das Coq au vin hin an. »Du musst nicht glauben, dass du der Einzige bist, der sich für moderne Kunst interessiert. Und auch nicht der Einzige, der gern mal innovativ investiert.«

Ihr Mann warf ihr einen erstaunten Blick zu, als ob moderne Kunst etwas sei, das bis jetzt in keinem Börsenfond Erwähnung gefunden hatte. Dann sagte er: »Genau, Jens. Wir wollen alle Herrn Meranos Kunst verstehen. Warum nicht nach dem Dessert eine kleine Kunstführung aufs Programm setzen?«

Antonius lachte kurz auf und erstickte es sofort mit einem Schluck Wein. Dana sah es trotzdem. Als er das Glas wieder absetzte, kreuzten sich ihre Blicke. Dana zuckte unmerklich mit den Schultern. ›Du bist heute Abend sehr populär‹, schien die Geste zu sagen. Er antwortete mit einem winzigen Augenzwinkern. ›Dann lass uns mal das Beste daraus machen‹, bedeutete es.

Und so drängelten sich nach der Eiscreme mit heißen Himbeeren und dem Espresso die Passagiere im Gang. Einzelne Wortfetzen, wenn sie fragten und Antonius etwas erklärte, drangen in die Messelounge zu Dana und Laurenz Graf, die beide sitzen geblieben waren.

»Ich verstehe nichts von moderner Kunst«, gab Laurenz Graf, der sich beim Essen sehr zurückgehalten hatte und nur Selters trank, offen zu. »Aber der Künstler gefällt mir. Kennen Sie ihn schon lange?«

»Nein. Erst einen knappen Monat«, antwortete Dana und spielte mit dem Stiel ihres Weinglases.

»Ach wirklich? Ich hätte gedacht, Sie seien alte Bekannte. Na, so kann man sich täuschen.«

Dana trank den letzten Schluck Espresso. Er war bereits kalt und schmeckte bitter.

»Wissen Sie, ich möchte mich bei Ihnen bedanken«, fuhr Laurenz Graf fort.

»Wofür?«, fragte Dana.

»Dafür, dass Sie heute alles so gut gemeistert haben. So schnell reagiert und in Mirow angelegt haben.«

»Aber ich bitte Sie, Herr Graf! Das war doch selbstverständlich. Sollte ich einfach weiterfahren, wenn Sie einen Arzt brauchen? Das wäre doch mehr als fahrlässig gewesen.«

Er lächelte sie an. »Natürlich, das stimmt schon. Sie haben das einzig Richtige getan, und wahrscheinlich hätte jeder Kapitän so gehandelt. Trotzdem. Man kann sich auch mal für das Selbstverständliche bedanken, oder? Und was ich Ihnen noch sagen wollte: Mir gefällt das Konzept einer schwimmenden Ausstellung! Die ›Drei Töchter‹ würde sich gut in unserem Katalog machen. Sehr schön.«

Dana freute sich. »Oh wirklich? Das wäre wunderbar, Herr Graf.«

Aber Laurenz Graf war noch nicht fertig. Er senkte die Stimme, als er weitersprach: »Wissen Sie, als wir vorhin auf die Müritz

kamen, dachte ich: Du hast verdammtes Glück gehabt, dass du das überhaupt noch sehen kannst. Es hätte ja … es hätte ja auch was anderes sein können. Ein Herzinfarkt oder so. Einen Moment lang dachte ich, in Mirow ist Endstation für mich. Da sieht man hinterher schon alles in einem anderen Licht.«
Plötzlich standen Tränen in seinen Augen. Er griff nach einer Serviette, um sie wegzutupfen. »Da fragt man sich doch, was wirklich zählt. Ob man im Leben immer alles richtig gemacht hat. Ob Geld und Erfolg wirklich das Wichtigste sind …« Er nickte flüchtig zum Flur hin, wo gerade Jens Flinder zu hören war. »Und ob man Familie, Kinder und Freundschaften genug schätzt. Sich Zeit für Persönliches nimmt. Ihnen sagt, wie wichtig sie einem sind. Ob man für sich herausgefunden hat, womit und mit wem man richtig glücklich ist. Im Grunde wusste ich das immer schon, aber heute ist es mir noch mal deutlich geworden. Alles ist endlich. Also ist es schon wichtig, dass man die richtige Wahl trifft, solange noch Zeit ist, nicht wahr?«
Dana nickte, wollte erst etwas Leichtes erwidern, das es Laurenz Graf leichter machen würde, über seine Rührung hinwegzukommen. Dann schwieg sie lieber. Manche Situationen mussten nicht überspielt werden. Gleichzeitig wurde ihr klar, wie sehr das, was er gesagt hatte, auch auf sie zutraf.
Und dann ging auf der »Drei Töchter« das Licht aus.

»Hey«, rief Franziska laut in der Kombüse. »Was ist denn jetzt los?« Im Flur waren Geräusche zu hören. »Oh Entschuldigung«, sagte Irmtraud Graf, als Sylvia Mertenstein aufstöhnte. »War das dein Fuß? Laurenz? Ist alles okay?«
»Ja, alles bestens, Schatz! Ich bin hier!«, antwortete er laut.
»Kommen Sie doch bitte hierher!«, rief Dana.
Die Passagiere stolperten aus dem Flur zurück in die Messelounge. Alle sprachen durcheinander. Isabella lachte dunkel, als

sie gegen Jens Flinder stieß und er sie mit einem raschen Griff um die Taille vorm Stolpern bewahrte.
Zuletzt betrat Antonius die Lounge. Abwartend blieb er stehen, die Hände vor der Brust verschränkt. Dana schaute kurz zu ihm hin. Groß, schlank und dunkel stand er da, außerhalb des Scheins der Teelichter. Alle anderen standen um den Tisch herum.
»Wir haben offensichtlich einen Stromausfall«, sagte Dana. »Franziska, bringst du bitte mehr Kerzen? Katharina, hol mal die Taschenlampe. Sie liegt auf der Brücke neben dem Steuer. Wir müssen die Sicherungen überprüfen, aber dafür brauche ich mehr Licht.«
»Na klar.« Katharina flitzte los. Noch bevor sie wieder zurück war, hatte Franziska bereits sämtliche Kerzenständer und Windlichter bestückt. Die Messelounge leuchtete wie ein Ballsaal. Bloß die Musik fehlte – auch der Anlage fehlte der Strom.
Dana nahm die Taschenlampe und verließ den Raum. Der Sicherungskasten für den Wohntrakt lag hinter der Kombüse. Zuversichtlich öffnete sie das Türchen, leuchtete auf die Hauptsicherung und runzelte die Stirn. »Komisch«, murmelte sie.
»Hast du den Fehler gefunden?«, fragte jemand hinter ihr. Dana wirbelte herum und richtete der Person den Strahl der Taschenlampe ins Gesicht. »Antonius! Du hast mich erschreckt! Ich hab dich nicht kommen hören.«
Er lachte leise. »'tschuldigung. Ich dachte nur, du könntest Hilfe brauchen.«
»Beim Reindrücken der Sicherung? Nein. Aber schau mal. Es ist keine rausgesprungen.« Antonius trat neben sie, berührte nacheinander die Sicherungsköpfe, überprüfte, ob eine von ihnen lose saß. Dana hielt die Taschenlampe. Natürlich hatte sie recht gehabt: Alles war genau, wie es sein musste.
»Gibt es hier noch einen zweiten Sicherungskasten? Wie funktioniert denn überhaupt eure Stromversorgung?«, fragte er.

»Ich habe ein Aggregat an Bord, das den Strom in einer Batterie speichert. Wir haben zwei Stromkreise, einen für den Maschinenraum, einen für den Wohntrakt. Ich verstehe das nicht. Ich lasse das Schiff halbjährlich warten. Da kann unmöglich was kaputt sein!« Kopfschüttelnd schaute Dana auf den Sicherungskasten. Aber die Dunkelheit sprach eine andere Sprache.
»Anscheinend doch«, meinte Antonius trocken. »Zeig mir doch mal das Aggregat.«
»Warum?«, wollte Dana wissen. »Verstehst du denn etwas davon?«
Er drückte ihre Hand mit der Taschenlampe sanft zur Seite. Der kreisrunde Schein fiel auf den Plankenboden zwischen ihnen. Ganz nah waren sich ihre Gesichter plötzlich in der Dunkelheit. Fast erwartete Dana, dass Antonius die Intimität der Situation nützen würde, um sie zu küssen. Aber das tat er nicht. Stattdessen sagte er: »Ich habe dir doch erzählt, dass mein Vater und ich den Hof saniert haben und dass ich dabei eine Menge über Stromkreise, Leitungen und noch mehr über rausgesprungene Sicherungen gelernt habe. Komm, lass uns mal nachsehen.«
Er ging voraus, und Dana folgte ihm. Die Passagiere sahen ihnen gespannt entgegen.
»Noch kein Licht?«, fragte Jens Flinder, als sie die Lounge betraten. Nur mit Mühe konnte Dana eine schnippische Antwort zurückhalten. »Nein, wir haben noch nicht herausgefunden, woran es liegt«, sagte sie stattdessen kurz angebunden. »Wir vermuten den Fehler im Maschinenraum. Oh, und während ich Sie hier im Dunkeln sitzen lasse, würde ich Sie als kleine Entschädigung gerne zu einem weiteren Glas Crémant einladen«, fügte sie hinzu, bevor sie sich mit Antonius auf dem Weg in den Maschinenraum machte.
Zusammen stiegen sie die Treppe hinunter. Dana fühlte sich unbehaglich. Sie kannte ihre Stärken: Organisation des Hotel-

betriebs, Kommunikation mit Passagieren, Einhalten der Zeitpläne und den Umgang mit sämtlichen Hafenmeistern von Berlin bis an die Ostsee. Untiefen in flachen Gewässern machten ihr keine Angst, und komplizierte Anlegemanöver fand sie spannend. Aber sie wusste auch um ihre Schwächen: die gesamte technische Seite des Schiffs! Reparatur und Wartung von Maschine, Antrieb und Stromversorgung überließ sie grundsätzlich Firmen, die wussten, was sie taten.

»Hier ist es.« Sie stieß eine Tür auf. Still lag der Motor da. Die Lenkungswelle, die vom Steuerstand auf der Brücke bis zu der gewaltigen Messingschraube führte, war bewegungslos. Ein penetranter Diesel- und Ölgeruch hing in der Luft. Dana erleuchtete den Raum einmal im Kreis, bevor sie zum Aggregat ging.

»Das ist es«, sagte sie und klopfte mit dem Zeigefinger gegen die mit grüngestrichenem Stahl verkleidete Maschine.

»Du hast gesagt, es gibt zwei Stromkreise an Bord?«, fragte Antonius. »Dann schalt doch mal den zweiten an, damit wir sehen, ob der funktioniert.«

»Dazu muss ich die Maschine anwerfen. Moment.« Sie verschwand, eilte nach oben zum Steuerstand, drehte den Schlüssel – nichts. Sie versuchte es erneut. Wieder nichts. Nervös biss sie sich auf die Unterlippe. Was sollte das denn? So was war ihr noch nie passiert. Kein Strom an Bord bedeutete, dass sie die Passagiere nicht verköstigen konnte und dass morgen die Reise nicht weitergehen würde – eine Katastrophe! Was war denn bloß auf diesem Trip los? Ein Zwischenfall jagte den nächsten!

Als sie wieder in den Maschinenraum kam, saß Antonius im Dunkeln genau da, wo sie ihn verlassen hatte.

»Es hat zwei Mal geklickt. Aber er ist nicht angesprungen«, sagte er. »Leuchte mir mal.« Im Lichtschein nahm er die Abdeckplatte ab, stellte sie gegen die Wand und begann, die Kabel und

Schläuche des Aggregats zu überprüfen. Was Dana anging, hätten sie alle ins Nirvana führen können.

»Ah, hier geht's zum Motor«, murmelte er leise vor sich hin. »Und hier zur Batterie. Wo bekommt das Aggregat eigentlich den Treibstoff her? Ach da. Ich seh' schon. Und das hier ist die Spule, das muss der Konverter sein, wenn die Batterie auf 24 Volt läuft, aber der Pott 220 Volt braucht, hm, warte mal, hier könnte was, nein, das ist es nicht ... Dana.«

Sie zuckte zusammen. »Ja?«

»Hast du Werkzeug an Bord?«

»Natürlich. Hier unten.« Sie leuchtete in eine Ecke des Maschinenraums, in der eine Werkzeugkiste stand.

»Lass mir doch die Taschenlampe da und geh wieder zu den Passagieren. Ich probiere mal ein bisschen was aus. Wahrscheinlich ist mit dem Stromaggregat etwas nicht in Ordnung. Es wird die Batterie nicht mehr aufgeladen haben, und die ist inzwischen so leer, dass der Motor nicht mehr anspringt.« Seine Augen funkelten, als sei das alles eine große Herausforderung – und nicht das Waterloo für ihre Reise.

»Und das kannst du reparieren?«, fragte sie skeptisch.

»Keine Ahnung. Aber das finde ich nur heraus, wenn ich es versuche.«

Dana überlegte einen Moment. Sollte sie nicht lieber bis morgen früh warten und dann einen Techniker rufen? Doch dann reichte sie ihm resigniert die Taschenlampe. Was hatte sie schon zu verlieren? Schlimmer konnte dieser Abend nicht werden.

»So war das alles eigentlich nicht geplant«, fuhr sie fort. »Ich dachte, alles dreht sich um Kunst und nicht um kaputte Aggregate.«

»Ganz ehrlich, für mich hat das viel mehr Reiz, als denen da oben meine Bilder zu erklären«, erwiderte er trocken. »Besonders diesem Flinder. Der ist nicht mein Fall.«

»Meiner auch nicht«, antwortete Dana und wandte sich zum Gehen.
»Dana.« Antonius' sanfte Stimme hielt sie zurück, und sie drehte sich um.
»Was de…?« Da spürte sie auch schon seinen Mund auf ihren Lippen. Er küsste sie sanft, dann immer stürmischer. Seine Zunge neckte und erregte sie, seine Hände glitten über ihren Körper, und der Ärger, den Dana über die Panne verspürt hatte, löste sich in pure Lust auf – jedenfalls bis sie sich atemlos von ihm löste. »So wird das aber nichts«, bemerkte sie streng.
»Jedenfalls nicht mit dem Aggregat, nein«, gab er zurück und strich leicht mit dem Zeigefinger über ihre Wange bis zum Hals, bis zum Kragen ihrer Kapitänsjacke. Dann tippte er ihr auf die Nasenspitze, drehte sich um und leuchtete in die Werkzeugkiste. »Also dann los«, sagte er tatkräftig, und Dana ließ ihren neuen Maschinisten allein.

Mein Gott, wir können einfach nicht die Finger voneinander lassen, dachte sie kopfschüttelnd, während sie zurück zur Lounge ging. Wo sollte das alles hinführen?
Und trotzdem hatte allein der Gedanke, dass Antonius im Maschinenraum war, etwas Tröstliches. Er versuchte etwas – auch wenn es wahrscheinlich ohne Erfolg blieb –, er war für sie *da.* Sie war nicht allein in einer Krisensituation. Es war ein schönes Gefühl, wenn auch ungewohnt. Nicht wie früher mit Burkard, wo die Rollen ganz anders verteilt gewesen waren: er an Bord, sie zu Hause. Damals war es wegen der Kinder vernünftig gewesen. Heute würde sie das so nicht mehr wollen.
Schon im Gang scholl ihr aus der Lounge lautes Lachen entgegen. Die Stimmung war offensichtlich bestens. Dana sah auch sofort, warum: Noch mehr leere Weinflaschen standen auf dem Tisch. Franziska, die gerade die ausgebrannten Teelichter durch

neue ersetzte, zuckte etwas hilflos mit den Achseln, als sie Dana erblickte.
»Und? Ist das Problem jetzt gelöst?«, fragte Jens. »Ich hätte ja gern geholfen, aber von Stromaggregaten habe ich keine Ahnung. Bei mir hört's damit auf, dass ich den Porsche in die Werkstatt fahre.«
»Nein, wir wissen noch nicht, woran es liegt«, sagte Dana. »Herr Merano versucht, den Fehler zu finden.«
»Das kann der Künstler auch?«, meinte Sylvia Mertenstein erstaunt. »Der ist aber vielseitig.«
»Möchtest du ein Glas Wein?«, fragte Franziska, und diesmal nickte Dana. Ja, sie wollte. Dringend.
Während sie daran nippte, lauschte sie mit einem Ohr auf irgendwelche Geräusche aus dem Maschinenraum, mit dem anderen Ohr hörte sie den Gesprächen der Passagiere zu, die immer weinseliger wurden. Sie schwieg. Ihr war nicht nach Scherzen zumute. Sie warf einen Blick zur Uhr: Es war schon nach zehn. Sie überlegte gerade, was sie tun sollte, wenn sie auch morgen früh keinen Strom hätte – als plötzlich das Licht in der Lounge und in der Kombüse anging. Die Passagiere klatschten spontan, und Philip Mertenstein, der am meisten getrunken hatte, johlte begeistert.
Dana seufzte auf, erleichtert und erstaunt zugleich. Antonius hatte es geschafft! Die letzte Etappe der Reise war gerettet!
In diesem Moment erlosch das Licht wieder.
»Das war zumindest ein Anfang«, meinte Irmtraud Graf enthusiastisch. »Wenn er es einmal hinbekommen hat, wird ihm das sicher noch mal gelingen.«
»Hoffentlich«, erklang eine Stimme an der Tür. Antonius schlenderte in den Raum. Auf seinen Unterarmen und auf seiner linken Wange sah Dana schwarze Ölstreifen. Sie stand auf und ging auf ihn zu. Die Passagiere mussten ja nun wirklich nicht die technischen Details hören.

In der Hand hielt Antonius einen kleinen Gegenstand. Er reichte ihn ihr. »Hier. Die Welle ist kaputt. Deshalb kann das Aggregat nicht mehr starten. Ich habe sie rausbekommen. War eine ganz schöne Werkelei. Du hast nicht das passende Werkzeug.«
»Und warum war dann eben das Licht an?«, fragte Dana leise.
»Ich habe den Motor kurzgeschlossen. Wie bei einem Auto. Wollte probieren, ob es geht. Es geht.«
»Du kannst Autos kurzschließen?«
»Wenn's sein muss.« Er grinste.
Dana betrachtete das Metallteil. »Ich glaube nicht, dass sie hier in Waren so etwas haben. Die Firma, die die Maschine wartet, sitzt in Berlin. Sie haben einen Monteurservice. Ich rufe sie gleich morgen früh an. Aber Strom brauchen wir trotzdem. Meinst du, das geht?«, fragte sie.
»Klar. Aber nur, wenn du jemanden an Bord hast, der sich damit auskennt.«
Dana sah ihn fragend an.
»Mich«, sagte Antonius. Er sah geradezu unverschämt selbstzufrieden aus.

Und so bezog Antonius die letzte freie Kabine auf der »Drei Töchter«.
»Ab wann braucht ihr morgen Strom?«, fragte er Franziska, die ihm Handtücher herauslegte.
»Ich fange um sieben Uhr mit den Frühstücksvorbereitungen an«, erklärte sie. »Und eigentlich wollten wir gegen neun ablegen.«
»Alles klar«, sagte er und nahm ihr die Handtücher ab. »Ich bin ab Viertel vor sieben im Maschinenraum und sehe zu, dass ihr genug Saft habt.«
»Okay«, sagte Franziska und lächelte ihn an. Und obwohl sie, kaum dass sie in der Kabine war, ihr Handy wieder umsonst auf

eine Nachricht von Mark checkte, biss die Enttäuschung weniger schmerzhaft als sonst. Als ob die Anwesenheit von Antonius bewies, dass es auch ein Leben ohne Mark geben könnte. Wenn auch nur zur Not.

Am nächsten Morgen erwachte Dana mit einem unguten Gefühl im Bauch. Es dauerte einen Moment, bis ihr wieder einfiel, was dieses Gefühl bedeutete: Erstens hatte die »Drei Töchter« ein Maschinenproblem, und zweitens war Antonius an Bord. Kein Wunder, dass sie sich seltsam fühlte!

Dabei war sie auch erleichtert, dass er auf nächtliche Aktionen verzichtet hatte. Wenn sie alleine waren, war er auf eine sexy jungenhafte Weise zwar manchmal etwas frech. Aber wenn sie in Gesellschaft waren, überschritt er nie die unsichtbare Linie des Respekts zwischen ihnen. Und diese Linie hätte er überschritten, wenn er heute Nacht im Flur herumgeschlichen wäre und riskiert hätte, dass sie jemand überraschte. Dieses Verhalten schätzte sie an ihm.

Sie stand auf, duschte rasch, zog sich an und griff nach ihrem Handy. Sie hatte schon die Nummer des Maschinenherstellers, der sich auch um Einbau und Wartung der Schiffsmotoren kümmerte, gewählt, als ihr Blick auf das Metallteil, das Antonius ausgebaut hatte, fiel. Sie hatte nicht die geringste Ahnung, wie dieses Teil hieß! War es eine ›Welle‹ gewesen? Und an welcher Stelle hatte es genau gesessen? Das wusste nur Antonius. Kurz entschlossen marschierte sie mitsamt dem Motorenteil und ihrem Handy aus ihrer Kajüte und machte sich auf die Suche nach ihm.

Sie fand ihn in der Messelounge, wo Franziska ihm soeben einen Kaffee eingoss. Viel hatten sie sich anscheinend nicht zu sagen, denn Dana platzte mitten in die Stille hinein.

»Guten Morgen«, sagte sie. »Habt ihr gut geschlafen?«

Antonius lächelte sie an. »Guten Morgen, Dana«, erwiderte er. »Ja, ich habe wunderbar geschlafen. Ihr habt wirklich traumhafte Betten auf der ›Drei Töchter‹.«
Tu nicht so, als ob du das nicht genau wüsstest, dachte Dana amüsiert und blickte ihm tief in die Augen.
»Für die Kaffeemaschine reicht der Strom immerhin. Und zum Frühstück machen auch.« Er wies zum Herd, wo eine große Pfanne mit Rühreiern stand.
»Das ist wunderbar, Antonius. Vielen Dank. Ich wollte gerade die Firma anrufen, aber ich habe nicht den leisesten Schimmer, was das für ein Teil ist und an welcher Stelle du es ausgebaut hast. Kannst du es ihnen erklären?«, bat sie ihn. »Sie haben einen tollen Service. Sie werden sofort einen Monteur losschicken«, fügte sie zuversichtlich hinzu.
Antonius nickte. »Na klar.« Zusammen verließen sie die Kombüse und setzten sich an den Tisch. Von den Passagieren war noch nichts zu sehen. Antonius nippte an seinem Kaffee, während Dana wählte. Sie kannte die Leute dort ewig, schon Burkard hatte mit ihnen gearbeitet.
Als der Kundenservice die erwartete Frage nach dem Teil stellte, reichte sie das Handy an Antonius weiter. Er erklärte, welches Teil am Aggregat kaputt war, und fragte dann: »Haben Sie das vorrätig?«
»Nein«, klang die Stimme vom Kundenservice durch die Messelounge. »Wir erwarten morgen eine Lieferung aus Rotterdam. Da ist diese Transfer-Welle bei, und wenn Sie in Berlin wären, könnten wir sie gleich einbauen. Aber außerhalb Berlins können wir Ihnen einen Monteur frühestens am Montag schicken. Also in vier Tagen. Wir haben keinen Wochenendservice.«
»Was?«, rief Dana entsetzt. »Das geht doch nicht! Wie sollen wir denn heute nach Parchim kommen? Und morgen nach Schwerin?«

»Könnte man das Ersatzteil bei Ihnen abholen?«, fragte Antonius.
Wie soll denn das gehen, fragte Dana sich. Ohne Auto? Er allein?
»Natürlich.«
»Gut, dann machen wir das so.«
»Und jetzt?«, fragte Dana, nachdem sie das Gespräch beendet hatten. Dieser Trip entwickelte sich allmählich zu einem Alptraum!
Antonius sah sie an, als sähe er das Problem nicht. »Jetzt frühstücken wir. Und um neun legen wir ab.«
»Wie denn?«, meinte Dana bitter.
»Genau wie immer«, gab Antonius zurück. »Du fährst los. Nur dass ich im Maschinenraum hocke. Den Motor kurzschließe. Aufpasse, dass er unterwegs nicht verreckt. Das geht schon.«
»Bis nach Parchim? Das sind fünf Stunden.«
»Na, wenn du nach Parchim willst, dann fahren wir nach Parchim. Und morgen dann nach Schwerin.«
Dana starrte ihn an. »Noch mal vier Stunden! Du willst die ganze Zeit an Bord bleiben? Und dich um den Motor kümmern?«
Er nickte. »Ja. Oder fällt dir etwas Besseres ein?«
Dana schüttelte den Kopf. »Antonius, ich weiß nicht, was ich sagen soll.«
»Danke?«, schlug er vor und grinste sie an.
»Oh ja. Danke. Danke, danke, danke.«
»Bitte, Dana.« Er nahm ihre Hand und küsste sie sanft. »Sehr gern geschehen.«
Ganz kurz schloss sie die Augen, um das Gefühl seiner Lippen auf ihrer Haut zu genießen. Dann entzog sie ihm die Hand. Keine Sekunde zu früh: Jens Flinder betrat frisch geduscht und in einer Wolke teuren Rasierwassers die Lounge.
»Guten Morgen«, sagte er und schaute von Dana zu Antonius

und dann wieder zurück. »Und, im Maschinenraum ist alles klar, Herr Künstler?«
»Aber natürlich«, versicherte Antonius und schlenderte zurück in die Kombüse. Er hatte nicht vor, mit den Passagieren zu frühstücken, aber gegen ein Rührei und einen Toast hatte er trotzdem nichts einzuwenden.

Nun ist Antonius schon mal an Bord, dachte Franziska bedauernd, während sie in der Kombüse das Mittagessen vorbereitete, aber wir haben nicht wirklich was von ihm. Schade eigentlich. Im Maschinenraum war er außerhalb jeder Reichweite. Aber immerhin würde er zwei Tage lang abends mit ihnen essen. Was für ein freies Leben Antonius lebte, dass er einfach so mit ihnen mitkommen konnte! Für Mark wäre es viel schwieriger gewesen, so spontan zwei Urlaubstage zu nehmen. Der hätte nicht von jetzt auf gleich den Maschinisten spielen können. Davon abgesehen, dass er so was auch gar nicht konnte.
Auf der anderen Seite ging Marks Leben natürlich auch mit einer gewissen Planbarkeit einher, überlegte sie weiter und nahm eine Schale aus dem Regal. Bei ihm wusste sie immer, wo er tagsüber gerade steckte: bei der Arbeit. Bei Antonius wäre man nie sicher. Nein, je länger sie über Mark und sich nachdachte, und je häufiger sie ihn mit Antonius verglich, desto überzeugter war Franziska, dass Mark der Richtige für sie war: Verlässlichkeit, einen soliden Job mit Aufstiegsmöglichkeiten, mit dem er mal die Familie ernähren konnte. Franziska wusste genau, dass Katharina ihre Einstellung megaspießig fand. Aber es war nun mal das, was sie wollte. Jemanden wie Mark – nein. Nicht jemanden wie Mark. Sie wollte Mark. Warum meldete er sich nicht?
Drei Tränen fielen in die Salatsoße, die sie gerade wütend anrührte.

Seit Antonius an Bord war, schien ein regelrechter Glanz auf dem Tag zu liegen. Irgendwo unter ihnen, im Rumpf der »Drei Töchter«, saß er und wachte darüber, dass sie unbeschadet weiterfahren konnten. Wenn sie in einer Schleuse waren und den Motor ausmachen mussten, sorgte er dafür, dass er wieder ansprang. Schon beim ersten Schleusen auf dem Müritz-Elbe-Kanal hatte Dana bemerkt, dass Antonius mit dem Ablauf in der Schleusenkammer vertraut war. Er ließ die Tür zum Maschinenraum offen, um mitzubekommen, wann sie genau an- oder ablegten, und entsprechend den Motor an- oder auszumachen. Sein Timing war perfekt.

»Woher kennst du dich mit dem Schleusen so gut aus?«, fragte sie ihn, als er sie am späten Vormittag auf der Kapitänsbrücke besuchte. Er sah nett aus: Franziska hatte ihm eins der Fischerhemden gegeben, die sie und Katharina an Bord trugen. Es war ihm ein bisschen knapp. Seine Handgelenke ragten aus den dunkelblauen Ärmeln hervor, an den Schultern spannte es ein wenig. Aber trotzdem verriet es sofort, dass er ein Teil ihrer Crew war. Es gefiel ihr.

»Ich bin viel mit dem Kanu unterwegs«, sagte er. Mit verschränkten Armen stand er neben ihr. Am liebsten hätte sie sich gegen ihn gelehnt, ihren Kopf gegen seine Schulter gelegt und so die »Drei Töchter« gesteuert. Einfach nur deshalb, weil es schön war, dass er da war und neben ihr stand und sie seine Wärme spürte und nicht allein auf der Brücke war. Aber sie wagte es nicht. Jede Intimität auf der verglasten Kapitänsbrücke wäre einem öffentlichen Statement gleichgekommen …

»Meistens bin ich auf Seitenarmen oder Seen unterwegs. Aber gelegentlich komme ich schon mal zu einer Schleuse. Ich sehe es gern, weißt du. Wie das Wasser steigt oder fällt, wie es sprudelt und dann wieder still wird. Wie die Seitenwände der Schleuse langsam sichtbar werden oder allmählich unter Wasser verschwinden, je nachdem, ob man hoch- oder runtergeschleust wird.«

Dana nickte. »Es ist eine Art künstliche Ebbe und Flut.«

»Genau. Ohne Mond und Springflut, dafür mit jeder Menge Algen und Schlamm auf den Spundwänden.« Er lächelte vor sich hin, als sei die Idee von dreckigen Spundwänden etwas Reizvolles. »Ich würde das gern mal zeichnen«, sagte er leise, wie zu sich selbst.

»Antonius, wegen morgen …« Seit sie hinterm Steuerrad stand, hatte Dana überlegt, wie sie Antonius zu ihrem Ersatzteil bringen sollten.

Er sah sie an. »Ja, ich weiß. Wir haben ein logistisches Problem. Aber ich denke, das bekommen wir hin.«

»Wie willst du nach Berlin kommen?«, fragte sie. »Mit dem Zug?«

»Nein. Mit einem Mietwagen.«

»Gute Idee«, erwiderte Dana und fragte sich, warum sie nicht selbst auf den Gedanken gekommen war.

»Was steht denn in Schwerin an?«, erkundigte er sich.

»Üblicherweise die Schlossbesichtigung und ein Rundgang durch die Altstadt. Manche Passagiere gehen auch gern in die Museen. Bei dieser Tour fahre ich am letzten Tag immer um sieben Uhr von Parchim los. Dann sind wir um elf in Schwerin. Da haben sie genug Zeit in der Stadt. Sie ist ja auch wirklich schön.«

»Sind die Passagiere allein unterwegs?«

»Da gibt es keine feste Regelung. Wichtig ist nur, dass Franziska an Bord bleibt und das Abschiedsessen vorbereitet. Katharina hilft ihr dabei.«

»Jetzt müssen wir nur noch herausfinden, wo es in Schwerin Mietwagen gibt.«

»Das weiß ich«, sagte Dana. »Am Bahnhof. Zwanzig Minuten vom Hafen. Zu Fuß.«

Sie kamen ohne Probleme in Parchim an, wofür Dana zutiefst dankbar war. Ihr Bedarf an Aufregung war vorerst gedeckt.
Die Mädchen machten die »Drei Töchter« fest. Als Dana die Maschine ausschaltete, legte sie einen Augenblick den Kopf aufs Steuerrad, um sich zu entspannen. Tief atmete sie durch, fühlte das glatte Holz still und warm gegen ihre Wange, wie eine zärtliche Berührung eines Verbündeten, auf den sie sich verlassen konnte, der immer für sie da war.
Dann verließ sie den Steuerstand, ging übers Deck in die Messelounge und nickte dort den Mertensteins und Falko Hubschmied zu, die am Tisch saßen und plauderten. Sie hatte beschlossen, sich etwas frisch zu machen.
Als sie zurückkam, war die Messelounge auffallend leer.
»Wo sind denn alle?«, fragte sie Katharina, die in einem Loungesessel mit dem Laptop auf den Knien saß. Es kam vor, dass der Empfang unter Deck gestört, hier aber besser war.
»Oben. Bei Antonius«, murmelte sie.
»Wieso?«
Katharina zuckte mit den Schultern. »Keine Ahnung.«
Als Dana an Deck trat, sah sie vorn am Bug Antonius sitzen. Er trug wieder sein schwarzes T-Shirt, und eine Sekunde lang gab es Dana einen kleinen Stich, dass er rein optisch nicht mehr Teil ihrer kleinen Mannschaft war.
Um ihn herum standen die Passagiere und schauten ihm über die Schulter.
»Gibst du Zeichenunterricht?«, fragte sie amüsiert. Antonius hatte einen Block auf den Knien. Mit wenigen Strichen hatte er die Hafenanlage festgehalten. Alle wandten sich ihr zu.
»Nein, ich habe nur versucht …«, meinte er, als Jens Flinder ihm auch schon ins Wort fiel: »Aber das ist ja eine glänzende Idee! Wäre es nicht möglich, dass wir uns unter Ihrer Anleitung im Skizzieren versuchen?«

»Oh, ja bitte«, sagte Isabella, die ganz nah neben Antonius stand. Als sie sich vorbeugte, um besser sehen zu können, was er zeichnete, fiel ihr langes dunkles Haar auf seine Schultern. Eine falsche Bewegung, und sie wäre auf seinem Schoß gelandet.
»Das wäre in der Tat eine nette Herausforderung. Da kann man vermutlich viel über sich selbst lernen«, meinte auch Falko und zog Isabella etwas von Antonius fort.
»Ach, ich weiß nicht«, kicherte Irmtraud Graf. »Meinst du, das ist was für uns, Laurenz?«
Dieser warf einen Blick zu Antonius, der scheinbar ungerührt weiterzeichnete. »Das kann wohl nur der Künstler selbst entscheiden«, meinte er diplomatisch. Antonius ließ den Stift sinken.
»Kein Problem«, meinte er leichthin und schaute zu Dana. Ich tue das nur für dich, schien sein Blick zu sagen. »Stifte und Papier habe ich immer dabei. Sie müssten sich nur eine Sitzgelegenheit besorgen.«
Aber Dana wurde das Gefühl nicht los, dass es doch ein Problem für Antonius war, den Passagieren Zeichenunterricht zu geben. Den Lehrer zu spielen. Warum hatte er nicht einfach nein gesagt? Er schuldete ihr doch nichts. Sie ärgerte sich, weil sie es gewesen war, die die anderen auf die Idee gebracht hatte. Gern hätte sie mit ihm darüber gesprochen. Aber jetzt, wo sie angelegt hatten, war es noch unmöglicher als während der Fahrt, mit ihm allein zu sein.

Am vorletzten Abend ihrer Reise hatte Franziska ein italienisches Büfett vorbereitet. Alles stand im kulinarischen Zeichen von Antipasti, Saltimbocca alla romana und Tiramisu.
»Ich habe schon in der Schule gern gezeichnet«, erzählte Falko Hubschmied und schaute in eine Ecke der Messelounge. Dort lagen auf dem dunklen Holzfußboden mehrere Schwarz-Weiß-

Zeichnungen, das Ergebnis ihrer spontanen Unterrichtsstunde. Dana hatte nicht mitgemacht. Aber ihr war nicht entgangen, dass Antonius ihre Passagiere begeistert hatte.

»Kunstunterricht schafft es oft nicht, die Kreativität der Schüler zu fördern. Manchmal nimmt er sogar eher die Lust am Malen«, meinte Antonius und stand auf, um sich einen Nachschlag von Franziskas Pilzrisotto zu holen. Die Blicke der anderen folgten ihm.

Dana konnte sich nur wundern über das, was geschah, seit er an Bord war. Erst waren seine Gemälde eine Investitionsüberlegung wert, dann bewahrte er die »Drei Töchter« vor einem vorzeitigen Reiseende, und jetzt entwickelte er sich zum Kunst-Guru der Passagiere. Und das alles in nicht einmal vierundzwanzig Stunden. Sie schüttelte leicht den Kopf.

»Finden Sie, Herr Merano hat unrecht, Dana?«, fragte Jens Flinder, der ihr Kopfschütteln falsch gedeutet hatte.

»Oh nein, er hat absolut recht. Ein guter Lehrer ist das A und O für jeden Unterricht. Meine drei Töchter können ein Lied davon singen«, beeilte sie sich zu sagen. »Ich frage mich nur, wie wir bis jetzt ohne ihn ausgekommen sind.« Die anderen lächelten.

»Dann möchte ich einen Toast auf den Künstler an Bord ausbringen«, sagte Jens Flinder, erhob sich in der für ihn so typischen pathetischen Art und griff nach seinem Glas. »Auf Antonius Merano, ein Mann mit vielen Talenten!«

Wie wahr, dachte Dana und nahm einen Schluck Prosecco. Eiskalt und prickelnd rann er ihr die Kehle herunter. Und wie gern würde ich mal wieder allein mit dir sein, um deine Talente auszukosten!

Doch die Lobhudelei schien Antonius unangenehm zu sein, denn er zog sich unmittelbar nach dem Abendessen in seine Kabine zurück. Dana konnte ihn gut verstehen. Am liebsten hätte sie sich auch in ihr Bett verkrochen und wäre im Bewusstsein,

dass Antonius nur eine Wand entfernt lag, eingeschlafen. Aber einen Tag musste sie noch durchhalten – einen höchst entscheidenden Tag.
Sie konnte nur hoffen, dass Antonius möglichst schnell mit dem Ersatzteil zurück war, damit sie selbst übermorgen mit der »Drei Töchter« gen Berlin aufbrechen konnte.

Aber auch dieser so wichtige Tag begann mit dem Kurzschließen des Motors, einem Minifrühstück für die Belegschaft und einem ausgedehnten Brunch der Passagiere, zu einem Zeitpunkt, als Dana das Schiff schon lange durch den Störkanal steuerte. Er mündete in den Schweriner See, und bis dahin gab es keine Schleuse mehr, die die Fahrt der ›Drei Töchter‹ unterbrechen konnte.
Und so hatte Antonius nichts zu tun und konnte Dana auf der Brücke Gesellschaft leisten, als sie durch den Landstrich Lewitz fuhren: viel flaches Land, unterbrochen von weitläufigen Fischzuchtteichen, über denen Raubvögel kreisten, dann wieder Weiden- und Wiesenlandschaft und hohe Pappeln, deren Blätter silbrig im Sommerwind flatterten.
»Hier werden traditionell Rinder und Pferde gezüchtet«, erzählte Dana und zeigte auf eine Weide.
»Aaah, deshalb schwirren hier so viele von diesen Viechern herum«, meinte Antonius und schlug nach einer Bremse, die sich auf seinem Arm niedergelassen hatte.
»Du hast süßes Blut«, stellte Dana fest, griff nach seiner Hand und drückte sie leicht. »Das finden die unwiderstehlich.«
»Ich bin sowieso sehr süß«, sagte Antonius trocken und erwiderte ihren Händedruck.
»Wie wahr«, antwortete Dana und unterdrückte ein Grinsen. »Das finden alle an Bord. Du hast dich in atemberaubender Geschwindigkeit zum Bootsliebling gemausert.«

»Das ist mir nur bei einer Person wichtig«, erklärte Antonius.
»Natürlich«, sagte Dana ernsthaft. »Bei Jens Flinder. Der kauft dir deine Bilder ab, und du hast ausgesorgt. Apropos ausgesorgt: Du musst dir mal überlegen, was du für deinen Einsatz an Bord haben willst.«
»Nichts«, antwortete er und sah tatsächlich ein bisschen beleidigt aus.
»Das kommt nicht in Frage«, widersprach Dana energisch. »Du reparierst. Du unterrichtest. Du fährst nach Berlin und wieder zurück. Selbstverständlich bezahle ich das.«
»Das ist großzügig von dir …«, begann Antonius, aber Dana unterbrach ihn. »Das ist nicht großzügig, das ist selbstverständlich.«
»Gut. Dann ist es eben eine Selbstverständlichkeit, die ich nicht möchte. Ich wollte dir nur helfen. Mehr nicht«, sagte er.
Dana überlegte einen Moment. »Na gut«, sagte sie dann, »aber dann schulde ich dir was.« Kein Wunder, dass er auf keinen grünen Zweig kommt, dachte sie insgeheim. Er mochte ja viele Talente haben, aber Geld verdienen gehörte offensichtlich nicht dazu.
Sie schwiegen beide eine Zeitlang, dann fragte Antonius: »Wo muss ich übrigens in Berlin genau hin, um die Welle abzuholen?«
»Zum Westhafen, den kennst du ja«, antwortete Dana.
»Ja, den kenne ich gut.« Er sagte es harmlos, aber es klang anzüglich.

Als sie den Schweriner See erreichten, herrschte eine andere Atmosphäre als vor drei Tagen auf der Müritz: Die Sonne glitzerte auf der riesigen Wasserfläche, als wolle sie alles wettmachen, was sie versäumt hatte. Es herrschte reger Schiffsverkehr: Segelboote kreuzten im Wind, ihre weißen und roten Segel hoben sich klar vor dem blauen Himmel ab, dazwischen fuhren Motorboote, einige gemächlich, andere rasant.

Sie passierten Kaninchenwerder. Heute ein üppig grünes Naturschutzgebiet und Eldorado für kleine Bootsanleger und Mücken, war hier früher Ton abgebaut worden, was tiefe Mulden auf der Insel hinterlassen hatte, die längst zugewuchert waren.

Dann kam allmählich Schwerin in Sicht, ihr letztes Etappenziel mit seinem malerischen Schloss, das auf einer kleinen ufernahen Insel erbaut worden und über Jahrhunderte der Sitz der mecklenburgischen Großherzöge gewesen war. Mit seinen vielen Türmen sah es wie ein Märchenschloss aus. Dana war froh über den Anblick, bedeutete es doch, dass sie die »Drei Töchter« in Richtung Anlegestelle steuern konnte. Noch nie war sie so erleichtert gewesen wie heute, ihr Ziel zu erreichen. Sie hatte die Passagiere sicher und pünktlich hierhergebracht. Egal, was jetzt noch kam: Das hatte sie schon mal geschafft.

Kaum hatte die »Drei Töchter« angelegt, ging Antonius von Bord. Es war so verabredet und geplant, und trotzdem ergriff Dana ein leises, komplett überflüssiges Gefühl von Wehmut, als er sich noch einmal umdrehte und in ihre Richtung winkte.

Sie hatte ihm erklärt, wie er zum Bahnhof kam, und sah auf die Uhr: Gut vier Stunden würde er für Hin- und Rückweg brauchen, was hieß, dass er gegen vier, halb fünf zurück sein würde. Das Abschiedsessen war für halb acht angesetzt. Vielleicht würde er es bis dahin sogar geschafft haben, das Teil einzubauen. Und wenn nicht, war morgen auch noch ein Tag. Jetzt hatten sie Zeit – sie konnte entspannen.

Dana gab den Passagieren ein paar Minuten, dann versammelte sie sie um sich. »Willkommen in der Landeshauptstadt von Mecklenburg-Vorpommern! Wir haben einen wunderschönen Tag erwischt. Schauen Sie sich auf jeden Fall das Schloss und den Schlosspark an. Es besteht auch die Möglichkeit einer Stadtrundfahrt. Und im Landesmuseum läuft zurzeit eine sehr interessante Ausstellung über historische Glaskunst. Die Stadt ist wirklich wunderschön restauriert, mit dem Marktplatz und den alten Gassen … Ich kann Ihnen auch nur eine Turmbesteigung des Doms empfehlen, von dort hat man einen herrlichen Ausblick bis zum Pfaffenteich. Und bewahren Sie sich Hunger für heute Abend!«

»Kommen Sie nicht mit, Frau van Aken?«, fragte Jens Flinder.

Hätte Laurenz Graf die Frage gestellt, wäre ihre Antwort vielleicht anders ausgefallen. So sagte Dana, ihn liebenswürdig anlächelnd: »Ich bin sicher, Sie haben auch ohne mich einen herrlichen Tag in Schwerin.« Bei ihren Worten verdüsterte sich sein Gesicht, als sei diese erneute Zurückweisung eine zu viel. Aber da hakte sich schon Isabella bei ihm unter und sagte: »Dann lasst uns gehen. Schwerin sieht ja wirklich bezaubernd aus. In diesem Schloss wäre ich zu gern eine Prinzessin, die auf ihren Prinzen wartet.«

»Brauchst du Hilfe für heute Abend, Franziska?«, fragte Dana, zog die Kapitänsjacke aus und hängte sie über die Lehne eines Essstuhls. Franziska schüttelte den Kopf. »Nö. Ich habe reichlich Zeit. Jetzt fange ich sowieso noch nicht an. Und wenn's losgeht, hilft mir Katharina.«

»Wo ist sie denn jetzt?«

»Sitzt an Deck und surft«, meinte Franziska. »Warum fragst du, Mama? Hast du nichts zu tun?«

»Ganz ehrlich? Nein.« Nach all der Anspannung fühlte Dana sich in einen seltsamen Leerlauf versetzt. Irgendwie ruhelos. Hätte sie vielleicht doch die Passagiere bei der Erkundung begleiten sollen? Nein. Das wollte sie auch nicht. Aber was dann?

In diesem Moment hupte es am Kai. Erst einmal, dann wieder. Und wieder. Und dann rief Katharina von oben zu ihnen herunter. »Mama, da ist Antonius! Er sagt, du musst wegen einer Unterschrift mit nach Berlin kommen! Und er hat ein Cabrio gemietet!«

Dana lachte ausgelassen, als Antonius Gas gab. Der Wind zerzauste ihr Haar, und sie strich es sich zurück. »Normalerweise lüge ich meine Kinder nicht an«, sagte sie. »Einfach zu behaupten, dass das Teil so teuer ist, dass die Firma es dir nicht aushändigen würde!«
»Mir fiel nichts anderes ein!«, antwortete Antonius, offensichtlich ohne die geringsten Gewissensbisse. »Und außerdem schuldest du mir was. Jetzt sind wir quitt.«
»Woher wusstest du das?«, fragte sie, als sie die mit hohen Alleebäumen gesäumte Landstraße in Richtung Autobahn entlangbrausten.
»Was denn?«, gab er zurück.
»Dass ich das Gefühl hatte, irgendwas würde mir fehlen. Dass ich plötzlich gar nicht wusste, was ich mit mir anfangen soll!«
Er beugte sich verschwörerisch zu ihr hinüber: »Liegt das etwa an mir, Dana?«
Sie schlug ihm spielerisch auf den Unterarm. »Natürlich nicht!«
»Schade. Ich dachte schon … Aber sagen wir mal so: Mir ging es genauso, und dieses Cabrio lachte mich an, und ich dachte, was fehlt da noch, und dann musste ich an dich denken. Und nun sitzt du hier neben mir. Und der Tag liegt vor uns, und wir könnten glatt anhalten und uns ins Kornfeld werfen …«
»Nein, das können wir nicht«, sagte Dana entschieden. »Wir müssen uns beeilen.«
»Ich weiß, ich weiß.« Er gab noch mehr Gas. »Mach uns doch mal ein bisschen Musik an.«
Dana schaltete an der Anlage herum, bis sie das Richtige fand: Norah Jones, die immer so klang, als käme sie gerade aus dem

Schlafzimmer und würde überlegen, ob sie nicht dorthin zurückkehren sollte. Natürlich nicht allein … Antonius summte die leise Musik mit, aber als Dana zu singen begann, zuckte er zusammen und drehte etwas lauter.

»Das ist wirklich herrlich«, rief Dana gegen den Sound an und streckte die Arme zum Himmel. »Wie fliegen!«

»Das hast du schon mal gesagt. Als du mit mir Motorrad gefahren bist«, erinnerte Antonius sie und küsste die Luft in ihre Richtung. Mehr ging beim besten Willen nicht. Es wäre einfach zu gefährlich gewesen. »Fühlst du dich eigentlich frei, Dana?«, fragte er dann unvermittelt.

Dana ließ die Arme sinken. »Frei? Was meinst du damit?«

»Na ja, frei, das zu tun, was du tun willst. Wann du willst. Weggehen, Urlaub machen, die Leute treffen, die du magst. Frei, über alles zu reden, frei, alles zu denken.«

Dana überlegte. »Ja, ich denke, ich bin frei. Genau weiß ich es nicht«, erwiderte sie nachdenklich.

»Warum nicht?«

»Vielleicht weil ich es noch nicht ausprobiert habe? Weil ich immer auf irgendwen Rücksicht genommen habe? Die Kinder, meine Mutter … Aber in meinen Geschäftsentscheidungen bin ich frei. Da redet mir niemand rein.«

»Ja, das glaube ich auch. Da schon.« Dana rutschte unbehaglich auf ihrem Sitz hin und her. Antonius hatte etwas angesprochen, das sie tief in ihrem Innern berührte, obwohl sie noch nie darüber nachgedacht hatte. Um von sich abzulenken, fragte sie: »Und du?«

»Das kommt drauf an, was du unter Freiheit verstehst. Innere oder äußere? Finanziell sind unbekannte Künstler etwas eingeschränkt.« Er lächelte schief. »Aber wenn Freiheit bedeutet, hinzugehen, wohin man will, beliebig oft Neuanfänge zu machen und sich jeden Tag neu einzuteilen, dann bin ich frei wie ein

Vogel.« Er hob seine braungebrannte, schlanke Hand und ließ sie zurück aufs schwarze Lenkrad fallen.

Dana versuchte, das Leben mit seinen Augen zu sehen. Was sie sah, gefiel ihr. »Hast du einen großen Lebenstraum?«, fragte sie.

»Meinst du so was wie: Wo sehen Sie sich in fünf Jahren?« Er grinste.

»So in der Art.«

»Dann wäre es wohl, von meiner Kunst gut leben zu können. Und natürlich Liebe. Eine Menge! Mit einer tollen Frau.« Er zwinkerte ihr zu.

Zog er sie auf? »Ja«, erwiderte Dana, »das klingt sehr gut. Das klingt ganz und gar nach dir.« Sie faltete die Hände im Schoß, schloss die Augen, genoss den Wind und die Sonne und hätte nichts dagegen gehabt, für immer weiterzufahren. Und als Antonius seine Hand auf ihre Hände legte, ließ sie es geschehen.

Obwohl es Freitag war, kamen sie gut durch. Die meisten Berliner schienen nur noch raus aus der Stadt zu wollen und brausten in die entgegengesetzte Richtung, ins Umland, nach Hamburg oder an die Ostsee. Und so fuhren sie kurz nach halb zwei am Westhafen vor.

»Du musst nicht mitkommen«, sagte Dana. Das hier war etwas, das sie immer allein machte. Es kam ihr seltsam vor, jetzt hier mit einer Begleitung zu stehen, wo früher sie es gewesen war, die Burkard gelegentlich begleitet hatte.

»Oh, ich komme gern mit«, antwortete Antonius und stieg aus. Seite an Seite betraten sie den schmucklosen Empfangsbereich des Flachbaus, wo eine ebenso schmucklose Frau hinter dem Computer saß und Listen bearbeitete. Es roch nach altem Kaffee und frischen Zigaretten.

»Hallo«, sagte Dana. »Mein Name ist Dana van Aken, Kapitänin der ›Drei Töchter‹. Wir haben gestern bei Ihnen telefonisch ein

Ersatzteil für unser Stromaggregat bestellt. Es sollte heute mit der Lieferung aus Rotterdam kommen.«
»Kann gut sein«, antwortete die Frau und gab Danas Namen und den ihres Schiffs ein. »Ah, da ist es schon. Sie können es sich vom Lager abholen. Moment, ich drucke die Bestellung nur noch aus. Wissen Sie, wo die Lagerhalle ist?«
Dana nickte.
»Gut. Die Rechnung stellen wir Ihnen per Post zu.«
»Danke«, erwiderte Dana, nahm den Ausdruck entgegen, und zusammen verließen sie das Gebäude. »Eine triste Anlage«, fand Antonius, und Dana musste ihm recht geben. »Hier geht's zum Lager.«

Mit dem Ersatzteil im Gepäck verließen sie die Lagerhalle und machten sich auf den Rückweg.
»Müssen wir nicht mal tanken?«, fragte Dana nach einer Weile.
Antonius sah auf die Benzinanzeige. »Warum nicht«, meinte er kurz angebunden.
Als eine Tankstelle in Sicht kam, verließen sie die Autobahn. Während er tankte, besorgte Dana zwei Sandwiches und Mineralwasser. Inzwischen war es fast drei – sie hatte Hunger. Antonius stand neben dem Wagen und machte die Frontscheibe sauber.
Sie ging zu ihm und tippte ihm auf die Schulter. »Hier«, sagte sie und hielt ihm eines der Brote hin. »Hast du Hunger?«
Bei ihrer Berührung drehte er sich um. Er ließ den Wischer ins Wasser fallen und sah sie unergründlich an. Dann zog er sie in einer ungestümen, fast heftigen Bewegung an sich heran, so fest, als wolle er sie nie wieder loslassen. »Oh Dana. Du bist so eine wunderbare Frau. Dein Mann hatte so ein Glück, dich zu haben«, sagte er und küsste sie stürmisch. Und noch mit den Sandwiches und dem Mineralwasser in den Händen erwiderte

Dana seinen Kuss, als hätte sie nur auf diesen Moment gewartet. Sie hielten sich in den Armen, bis das laute Hupen eines Lasters sie auseinanderfahren ließ.

»Wie hast du deinen Mann eigentlich kennengelernt?«, fragte Antonius, als sie weiterfuhren. Dana wickelte das Sandwich aus und gab es ihm, bevor sie nach ihrem eigenen griff.
»Ich habe den Sommer über in der ›Deichgräfin‹ gekellnert. Kennst du die?«
»Nein«, sagte Antonius und biss ins Brot.
»Das ist eine Kneipe am Nordufer des Berlin-Spandauer Schifffahrtskanals. Burkard hatte am Ufer festgemacht. Damals hatte er erst ein Schiff, die ›Loreley‹, ein Riesenpott, achtundsechzig Meter, knapp zwei Meter Tiefgang, fast dreißig Meter länger als die ›Drei Töchter‹. Er hatte Drahtrollen geladen und fuhr damit nach Holland, damals noch mit seinem Vater. Sie waren immer zu zweit unterwegs. Mein Schwiegervater war ein Schiffer, wie er im Buche steht. Ich denke, letztendlich war er froh, dass Burkard mich gefunden hat, auch wenn mein Hintergrund ein ganz anderer als der einer typischen Schiffersfrau war.«
Das Bier, das sie ihm in der »Deichgräfin« serviert hatte, war der Anfang gewesen. Als er das nächste Mal nach Berlin gekommen war, hatte er sie angerufen. Sie hatte sich in den stillen, kräftigen Mann mit den dunklen Augen verliebt. Ehe sie es sich versah, war sie mit ihm an Bord gegangen. Mit seinen vierunddreißig Jahren war Burkard in jeder Hinsicht das gewesen, was sie sich damals unter einem echten Mann vorgestellt hatte.
»Dann war ich mit Franziska schwanger, und wir haben geheiratet. In dieser Reihenfolge«, erklärte sie. »Drei Jahre später mit Katharina, und dann kam Emma.«
»Hattest du eine glückliche Ehe?«
»Doch, ja. Es war das, was ich damals wollte. Man ändert sich

natürlich, und dann muss man sehen, dass die Partnerschaft sich auch ändert. Aber bevor es so weit war, ist Burkard ja schon …« Sie musste das letzte Wort nicht aussprechen. Gestorben, ergänzte Antonius in Gedanken.
»Ich frage mich manchmal, was er denken würde, wenn er mich jetzt erleben würde.«
»Meinst du nicht, er wäre sehr stolz auf dich?«, meinte Antonius.
»Wahrscheinlich«, erwiderte Dana nachdenklich. »Andererseits hatten wir eine ganz klare Rollenverteilung in unserer Ehe, und davon habe ich mich inzwischen ein ganzes Stück entfernt.«
»Aber ich bin sicher, dein Mann hatte eine wunderschöne Zeit mit dir. Er ist deine Vergangenheit, die du nie vergessen wirst.«
»Nein, das werde ich wohl nicht. Dazu war es zu schön. Und ohne ihn hätte ich schließlich nicht meine Kinder. Und Liebe hört mit dem Tod nicht auf. Leidenschaft schon. Vergangenheit ist ja genau das: vergangen. Nur die Erinnerung bleibt. Das Leben geht weiter«, antwortete sie.
Antonius nickte, und zusammen brausten sie Schwerin entgegen.

Als sie den Kai erreichten, hatte sich ein Wolkenband vor die Sonne geschoben. Antonius parkte den Wagen und machte sich am Dach zu schaffen. Dana wollte schon aussteigen, aber er hielt sie am Arm fest. »Warte, Dana. Eins noch.«
»Was denn?«
»Wenn du glaubst, du bist nicht frei genug, dann würde ich das an deiner Stelle ändern.«
Dana schaute ihn abwartend an, aber mehr schien er nicht sagen zu wollen und auch keine Antwort zu erwarten. Stattdessen griff er sich das Aggregatteil, schaute abschätzend darauf und meinte: »Na, ich bin gespannt, ob ich das hinbekomme.«
Dana brauchte einen Moment, um sich an ihr Gespräch von der

Hinfahrt zu erinnern. Freiheit, was sie bedeutete und für wie frei sie sich selbst hielt … Sie wusste es nicht. Aber eins wusste sie genau: Der Tag mit Antonius war schön gewesen. Wichtig. Vertrauensvoll. Er hatte etwas verändert.
Erstaunt stellte Dana fest, dass an Bord nur wenig passiert war. Es war, als sei sie nur einen Moment weg gewesen. Die Passagiere? Waren noch nicht zurück. Franziska? Hatte mit den Essensvorbereitungen angefangen. Katharina? Hatte tatsächlich ihren Computer ausgemacht und ging Franziska zur Hand.
Und Antonius verschwand im Maschinenraum.

Als Erste kamen die Mertensteins zurück. »Oh meine Füße«, murmelte Sylvia Mertenstein, die auch beim Stadtrundgang nicht auf ihre hohen Absätze hatte verzichten wollen. Dann folgten die Grafs und erzählten begeistert von einem Jazzkonzert, das sie am Pfaffenteich miterlebt hatten. Und schließlich kehrte das Dreigespann Flinder, Falko und Isabella zurück. Falko und Isabella zogen sich ebenfalls in die Kabine zurück, während Jens Flinder Dana einen Vortrag über die Historie des Schlosses hielt, die sie nur zu gut kannte.
Erst das Geräusch des erwachenden Motors rettete Dana vor weiteren Ausflügen in die Schweriner Geschichte. Sie atmete erleichtert aus. Dass Antonius den Motor erneut kurzgeschlossen hatte, war unwahrscheinlich, also bedeutete es hoffentlich, dass die ›Drei Töchter‹ wieder intakt war. Und tatsächlich stand Antonius kurze Zeit später in der Messelounge vor Dana, ölverschmiert bis zu den Oberarmen, und sagte breit grinsend: »Er läuft wieder!«
Dana strahlte ihn an. »Das ist ja großartig! Ich danke dir, Antonius!« Er hob die Hand wie zu einem spöttischen Gruß an die Stirn und sagte: »Ich muss erst mal duschen.«

Um halb acht waren alle in der Messelounge versammelt. Sie nahmen Platz, Antonius mit noch feuchten Haaren, und Dana klopfte an ihr Glas.
»Schön, dass wir es gemeinsam bis nach Schwerin geschafft haben«, begann sie. »Es war eine Reise, wie ich sie in dieser Form noch nicht erlebt habe, und zwischendurch war ein glückliches Ende ja fraglich. Ich freue mich, dass es Ihnen wieder gutgeht, lieber Herr Graf. Bei meinen Töchtern möchte ich mich für ihre Hilfe bedanken. Und besonders bei Antonius, der eigentlich nur ein paar Stunden lang an Bord kommen wollte, um über seine Kunst zu reden. Stattdessen hat er in den letzten zwei Tagen dafür gesorgt, dass wir überhaupt weiterfahren konnten! Vielen Dank, Antonius.« Alle klatschten.
Dana lächelte ihn an. Was sie wirklich dachte, konnte sie unmöglich aussprechen: Ich freue mich, wie nahe wir uns gekommen sind. Dass ich dich besser kennenlernen konnte und uns jetzt mehr verbindet als toller Sex. Du bist ein Mann, auf den ich zählen kann. Es war schön, dass du dabei warst.
»Und nun wünsche ich Ihnen guten Appetit und einen vergnügten letzten Abend an Bord der ›Drei Töchter‹.«
Das Büfett mit den mecklenburgischen Spezialitäten war hervorragend. Während sie schlemmten, unterhielten sich die Passagiere über den Nachmittag in Schwerin. Jens Flinders iPhone mit den Fotos wurde gerade herumgezeigt, als Falko Hubschmied sich an Antonius wandte, der neben ihm saß.
»An welcher Schule haben Sie eigentlich Ihr Referendariat gemacht?«, fragte er unvermittelt und führte die Gabel zum Mund.
»In Berlin. An der Sidonie-Springer-Oberschule in Charlottenburg.« Antonius sagte es verhalten und nahm einen Schluck von seinem Wein.
Abrupt stoppten die Gespräche. »Das gibt's doch nicht«, rief Falko Hubschmied. »Nein!«, sagte Laurenz Graf. »Echt?«, fragte

Philip Mertenstein und: »Wirklich!«, meinte Jens Flinder. Sie alle sahen Antonius verblüfft an.
»Doch. Wieso überrascht Sie das?«
»Aber dort haben wir doch unser Abitur gemacht! Auf diese Schule sind wir gegangen! Die Springer-Schule, das macht natürlich Sinn«, sagte Jens Flinder begeistert. »Die ist ja inzwischen für ihren kunstbetonten Unterricht stadtbekannt, ganz im Sinne der Namensgeberin.«
»So ein Zufall«, antwortete Antonius mit unbewegter Miene.
»Wollen Sie nicht was für die ›Yesterday‹ schreiben?«, fuhr Flinder fort. »Das ist unsere Ehemaligen-Zeitung. Aber was rede ich, das wissen Sie natürlich! Na, wie ist es? Sie als freischaffender Künstler mit Beziehungen zur Schule, das würde sicher ein hochinteressanter Artikel werden. Oder halt, ich habe noch eine Idee! Ich werde mal den Direktor fragen, ob wir nicht irgendetwas für Sie tun können. Eine Ausstellung in den alten Räumlichkeiten vielleicht? Haben Sie schon mal an so etwas gedacht? Oder eine Auktion Ihrer Bilder? Geleitet vom Fachbereichsleiter für Kunst?« Der Anwalt war Feuer und Flamme.
Antonius antwortete nicht sofort, stellte stattdessen nur mit zitternden Händen sein Glas ab. Einen Augenblick später klirrte es leise. Er hatte es umgestoßen, und nun ergoss der Weißwein sich über den Tisch. Hastig rückte Isabella ihren Stuhl zurück, als die Flüssigkeit drohte, auf ihre Leinenhose zu tropfen.
Katharina sprang auf, lief in die Kombüse und kehrte mit einer Rolle Küchenkrepp zurück. Sie tupfte die Tischdecke ab und kniete sich dann neben Antonius auf den Boden, um die Lache aufzuwischen, die sich gebildet hatte.
Antonius blickte angestrengt nach unten, so als habe er noch nie etwas Spannenderes gesehen, als Katharina beim Wischen zuzuschauen.
»Nichts passiert«, sagte Katharina. »Bin gleich fertig.«

Dana beobachtete die Szene. Antonius hatte die Augen geschlossen, und als er sie wieder öffnete, schaute er sofort zu ihr. Ein wortloses Flehen lag in seinem Blick. Trotz seiner leicht gebräunten Haut sah er weiß, regelrecht elend aus. Das Unbeschwerte, Jungenhafte in ihm schien erloschen. Was hatte er bloß? Unruhig erwiderte sie seinen Blick, aber sie konnte ihn in dieser Runde unmöglich darauf ansprechen.
Als Katharina fertig war und sich mit einer Handvoll feuchter Papiertücher aufgerappelt hatte, wechselte Antonius abrupt das Thema.
»Dana, ich habe den Mietwagen völlig vergessen«, sagte er hastig. Er erhob sich und legte die Serviette auf seinen Teller. Beschwörend sah er sie an. »Ich sollte das sofort erledigen, sonst ist es zu spät. Und wenn ich schon am Bahnhof bin, nehme ich den Zug … die nächste Ausstellung wartet, und wenn ich noch heute Abend in Berlin bin, kann ich morgen früh gleich loslegen …«
Er stieß den Stuhl zurück, verließ die Messelounge und kehrte einen Moment später mit seiner Tasche zurück. Er zog drei Flyer heraus, die er auf den Tisch legte. »Sie können mich gern anrufen. Oder im Atelier besuchen. Oder auch beides«, meinte er kurz angebunden und wandte sich Richtung Ausgang.
Alle blickten ihn erstaunt an.
»Du sollst heute Abend noch den Wagen zurückbringen?«, fragte Dana. Auch sie war überrascht. »Davon hast du vorhin gar nichts gesagt.«
»Nein, ich habe es vergessen. Sie haben es ausdrücklich gesagt. Ich muss los«, wiederholte er, eindringlicher und lauter. »Ich melde mich wegen der Bilder bei dir. Wann seid ihr wieder in Berlin? In vier Tagen? Gegen Nachmittag?« Dana nickte wortlos.
»Gut. Auf Wiedersehen.« Wie gehetzt lief er aus dem Raum.

Verblüfftes Schweigen herrschte, während seine Schritte verklangen.
»Was war das denn?« Jens Flinder hatte die Frage an Dana gerichtet.
»Ich habe keine Ahnung«, antwortete sie wahrheitsgemäß und insgeheim besorgt.
»So wird das aber nichts mit einem Bilderverkauf«, meinte Flinder entrüstet. »Ein bisschen entgegenkommender muss er potenziellen Kunden gegenüber schon sein. Er ist nicht bekannt genug, um die launische Diva zu geben. Wir wollten das doch noch heute Abend besprechen.«
Und auch wenn es Dana missfiel, so musste sie Jens Flinder doch recht geben. Was immer in Antonius vorgegangen war – sie verstand es nicht. Kein Wort hatte er heute Nachmittag davon gesagt, dass der Mietwagen unbedingt abgegeben werden musste. Und dass er eine nächste Ausstellung hatte, für die er dringend arbeiten musste, war glatt gelogen. Das wusste sie.
War es wirklich erst heute gewesen, dass sie das Gefühl gehabt hatte, ihn besser zu kennen als noch vor drei Tagen? Dass eine Verbundenheit zwischen ihnen war, wo vorher nur pure Anziehung herrschte? Plötzlich schien die Nähe des Nachmittags sehr fern.

Endlich allein in ihrer Kabine, machte Dana sich bettfertig. Ihre Passagiere hatten sie heute lange in der Messelounge festgehalten und in feuchtfröhlicher Runde über die Ehe philosophiert. Dana war froh, ihre Ruhe zu haben. Bevor sie die Nachttischlampe ausschaltete, griff sie noch mal nach dem zusammengefalteten Blatt Papier, das auf dem Regal lag. Was macht mich noch aus, dachte sie und schaute auf Antonius' Schrift.
Meine Ehe mit Burkard. Der Glaube, dass die Liebe auch nach dem Tod weiter besteht. Antonius, mit dem ich mich frei wie ein

Vogel fühle. Mit dem ich lachen und lieben kann. Und der plötzlich verschwindet und nichts als ein riesengroßes Fragezeichen hinterlässt.
Aber sie schrieb es nicht auf.
Im Bett dachte sie darüber nach, wie es morgen weiterging: Um zehn würde der Bus kommen, der die Passagiere zurück nach Berlin brachte. Danach würde sie mit Franziska und Katharina aufbrechen … Während sie im Kopf den Plan für den kommenden Tag durchging, lauschte sie angestrengt auf Geräusche von draußen. Aber sie wusste, dass Antonius heute nicht kommen würde. Und so hörte sie nichts außer einem zarten Nieseln. Beständig, gleichmäßig und unermüdlich tropfte der Regen aufs Dach und nährte die Fluten des Schweriner Sees.

In der Kabine der Mädchen brannte noch Licht. Katharina lag in ihrer Koje und dachte über Antonius nach. Im Gegensatz zu diesen etablierten, diesen *alten* Leuten an Bord war er einfach ultracool. Und so hübsch, so sexy. Einfach schnuckelig. Wie es wohl für Mama gewesen war, mit ihm im Cabrio nach Berlin zu flitzen? Worüber mochten sie gesprochen haben? Über Kunst und Schiffe? Ob er eine Freundin hatte? Oder mehrere Freundinnen, so wie er aussah? Vielleicht war er ja auch schwul. Jedenfalls konnte sie sich nicht vorstellen, dass er an das verknöcherte Bis-dass-der-Tod-uns-scheidet glaubte! Er lebte garantiert frei, ohne Lügen und Kompromisse und machte nur, was ihm gefiel. Ein Künstler eben, ein Lebenskünstler. Oh, davon träumte sie auch! Wenn es im Herbst mit ihrem Studium losging, wollte sie unbedingt ausziehen! Am liebsten nach Berlin-Mitte, da steppte der Bär. Hoffentlich gab Mama ihr etwas Geld für eine eigene Wohnung. Klar, sie würde nebenbei auch arbeiten müssen, am liebsten im IT-Bereich …
Aber irgendwie war Antonius heute ganz anders gewesen als

neulich, grübelte sie weiter. Als sie mit dem Wein beschäftigt gewesen war, hatte er gezittert wie Espenlaub. Seine Beine hatten so gebebt, dass sie einen Moment lang versucht gewesen war, ihre Hand darauf zu legen. Sie hatte es natürlich nicht getan. Aber warum hatte er so gezittert? Auch seine Stimmung war in diesem Moment vollkommen umgeschlagen. Vielleicht hatte es ja etwas mit Mamas Rede zu tun? Hatte er es grässlich gefunden, als ihn alle angeschaut und dann geklatscht hatten? Sofort verwarf sie den Gedanken. Er wirkte nicht das kleinste bisschen schüchtern.

Aber was war es dann gewesen? Irgendwas musste ihn irritiert haben. Momente später war er abgehauen. Also, warum? Sie versuchte, sich an das Tischgespräch zu erinnern: Sie hatten über den Nachmittag in Schwerin gesprochen. Dann hatte Hubschmied ihn nach dem Referendariat gefragt, und sie hatten festgestellt, dass er es auf derselben Schule gemacht hatte wie sie ihr Abi.

Danach hatte das große Zittern angefangen. Ja, so war es gewesen. Sie rappelte sich hoch und knipste die Nachttischlampe an.

»Was 's los?«, murmelte Franziska im Halbschlaf.

»Nix. Schlaf weiter«, erwiderte Katharina und griff nach ihrem Laptop. Dann loggte sie sich bei schülerVZ ein und begann mit fliegenden Fingern, Messages zu schreiben.

10. Kapitel

Am folgenden Morgen hatte es zwar aufgehört zu regnen, es war aber immer noch bedeckt. Als Dana erwachte, dachte sie sofort an Antonius, die Fahrt nach Berlin und an seinen unerklärlichen Abgang … Sie machte sich rasch fertig und ging in die Messelounge. Heute hatte sie keine Verpflichtungen an Bord und konnte gemeinsam mit den Passagieren frühstücken.

Es war ein gemütliches, wenn auch schweigsames letztes Frühstück. Der Alltag schien nach ihnen allen zu greifen, noch bevor der letzte Urlaubstag vorbei war. Nur Laurenz Graf schien glänzend gelaunt. Rosig angehaucht nahm er etwas später als die anderen Platz: Er war gemächlich im Schlosspark gewalkt und schwärmte von der Promenade, den Laubengängen und dem großen Wasserbecken, die zur Bundesgartenschau 2009 angelegt worden waren.

Dana konnte nicht anders: Sie fand die neu erwachte Lebensfreude ihres schwergewichtigen Passagiers großartig und hoffte, dass er sie sich erhalten konnte. Trotzdem zog und zerrte etwas an ihr, und es dauerte ein Frühstücksei und einen Toast mit Erdbeermarmelade lang, bis sie erkannte, was es war: Sie hatte Sehnsucht nach Antonius. Ihr hatte es gefallen, wenn er sich Kaffee geholt und rasch gefrühstückt hatte. Sie mochte es, wie nachdenklich und unbeschwert zugleich er die Dinge an Bord sah. Wie ehrlich er war. Wie wenig aufgesetzt, wie wenig etabliert. Wie interessiert er an ihrem Leben war. Wie zärtlich er sie küsste. Und sie fragte sich, wo er nach dem gestrigen Abend steckte.

Um Punkt zehn fuhr der Bus vor. »Moin, Moin, Frau van Aken«, grüßte der Busfahrer gut gelaunt.

»Hallo Herr Münst«, antwortete Dana lächelnd. Hier fuhr der Chef persönlich. Sie mochte sein Unternehmen, und wenn sie ihre Reisen plante und Passagiere abgeholt werden mussten, rief sie immer zuerst bei ihm an.

Münst begann, das Gepäck einzuladen: Die Taschen der Grafs mit dem Firmenlogo, zwei schwere Reisetrolleys, eine elegante und eine abgewetzte Ledertasche und ein kirschrotes Lackköfferchen verschwanden im Stauraum.

Ein Passagier nach dem anderen verabschiedete sich von Dana, Franziska und Katharina. Zum Schluss kam Jens Flinder. Er nahm Dana etwas zur Seite.

»Dana«, sagte er leise, »mir hat es auf der ›Drei Töchter‹ ausnehmend gut gefallen, und Ihr Service war in jeder Hinsicht vorbildlich. Ich bedauere es sehr, dass wir uns nicht … Nun, jedenfalls würde ich mich freuen, wenn wir uns wiedersehen. Möglichst bald.«

Er zog einen Zettel aus der Tasche und drückte ihn in ihre rechte Hand. Gleichzeitig ergriff er ihre linke. Einen Moment lang hielt er sie fest, dann führte er sie kurz an den Mund. Es ging so schnell, dass Dana sie ihm nicht entziehen konnte. Als er sie wieder losließ, wischte sie sich die Hand unauffällig an ihrem dunkelblauen Rock ab.

Als alle eingestiegen waren und der Bus losfuhr, winkte sie mit einem Gefühl der Erleichterung hinterher. Dann erst schaute sie auf den Zettel, den Flinder ihr zugesteckt hatte. »Sie sind eine wunderbare Frau, Dana. Auf bald!«, stand da. Und dann Flinders Handynummer. Und seine Festnetznummer. Und seine Adresse.

Fehlte nur noch das Geburtsdatum und sein Jahreseinkommen. Sie stopfte den Zettel nachlässig in die Tasche ihrer Kapitänsjacke.

»So einen verlogenen Haufen verkrachter Ehepaare hatten wir aber lange nicht mehr an Bord«, ereiferte sich Katharina, während sie von der Straße zurück zum Schiff gingen. »Wenn die Ehe wirklich so ist, bleibe ich freiwillig mein Leben lang Single. Sollen sie sich doch alle scheiden lassen, statt rumzujammern!«

»Jens Flinder ist geschieden, und Isabella und Falko Hubschmied sind nicht mal verheiratet«, sagte Dana besänftigend. »Es waren also nur *zwei* Ehepaare an Bord. Und auch wenn es für dich zu nüchtern klingt: Eine Ehe hat nun mal viele Seiten. Im Laufe des Lebens verändert sich viel. Man ist ja nicht mal mit sich selbst immer im Reinen, wie soll es dann möglich sein, mit dem Partner in dauernder Harmonie zu leben? Da arrangieren sich eben viele Paare und setzen neue Prioritäten.«

»Das meine ich nicht«, widersprach Katharina hitzig. »Natürlich kann man sich streiten, natürlich wegen Kinder oder Kohle zusammenbleiben. Aber die Basis muss doch stimmen. Oder etwa nicht?« Unsicher geworden, sah sie ihre Mutter an.

»Hm, das sollte sie wohl«, antwortete Dana. »Was immer die Basis auch ist.«

»Und was war eigentlich mit Antonius los?«, fragte Franziska jetzt.

»Ich habe keine Ahnung«, antwortete Dana. Sie fühlte sich plötzlich erschöpft. »Macht schon mal alles fertig. Ich komme gleich.«

»Berlin, Berlin, wir fahren nach Berlin«, sang Katharina munter und tänzelte neben Franziska, die heute Morgen sehr gedankenverloren schien, über die Gangway zurück auf die »Drei Töchter«.

Dana wandte sich vom Schweriner See ab und sah zurück zum Schloss mit den vielen Türmchen, die in den grauen Himmel ragten. In diesem Augenblick klarte der Himmel auf, und durch ein briefmarkengroßes Stück Blau blitzte ein einzelner Sonnenstrahl. Er fiel genau auf den Turm der Schlosskapelle und ließ das goldene Dach so hell aufleuchten, dass es in ihren Augen schmerzte.

Kurze Zeit später hatte sich die Sonne weiter durchgekämpft. Ihre Strahlen fielen auf die regennasse Steganlage und zauberten tänzelnde Lichtreflexe auf die Wasseroberfläche. Sofort wurde die Luft milder.

Dana hatte das unsinnige Gefühl, dass es lange her war, seitdem die Sonne geschienen hatte. Einen Augenblick genoss sie die Wärme, dann griff sie nach ihrem Handy.

»Hallo Mutti«, sagte sie ein paar Augenblicke später. »Wie geht es euch?«

»Ah, Dana! Ja, so weit alles gut. Mehr oder weniger.«

»Was heißt das denn?«

Charlotte zögerte. »Ach, Emma ist irgendwie ein bisschen seltsam.«

»Inwiefern?«

»Irgendwas hat ihr den Appetit verschlagen.«

»Das wird die Aufregung vor der USA-Reise sein.«

»Vielleicht.«

»Und dir geht es gut?«

»Jaja«, sagte Charlotte rasch. »Und bei euch?«

»Oh, wir hatten ein paar sehr bewegte Tage.« Sie erzählte von Laurenz Graf und dem Maschinenschaden, erwähnte ganz kurz Antonius. »Aber jetzt sind wir so weit, dass wir zurückfahren können.«

Charlotte freute sich. »Soll ich was vorbereiten?«

»Wir können ja an Bord essen, wenn wir ankommen. Es sind noch eine Menge Reste da. Wäre ein Jammer drum. Ich melde mich, wenn wir da sind. In vier Tagen sollten wir es gemütlich schaffen.«

»Gern! Dann passt schön auf euch auf, Dana.«

»Du auch, Mutti.«

Als sie das Handy zurück in die Jackentasche steckte, raschelte etwas darin, und sie zog es heraus: der Zettel mit Jens Flinders Adresse.

Einen Moment schaute Dana auf die Schrift, die Worte, die Nummern. Dann faltete sie das Blatt entschlossen in der Mitte, schlug die Ecken um, strich mit dem Fingernagel sorgfältig über die Kanten. Geschickt arbeitete sie daran. Schließlich hockte sie sich auf die Steine der Uferbefestigung, beugte sich vor und setzte ihr Machwerk aufs Wasser.

Über ihr lachte jemand. Sie schaute hoch. »Na, Mama, lässt du Bötchen schwimmen?«, fragte Katharina.

»Ja«, sagte Dana, froh darüber, dass ihre Tochter nicht wusste, was auf dem Zettel gestanden hatte. »Und jetzt nichts wie zurück nach Berlin!«

Während Dana die »Drei Töchter« den Störkanal entlangsteuerte, steckten die Mädchen an Bord die Köpfe zusammen.

»Du musst ihm ein Ultimatum setzen«, beschwor Katharina ihre Schwester. »Er muss kapieren, dass er dir nicht auf der Nase herumtanzen kann. Entweder du oder die andere. Aber er kann dich nicht ewig hinhalten. Dir geht's doch mies damit. Willst du etwa so enden wie diese Paare, die wir an Bord hatten?«

Franziska schüttelte den Kopf. »Nein, natürlich nicht. Aber was mache ich, wenn er mich nicht mehr will und Schluss macht?«

»Wenn er nicht mehr will, dann ist es auch besser, wenn du es weißt«, erwiderte Katharina.

»Na gut.« Franziska seufzte. Sie griff nach ihrem Handy, und ihr Daumen begann, auf der Tastatur zu tanzen. »Last call. Gebe dir bis …« Sie sah Katharina fragend an. »Wie viel Zeit soll ich ihm denn lassen?«

»Bis morgen?«, schlug diese vor.

»Bist du verrückt? Nachher hat er das Handy ausgeschaltet und liest es erst übermorgen! Nein. Ich will, dass er es sich richtig gut überlegt.« Sie dachte nach. »Bis zum 6. September«, entschied sie dann.

Katharina stöhnte auf. »Mann, doch nicht so lange! Das ist ja ewig! Du musst ihn unter Druck setzen!«

»Mach ich ja. Aber nicht zeitlich«, sagte Franziska knapp und schrieb: »Ich weiß, dass du eine andere hast. Melde dich bis zum 6. Oder lass es. Für immer. F.« Dann drückte sie auf Senden. Jetzt war Mark dran.

Sie sah zu Katharina. Diese wiegte nachdenklich den Kopf. »Na, da bin ich aber echt gespannt.«

»Meinst du, er meldet sich vorher?«, fragte Franziska unsicher. Mit einem Mal hatte sie Angst vor der eigenen Courage. Katharina hatte recht! Wieso hatte sie Mark bloß so lange Zeit gelassen? Bis zum 6. September würde sie ja das reinste Nervenbündel sein!

»Keine Ahnung, ob er sich vorher meldet. Kommt drauf an, wie sehr er dich liebt. Vielleicht schickt er dir ja auch erst am letzten Tag eine SMS und macht Schluss. Aus die Maus«, meine Katharina gnadenlos.

Franziska sah sie verzweifelt an.

Vier Tage später machte die »Drei Töchter« an ihrem angestammten Liegeplatz am Westhafen fest. In der ganzen Zeit hatte Dana von Antonius nicht ein Wort gehört, obwohl sie darauf hätte wetten können, dass er sie auf dem Handy anrufen würde. Aber das hatte er nicht getan. War sie traurig darüber – oder erleichtert? Sie wusste es nicht. Von beidem etwas, vielleicht. Schwieg er, weil etwas vorgefallen war, von dem sie immer noch nicht verstanden hatte, was es war? Oder weil er endlich begriffen hatte, dass sie eine Frau war, die nie und nimmer zu ihm passte? Sie hätte die Antwort gern gewusst, aber auch nicht so gern, dass sie ihn selbst anrief.

»Ich habe mit Groma ausgemacht, dass wir heute Abend zusammen an Bord essen«, sagte sie, als die Mädchen das Schiff sicher vertäut hatten. »Also: Wer bleibt an Bord, wer holt Groma und Emma ab?«

»Ich fahre nach Hause«, sagte Franziska sofort. Seit sie Mark das Ultimatum gestellt hatte, saß sie wie auf einem Pulverfass. Auf der Rückreise hatte sie ihr Handy im Minutentakt überprüft. In den gelegentlich vorkommenden Funklöchern hatte sie rumgejammert und Katharina und Dana gründlich genervt. Und auch jetzt, vier Tage später, hatte Mark sich noch nicht gerührt.

Aber es konnte ja immerhin sein, dass er ihr geschrieben hatte. In ihrer Anfangszeit vor zwei Jahren hatte er ihr ein paar hinreißende Liebesbriefe geschrieben. Sie hatte das total klasse von ihm gefunden, irgendwie süß altmodisch. Was, wenn jetzt ein richtiger Bekennerbrief zu Hause auf sie wartete? Groma und Emma abzuholen war ein perfekter Vorwand, die Post durchzusehen.

»Hey, wenn du fährst, komme ich mit«, erklärte Katharina.

»Wenn ihr beide fahrt, nehmt doch gleich ein paar Sachen mit nach Hause«, bat Dana. »Dann haben wir nachher nicht so viel Kram, wenn wir zu fünft im Wagen sind.«

In diesem Moment klingelte Franziskas Handy. Begierig griff sie danach, rief »Hallo?« hinein, ohne auf die Nummer zu sehen – und das erwartungsvolle Leuchten auf ihrem Gesicht erlosch, als sie hörte, wer antwortete.

»Oh Maja, du bist es«, begrüßte sie eine Freundin. Ungeduldig signalisierte Katharina ihr, das Gespräch zu beenden, ebenso ungeduldig machte Franziska abwehrende Handbewegungen. Dana rief nun ihrerseits Charlotte an und kündigte das Kommen der beiden an. Früher oder später.

»Gut, dann sind Emma und ich fertig«, sagte Charlotte.

»Ihr könnt euch Zeit lassen. Franziska und Katharina müssen sowieso erst ausladen. Ach, und noch was, Mutti. Ruf kurz durch, wenn ihr von zu Hause losfahrt. Dann kann ich schon was vorbereiten.«

»Versprochen.«

»Hör doch mal auf zu quatschen«, maulte Katharina, ohne Rücksicht auf das Gespräch zu nehmen, das Franziska immer noch führte.

»Himmel, nun gib mal Ruhe! Ich mache ja gleich Schluss«, antwortete Franziska gereizt. »Maja, ich muss los, meine Schwester nervt«, sagte sie, beendete das Gespräch und warf ihr Handy auf den Tisch in der Messelounge.

Dort blieb es liegen, als sie die Tasche mit der schmutzigen Wäsche nahm und Dana um den Autoschlüssel bat. Dort lag es immer noch, als die Mädchen ein paar Mal mit Kisten und Tüten hin- und herliefen und schließlich das Schiff verließen.

Die beiden waren noch keine Minute weg, als Danas Handy klingelte.

»Dana«, hörte sie Antonius' Stimme, als sie antwortete, »ich schulde dir eine Erklärung. Wo bist du?«

»Wir sind wieder in Berlin, im Hafen. Gerade angekommen.« Sie lehnte sich an den Tisch, überrascht, von ihm zu hören – und plötzlich auf der Suche nach einem Halt.

»Das dachte ich mir. Die vier Tage sind ja um. Bist du im Moment allein?«

»Ja schon, aber höchstens eine Stunde, dann sind die Mädchen und meine Mutter …«

»Ich komme.« Er unterbrach die Verbindung, bevor sie eine Chance hatte, ihm zu sagen, dass es jetzt überhaupt nicht passte, dass sie nicht wollte, dass er kam. Ärgerlich wählte sie seine Nummer, aber eine weibliche Stimme teilte ihr mit, dass der Teilnehmer zurzeit nicht erreichbar sei.

Fünf Minuten später hörte sie Schritte auf der Treppe. Fassungslos starrte sie ihn an, als er herunterkam. »Bist du geflogen?«

»Ich war schon ganz in der Nähe. Es war ein Anruf ins Blaue. Ich musste es versuchen.« Er kam rasch auf sie zu, sein Sturzhelm in der Hand, seine Energie fühlbar, seine Augen dunkel, sein Gesicht schmaler geworden, als hätte er in den letzten Tagen wenig gegessen.

Er legte den Helm achtlos auf den Tisch und umarmte sie. Sie blieb regungslos stehen und ließ die Arme hängen, nicht bereit, es ihm leicht zu machen. Sie wollte eine Erklärung.

»Es tut mir so leid«, sagte er und küsste sie auf die Nase. »So unendlich leid. Es war unhöflich. Aber ich konnte nicht bleiben. Es ging nicht. Weil … weil …« Er küsste sie wieder auf Wange und Stirn. Und wieder, diesmal auf den Mund. Dana versuchte verzweifelt zu unterdrücken, was seine Küsse in ihr auslösten.

»Antonius, lass das!«, sagte sie scharf. »Wir müssen reden. Ich habe so viele Fragen an dich. Ich kann mich nicht konzentr…«

Doch da küsste er sie schon wieder, intensiver und leidenschaftlicher als jemals zuvor. Der Kuss brach über Dana herein und überspülte alle Dämme, die sie um Verstand und Herz gelegt hatte, um sich vor diesen Gefühlen zu bewahren.

Es ist komplett verrückt, meldete sich Danas Verstand in einem letzten Aufbäumen. Aber diese gestohlenen Augenblicke der Leidenschaft fühlten sich auf glorreiche Weise perfekt an. Sie

gehörten nur ihr und diesem Mann, niemandem sonst, und sie fingen immer mit einem sehnsuchtsvollen Ziehen an, das nicht warten konnte.
»Etwas Zeit haben wir ja«, murmelte sie. »Bis sie mich von zu Hause anrufen. Aber dann musst du wirklich gehen.«
»Ich muss dich halten. Ich will dich spüren, jetzt, sofort. Bitte, Dana. Bitte.« Er zog sie an sich, und während sie ihre Arme um ihn schlang und seine Wärme spürte, begriff Dana wieder, wie sehr sie ihn, seinen Körper und dieses Gefühl magischer Sinnlichkeit vermisst hatte.
Seine Hände auf ihrem Körper, auf ihrem Busen erregten sie. Als er ihre Bluse hochschob und ihren BH öffnete, um ihre harten Brustwarzen zu küssen, konnte sie nur noch daran denken, wie sehr sie sich mit ihm als Frau fühlte und ihn als Mann brauchte. Sie zog ihm das T-Shirt aus, er schlüpfte aus den Jeans, und eng aneinandergeschmiegt, Haut an Haut, sanken sie aufs Bett ihrer Kabine.
»Du machst mich verrückt«, stöhnte Antonius und drängte seinen schlanken, muskulösen Körper an sie.
»Du hast meine Leidenschaft neu geweckt«, murmelte Dana. Was seine Finger da gerade mit ihr anstellten, brachte sie an den Rand der Beherrschung, aber was sie jetzt brauchte, war mehr. Sie legte ein Bein über ihn, und er zog sie sofort auf sich.
»Ein Meer von Lust und Liebe über mir«, flüsterte er und drang mit einer kraftvollen Bewegung in sie ein. Sie stöhnte auf und griff nach seinen Schultern. Langsam begann sie, sich auf ihm zu bewegen. Die Erregung, ihn in sich zu spüren, war zu groß, als dass sie sie beherrschen konnte oder wollte. Ihr letztes Beisammensein war zu lang her gewesen, die Erinnerung daran, wie sie nackt in seinen Armen gelegen hatte, zu lebendig. Damals waren sie unterbrochen worden. Das würde ihnen diesmal nicht passieren.

Ihre Körper bewegten sich im perfekten Gleichklang. Tiefer, schneller dachte Dana, oder hatte sie es laut ausgesprochen? Seine Hände lagen jetzt auf ihrem Becken, er hielt sie fest und ließ ihr zugleich Raum, den Rhythmus zu bestimmen. Er gab und nahm. Sie spürte, wie sie sich dem Höhepunkt näherte. Sie öffnete die Augen und sah, dass Antonius sie anschaute. Ihre Blicke hielten einander fest, während sie sich bewegten, wie zwei Spiegel ihres erotischen Spiels, die brachen, als sie gleichzeitig kamen.

»Ach, so ein Mist!« Mit einer Hand kramte Franziska in ihrer Handtasche, mit der anderen hielt sie das Lenkrad fest. Sie waren noch nicht sehr weit gekommen, der Berufsverkehr zog sich wie ein zähes, blechernes Band durch Berlin.
»Was denn? Wonach suchst du? Lass mich mal, sonst baust du noch einen Unfall«, meinte Katharina und griff nach der Tasche. Gelangweilt hatte sie aus dem Autofenster geschaut und dabei ihre roten Haare zu zwei festen Zöpfen geflochten.
»Ich glaub, ich habe mein Handy auf dem Schiff vergessen. Oder habe ich es verloren?«
Katharina durchsuchte die Handtasche. »Hier ist es jedenfalls nicht. Aber du kannst es nicht verloren haben, du hast doch eben noch mit Maja telefoniert«, stellte sie fest. »Ist doch egal. Wir sind in höchstens einer Stunde wieder zurück. Vorausgesetzt, dieser Scheißstau löst sich mal auf.«
»Aber ich warte doch auf eine Nachricht von Mark! Was, wenn es mir auf dem Weg vom Schiff zum Auto rausgefallen ist?«
»Das hätten wir doch gemerkt. Stress dich nicht wegen Mark! Er hat dich doch auch die ganze Zeit warten lassen. Wenn er dich ausgerechnet jetzt anrufen *sollte,* siehst du nachher seine Nummer und rufst ihn zurück.«
»Nein, das kommt nicht in Frage. Ich kann ihm kein Ultimatum

setzen und dann nicht da sein, wenn er sich meldet! Wir fahren zurück«, antwortete Franziska entschlossen. »Schau mal, auf der Gegenseite ist kaum Verkehr. Und wenn wir wieder vom Hafen losfahren, hat sich der Stau in unsere Richtung vielleicht aufgelöst.« Sie blickte in den Rückspiegel und machte bei der nächsten Gelegenheit mit quietschenden Reifen eine Kehrtwende.

»Du spinnst ja komplett«, murmelte Katharina ungehalten. »Groma wartet garantiert schon auf uns. Eine Stunde ohne dein blödes Handy wirst du ja wohl noch aushalten. Das ist ja albern.«

»Nein, ist es nicht«, widersprach Franziska stur und gab Gas. Ein paar Minuten später hielten sie genau an der Stelle, an der sie vorhin losgefahren waren.

»Bleibst du drin?«, fragte Franziska, während sie die Tür öffnete. »Ich bin sofort wieder da.«

»Nö, ich komme mit. Wenn wir jetzt schon wieder hier sind, nehme ich auch noch den Computer mit. Dann ist der auch schon mal zu Hause.« Katharina stieg ebenfalls aus. Sie machten sich nicht die Mühe abzuschließen. Die zwei Minuten …

Nebeneinander liefen sie über die Gangway, betraten das Schiff, gingen die Treppe hinunter, betraten die Messelounge – und blieben stehen.

»Überraschung!«, sagte Katharina und zeigte auf den schwarzen Helm, der neben Franziskas Handy auf dem Tisch lag. »Wir haben Besuch. Antonius, jede Wette. Meinst du, er will heute schon die Bilder abholen?«

»Keine Ahnung«, antwortete Franziska, griff nach ihrem Handy und schaute sich um. »Aber wo steckt er? Und wo ist Mama?«

Katharina spähte den Gang entlang und zuckte mit den Achseln. »Seltsam. Vielleicht sind sie irgendwo Kaffee trinken gegangen.«

»Glaube ich nicht. Das hätten sie auch hier machen können.«

Katharina zuckte mit den Achseln. »Tja, wie auch immer. Warte, ich hole den Computer.« Sie verließ die Messelounge und ging den Gang entlang.

»Ich finde es einfach wunderschön, mit dir zusammen zu sein. Ich habe die Minuten gezählt, bis du wieder da bist«, murmelte Antonius, als sie wieder zu Atem gekommen waren.
Er stützte sich auf den Ellbogen und sah sie an. Obwohl die Leidenschaft ihm Farbe in die Wangen getrieben hatte, lagen Schatten um seine Augen. Sein Haar fiel ihr ins Gesicht. Es kitzelte, und Dana strich die Strähnen sanft zur Seite.
»Warum machst du eigentlich ein Geheimnis aus uns, Dana? Willst du es nicht deinen Töchtern sagen?«
»Bloß nicht!«, widersprach sie und drehte eine seiner Locken um den Zeigefinger. »Ich wüsste nicht mal, *was* ich ihnen sagen sollte.«
»Dass es einen Mann in deinem Leben gibt.« Er drehte sich auf den Bauch, legte den Kopf auf seine verschränkten Arme und sah sie von der Seite an.
»Gibt es den denn wirklich?«, fragte Dana leichthin und streichelte seinen Po. Sie spürte die Muskeln unter der Haut, merkte, wie Antonius sich gegen ihre Berührung schmiegte, und wusste, dass er gerade eine Erektion bekam. Wieder.
»Und im Übrigen sollten wir hier nicht von mir sprechen, sondern von dir. Also, was war neulich los? Warum bist du abgehauen, als sei der Teufel hinter dir her?« Sie strich mit dem Zeigefinger langsam seine Wirbelsäule herauf, Wirbel für Wirbel, als die Tür zu ihrer Kabine aufgestoßen wurde.

11. Kapitel

Dana fuhr hoch und blickte in Katharinas weit aufgerissene Augen. Hastig zog sie die Decke über ihren Busen und Antonius' nackten Rücken. Aber es war zu spät. Alles, was sie hatte bedecken wollen – es lag jetzt bloß.

»Mama!«, rief ihre mittlere Tochter geschockt aus.

»Was ist denn mit Mama?«, erklang Franziskas Stimme fragend aus der Messelounge.

Dana schloss die Augen, als auch schon ihre älteste Tochter in der Kabine stand. Die Neugier in ihrem Gesicht verwandelte sich in Zeitlupentempo in Entsetzen. Beide Mädchen starrten fassungslos auf das Bild, das sich ihnen bot. Die winzige Sekunde, die Franziska und Katharina brauchten, um zu verarbeiten, was sie sahen, fühlte sich wie eine kleine Ewigkeit an. Dann stieß Katharina: »Das ist ja ekelhaft!«, hervor und wandte sich brüsk ab.

Franziska sagte gar nichts, machte auf dem Absatz kehrt und stürmte hinaus.

»Wartet!« Dana sprang auf und schlüpfte in Rekordzeit in ihre Kleider. Sie war schon an der Tür, als ihr Antonius einfiel. Er saß immer noch im Bett, die Beine angezogen, die Decke über die Hüften gelegt, die Miene nachdenklich.

»Zieh dich an, Antonius!«, sagte sie scharf. »Ich muss das mit den Mädchen klären. Allein.«

Barfuß lief sie den Gang entlang, ihren Töchtern hinterher. »Wartet gefälligst!«, rief sie. Aber die beiden machten keine Anstalten, stehen zu bleiben. Sie stürmten die Treppe hoch und verschwanden aus Danas Blickfeld.

Als Dana, zwei Stufen auf einmal nehmend, an Deck war, sah sie nur noch, wie der Wagen – ihr Wagen! – aus der Parklücke schoss. Sie strich sich entnervt über die Stirn. Jetzt würde sie sich auch noch ein Taxi nehmen müssen … In diesem Moment legte sich ein Arm um ihre Schulter.

»Schlimm?«, fragte Antonius und versuchte, sie an sich zu ziehen.

»Sehr«, antwortete sie. Sie löste sich aus der Umarmung und nagte auf ihrer Unterlippe herum. »Das gibt ein Theater zu Hause.«

»Warum eigentlich?«, wollte er wissen.

»Ach, ist das so schwer zu verstehen?«, fragte sie ungeduldig. »Sie fühlen sich belogen, weil ich ihnen nichts von dir gesagt habe, weil sie sich so schön zurechtgelegt haben, dass das mit diesem Flinder etwas werden könnte. Sie sind sauer, weil du jünger bist. Und natürlich finden sie dich vermutlich viel zu cool, als dass du mit ihrer alten Mutter ins Bett gehen könntest.«

Plötzlich bebte ihre Stimme. Sie war kurz davor, die Fassung zu verlieren. »Ich muss zu Hause anrufen«, murmelte sie. »Und du solltest jetzt wirklich gehen.«

»Soll ich dich nicht fahren?«

Unschlüssig schaute Dana aufs Wasser, als würde sie dort die Antwort auf seine Frage finden. Aber sie sah nur eine große Öllache. Wie eine schillernde Regenbogenfahne zog sie sich von dem Frachtschiff, das neben der »Drei Töchter« lag, quer durchs Hafenbecken.

»Ja, fahr mich«, antwortete sie schließlich. »Aber erst das Telefonat.« Sie ging ein paar Schritte von ihm fort, weil sie nicht wollte, dass er hörte, was sie sagte.

»Hallo Mutti«, sagte sie ohne Umschweife, als Charlotte abnahm. »Pass auf, Franziska und Katharina sind auf dem Weg.«
»Ich weiß«, meinte Charlotte. »Ich warte ja schon auf sie. Eigentlich sollten sie doch schon längst hier sein. Wo bleiben sie denn?«
»Die werden sicher gleich reinstürmen. Und du musst etwas wissen. Ich habe eine Dummheit gemacht.«
Ist es das?, hörte sie gleichzeitig eine innere Stimme fragen. Ist es wirklich eine Dummheit? Oder sage ich das nur, weil die anderen es für eine Dummheit halten werden?
»Ich habe etwas mit Antonius angefangen«, sagte sie und ignorierte, dass Charlotte erstaunt Luft holte. »Ich wollte es nicht sagen, weil ich nicht weiß, ob überhaupt was draus wird. Verstehst du? Er ist doch so viel jünger als ich. Aber wir verstehen uns wirklich gut …«
»Weißt du es denn jetzt, Kind?«, fragte Charlotte ruhig.
Dana sah zu Antonius, der außer Hörweite an der Reling stand und regungslos aufs Wasser schaute. Er ähnelte mit seiner ausdrucksstarken, leicht gebogenen Nase einem Indianer, der mit scharfem Blick den Horizont absuchte – an dem sich allerdings nur ein paar graue Möwen und ein paar zerrupfte Stadttauben jagten und nicht etwa Bisons den Staub aufwirbelten.
»Nein«, antwortete Dana unruhig. »Wie soll ich das wissen? Dazu brauche ich mehr Zeit, und die ist mir gerade davongelaufen. Und selbst wenn ich es wüsste, würde es nicht viel an der Situation ändern. Die Mädchen haben uns im Bett überrascht.«
»Oh nein!«, rief Charlotte.
»Oh doch. Sie haben es nicht gut aufgenommen, sind ausgeflippt und weggerast.«
»Und jetzt?«
»Jetzt bringt Antonius mich nach Hause, und dann wird geredet.«

»Kommt er nach oben?«
»Um Gottes willen! Bloß nicht! Das hat doch nichts mit ihm zu tun.«
»Hm, hm«, meinte Charlotte, was nun wirklich alles bedeuten konnte. »Na, dann komm her, und wir kümmern uns um die Schadensbegrenzung. Oh, das müssen sie sein! Sie müssen ja gerast sein! Vielleicht kann ich sie beruhigen. Bis gleich, Dana.«
»Bis gleich, Mutti.«
Immer noch fahrig, packte Dana ihr Handy weg. »Jetzt können wir los«, meinte sie zu Antonius.
»Willst du dir nicht Schuhe anziehen?«
Sie sah ihn abwesend an, dann schaute sie auf ihre nackten Füße, auf die rot lackierten Fußnägel, die sich dramatisch von ihrer hellen Haut abhoben. »Doch, besser wär's.« Schließlich wischte sie sich über die Wange. Ihr war gar nicht klar gewesen, dass sie weinte.
Er zog sie an sich. »Dana, das ist doch keine Katastrophe«, versuchte er sie erneut zu beruhigen. »Das ist menschlich. So was passiert. Gut, es ist vielleicht ein bisschen peinlich …«
»Nein«, widersprach sie ärgerlich. »Es ist etwas anderes. Entweder du verstehst es oder nicht. Offensichtlich nicht.«
Antonius sah verletzt aus, doch Dana kümmerte es nicht. Sie holte ihre Schuhe, dann marschierte sie entschlossen zu seinem Motorrad.

Als Antonius vor ihrer Haustür hielt, nahm sie den Helm ab und gab ihn ihm.
»Meldest du dich, Dana?«, fragte er.
Dana wiegte unverbindlich den Kopf. »Ich habe ja deine Bilder«, gab sie zur Antwort.
»Was soll das sein – eine Garantie, dass wir noch mal was miteinander zu tun haben?«, meinte er, nahm ihr den Ersatzsturz-

helm ab und verstaute ihn im Fach. Er sah sie prüfend an. »Mach's dir nicht zu leicht. Ein Abschied ist nicht immer das Beste. Du bist doch frei in deinen Entscheidungen.«
Dana zuckte mit den Achseln. Das Letzte, was sie jetzt wollte, war eine Diskussion mit Antonius. Und seine kryptischen Bemerkungen konnte er sich gut sparen. Hier ging es schließlich um mehr, um ihre Töchter, ihre Familie. »Na, tschüs dann«, sagte sie.
»Tschüs.« Er beugte sich vor und gab ihr einen Kuss auf die Wange. Dana schloss eine Sekunde die Augen, als sie hinter sich die Haustür aufgehen hörte. Sie drehte sich um. Hinter ihr stand Frau Schlüter, die unsympathische Hausmeisterin, die in austauschbaren Kittelschürzen den Mietern nur allzu gern Vorschriften machte, ihre eigene tobende Kinderschar, die im Innenhof wüste Schlachten austrug, aber nicht kontrollieren wollte oder konnte.
Sie nickte in Danas Richtung, dann schaute sie vielsagend zu Antonius, der sich auf das Motorrad geschwungen hatte und davonbrauste. Erst in diesem Moment wurde Dana bewusst, dass sie immer noch keine Ahnung hatte, was neulich in ihm vorgegangen war. Schlimmer noch: Sie wusste nicht mal, ob es noch einen Unterschied machte, wenn sie es wüsste.
»Na, Frau van Aken, wieder zurück von großer Fahrt?«, fragte die Hausmeisterin. »Und diesmal nicht so allein?«
Den anzüglichen Unterton in Frau Schlüters Stimme konnte niemand überhören.

Danas Herz klopfte laut, als sie die Wohnungstür aufschloss. Hör auf, schalt sie sich selbst. Du hast nichts Schlimmes getan. Höchstens etwas Unüberlegtes, bei dem sie dich erwischt haben. Das werden sie ja wohl verstehen. Das müssen sie verstehen.
In der Wohnung herrschte Stille. Alles schien wie immer: das

leise Knarren des Parketts, der schwache Geruch von vielen gemeinsamen Mahlzeiten, gemischt mit einem Hauch Parfüm. Melodisch schlugen die Metallbügel der Garderobe aneinander, als Dana ihre Jacke aufhängte. Selbst ihr Gesicht, das ihr aus dem Spiegel mit dem Silberrahmen entgegenblickte, sah genau aus wie immer. Gesammelt, schmal, ein bisschen müde um den Mund und die Augen herum. Sie strich sich eine Haarsträhne hinters Ohr, als Charlotte aus dem Wohnzimmer in den Flur kam.

Und schlagartig wurde ihr klar, dass nichts wie immer war.

»Sie sind außer sich«, sagte Charlotte statt einer Begrüßung. »Sie halten eine Art Kriegsrat in Franziskas Zimmer.«

»Sie und Katharina?«

»Na, Emma natürlich auch.«

»Gut. Dann rede ich mit ihnen.«

»Das ist wohl das Beste«, stimmte Charlotte zu. »Aber wenn du mit mir darüber reden willst, wenn ich dir irgendwie helfen kann, dann bin ich immer für dich da. Das weißt du.«

Dana nickte und verließ den Raum. Vor Franziskas Tür blieb sie stehen. Obwohl sie geschlossen war, hörte sie leises Gemurmel. Sie klopfte an und betrat das Zimmer.

Alle drei saßen im Schneidersitz auf Franziskas Bett und wandten wie auf Kommando die Köpfe in ihre Richtung. Franziska schaute sie ernst an, Emma hatte rote, verweinte Augen, aber es war Katharina, die sofort zum Angriff überging. »Was willst du hier?«, fragte sie herausfordernd. Ihre hellbraunen Augen und ihr rotes Haar sahen bei der Blässe ihrer Haut geradezu gefährlich aus.

»Katharina, nicht in diesem Ton«, konterte Dana. »Ich möchte mit euch sprechen und es euch erklären. Und ihr werdet euch das anhören.«

»Ppphfff«, machte Katharina und boxte in das Kissen, das sie sich auf den Schoß gelegt hatte.

Unbeeindruckt trat Dana auf das Bett zu und setzte sich auf die Kante. Unwillig rutschte Franziska zur Seite, um etwas Platz zu machen.

»Also, zunächst möchte ich mich bei euch entschuldigen«, begann Dana. »Ich verstehe, dass es euch unangenehm war, mich in dieser intimen Situation zu überraschen. Aber ich finde auch, dass es meine Privatsache ist, wenn es zwischen Antonius und mir funkt und wir dem nachgeben. Es kam für mich selbst völlig unerwartet, das könnt ihr mir glauben.« War das ein guter Anfang?

»Du hast uns belogen!«, schleuderte Katharina ihr entgegen. »Du hast so getan, als ob du niemanden willst oder brauchst, und dann fängst du hinter unserem Rücken was mit Antonius an. Das ist peinlich! Als ich euch gesehen habe, so nackt – widerlich! Wie soll ich denn meinen Freundinnen erzählen, dass meine Mutter mit einem so viel jüngeren Mann was hat. Es sieht so … hörig aus!«

»Katharina!«, wies Dana sie scharf zurecht. Offensichtlich war das doch kein guter Einstieg gewesen. »Das ist weder widerlich noch peinlich. So was verbitte ich mir! Von Hörigkeit kann keine Rede sein, und außerdem wäre ich dir sehr dankbar, wenn du es nicht deinen Freundinnen erzählst!«

»Warum hast du dich denn nicht wenigstens auf diesen Jens Flinder gestürzt? Der passt doch alterstechnisch viel besser zu dir!«, sagte Franziska anklagend.

»Weil man im Leben viele Menschen trifft, die äußerlich gut zu einem passen und mit denen man trotzdem keine Beziehung haben will«, erwiderte Dana. »Wenn ich auf Jens Flinders Avancen nicht eingegangen bin, dann deshalb, weil er mir nicht sonderlich sympathisch war, verstehst du? Zuneigung kann man doch nicht erzwingen. Außerdem – seit wann bist du so konservativ? Papa war fünfzehn Jahre älter als ich, das hat niemanden gestört.«

»Hast du denn jetzt eine richtige Beziehung mit Antonius?«, fragte Emma. Ihre Stimme zitterte. »Ist er dein Freund?«

»So weit sind wir noch nicht«, sagte Dana entschieden. »Wir sind uns auf jeden Fall sehr, sehr sympathisch. Und deine Schwestern werden bestätigen, dass Antonius diese Reise für uns gerettet hat. Er war einfach …« Großartig. Liebenswert. Hinreißend. Charmant. Witzig. Ein Partner, der zu ihr stand. Sexy. Oh ja. »… sehr hilfreich«, beendete sie den Satz etwas lahm.

»Aber warum schläfst du dann mit ihm, wenn ihr gar nicht richtig zusammen seid?«, fragte Franziska entrüstet. »Du bist doch unsere Mutter! Das ist ja wie ein One-Night-Stand!«

»Natürlich bin ich eure Mutter, aber das bedeutet nicht, dass ich kein Recht auf mein eigenes Leben habe, auch wenn das für euch eine Überraschung sein sollte. Antonius ist talentiert und intelligent und liebevoll. Ja, er ist eine ganze Ecke jünger als ich, aber dadurch sehe ich Dinge in einem ganz neuen Licht, und das tut mir gut.«

Sie ignorierte, dass ihre beiden ältesten Töchter sie pikiert anschauten, während Emma den Blick auf Franziskas Tagesdecke gesenkt hatte. »Außerdem möchte ich euch daran erinnern, dass ihr beide, du und Katharina, mich während der Fahrt wiederholt darauf hingewiesen habt, dass mein weibliches Verfallsdatum bedenklich nah ist.«

»So haben wir das überhaupt nicht gesagt. Du verdrehst doch alles! Das war ausschließlich auf Flinder gemünzt und sollte dich ermutigen«, sagte Katharina kühl. »Übrigens finde ich dein Verhalten total gemein Papa gegenüber.«

Dana starrte sie fassungslos an, getroffen von der Kälte in ihrer Stimme, aber noch mehr, dass Burkard als Argument gegen Antonius herhalten sollte. »Was fällt dir eigentlich ein, Katharina? Das hat überhaupt nichts mit Papa zu tun!«

»Wenn er wüsste, dass du dich so einem jungen Kerl an den Hals wirfst, dass du mit ihm im Bett warst …«

»Schluss jetzt!«, rief Dana. »Das geht zu weit! Euer Vater ist seit über vier Jahren tot, und wenn er noch da wäre, gäbe es natürlich keinen Antonius in meinem Leben! Wenn ihr mein Angebot, vernünftig darüber zu reden, nicht annehmt, dann müssen wir uns eben anders einigen.«

»Ich finde ihn aber nett«, sagte Emma leise. Ihre dunklen Augen hatten sich schon wieder mit Tränen gefüllt. Sie sah elend aus. »Und ich finde es nicht richtig von dir, Katharina, dass du Papa da mit reinziehst. Das machst du doch nur, um Mama weh zu tun.«

Dana blickte liebevoll auf ihre jüngste Tochter. Aus dieser Ecke hätte sie am wenigsten Unterstützung erwartet, und eine Welle der Zuneigung überspülte sie. Ihr Ärger verrauchte.

Sie strich Emma zärtlich über die Wange. Keine drei Wochen mehr, dann würde sie weg sein, ein ganzes Jahr. Dana spürte plötzlich einen Kloß im Hals. »Danke, Emchen.«

Dann wandte sie sich an ihre beiden älteren Töchter: »Es tut mir leid, dass ich euch gegenüber nicht ehrlich war, aber meine Entschuldigung nehmt ihr ja offensichtlich nicht an. Aber noch eine gibt's nicht.« Sie stand auf. »Auch wenn ihr auf mich sauer seid, erwarte ich, dass ihr auf der nächsten Fahrt genauso viel Einsatz zeigt wie bisher.«

»Ich bin nicht dabei«, sagte Katharina patzig.

»Und ob du das bist, Katharina!«, widersprach Dana heftig. »Wir haben abgesprochen, dass du drei Touren mitmachst, bevor die Uni anfängt. Bis jetzt warst du erst zwei Mal dabei. Du wirst dich an unsere Abmachung halten, hast du verstanden?«

Katharina schaute starr aus dem Fenster.

»Katharina, hast du mich verstanden?«

»Ja«, kam die mürrische Antwort.

»Gut. Dann haben wir das erst einmal geklärt«, sagte Dana knapp.
»Siehst du ihn wieder?«, wollte Franziska wissen.
»Das weiß ich noch nicht. Es hängt von verschiedenen Dingen ab.«
»Zum Beispiel?«
»Zum Beispiel, ob ich will und ob er will.« Und ob ich mit eurer Feindlichkeit leben kann oder nicht, dachte Dana, sagte es aber nicht laut. Sie stand auf und verließ das Zimmer. Das war nicht gut gelaufen. Aber sie war ehrlich gewesen, und mehr gab es im Moment einfach nicht dazu zu sagen.
Sie und Antonius – ein Paar? Der Gedanke erschien ihr jetzt abwegiger als je zuvor. Oder verband sie bereits mehr, als sie sich eingestehen wollte? Und hatte Antonius genau das vorhin gemeint, als er sie hier abgesetzt hatte?

Sie brauchte dringend einen Tee und ging in die Küche, wo Charlotte auf sie wartete. »Und?«, fragte sie.
Dana zuckte mit den Schultern. »Land unter«, meinte sie.
»Na, dann geh mal ins Wohnzimmer. Vielleicht heitert dich das auf.«
Als Dana das Wohnzimmer betrat, verstand sie sofort, was Charlotte gemeint hatte: Die beiden größten Vasen, die es in ihrem Haushalt gab, waren gefüllt mit zwei überdimensionalen Blumensträußen. In der einen befand sich ein exquisit gebundenes Sommerbouquet, ein Feuerwerk von pinkfarbenem Löwenmaul, dunkelroten Dahlien, leuchtend gelben Sonnenblumen und azurblauem Rittersporn. In der anderen war ein beachtlicher Strauß cremefarbener Rosen.
»Von wem sind die denn?«, fragte Dana erstaunt.
»Ich habe die Karten dazugelegt«, sagte Charlotte. »Beide kamen heute Morgen.«

Dana ging zu dem Sommerstrauß. »Vielen Dank für die schöne Zeit an Bord«, stand da, unterschrieben von allen Passagieren.
»Nett«, fand Dana. »Und der hier?«
Sie griff nach der Karte, die dem Rosenstrauß beigelegt war. »Lassen Sie mich nicht zu lange warten, Dana!«, las sie, unterschrieben mit »Herzlichst, Ihr Jens Flinder«. Daneben hatte er noch mal seine Handynummer geschrieben. Als ob er geahnt hätte, dass Dana seine Abschiedsnotiz sofort dem Wasser übergeben hatte. Sie legte die Karte rasch wieder hin.
»Wer ist denn Jens Flinder?«, wollte Charlotte wissen.
Dana schüttelte den Kopf. »Ach, nur dieser Rechtsanwalt, der an Bord war und versucht hat, mit mir zu flirten. Und er gibt offensichtlich nicht auf, auch wenn ich ihm zu verstehen gegeben habe, dass ich nicht will. Der ist nichts für mich. Er ist auf der Suche nach einer Frau, die … die …« Ihr fehlten die Worte für das, was Flinder suchte und sie nicht sein wollte. »Aber bedanken muss ich mich wohl. Später.«
»Noch ein Verehrer!«, meinte Charlotte anerkennend. »Irgendwas machst du im Moment richtig.«
»Vielleicht. Aber auch eine ganze Menge falsch«, antwortete Dana seufzend.

12. Kapitel

Dana hatte gehofft, dass ihre Töchter sich innerhalb der nächsten paar Tage wieder beruhigen würden. Aber sie hatte sich gehörig geirrt. Von dem Tag ihres Streits an wurde alles anders.

Kam sie in die Wohnung, schlossen sich synchron Franziskas und Katharinas Zimmertüren. Emma blieb sowieso die meiste Zeit unsichtbar. Wann immer Dana sie fragte, ob sie mit ihr auf die »Drei Töchter« wollte, erntete sie nur ein Kopfschütteln.

»Emchen, was hast du denn bloß?«, fragte Dana manchmal, aber auch dann bekam sie nur ein einsilbiges »Nichts« als Antwort. Als Folge verbrachte sie mehr und mehr Zeit auf dem Schiff.

Die gelegentlichen gemeinsamen Abendessen waren eine Bewährungsprobe für die Nerven. Wo es früher Lachen oder auch mal Streit gegeben hatte, herrschte jetzt Grabesstille. Waren die älteren Töchter fertig, legten sie ihr Besteck hin und warteten wortlos, bis die Runde aufgehoben wurde.

Emma schien das eiserne Schweigen ihrer Schwestern auf den Magen geschlagen zu sein. Sie aß wenig. Dana konnte sich nicht daran erinnern, dass bei ihnen jemals dauerhaft so eine schlechte Stimmung geherrscht hatte. Nur mit Charlotte konnte sie sich normal unterhalten, wofür sie zutiefst dankbar war.

»Wenn ich mit ihm zusammen bin, ist es, als sei ich frei von all dem hier«, schwärmte sie, als sie wieder einmal zusammen in der Küche saßen und Tee tranken. Sie machte eine weit ausholende

Handbewegung, die alles um sie herum einschloss. Charlotte hob die Augenbrauen. »Nicht dass ich euch loswerden will. Bestimmt nicht! Aber ich sehe die Welt mit anderen Augen. Ich sehe die Möglichkeit, anders zu leben. Das heißt nicht, dass ich mich für etwas anderes entscheiden würde. Aber ich *könnte* es.« In Gedanken schrieb sie »Traum von Freiheit« auf Antonius' Zettel, der immer noch in ihrer Kabine an Bord lag.

Und natürlich konnte sie mit Antonius reden. Am Tag nach dem Streit hatte sie ihn angerufen, und ehe sie sich versah, hatte sie angefangen zu erzählen. Er hatte ihr zugehört. Er hatte Verständnis gehabt. Anschließend war er zum Schiff gekommen. Sie hatte ihn nicht mehr weggeschickt.

Ihr junger Liebhaber war ihr Fels in der Brandung geworden. So schrecklich sie auch fand, dass Katharina und Franziska ihn ablehnten, so befreiend war es für sie, keine Angst mehr vor einer Entdeckung haben zu müssen. Sie setzte darauf, dass ihre Töchter sich irgendwann von ganz allein beruhigten und wieder Harmonie in ihrer Familie herrschen würde. Irgendwann würden sie verstehen *müssen,* dass auch sie ein Recht auf ein Privatleben hatte. Auch wenn bis dahin wahrscheinlich noch viel Wasser die Spree hinunterfließen musste. Aber sie würde einfach abwarten. Seine Bilder hingen immer noch. Sie hatten beschlossen, sie auch bei der nächsten Fahrt hängen zu lassen.

Die Fragen, die sie Antonius hatte stellen wollen, waren durch ihre eigenen Probleme in den Hintergrund gerückt. Wenn er darüber sprechen wollte, würde er es schon tun. Sie wollte ihn nicht drängen. Dazu genoss sie die Tage und Nächte, die nur Antonius und ihr gehörten, viel zu sehr. Sie waren zusammen und mussten nichts tun außer sich zu lieben, zu reden, zu lachen und herauszufinden, wie viel sie einte oder trennte.

»Heute ist Freitag. Wollen wir mal weggehen?«, fragte Antonius. Sie saßen am Tisch, jeder eine Kaffeetasse vor sich, die Finger der freien Hände miteinander verschlungen. Es fühlte sich gut, fast schon normal an. In den letzten Tagen hatte Dana erfreut festgestellt, dass sie auch außerhalb des Bettes auf einer Wellenlänge waren.

»Gern! Aber wohin? Ins Kino? Oder zum Essen?« Sie wusste nicht, von was für einem Budget er lebte, war sich aber ziemlich sicher, dass ein teurer Abend den Rahmen sprengen würde.

»Ein Freund von mir hat heute in Kreuzberg eine Vernissage. Da könnten wir hin. Und anschließend sehen, wo die Nacht uns hintreibt.«

Er nahm ihre Hand, drehte sie um, führte sie zum Mund und küsste die Innenfläche. Dana spürte den vertrauten Schauer. Noch vor wenigen Tagen hätte sie ihm ihre Hand entzogen. Jetzt nicht mehr.

»Ich muss noch einmal in Wladimirs Atelier. Soll ich dich hier abholen, sagen wir um acht?«

Inzwischen wusste Dana, dass Wladimir ein guter Freund und ein Künstler war, dessen Atelier Antonius immer nutzte, wenn er in Berlin war.

Sie streichelte flüchtig seinen Arm. Es gab an Antonius nichts, was sie nicht gern streichelte. Seine Haare, seine Hände, seinen Hals, seine Brust, seine Beckenknochen, selbst seine Schienbeine, wenn sie die mal zu fassen bekam, oder seine Ohren. Besonders die Ohren! Kaum sah sie ihn, juckte es sie in den Fingern, ihn zu berühren.

»Ja, mach das. Hol mich ab. Acht ist gut. Und dann gehen wir aus.«

Ihre erste Abendverabredung mit Antonius stellte Dana allerdings vor ein ziemlich gravierendes Problem. Was zog man an, wenn man zu einer Vernissage in Kreuzberg ging? Mit einem deutlich jüngeren Mann? Wenn man höchstwahrscheinlich schon allein wegen des Altersunterschieds kritische Blicke zugeworfen bekam? Nur in Slip und BH stand sie vor dem Spiegel und versuchte, sich mit Antonius' Augen zu sehen. Sie drehte sich langsam, betrachtete ihr Profil, ihren Bauch, der nicht ganz flach war, warf einen prüfenden Blick auf ihre Oberschenkel, wo die Haut nicht mehr straff war.

Sie wusste nicht, wie es mit Antonius weitergehen würde, aber sie fragte sich, wie viel Selbstbewusstsein man als ältere Frau mit einem jüngeren Mann brauchte. Es gab Paare, bei denen es funktionierte, aber es war nicht selbstverständlich. In zehn Jahren war sie fünfundfünfzig, ihr *Körper* war fünfundfünfzig – und Antonius würde immer noch erst vierzig sein, schlank und athletisch, von jüngeren Frauen angehimmelt … Wie sehr musste man sich lieben, wie sehr sich vertrauen, um das auszuhalten? Würde sie es herausfinden? Wollte sie es überhaupt herausfinden?

Sie strich sich das Haar nach hinten, lächelte ihrem Spiegelbild, das etwas verunsichert aussah, ermutigend zu und ging dann zu dem eingebauten Schrank in ihrer Kabine. Dort allerdings schob sie unschlüssig Bügel um Bügel zur Seite.

Bei der Arbeit trug sie immer eine Uniform, was für den heutigen Abend nun wirklich nicht in Frage kam. Der Rest ihrer Kleidung an Bord bestand weitestgehend aus praktischen Pullis, simplen T-Shirts und zwei wenig aufregenden, sportlichen Blusen. Und ihr Kleiderschrank zu Hause sah auch nicht anders aus. Sie biss sich auf die Unterlippe, verärgert darüber, dass sie sich in den letzten Jahren so wenig für ihr Erscheinungsbild interessiert hatte. Heute Abend wollte sie nicht schlicht und praktisch aussehen, sondern schön! Für Antonius, aber vor allem für sich selbst. Ihr Selbstbewusstsein brauchte das dringend.

Sie überlegte einen Moment, dann schloss sie die Schranktür und verließ die Kabine.

»Wow, toll siehst du aus!«, sagte Antonius und zog sie an sich. Kurz darauf murmelte er: »Hmmmmm, Erdbeere …«, und küsste sie. Dana erwiderte den Kuss lässig. Sie fühlte sich gut. Emmas Jeans passten ihr erstaunlich gut, saßen an den Hüften wie angegossen und waren ihr in der Taille sogar ein bisschen zu weit. Katharinas lila Spitzenbluse mit der zarten Kapuze war genau das, was sie gesucht hatte, und Franziskas Jeansjacke mit den Applikationen auf dem Rücken war nicht nur warm genug fürs Motorrad, sondern hatte auch einen Blauton, der ausnehmend gut zu ihren Augen passte.
Nur die Dessous, schwarz und schlicht, waren ihre eigenen.
Sie hatte auch Emmas Lipgloss gefunden, das im Bad hinter ein Schränkchen gerutscht war. Sie war heilfroh, dass ihre Töchter sie im Moment nicht sahen.
»Wir *könnten* natürlich auch hierbleiben«, meinte Antonius, legte seine Hände auf ihren Po und zog sie an sich.
Dana lachte und öffnete die silberne Schnalle seines Gürtels. Sie fühlte sich ausgelassen, wild und frei. Der Abend gehörte ihnen, und die Nacht erst recht.
»Wie wär's mit einem Kompromiss?«, fragte sie und ließ ihre Hand in seinen mitternachtsblauen Jeans verschwinden. Antonius stöhnte leise auf, als sie seine Härte, seine samtig-nackte Haut berührte. »Erst bleiben wir hier, und dann fahren wir?«
»Klingt gut.« Seine Augen leuchteten, als er Dana in ihre Kabine zog.

Eine gute Stunde später sang Dana laut vor sich hin, überzeugt, dass Antonius sie unter seinem Sturzhelm nicht hören konnte, was auch besser war. Dana konnte ungefähr so gut singen wie eiskunstlaufen, nämlich gar nicht. Aber es war ein Lied, in dem es um das Meer, eine fliegende Kuh und sehr viel Liebe ging. »Da kommt jede Hilfe zu spät«, trällerte sie laut, »ein Glas auf die Kuh und eins auf die See …«

Sie saß hinter Antonius und brauste mit ihm durch das abendliche Berlin. In der Stadt tobte der Spätsommer, die hohen Gebäudefassaden aus Stein, Stahl und Glas strahlten selbst jetzt, am späten Abend, immer noch Wärme aus. Sie konnte sich nicht daran erinnern, jemals so einen schönen August in der Stadt erlebt zu haben.

Als sie an einer roten Ampel hielten, tätschelte Antonius liebevoll ihre Hand, bevor er wieder Gas gab und den Autos, die hinter ihnen standen, einfach davonfuhr. Kurz vor dem Kottbusser Tor wäre ihre rasante Fahrt um ein Haar zu Ende gewesen, als ihnen ein Taxi die Vorfahrt nahm. Aber nicht mal das wilde Hupen und Antonius' ausgestreckter Mittelfinger konnten Danas gute Laune trüben.

Er bog von der Hauptstraße ab und fuhr durch eine Kreuzberger Nebenstraße. Sie kamen über die Admiralbrücke, auf der ein buntes Durcheinander von jungen Leuten saß: Zwei Gitarrenspieler zupften auf ihren Instrumenten herum, während ein Mädchen, ein Tamburin hoch über dem Kopf schlagend, dazu tanzte und ein weiteres Mädchen mit einem Hut herumging. Ein Mann mit langen blonden Rastalocken saß im Schneidersitz auf dem Straßenpflaster und lehnte sich gegen das Brückengeländer. Er sog gerade an einem dicken Joint, hielt die Luft an, atmete stoßweise aus und gab ihn dann an den schwarzen jungen Mann weiter, der neben ihm saß. Etliche Punks hatten zahlreiche Bierkästen um sich herum aufgebaut wie ein Fort gegen die Spießer der Stadt.

Der Duft von exotischen Gerichten aus den unterschiedlichsten Restaurants stieg Dana in die Nase, ergänzt durch den Geruch

von freiem Wasser, den sie überall erkannt hätte. Antonius fuhr langsamer. Schließlich hielt er und machte den Motor aus.
»Wir sind da«, sagte er. Dana glitt vom Motorrad, nahm den Helm ab und legte ihn auf den Sitz.
»Wo sind wir denn genau?«, fragte sie und sah sich um. Direkt vor ihr lag eine Schleusenanlage, die sie von ihren Kreuzfahrten her nur zu gut kannte. Sie waren am Schleusenufer der Lohmühleninsel. Der Molecule Man, eine hohe, silbrige Skulptur, die in drei Figuren aufgefächert war, stand mitten im Fluss und gab sich selbst die Hand als Zeichen dafür, dass hier die Bezirke Treptow, Kreuzberg und Friedrichshain aneinanderstießen.
»Wir treffen uns mit ein paar Freunden von mir«, erwiderte Antonius und verstaute ihre Helme. »Ich dachte, du willst sie vielleicht mal kennenlernen.« Etwas unsicher schaute er zu ihr hinüber, doch Dana nickte.
»Wir können was essen oder trinken, dann laufen wir von hier zur Oranienstraße. Die Vernissage beginnt erst um dreiundzwanzig Uhr.« Er hielt ihr seine Hand hin, und sie überquerten zusammen die Straße. Es waren so viele Menschen unterwegs, dass sie sich durch die Menge drängeln mussten.
»Was ist denn hier los?«, fragte Dana neugierig.
»Nichts. Oder alles, wie du willst. Diese Ecke ist im Moment furchtbar angesagt. Das Wasser, die Kneipen …«
Antonius blieb auf einer kleinen Brücke stehen und wies mit der freien Hand nach unten. Restaurants mit hölzernen Pontons säumten das Ufer des Landwehrkanals. Teelichter in Gläsern standen auf Tischen und Bohlen und flackerten in der sanften Abendbrise. Das Wasser reflektierte ihren milden Schein.
Zwischen den einzelnen Restaurants, auf unbebauten, offenen Flächen, säumte büschelweise Schilf das Ufer, ließen gerupft aussehende Trauerweiden ihre dünnen Zweige ins Wasser hängen und sie für ein kleines Stück mit der Strömung treiben.

Überall standen, hockten und saßen Leute. Ein Wirrwarr von unzähligen Gesprächen bildete eine summende Geräuschkulisse, hier und dort hörte man Gelächter. Die Luft war seidig, lau und schien vor Energie zu vibrieren. Musik erklang aus dem nahen Park. Es roch nach Essen, Menschen, Parfüm, Alkohol und Wasser.

Dana blickte zur Spree hinüber, in die an dieser Stelle der Schleusenkanal mündete und sich mit dem Wasser des Berliner Flusses vermischte. Zwar gehörte auch die Havel zu Berlin, aber die Spree, die entlang dem Kanzleramt und Hauptbahnhof an der Museumsinsel vorbei bis nach Köpenick floss, war der Fluss, der zu beiden Seiten gehörte und nicht wie die Havel nur dem Westen. Sie war das Gewässer der geteilten und wiedervereinigten Stadt und hatte die beiden Stadtteile noch miteinander verbunden, als die Menschen darin noch getrennt gewesen waren.

Am gegenüberliegenden Ufer standen alte, zum Teil erleuchtete Lagerhallen. Das Jaulen einer E-Gitarre drang gedämpft übers Wasser. Einige der Speicher waren ausgebaut worden und dienten nun als Locations für Kunst- und Musikevents. An einem Abend fanden in diesem Kiez mehr Veranstaltungen statt, als ein einzelner Mensch in einem Jahr besuchen konnte.

Stromabwärts sah man die erleuchteten Türme der Oberbaumbrücke, ein roter, nostalgisch anmutender Ziegelbau, der den Verkehr über den Fluss leitete. Nach der Wende war die Brücke aufwendig restauriert worden. Vor der Oberbaumbrücke leuchteten die Lichter der Universalstudios, an denen gerade langsam ein Frachtkahn vorüberfuhr.

Dana musste unwillkürlich an Burkard denken. Auch er hatte zuweilen die Spree befahren. Sie folgte dem Frachter mit den Augen, sah, wie er sich gemächlich nach Süden bewegte, Richtung Grünau oder Müggelsee, wer konnte das schon sagen.

Dunkle Berge auf den Ladeflächen verrieten ihr, dass er Kohle geladen hatte.
Über ihnen dehnte sich lilablau und mit orangefarbenen Sprengseln der Himmel aus. Die Stadt in ihrer ungeheuerlichen Ausdehnung erschien Dana plötzlich als eine grandiose Mischung aus Alt und Neu, aus Ost und West, aus Wasser und Stein, aus Ferne und Nähe, aus Luft und Liebe.
»Da ist der ›Club der Visionäre‹«, unterbrach Antonius ihre Gedanken und zeigte zu einem Restaurant, das sich direkt unterhalb der Brücke befand. Es schien unmöglich, dort einen freien Platz zu ergattern. »Aber wir treffen uns weiter hinten. Im ›Freischwimmer‹.«
»Wie passend«, bemerkte Dana. Langsam verließen sie Hand in Hand die Brücke und folgten dem Kanal bis zum Lokal. Als sie das Restaurant erreicht hatten, hielt er ihr zuvorkommend die Tür auf.
»Antonius«, fragte sie halb im Scherz, halb im Ernst. »Gibt es irgendwas, das ich auf keinen Fall bei deinen Freunden tun sollte?«
»Ja, Dana, gibt es.«
»Was denn?« Sag jetzt nicht, mein Alter erwähnen, dachte sie, plötzlich unruhig. Wag es bloß nicht. Ich drehe mich auf der Stelle um und gehe.
»Singen«, antwortete er und grinste frech. Dana atmete erleichtert aus, lachte und ging an ihm vorbei ins Restaurant. Sie griff nach seiner Hand und zusammen betraten sie die Wasserterrasse. »Schau, da sind sie.« Er deutete auf einen Tisch, an dem bereits mehrere Leute saßen.
»Antonius!«, begrüßte ein Mädchen ihn freudestrahlend, als sie näher kamen, und stand auf. Antonius winkte einem Mann mit breitem, fahlem Gesicht und kurzem schwarzen Haar zu. Seine leicht geschrägten Augen, die ihm etwas Mongolisches gaben,

wurden noch schmaler, als er zurückwinkte und lächelte. »Das ist Wladimir«, erklärte Antonius Dana leise.
Inzwischen war die junge Frau bei ihnen angekommen. Sie war blond, dünn und trug ein schwarzes Trägerkleid, das sie mit schwarzen Stiefeln und einem schwarzen engen T-Shirt kombiniert hatte. Sie umarmte Antonius, schmiegte sich an ihn und küsste ihn links und rechts auf die Wange. Ihre rechte Ohrmuschel war mindestens zwanzig Mal gepierct und mit Steckern, bunten Steinen und silbernen Ringen geschmückt.
»Toll, dass du auch mal wieder da bist! Habe dich ja ewig nicht mehr gesehen.« Ihr Blick wanderte neugierig zu Dana. Sie sprach mit einem englischen Akzent.
»Hallo Audrey, long time, no see! Wo hast du denn Klitschko gelassen?«, fragte Antonius und erwiderte die Umarmung. Einen Moment lang fiel sein brünettes Haar auf ihre seidige blonde Mähne, während sich ihre Gesichter ganz nah waren. Unwillkürlich verspürte Dana einen Stich.
»Sleeps under the table«, lachte Audrey.
Dana schaute nach unten und entdeckte einen schwarz-weißen Kampfhund mit einem Stachelhalsband und einem Maulkorb, der lang ausgestreckt zwischen den Beinen der anderen lag.
»Das ist Dana«, stellte Antonius sie nicht nur dem Mädchen, sondern der gesamten Runde vor. Allgemeines Gemurmel erklang, das mit einem bisschen Phantasie als Begrüßung zu deuten war.
Antonius zog für sie beide zwei Stühle heran. Dana setzte sich, und er legte seinen Arm um ihre Lehne. Die Geste der Zugehörigkeit gefiel ihr und stand im Gegensatz zu den Blicken, die ihr die anderen zuwarfen. ›Antonius hat eine Neue‹, schienen sie zu sagen, ›was ist denn das für eine?‹ und ›Sie ist aber deutlich älter als er‹. Aber vielleicht bildete sie sich das auch nur ein.
»Magst du ein Bier, Dana?«, fragte er.

»Lieber einen Rotwein.«
Er bestellte für sie beide. Als die Getränke kamen, nahm er den Arm weg. »Und, Milan ist natürlich in der Galerie?«, fragte er den Mann neben sich.
»Ja«, erwiderte dieser, gerade laut genug, um den Lärm zu übertönen, der im Lokal herrschte. Er hatte wilde rote Locken, die ihm ungezähmt ins Gesicht fielen. Ungeduldig strich er sie mit seiner bedrohlich mageren Hand zurück. »Er hat einen Haufen Einladungen rausgeschickt. Mal sehen, wie viele kommen.« Er zuckte mit den Achseln.
»Es ist immer dasselbe«, sagte Antonius zu Dana und griff nach seinem Bierglas. »Jeder von uns hofft, dass die nächste Vernissage der große Durchbruch ist. Dass der nächste Galerist so an uns glaubt, dass er die Presse motiviert, damit gute Artikel erscheinen, dass die Besucher nur so strömen, dass Sammler angesprochen werden, dass ein Kurator auf uns aufmerksam wird. Ein Kunstsammler, ein Museum, ein Mäzen. Und darüber werden wir Jahr für Jahr älter, und die Zukunft gehört nun mal den aktuellen Entdeckungen. Den jungen Künstlern.«
»Ihr seid doch alle noch jung«, erwiderte Dana erstaunt.
»Je jünger, desto besser«, erklärte Audrey. »Wenn's um Kunst geht anyway. Dann bleibt mehr Zeit, berühmt zu sein! Cheers!«
Alle griffen nach ihren Gläsern.
Unterm Tisch streckte sich Klitschko, der erwacht war, und versuchte vergeblich, gegen den Zwang seines Maulkorbs anzugähnen. Mit einem resignierten Jaulen gab er auf und ließ sich wieder auf die Seite fallen, um weiterzudösen.

»Woher kennst du Antonius?«, fragte Audrey neugierig.
Dana stand in der kleinen Damentoilette vor dem Spiegel und tupfte sich Lipgloss auf. Nicht so sehr, weil sie unbedingt wie eine Erdbeere schmecken wollte, sondern weil sie mal eine kurze

Verschnaufpause brauchte. Wie war es bisher gelaufen? Gut. Wie fühlte sie sich? Nicht schlecht. Sie war erstaunlich gelassen, auch wenn sich der Abend ungewohnt anfühlte. Antonius' Zuversicht färbte auf sie ab.

Aber wahrscheinlich war das Damenklo ein denkbar schlechter Ort für eine Ruhepause. Denn kaum hatte sie die Tür hinter sich geschlossen, war little Miss Denglish hereingeplatzt. Dana schätzte sie auf knapp fünfundzwanzig, also etwa drei Jahre älter als Franziska. Und rund zwanzig Jahre jünger als sie selbst.

»An der Alten Oder«, beantwortete Dana die Frage. »Ich habe dort mit dem Schiff angelegt. Ich habe ein Hotelschiff. Die ›Drei Töchter‹.«

»Ah. I see«, meinte Audrey. »Natürlich, Antonius und das Wasser. Ich habe mich nur gewundert. Hätte sein können, dass ihr alte Freunde seid.«

Das Gespräch begann, eine unerfreuliche Wendung zu nehmen, und Dana beschloss, kurzen Prozess zu machen. »Nein. Sind wir nicht. Wir sind neue gute Freunde.«

»Das ist bei Antonius very much«, sagte Audrey, nun ein bisschen schnippisch. »Das kann nicht jede von sich behaupten, auch wenn sie es gern würde.«

Dana antwortete nicht und packte stattdessen ihr Lipgloss weg. Sie spürte Audreys Blicke im Rücken, während sie zur Tür ging. Sie war schon fast im Gang, als Audrey noch was sagte. »Ich habe Antonius noch nie so verliebt gesehen. Never.« Bedauern schwang in ihrer Stimme mit.

»Ach, und woran sieht man das?«, fragte Dana scheinbar gelassen und war froh, dass die andere nicht ihr Herz klopfen hörte.

»The way he looks at you. Wie er den Arm um dich legt. Wie er sich zu dir hinüberbeugt. Das habe ich so noch nie gesehen. He used to be a loner.«

Dana nickte ihr flüchtig zu, als sei das für sie überhaupt nicht von Bedeutung. Aber während sie zum Tisch zurückkehrte, konnte sie sich ein breites Lächeln nicht verkneifen. Audreys Worte machten sie glücklich.

Als die Uhr langsam Richtung elf zeigte, machten sie sich auf den Weg in die Oranienstraße. Noch immer quollen die Straßen über vor Menschen. »Das ist von BLU«, sagte Antonius, als sie auf die Oberbaumbrücke zugingen, und zeigte auf eine Brandmauer neben einer unkrautüberwucherten Brache.
»Wer ist BLU?«, fragte Dana. Sie hatte sich bei ihm untergehakt, ihre Hände waren ineinander verschränkt. Beim Laufen stießen gelegentlich ihre Hüften aneinander. Es war, als entdeckten sie nach all der Zeit auf dem Wasser das Land für sich, noch ein bisschen ungelenk in den Bewegungen, aber mit jedem Schritt mehr in bodenhaftende Harmonie verfallend.
»Ein italienischer Street-Art-Künstler. Er will, dass seine Kunst ausschließlich öffentlich ist, deswegen bemalt er zum Beispiel Hauswände und so.«
Dana betrachtete zwei überdimensionale Gemälde, die sich auf der unverputzten Wand vom bröckelnden Fundament bis unters Dach hochzogen. Das eine zeigte einen Mann, der von Uhrenketten gefesselt war, das andere stellte einen Menschen dar, der aus unzähligen kleineren Personen zusammengesetzt war. Nur mit einem riesigen Baugerüst konnte es möglich gewesen sein, diese Kunstwerke zu erschaffen. Die Wandgemälde waren plakativ und beeindruckend, zugleich trotz der Detailtreue auf unbestimmte Weise roh wie die rauhe Steinwand, die ihnen als Untergrund diente.
»Ah, sie gehen durch den Görlitzer Park«, sagte Antonius und bog nach links ab. »Dann kommen wir gleich am Görlitzer Bahnhof heraus.« Sie schlenderten einige Meter hinter der Gruppe her, verloren sie aber nicht aus den Augen.

»So spät? Ist das klug?«, fragte Dana. Um diese Uhrzeit durch den Park zu gehen, wäre genau das gewesen, von dem sie ihren Töchtern immer abgeraten hätte.

»Wir sind ja eine Gruppe«, meinte Antonius unbesorgt. »Außerdem haben wir Klitschko. Da machen alle Drogenhändler einen Bogen um uns.« Er zeigte nach vorn. Der Staffordshire-Terrier lief an einer schweren Lederleine neben Audrey her. Sein Gang war elastisch, wie auf Zehenspitzen, unter dem glatten Fell der Hinterläufe zeichneten sich seine Muskeln ab. »Er ist sanft wie ein Lamm, aber wenn jemand versuchen würde, Audrey etwas zu tun … Das sollte er besser lassen. Siehst du den Kanal da vorn?« Er wies in eine Richtung, wo Laternen eine kleine Brücke beleuchteten, die über ein schmales Gewässer führte. Dana nickte.

»Früher haben auf dem Gelände manchmal Zigeuner gecampt. Ich erinnere mich noch, wie die Frauen mit gerafften Röcken ins Wasser gestiegen sind und nach Muscheln gesucht haben.«

»Wirklich? Um sie zu essen?«

»Das nehme ich an.«

»Warst du denn viel hier, Antonius?«

»Nicht viel, aber gelegentlich. Mein Vater hatte doch einen Trödelladen, und hier gab es früher einen Schrotthändler, dem er manchmal was gebracht hat. Mich hat Karl immer laufen lassen, ich konnte rumstromern, so viel ich wollte.«

»Du hättest selbst ganz gut zu den Zigeunern gepasst«, meinte Dana. »So dunkel und wild. Hattest du damals auch schon lange Haare?«

»Ja, hatte ich. Aber deshalb war ich nicht bei ihnen am Kanal.«

»Sondern?«

»Weil ich ans Wasser wollte, natürlich. Das war damals nicht anders als heute.«

Ihre Hände waren ineinander verschlungen. Sie schlenderten ein paar Schritte weiter, dann blieb er stehen und küsste sie mitten in dem dunklen Park, unter dem hellen Mond von Berlin, so gründlich, als hinge davon unendlich viel mehr ab als nur der weitere Verlauf der Nacht.

Die Ausstellung war eine Enttäuschung. Die Räume der Galerie waren zu klein für Milans großformatige Bilder. Die Galeristin war schrill, eine penetrante Mischung aus unsicher und aufgesetzt. Die große Einladungsaktion hatte offenbar nichts genützt: Außer Dana, Antonius und dem Rest seiner Clique hatte kaum jemand den Weg in die Galerie im zweiten Hinterhof gefunden. Inzwischen war es halb zwölf. Vielleicht war es doch ein Fehler, eine Vernissage so spät zu beginnen.
Dana war sich nicht darüber im Klaren gewesen, was sie erwartet hatte. Aber als sie vor dem ersten Gemälde stand, wusste sie es plötzlich. Sie war von Antonius' Bildern ausgegangen und hatte angenommen, dass seine Freunde ähnlich malten, dass deren Werke sie ähnlich berührten, dass sie ähnlich gut waren wie die von Antonius.
Was sie dagegen sah, waren Bilder ohne einen Anflug von Genialität. Sie ließen sie völlig kalt. Nichts sprach sie an, nichts berührte sie, obwohl sie versuchte, den poppigen Farben und groben Formen etwas abzugewinnen. Vergeblich.
»Wollen wir abhauen?«, fragte Antonius leise, als sie sich alle Bilder in den zwei Räumen angeschaut hatten.
»Gern«, antwortete Dana erleichtert.
»Wir müssen los«, sagte er zu dem jungen Künstler, der sichtlich enttäuscht ein Glas Rotwein trank, augenscheinlich nicht sein erstes, und lustlos an etwas Salzgebäck knabberte, das jemand, noch in der Plastikverpackung, auf den Tisch mit den viel zu vielen Weingläsern gestellt hatte. »Viel Glück für die Ausstellung, Alter!« Er klopfte Milan auf den Rücken, eine Geste irgendwo zwischen freundschaftlich und tröstend.

»Ja, geht nur, und lasst mich allein in meinem Elend«, knurrte Milan hinter ihnen her.

Aber das hörten Dana und Antonius nicht mehr. Sie hatten die Galerie bereits verlassen und waren in die dunkle Nacht hinausgetreten. Hand in Hand gingen sie zurück zum Motorrad, diesmal nicht durch den Park, sondern eine belebte Nebenstraße entlang.

»Lieber keine Ausstellung als so eine«, meinte Antonius nüchtern, und Dana konnte nicht anders, als ihm zuzustimmen.

»Wollen wir zurück zum Schiff?«, fragte sie, als sie sich den Sturzhelm aufsetzte.

»Willst du wirklich schon zurück?«

Dana sah auf ihre Armbanduhr. »Es ist kurz vor zwölf.«

»Ja, und? Das ist die beste Zeit, um tanzen zu gehen. Wir sind nur einmal jung.«

»Haha«, antwortete Dana trocken und schwang sich hinter ihm aufs Motorrad.

Eine Viertelstunde später hielt er irgendwo hinter den Hackeschen Höfen vor einem Gebäude, das gefährlich runtergekommen aussah. Vor dem Eingang hatte sich eine lange Schlange gebildet und wartete geduldig auf Einlass. Während Antonius das Motorrad aufbockte, beobachtete Dana, wie die Schlange langsam weiterrückte und nach und nach im Eingang verschwand.

»Clärchens Ballhaus«, erklärte Antonius und wies auf die Schrift über dem Eingang. »Eine Institution für alle, die gern schwoofen. Alter Osten vom Feinsten. Warst du schon mal hier?«

Dana schüttelte den Kopf.

»Hast du Lust?«

Sie nickte.

Bei einem alten Garderobier gaben sie die Jacken ab. »Na, ville

Spaß dann, meene Kleene«, sagte er zu Dana und gab ihr die Marken. »Jarderoben-Jünta«, raunte Antonius ihr zu. »Du gefällst ihm.«
Sie zahlten vier Euro Eintritt, dann öffnete der Türsteher vor ihnen die große Doppeltür. Die Musik, die vorher gedämpft zu hören gewesen war, dröhnte jetzt in voller Lautstärke, und ein Schwall warmer Luft drang hinaus. Vor ihnen lag die Tanzfläche, dahinter eine Bühne, auf der vier Musiker beherzt in Tasten und Saiten griffen und das Schlagzeug bearbeiteten. »She loves you, yeah, yeah, yeah«, sangen sie gerade.
»Beatles-Cover-Abend«, rief Antonius ihr zu. »Freitag und Samstag spielt immer eine Tanzkapelle!« Er wirbelte Dana herum. Sie lachte laut und versuchte, sich auf die Tanzschritte zu besinnen, die ihr Burkard mal auf einem Schifferfest beigebracht hatte. Um sie herum tanzten ältere Pärchen, jüngere Pärchen und Einzelpersonen. Ein Mann, der problemlos jeden Berlusconi-Doppelgänger-Wettbewerb für sich entschieden hätte, umgockelte mit zum Himmel erhobenen Armen eine vollbusige Blondine. Er war eine tanzende Diskokugel: Zu seinem azurblauen Anzug trug er ein weißes Hemd und einen Schlips, der mit Strass besetzt war. Fing sich das Licht darin, wurde es glitzernd zurückgeworfen.
Antonius bemühte sich um korrekte Tanzschritte, wobei seine natürliche Eleganz verhinderte, dass Dana in Lachen ausbrach. Als die Kapelle »Michelle« anstimmte, zog er Dana an sich, und sie legte die Arme um seinen Hals.
»Was murmelst du da?«, fragte sie. »Ich hab's nicht verstanden. Sag's noch mal.«
»Meine Wellentänzerin«, flüsterte er in ihr Ohr und zog sie noch enger an sich. Zusammen bewegten sie sich langsam im Takt des alten, aber plötzlich aufregenden Songs. »Ja, genau. Das bist du. Eine wunderschöne Frau, die mit den Wellen tanzt. Weil du den

Rhythmus der Flüsse und Meere kennst.« Schweigend tanzten sie weiter, bis das Lied zu Ende war.
»Pause?«, fragte Antonius, als die Band sofort einen schnellen Song anstimmte.
»Gern.«
Er zog sie von der Tanzfläche weg zu einem Tisch, an dem zwei Stühle frei waren.
»Wasser? Bier? Wein?«, fragte er quer über den Tisch hinweg. Es war so laut, dass Dana ihm von den Lippen ablesen musste.
»Wasser!«, rief Dana gegen den Lärm. Sie sah sich um, während Antonius bestellte. Der Laden brummte. Alle Tische waren besetzt, vor der Bar standen Trauben von alleinstehenden Männern, tranken Bier und schauten den Tanzenden zu. Kellner und Kellnerinnen in korrektem Schwarz-Weiß mit Fliege eilten mit schwer beladenen Tabletts durch die Menge. An den Wänden hing breites, verstaubtes Lametta, angestrahlt von blauen Lampen. Es konnte nicht die Baufälligkeit dahinter verbergen. Mehrere Leuchtkugeln drehten sich, warfen funkelnde Reflexe auf zuckende Körper, wehende Haare, winkende Arme, lachende Gesichter.
»Bist du hier oft?«, erkundigte Dana sich laut.
Antonius zuckte mit den Schultern. »Gelegentlich«, rief er zurück. »Wenn ich tanzen will. Die Preise stimmen, die Musik ist gut, das Publikum ist witzig, und die Stimmung an den Wochenenden immer großartig.«
Und tanzen wollten sie an diesem Abend beide. Schnell, langsam, verrückt, aber immer in Bereitschaft, sich zu berühren, suchend nacheinander zu greifen, sollte die stampfende Meute es wagen, sie voneinander zu trennen.
Es war schon nach zwei, als die Band ihre Instrumente zusammenpackte und eine punkige DJane Musik auflegte. Es schien Dana, als seien die Älteren verschwunden, um den Jüngeren

Platz zu machen, und sie fragte sich, zu welcher Gruppe sie eigentlich gehörte.
Sie lösten ihre Jacken aus – »Na, Kleene, schön abjehottet?« – und traten in die kühle Nachtluft der Auguststraße heraus. Auf einmal konnte Dana es kaum erwarten, mit Antonius allein zu sein. Sie wollte weg aus seinen Szenelokalen, wollte zurück zur »Drei Töchter«. Gerade setzte sie sich den Sturzhelm auf, als Antonius sie am Arm packte. Sein Gesichtsausdruck war unergründlich, was vielleicht daran lag, dass direkt hinter ihm eine Straßenlaterne hell leuchtete.
»Ich habe etwas für dich«, sagte er.
»Was denn?«, fragte sie und ließ den Sturzhelm wieder sinken.
»Das.« Er öffnete die Hand. Es blitzte silbern im Licht der Straßenlaterne auf. Einer seiner beiden Ringe lag darin. »Hier.«
»Warum?«, fragte Dana erstaunt.
Er lächelte. »Ist das nicht selbsterklärend?«
»Es ist ein Erinnerungsstück an deine Mutter«, sagte Dana mit einer leisen Frage in der Stimme.
»Das weiß ich. Aber nicht deshalb gebe ich ihn dir, sondern weil er mir am Herzen liegt.«
Zögernd nahm sie den Ring und schloss ihre Hand um das Metall. Es war noch warm – von seiner Hand. Sie probierte ihn am Zeigefinger: Er war zu groß. Dann am Mittelfinger – dort passte er perfekt.
Als Antonius losfuhr, schloss sie die Augen, um mit allen Sinnen ganz bei ihm zu sein.

13. Kapitel

Langsam knöpfte Antonius ihre lila Spitzenbluse auf. Dana schauderte, als er sie ihr von den Schultern strich und seine Finger ihre nackte Haut berührten. Geschickt öffnete er die Spange ihres seidigen BHs und ließ ihn zu Boden fallen. »Liebe mich«, flüsterte sie und sah ihn an, erregt durch die Distanz, die zwischen ihnen war, aufgehoben nur von seinen Fingerspitzen, die über ihren Körper strichen.

»Oh ja«, sagte er. »Das werde ich.«

Er hielt sein Versprechen. Nie zuvor hatte er zärtlicher mit ihr geschlafen, nie zuvor mit mehr Leidenschaft.

»Ich weiß viel zu wenig über dich«, murmelte Dana, als sie später nebeneinander lagen, ihre Hand flach auf seiner Brust. »Mit wem warst du eigentlich früher zusammen? Hattest du lange Beziehungen oder kurze? Wolltest du schon mal heiraten? Wann hast du dich zum ersten Mal verliebt? Zum Beispiel diese Audrey. Mit ihr warst du im Bett, stimmt's?«

»Ach, hör auf. Das ist nicht wichtig. Nur dass wir zusammen sind, zählt«, murmelte Antonius schläfrig, und nichts wollte Dana ihm lieber glauben.

»Schläfst du schon?«, fragte sie.

»Ja«, antwortete er.

»Was du mir gerade schenkst, sind die besten Tage und Nächte seit vielen Jahren. Danke, Antonius«, sagte sie leise. Sie meinte jedes Wort, wagte aber nicht auszusprechen, was zwischen den

Zeilen stand: Sie hatte sich in Antonius verliebt. Mehr noch. Sie liebte ihn und fühlte sich geliebt.
Der Samstagmorgen graute bereits über dem Hafen, als sie endlich, dicht aneinandergeschmiegt, einschliefen.

Der Morgen kam definitiv zu früh. Es war gerade erst zehn, als das Handy klingelte. Dana griff danach, und Antonius streckte verschlafen die Beine in ihre Richtung.
»Van Aken«, meldete sie sich und hörte sofort die Stimme ihrer Mutter. »Guten Morgen, Dana. Ich denke, du solltest herkommen. Wir haben ein Problem.«
»Was ist denn?«, fragte Dana erschrocken. Alle Schläfrigkeit war verflogen. »Ist was mit den Mädchen?«
»Ja. Mit Emma. Bitte komm. Sie hat bei Jessy geschlafen und ist eben nach Hause gekommen. Es geht ihr nicht gut.«
»Was ist denn mit ihr?«, rief Dana besorgt ins Telefon. Aber da hatte Charlotte bereits aufgelegt.
Mit fahrigen Bewegungen zog sie sich an. Antonius setzte sich ebenfalls auf. Er gähnte herzhaft und versuchte vergeblich, sich die langen Haare hinters Ohr zu klemmen.
»Ist was?«, fragte er.
»Ja, aber ich weiß nicht, was. Meine Mutter möchte, dass ich sofort nach Hause komme. Wegen Emma.«
Antonius musterte sie einen Moment, dann machte er sich ebenfalls daran, seine Sachen zusammenzusuchen.
»Bei uns scheint alles in Wellen zu kommen«, sagte er mit abgewandtem Gesicht, als er in seine Jeans schlüpfte. »Immer wenn ich denke, dass wir oben schwimmen, werden wir ins nächste Tal getrieben, und das Wasser schlägt über uns zusammen.«
»So ist das eben, wenn man mit einer Kapitänin befreundet ist«, erwiderte Dana in dem Versuch, der Situation etwas Leichtherziges zu geben. Es misslang gründlich. Zwischen ihr und jeder

Freude, jeder warmen Gemeinsamkeit, jeder zärtlichen Morgenstunde stand die Sorge um Emma.
»Rufst du mich an, wenn du weißt, was los ist?«, fragte Antonius. »Ich bleibe die nächsten Tage in Berlin. Mein Handy ist an.«
»Jaja«, antwortete Dana ungeduldig. »Natürlich rufe ich dich an.«

»Sie ist im Wohnzimmer und weint«, sagte Charlotte, als Dana die Wohnung betrat. »Bitte bekomm keinen Schreck, wenn du sie siehst.«
»Wieso sollte ich einen Schreck bekommen?«, fragte Dana und stieß dann die Wohnzimmertür auf.
Flüchtig registrierte sie, dass ein neuer Blumenstrauß auf dem Couchtisch stand. Diesmal waren es gelbe Teerosen. Dabei hatte sie sich nicht mal für Strauß Nummer eins bei Jens Flinder bedankt. Egal.
Sie schaute zum Sofa – und war froh, dass Charlotte sie gewarnt hatte. Wahrscheinlich hätte sie sonst laut aufgeschrien. Trotzdem zuckte sie zusammen. Emma kauerte in einer Sofaecke, ein zusammengeknülltes Kissen in den Händen. Sie hatte den Kopf gesenkt und schluchzte. Aber sie sah ganz anders aus als sonst. Ihre langen, dunklen, wunderschönen Haare waren verschwunden. Sie hatte sich eine Glatze geschoren.
»Emma!«, sagte Dana erschüttert und ging auf sie zu. Sie setzte sich neben ihre Tochter auf die Couch und zog sie an sich. Der Babyspeck, der sonst immer sanft um Emmas Figur, um ihren Rücken, um ihre Taille gelegen hatte, war verschwunden. »Liebling, warum hast du das denn nur gemacht?«
Emma hob den Blick. In ihren Augen, die vom Weinen ganz rot waren, lag verzweifelter Schmerz. Riesig leuchteten sie aus dem blassen Gesicht, wie zwei dunkle Sterne an einem viel zu hellen Himmel.

Ich muss mich mehr um sie kümmern, dachte Dana erschrocken. Es war falsch, dass ich in den letzten Tagen nur an mich gedacht habe. Das muss aufhören. Die Mädchen waren immer meine Priorität, und jetzt entgleiten sie mir.
»Was ist denn los mit dir?«, fragte Dana wieder.
Emma schüttelte nur stumm den Kopf.
»Warum hast du denn deine Haare abgeschnitten? Sie waren doch so schön.«
»Ich hab sie mir nicht abgeschnitten, Jessy war's. Aber es ist nicht ihre Schuld. Ich wollte es so«, schluchzte Emma.
Dana streichelte sie, wartete schweigend, dass Emma weitersprach, und fuhr ihr über den Kopf. Sie zuckte zusammen, als sie statt der vertrauten Haarfülle stoppelige Haut fühlte.
Es dauerte eine ganze Weile, bis Emma sich mit einem letzten Schniefen von ihr löste. Sie schaute hoch und fragte: »Mama, meinst du, ich kann schon früher nach Florida?«
Dana erwiderte den Blick ihrer Tochter und dachte, wie so oft, dabei an Burkard.
»Ich dachte, du bist traurig, weil du weg musst«, antwortete sie. »Und jetzt willst du sogar noch früher weg? Warum denn? Ich verstehe das nicht.«
Emma zuckte mit den Schultern. »Ich weiß auch nicht so genau. Ich will hierbleiben, und gleichzeitig will ich weg«, wisperte sie. »Frag nicht, Mama.« Sie wandte sich ab, so dass sie nicht mehr in Danas Richtung schauen musste.
Gib mir einen Hinweis, flehte Dana wortlos, aber zwischen ihr und Emma stand eine unsichtbare Mauer, durch die keine Fragen und erst recht keine Antworten drangen. Es war ihr ein Rätsel.
»Es sind doch nur noch ein paar Wochen«, sagte sie schließlich auf der Suche nach logischen Argumenten. »So lange wirst du es wohl noch in Berlin aushalten. Ihr habt doch noch ein Vor-

bereitungstreffen, das kannst du nicht einfach ausfallen lassen. Außerdem rechnen deine Gasteltern jetzt noch gar nicht mit dir. Und die Highschool hat drüben auch noch nicht angefangen.«

»Jessy fährt morgen weg. Mit ihrem Vater«, murmelte Emma. »Dann bin ich mit Katharina, Franziska und Groma allein. Du bist immer bei Antonius.«

»Das lasse ich von jetzt ab«, versprach Dana. »Solange du da bist und wir keine Passagiere haben, bleibe ich bei euch, okay? Ich schlafe auch nicht mehr auf dem Schiff, einverstanden?«

»Mama«, flüsterte Emma und fing wieder an zu weinen.

Dana war ratlos. Flüchtig dachte sie an Antonius' Zettel mit der Frage: Was macht dich aus? Sie hatte bis jetzt noch nichts darauf geschrieben, obwohl sie des Öfteren daran dachte. Die Unmöglichkeit, die Trauer meiner Kinder zu ertragen, dachte sie. Irgendwann, wenn dieser ganze schreckliche Stress vorbei war, würde sie sich die Liste vornehmen.

»Ich verspreche dir, alles wird gut«, sagte sie laut in den stillen Raum hinein.

Es dauerte lange, bis Emma sich etwas beruhigte. Das Schluchzen ließ nach, und ihre Atemzüge wurden etwas ruhiger. Zuerst dachte Dana, sie sei eingeschlafen, aber dann sah sie, dass Emma mit offenen Augen vor sich hinstarrte.

»Soll ich dir eine Decke holen?«, fragte Dana. »Willst du dich hinlegen?«

»Nein.« Emma setzte sich auf, fuhr sich mit der Hand langsam über die Glatze, erschrak und ließ die Hand rasch wieder sinken. »Ich gehe was lesen.«

»Mach das. Hauptsache, es geht dir etwas besser. Ich bleibe auf jeden Fall hier. Wenn du reden willst, bin ich immer für dich da. Das weißt du, richtig?«

Emma nickte und verließ das Zimmer. Dana blieb noch einen

Moment lang sitzen, dann stand sie auf, um Charlotte zu suchen.

Sie trat gerade in den Flur, als Katharina an Franziskas Zimmertür hämmerte. Katharina blickte kurz in ihre Richtung, schaute schnell wieder weg und riss die Tür auf. »Ich hab was!«, zischte sie aufgeregt.

»Was denn?«, antwortete Franziska gelangweilt.

»Komm mal rüber. Das ist unglaublich! Du musst es selbst lesen. Das erklärt alles!«

Dana fragte sich, was Katharina in solche Aufregung versetzte, aber beschloss, lieber nicht nachzufragen. Seit dem Streit hatten sie nur wenige Worte miteinander gewechselt. Da war eine Entschuldigung am Platze, und bevor sie die nicht bekam, würde sie ihre beiden älteren Töchter distanziert behandeln.

Sie ignorierte auch Franziska, die jetzt in Katharinas Zimmer verschwand, und ging in die Küche. Charlotte saß mit einem Sudoku-Rätsel vor der Nase am Küchentisch und setzte konzentriert die fehlenden Zahlen ein. Als sie Dana hörte, schaute sie auf.

»Du siehst müde aus. Nimm dir einen Kaffee.« Charlotte wies auf die Thermoskanne aus Edelstahl, die vor ihr stand. Dana nickte, ging zum Küchenschrank und holte sich eine Tasse heraus. Nachdem sie sich eingeschenkt hatte, setzte sie sich ihrer Mutter gegenüber, wie sie es in ihrem Leben schon unzählige Male getan hatte.

»Wie geht es dir eigentlich, Mutti?«, fragte sie. »Ist alles okay mit dir? Es tut mir wirklich leid.«

»Was tut dir leid?«

»Dass du mitten in dem Chaos bist, das diese Familie gerade ausmacht. Im Auge des Sturms.«

»Ach, das geht auch wieder vorbei. Franziska und Katharina werden sich an alles gewöhnen. Gib ihnen Zeit.« Charlotte winkte gelassen mit ihrer schmalen Hand, den kein Ring schmückte. Wann hat sie eigentlich aufgehört, die beiden Eheringe zu tragen, wunderte Dana sich, konnte sich aber beim besten Willen nicht daran erinnern. Sie hatte ihren Ring an dem Tag abgelegt, als sie Burkard zu Grabe getragen hatten. Sie bemerkte Charlottes Blick.

»Antonius hat ihn mir gegeben«, sagte sie und hob die Hand mit dem silbernen Ring. »Gestern Abend.«

»Hübsch«, meinte Charlotte anerkennend. »Das ist ja schon fast eine Liebeserklärung. Aber jetzt erzähl mal, was Emma gesagt hat. Gibt es irgendwas, das wir für unsere Kleine tun können? Vielleicht wäre es eine gute Idee, wenn sie mal mit jemandem außerhalb der Familie sprechen würde.«

»Mit einem Therapeuten?«

»Zum Beispiel.«

Dana spielte am Henkel der Tasse herum. »Aber sie ist doch nicht mehr lange hier«, sagte sie. »Was soll das denn nützen?«

Franziska hockte sich auf Katharinas Bett, wo ihre Schwester bereits im Schneidersitz saß, den Laptop auf dem Schoß.

»Du weißt doch noch, dass Antonius neulich beim Abendessen so schnell abgehauen ist. Erinnerst du dich?«, fragte sie eifrig.

Franziska nickte.

»Davor habe ich neben ihm auf dem Boden gehockt und den verschütteten Wein aufgewischt. Er hat gezittert wie Espenlaub. Und da habe ich beschlossen herauszufinden, warum er sich so seltsam benommen hat«, fuhr sie fort.

»Warum?«, wollte Franziska wissen.

Katharina sah sie erstaunt an. »Warum nicht? Das ist doch interessant. Wie soll ich denn jemals IT-Spezialistin beim BND werden, wenn ich nicht weiß, wie man persönliche Geheimnisse via Internet herausbekommt? Wir wissen total wenig über Antonius, er drängt sich in unsere Familie, macht alles kaputt …«

»Na, ganz so ist es ja nun nicht«, gab Franziska zu bedenken. »Er und Mama haben was am Laufen, und eigentlich ist es eher ihre Schuld, weil sie uns nichts gesagt hat.«

»Ich finde ihn suspekt!«, ereiferte Katharina sich. »Jedenfalls wollte ich ihm mal auf den Zahn fühlen. Denk nur an Mark. War doch cool. Den haben wir glatt überführt. Ein Foto – und zack. Hat er sich übrigens gemeldet?«

»Nein.«

»So ein Schwein. Wann läuft seine Frist ab?«

»In neunzehn Tagen, elf Stunden und«, Franziska schaute auf die Zeitanzeige auf dem Laptop, »dreiundzwanzig Minuten.«

»Gut. Dann musst du dich auch daran halten.«

Franziska antwortete nicht, sondern biss stattdessen auf der Nagelhaut ihres linken Daumens herum.

»Lass das«, sagte Katharina scharf. »Es ist eklig, wenn du so zerbissene Finger hast.«

Ertappt nahm Franziska die Hand vom Mund. »Was wolltest du mir denn nun zeigen?«, fragte sie ablenkend.

»Pass auf. Ich habe daran gedacht, wann genau Antonius so empfindlich reagiert hat. Weißt du es noch?«

Franziska schüttelte den Kopf. »Keine Ahnung.«

»Du bist hoffnungslos! Überhaupt nicht spitzfindig, nicht die Spur analytisch. Na ja, deshalb hast du ja auch eine Hotellehre gemacht. Also ich sag's dir. Es war, als sie über die alte Schule gesprochen haben. Weißt du wenigstens noch, wie die hieß? Und wann Antonius sein Referendariat dort gemacht hat?« Katharina war unerbittlich.

»Hör doch mal auf, mich so abzufragen«, erwiderte Franziska ungehalten. »Nein, weiß ich auch nicht mehr. Und mach's nicht so spannend, sonst gehe ich, und du kannst deine doofen Sensationsmeldungen für dich behalten.«

»Sidonie-Springer-Oberschule. Er hat gesagt, dass er vor fünf

Jahren dort war. Also habe ich mal ein paar Schüler von der SSO aufgetan und angemailt. Die meisten waren noch zu jung, hatten von einem Antonius Merano nie was gehört. Aber eine Schülerin hatte einen älteren Bruder, den habe ich über studiVZ kontaktiert und – na, was glaubst du?« Katharina stand so unter Strom, dass ihre roten Haare vor Anspannung förmlich knisterten.

»Na?«

Katharina tippte rasch etwas auf der Tastatur. Mehrere Fenster öffneten sich. Sie schob ihrer Schwester den Laptop hin. »Hier, lies mal. Eins nach dem anderen. Und dann lass uns überlegen, was wir damit anstellen.«

Eine Stunde später gingen Franziska und Katharina den Flur entlang. Franziska fühlte sich hin- und hergerissen. Keine Frage, Katharina hatte einen brillanten Plan geschmiedet. An ihr war wirklich eine Geheimdienstlerin verloren gegangen. Jemand, der keine Skrupel kannte und im Krieg und in der Liebe zu wirklich raffinierten Mitteln griff. Und das hier war irgendwie beides. Sie dagegen … an ihr nagte das schlechte Gewissen. Egal, was sie herausgefunden hatten – sollte man das nicht anders in die Familiendiskussion werfen? Sollte man mit Mama nicht offen darüber reden? Aber davon hatte Katharina nichts wissen wollen. Mama sei so verknallt, da helfe nur die Schocktherapie. Es sei zu ihrem eigenen Besten. So jemanden wie Antonius bräuchten sie nicht in der Familie! Dann hatte Katharina lässig mit dem Daumen auf den Monitor gewiesen, und Franziska hatte ihr wohl oder übel recht geben müssen.

Und jetzt waren sie beide dabei, den ersten Schritt des Plans durchzuführen.

Sie betraten die Küche, wo ihre Mutter und ihre Großmutter gemeinsam am Tisch saßen. Dana hatte den Hörer des Telefons in der Hand und sagte: »Ich wollte mich wirklich nur bei Ihnen

bedanken, Jens! Das ist furchtbar nett von Ihnen, aber im Moment habe ich überhaupt keine Zeit, in die Oper zu gehen. Doch, die Zauberflöte gefällt mir, bestimmt.«
Sie lauschte kurz, lachte etwas gekünstelt und fuhr fort: »Nein, es muss nicht der Fliegende Holländer sein! Ich kann durchaus an etwas anderes als an Schiffe denken. Wie geht es übrigens Herrn Graf?«
Sie wartete seine Antwort ab. »Ach, das ist ja schön. Bitte grüßen Sie die Grafs herzlich von mir.« Schließlich schloss sie das Telefonat mit den Worten: »Ich melde mich bei Ihnen, wenn ich mehr Zeit habe. Bestimmt. Oh, und Jens? Sie sollten wirklich keine Blumen mehr schicken. Doch, doch, sie sind sehr schön. Wunderschön. Die ganze Wohnung duftet nach Rosen. Aber mehr Vasen haben wir wirklich nicht. Ja. Bis bald. Auf Wiedersehen.«
Dana legte auf und fragte Charlotte etwas entnervt: »Wie kann ich denn noch deutlicher sein, ohne brutal zu werden? Der Mann hat schließlich studiert! Er sollte doch intelligent genug sein, um zu begreifen, wenn eine Frau ihm einen Korb gibt ...« Dann erst bemerkte sie Franziska und Katharina. »Was gibt's?«, fragte sie kühl.
»Mama, wir wollten uns entschuldigen«, begann Franziska und kreuzte hinter ihrem Rücken Zeige- und Mittelfinger. »Es war nicht richtig, wie wir auf dem Schiff reagiert haben. Und wie wir uns in den letzten Tagen hier zu Hause benommen haben, auch nicht.«
»Genau«, stimmte Katharina ihr zu. Sie sah Mutter und Großmutter treuherzig an. »Mein Temperament ist mit mir durchgegangen. Soll nicht wieder vorkommen. Wenn's irgend geht«, fügte sie hastig hinzu, wohl wissend, dass man nichts Unmögliches versprechen sollte.
Dana schaute von einer Tochter zu anderen. »Entschuldigung

angenommen«, sagte sie dann langsam. »Darf ich fragen, was euren Gesinnungswandel ausgelöst hat?«
Die beiden sahen sich an. »Nun«, meinte Franziska zögernd, »wir wissen ja noch nicht viel von Antonius. Wir haben uns überlegt, dass es dann nicht richtig ist, ihn so abzulehnen.«
»Und deshalb dachten wir, dass wir ihn vielleicht zum Essen aufs Schiff einladen könnten?«, schlug Katharina forsch vor. »Franziska und ich können ja zusammen was kochen.« Sie bemerkte den skeptischen Blick, den Franziska ihr zuwarf, und fügte hastig hinzu: »Franziska kocht. Ich decke den Tisch und mache die Drinks.«
»Das wollt ihr machen, Katinka?«, fragte Dana gerührt, unwillkürlich den Kosenamen benutzend, mit dem Burkard sie immer gerufen hatte.
Katharina nickte.
»Und habt ihr auch schon an einen bestimmten Tag gedacht?«
»So bald wie möglich«, antwortete Katharina resolut. »Heute – oder morgen?«
»Ich muss erst mit Antonius sprechen.«
»Dann sag uns doch einfach, wann er kommt. Damit wir alles vorbereiten können«, meinte Franziska, und die beiden verließen die Küche.
Dana und Charlotte sahen sich erstaunt an. »Wer hätte das gedacht«, sagte Charlotte langsam. »Gute Erziehung fruchtet also doch.«
»Das wurde aber auch höchste Zeit!«, erwiderte Dana. Sie fühlte sich plötzlich so gut wie schon lange nicht mehr. »Dann will ich mal hören, wann der werte Künstler für die jungen Damen Zeit hat.« Sie griff erneut nach dem Telefon, diesmal längst nicht mehr so widerwillig. Diese Nummer kannte sie, im Gegensatz zu der von Jens Flinder, auswendig.

»Wie kommt denn der plötzliche Meinungsumschwung?«, fragte Antonius mit dem Handy am Ohr und lehnte sich gegen die Wand. Dann fluchte er leise und ging hastig einen Schritt vorwärts. Wladimir hatte für die Wände seines Lofts eine billige, weiße Farbe benutzt, die bei jeder Berührung weißen Staub hinterließ. Zum Beispiel jetzt auf seinen schwarzen Jeans.

»Keine Ahnung. Oh, du glaubst nicht, wie glücklich mich das macht. Dass sie sogar mehr von dir wissen wollen! Ich möchte so gern aufhören, mich so zerrissen zu fühlen«, hörte er Danas Stimme am anderen Ende.

»Ich habe nie verlangt, dass du dich entscheidest«, bemerkte Antonius.

»Das weiß ich doch«, antwortete Dana erstaunt. »Davon spreche ich auch gar nicht. Wann passt es dir denn?«

»Morgen wäre gut.«

»Um sieben? Auf der ›Drei Töchter‹?«

»Ja, sieben ist gut.«

»Gut.« Sie schien auf etwas zu warten, aber er wusste nicht, worauf. »Antonius, ist alles okay mit dir?«

»Ja doch. Morgen dann. Bei dir und deinen Töchtern.«

»Und Charlotte.«

»Genau. Die auch.«

Sie beendeten das Telefonat. Antonius steckte sein Handy zurück in die Jeanstasche.

»Was ist los?«, wollte Wladimir wissen. Es klang wie »Waschlosch?«, denn er werkelte gerade an einer Elektroinstallation herum, hatte eine Lüsterklemme im Mund, verschiedenfarbige Drähte in der einen und einen Mini-Schraubendreher in der anderen Hand.

»Die Töchter haben die Kurve gekriegt, sich bei Dana entschuldigt und mich zum Essen eingeladen.«

»Daschischabanet.«

Ja, es schien nett. Es war schließlich der Moment, auf den Dana gewartet hatte. Dass ihre Töchter ihn akzeptierten. Dass sie endlich erkannten, wie unwichtig der Altersunterschied war.
Nachdenklich schaute Antonius aus den hohen Fenstern. Die Sonnenstrahlen fielen nicht ins Atelier. Die Fensterfront war nach Norden ausgerichtet, perfekt für alle künstlerischen Arbeiten, die durch allzu grelles Licht verfälscht werden könnten. Im Winter war es hier allerdings schweinekalt, denn die Wärme entwich durch die großen Scheiben schneller, als Wladimir heizen konnte.
Der Blick aus dem fünften Stock war einfach großartig. Man schaute auf die ziegelroten Dächer der anderen Häuser, ebenfalls ehemalige Industrieanlangen, in denen sich Künstler, Fotografen, Modemacher und Musiker eingemietet hatten. Man schaute auf Schornsteine und luftige Terrassen, auf denen teilweise wilde Gärten angelegt waren, in denen Pflanzen dem Himmel entgegenwuchsen und sich üppig über die Geländer ringelten.
Antonius mochte das Atelier. Aber Wladimir liebte es geradezu. Nur wenn er etwas die fünf Etagen hochschleppen musste, fluchte er lauthals, und das grundsätzlich auf Russisch.
»Warum bist du nicht froh darüber?«, fragte Wladimir, nun wieder verständlich. Er schraubte gerade die Kabel fest und hatte den Kopf gebeugt. Antonius bemerkte, dass sich das Haar seines Freundes auf dem Hinterkopf lichtete. Wie alt war Wladimir eigentlich? Mit Sicherheit ein paar Jahre älter als er. Er war immer schon stämmig gewesen, inzwischen jedoch schien das Gewicht von Armen und Beinen sich Richtung Körpermitte zu verlagern. Aber dass Wladimir nun schon eine Glatze bekam … auf der anderen Seite hatte er schon Zwanzigjährige gesehen, die bedrohliche Geheimratsecken hatten. Beim Haarwuchs schien die Gesetzmäßigkeit des Alters völlig aufgehoben zu sein.

Gedankenverloren fuhr Antonius sich durch sein eigenes dichtes Haar.

»Willst du irgendwann heiraten, Wowa?«, fragte er unvermittelt und sprach den Freund mit dem Namen an, den dessen Eltern früher oft benutzt hatten. Wladimir sah verdutzt auf. »Nicht wenn es sich irgendwie vermeiden lässt. Du etwa?«

»Nicht ausgeschlossen.«

»Weil du Kinder möchtest, du Spießer?«

»Nein. Weil ich mit jemandem für immer zusammenbleiben will, wenn ich die Richtige gefunden habe.«

»Dafür musst du nicht heiraten«, gab Wladimir zu bedenken und erhob sich. Er zuckte zusammen, als sein rechtes Knie knackte. Von seinem Arbeitstisch nahm er eine überdimensionale rote Glühbirne. Damit ging er zurück zu seiner beständig wachsenden Installation.

»Stimmt auch wieder. Aber trotzdem …«, sagte Antonius.

»Du denkst doch wohl nicht an Dana! Kann nicht sein! Was uns zu meiner ersten Frage zurückbringt: Warum bist du nicht begeistert, dass die Mädchen mal einen Schritt auf dich zumachen?«

Antonius zuckte mit den Schultern, dachte noch kurz über das ›Kann nicht sein‹ nach, bevor er antwortete. »Ich weiß nicht. Es fühlt sich irgendwie seltsam an. Wahrscheinlich tue ich ihnen unrecht.«

»Ach, das ist bestimmt nur deine JMP.«

»Meine was?«

»Deine Junge-Mädchen-Phobie. Früher warst du nicht so. Obwohl – das stimmt nicht ganz. Du warst immer schon so reserviert. Hast du es ihr schon erzählt?«

»Nein.«

»Du solltest es ihr erzählen.«

»Ich weiß.«

»Erzähl es ihr bald. Das ist so eine Sache, die über kurz oder lang wieder auftaucht. Und dann stehst du blöd da.«
»Ich WEIHEISS«, erwiderte Antonius lauter als nötig.
»Reg dich ab, Alter«, antwortete Wladimir beschwichtigend und konzentrierte sich wieder auf seine Installation, ohne weitere Gedanken auf das Liebesleben seines besten Kumpels zu verschwenden. So ganz begriffen hatte er es eh nie.
Wenn er so aussehen würde wie Antonius, wüsste er jedenfalls nicht, welche er zuerst nehmen sollte. Also würde er wahrscheinlich alle nehmen. Und bestimmt nicht jemanden wie diese Dana. Sie war ja nicht schlecht, aber es gab viele sehr hübsche Mädchen in Berlin. Hübsche *junge* Mädchen, die extra gekommen waren, um hier zu modeln, zu schauspielern und Männer wie ihn glücklich zu machen.

Am nächsten Abend überlegte Antonius kurz, ob er Blumen mitbringen sollte. Er entschied sich dagegen. Er war nicht so der Blumenkavalier. Außerdem hätte er gar nicht gewusst, wem er die Blumen überreichen sollte. Dana? Den Mädchen? Charlotte? Allen? Also gar nicht. Stattdessen kaufte er noch schnell eine Flasche guten französischen Rotwein, mis en bouteille in Rognes – dem Ort, wo er selbst auch herkam. Das passte.
Wenn er ehrlich war, hatte er zu dieser Art Familientreffen überhaupt keine Lust. Aber Dana bedeutete es viel, und deshalb spielte er mit. Wahrscheinlich donnerten die Mädchen ein paar Spaghetti auf den Tisch, dann würden sie alle ein bisschen Belangloses plaudern, und, wenn alles gut lief, würden die drei Mädchen und Charlotte bald abhauen und er und Dana allein auf dem Schiff bleiben.
Wenn es etwas schlechter lief, würde Dana anstandshalber mit ihrer Familie in die Wohnung zurückfahren. Sie hatte so was

erwähnt. Wegen Emma, der Jüngsten. Die machte wohl im Moment Probleme, und Dana wollte sich um sie kümmern.
Von Wladimirs Atelier aus brauchte er keine zwanzig Minuten zum Hafen. Er war zu früh losgefahren, und so fuhr er bewusst langsam, um ein wenig Zeit zu schinden. Als er schließlich fünf Minuten nach sieben parkte, lag die »Drei Töchter« scheinbar menschenleer da. Aber er sah Danas Auto, und das konnte nur bedeuten, dass alle unter Deck waren.
Er betrat die Gangway wie schon oft zuvor. Trotzdem fühlte er sich heute, als sei es das erste Mal. Vorsichtig ging er über das Holz, bemüht, kein Geräusch zu machen. Auf dem Schiff konnte er gedämpfte Stimmen hören. Er folgte ihnen, ging die Treppe hinunter und erblickte als Erste Dana. Sie drehte sich um und lächelte ihn strahlend an. »Antonius!«
Und plötzlich war alles gut. Was ihn anging, konnte der Abend beginnen.
»Hallo Antonius«, sagte Katharina höflicher, als er sie bisher erlebt hatte. »Möchtest du einen Aperol-Spritz?« Sie hatte die Ärmel ihrer Bluse hochgeschoben und das feuerrote Haar zu einem Zopf geflochten, der ihr über die Schulter nach vorn hing.
Eigentlich hätte er lieber ein Bier gehabt. Trotzdem nickte er, weil er nicht gleich ihr erstes Angebot ausschlagen wollte. Als er sie beobachtete, wie sie sein Getränk zubereitete, bemerkte er, dass sie flüchtig auf einen Klarsichtordner schaute, der auf dem Tresen lag. Musste sie für einen Aperol-Spritz etwa ein Rezept haben? Immer wieder sah sie dorthin, während sie eine Orange in Scheiben schnitt und diese dann auf sechs Gläser verteilte. Offensichtlich hatten die anderen sich für denselben Aperitif entschieden.
Er setzte sich neben Dana, traute sich aber nicht, sie zu küssen. Aber als sie leicht über seine Hand strich, griff er nach ihren Fingern und hielt sie einfach fest.
Keiner schien es zu bemerken, oder vielleicht taten sie auch nur

so. Nur Emma wandte den Blick ab, als hätte sie ihre Mutter und Antonius bei etwas besonders Unschicklichem erwischt oder könnte einfach nicht ertragen, was sie sah.

Von »nur« Spaghetti konnte nicht die Rede sein. Franziska hatte sich Mühe gegeben. Nach verschiedenen Antipasti gab es Hummerkrabben, Kartoffelgratin und Salat, und der Nachtisch – Pfirsicheis mit Amarettini – war einfach köstlich.

Nur eins war nicht so, wie es sein sollte: das Tischgespräch. Wenn der Hauptzweck des Essens gewesen war, sich besser kennenzulernen, dann waren sie drauf und dran, dieses Ziel zu verfehlen. Jedes neu angeschnittene Thema versickerte nach zwei, drei Sätzen.

»Wollen wir noch einen Kaffee machen?«, schlug Dana schließlich vor. »Und vielleicht einen Linie-Aquavit? Ich denke, ich brauche einen.« Sie sah Antonius vielsagend an.

Franziska nickte und stand auf, sichtlich froh, der Runde zu entkommen.

»Kennst du die Geschichte von dem Linie-Aquavit?«, fragte Dana, an Antonius gewandt.

Er schüttelte den Kopf.

»Angeblich wurden 1805 ein paar Fässer Aquavit von Norwegen aus nach Übersee eingeschifft. Dort hat man vergessen, sie auszuladen, also kamen sie wieder zurück nach Norwegen. Als man sie geöffnet und davon getrunken hatte, stellte man fest, dass der Aquavit viel milder schmeckte als zum Zeitpunkt des Einschiffens. Es soll an den alten Sherryfässern aus Eiche, den Bewegungen durch die Wellen und den Temperaturschwankungen gelegen haben.« Sie lachte vergnügt. »Vielleicht ist es auch nur ein Märchen. Ein früher PR-Trick von einem besonders raffinierten norwegischen Schnapshändler. Nicht dass sie das da oben bei ihren Alkoholpreisen nötig hätten! Jedenfalls wird der

Linie-Aquavit seitdem neunzehn Wochen lang zwei Mal über den Äquator geschaukelt. Auf jeder Flasche ist die Route verzeichnet. Danke schön.«

Franziska hatte Dana und Antonius ein Glas vorgesetzt. Dana nahm eins und kippte den Inhalt mit zurückgelegtem Kopf herunter. »Brrrrrr«, meinte sie dann und fuhr sich mit dem Handrücken über den Mund.

»Bevor es hier noch gemütlicher wird, solltest du dir lieber das mal anschauen, Mama«, mischte sich Katharina plötzlich wieder ins Gespräch ein. Sie hatte abgetragen und in der Küche rumgewerkelt, jetzt kam sie langsam auf den Tisch zu. In der Hand hatte sie den Rezeptordner. Sie knallte ihn ihrer Mutter vor die Nase, ohne Antonius eines Blickes zu würdigen.

Doch das, was Antonius bis zu diesem Zeitpunkt für einen Rezeptordner gehalten hatte, war keiner. Denn durch die Klarsichtfolie sah er den Computerausdruck eines alten Farbfotos: ein Mädchen mit blondem, kurzen Fransenschnitt, einer Stupsnase und grauen Augen unter dichten, ausgeprägten Augenbrauen. Das Mädchen war keine Schönheit, aber es hatte ein Gesicht, das man nicht vergaß. Das *er* mit Sicherheit sein ganzes Leben lang nicht vergessen würde.

Zum letzten Mal hatte er es vor fünf Jahren gesehen. Es hatte sich verändert, war etwas reifer geworden. Auch die Frisur war anders. Damals hatte sie eine lange Mähne gehabt, was bei ihrem dünnen Haar ungünstig ausgesehen hatte.

Aber so war Melanie Brinkmann immer schon gewesen. Wenn sie sich was in den Kopf gesetzt hatte, gab es keinen Weg, sie davon abzubringen.

Er spürte, wie ihm das Blut aus dem Gesicht wich, wie er zu zittern begann und sein Bein unkontrolliert zu wippen anfing. Wladimir hatte recht gehabt. Die Vergangenheit hatte ihn eingeholt. Er hätte etwas sagen sollen.

Jetzt war es zu spät.
Plötzlich fühlte Antonius, wie eine Lawine unausweichlich auf ihn zukam, die er weder mit Händen noch mit Worten stoppen könnte.
»Wer ist das?«, fragte Dana verwundert und griff nach der Mappe. Katharinas Blick folgte ihr, als sie sie aufschlug. Emma sah neugierig aus. Franziska dagegen schaute teilnahmslos auf das Teelicht, das im Luftzug flackerte. »Eine Freundin von dir?«
»Das …«, Katharina machte eine dramatische Kunstpause, »ist Melanie Brinkmann. Sie hat vor einem Jahr Abitur gemacht und studiert jetzt Sozialpädagogik. Früher ging sie auf die Sidonie-Springer-Oberschule.«
»Na und?«, fragte Dana eine Spur ungeduldig und blätterte die Seite mit dem Foto um. »Soll ich das alles lesen?«
»Nein. Musst du nicht. Frag stattdessen *ihn*«, mischte sich Franziska ins Gespräch. Sie hatte sich vom Anblick der Kerze gelöst und zeigte auf Antonius.
Dana wandte sich Antonius zu. »Wieso? Warum weißt du, was hier über diese … Melanie steht?«, fragte sie verwirrt.
»Dana«, schlug Antonius verhalten vor, »können wir das nicht woanders besprechen?«
»Oh nein, das könnt ihr nicht. Wir wollen alle hören, was du dazu zu sagen hast«, fauchte Katharina. »Das war schließlich Sinn und Zweck des heutigen Abends – dass wir dich besser kennenlernen.«
Dana wandte den Blick von Antonius ab und sah zu Katharina. »Ich weiß nicht, was das soll. Also los, raus damit.«
»Er hat Melanie sexuell belästigt!«, platzte es aus Katharina heraus. »Auf einer Klassenreise. In der neunten Klasse. Deshalb hat er sein Referendariat nicht zu Ende gemacht! Sie haben ihn runtergeschmissen und ein Verfahren gegen ihn eingeleitet. Er kann von Glück sagen, dass er dafür nicht in den Knast gewandert ist.«

Dana schaute erst sie und schließlich Antonius ungläubig an. Emma sah aus, als würde sie gleich in Tränen ausbrechen. Franziska spielte nervös mit einer Serviette. Katharina dagegen erwiderte triumphierend den Blick ihrer Mutter.

»Das habe ich nicht!«, protestierte Antonius laut. »Melanie hat gelogen … und wenn auch nur ein Wort von dem, was sie gesagt hat, gestimmt hätte, wäre ich nie so glimpflich davongekommen.«

Verdammt. Auch nach all der Zeit kam es ihm nicht überzeugend über die Lippen. Wahrscheinlich war das der Grund, weshalb sein Einwand verhallte, als hätte er ihn nicht gemacht.

»Von wegen keine Beweise«, zischte Katharina und warf ihm die Mappe hin. »Und was ist dann das hier?«

Antonius blätterte sie durch. Es war eine Fleißarbeit der Perfidie: Ausdrucke von Facebook, von Dialogen aus Chatrooms, von gewagten Vermutungen und wilden Gerüchten, angeheizt von juveniler Phantasie und dem System der Stillen Post: Jeder hatte es angeblich von einer absolut vertraulichen Quelle gehört, jeder gab es bereitwillig weiter, und jeder dichtete noch etwas dazu.

»Das hast du ja sauber eingefädelt«, sagte er bitter. »Du hast mir richtig hinterherspioniert. Wie lange hat das gedauert? Und warum hast du dir eigentlich die Mühe gemacht?«

»Weil ich von Anfang an das Gefühl hatte, dass bei dir was nicht stimmt«, trumpfte Katharina auf.

»Und jetzt bist du so froh, dass du was gefunden hast«, antwortete er zynisch.

»Hört auf. Beide. Sofort«, sagte Dana. Ihre Stimme zitterte. »Ich möchte wissen, was es damit auf sich hat.«

»Ich erkläre es dir, aber nicht in Gegenwart von diesen beiden!«, brauste Antonius auf. »Ich denke nicht daran, mich vorführen zu lassen! Bis jetzt habe ich nie von dir verlangt, dass du dich entscheidest, Dana. Jetzt schon.«

Dana sah ihn an, als käme er von einem anderen Stern. Sie rührte sich nicht, machte keinerlei Anstalten, ihm zu Hilfe zu kommen. Gut, entschied er zornig. Das war auch eine Antwort! Hier hatte er nichts mehr verloren.

»Man könnte glatt meinen, du hast Angst vor der Wahrheit«, warf Franziska kühl ein. Sie hatte die Arme vor der Brust verschränkt. Emma hatte inzwischen das Gesicht in den Händen verborgen. Ihre Schultern zitterten.

»Nein, habe ich nicht«, fuhr er sie an. »Vor der Wahrheit hat nur der Angst, der etwas zu verbergen hat, und das habe ich nicht! Und wovor hast du Angst? Davor, dass deine Mutter ein eigenes Leben führt? Dass sie es wagt, sich ein bisschen persönliche Freiheit herauszunehmen? Das gibt dir das Recht, hinterhältig in meinem Leben herumzuschnüffeln und sich wie die Stasi aufzuführen, ja? Ach, macht doch, was ihr wollt! Ihr beiden seid wirklich das Allerletzte!« Er stürmte aus dem Raum.

Dana stand so heftig auf, dass ihr Stuhl zu Boden polterte. Sie rannte zur Treppe. »Antonius, warte!«, rief sie ihm nach. Aber ihr Ruf verhallte ungehört. Sie wirbelte herum und funkelte ihre beiden älteren Töchter an. »Seid ihr denn völlig übergeschnappt?«, schrie sie sie an. »Was ist denn in euch gefahren?«

Bei ihren Worten stand Emma hastig auf. Einen Moment lang blieb sie stehen und sah erst zu Katharina, dann zu Franziska. Ihre dunklen Augen schwammen vor Tränen. »Ihr seid ja so was von gemein!«, stammelte sie. Dann drehte sie sich auf dem Absatz um und lief gehetzt aus der Lounge.

Katharina achtete überhaupt nicht auf sie, sondern rief aufgebracht: »Mama, hast du nicht verstanden, was wir hier aufgedeckt haben? Der Typ hat ein Mädchen missbraucht! Eine Minderjährige! Während einer Klassenfahrt! Abends auf dem Flur angegrapscht! Der ist ein echtes Schwein! Alle, die ich angemailt habe, haben das bestätigt. Nun lies das doch erst mal, bevor du

mich anmeckerst. Du willst doch nicht ernsthaft behaupten, dass er dir leid tut!«, ereiferte sie sich weiter.
»Das hat doch damit überhaupt nichts zu tun«, rief Dana zornig. »Er ist mein Freund, Katharina, ob es dir passt oder nicht, und ihr habt mir nicht die geringste Chance gelassen, ihn in Ruhe darauf anzusprechen! Aber eigentlich geht es euch auch nicht das Geringste an, wie ich das mit Antonius kläre! Was seid ihr beiden für unglaublich durchtriebene Biester, ihn heute Abend unter einem falschen Vorwand hierher zu locken! Was habt ihr euch denn dabei gedacht? Jemanden erst in Sicherheit zu wiegen und ihn dann heimtückisch bloßzustellen?«
Franziska sah aus, als würde sie am liebsten im Boden versinken, Katharina dagegen plusterte sich auf. Dana kannte ihre Tochter gut genug, um zu wissen, dass Katharina umso hitziger wurde, je mehr sie sich im Unrecht fühlte. »Und wenn schon! Wenn wir ihn direkt gefragt hätten, hätte er nur gelogen. Was hätten wir denn machen sollen? Gleich zu dir mit der Entdeckung kommen?«
»Ja natürlich! Außerdem gilt: Im Zweifel für den Angeklagten, und wenn ich das richtig sehe, habt ihr bis jetzt keine Beweise, sondern nur Gerüchte aufgetan! Ich bin so enttäuscht von euch, das hätte ich euch beiden nicht zugetraut. Ich will, dass ihr eure Sachen packt und schleunigst vom Schiff verschwindet. Ich will euch heute nicht mehr sehen«, sagte Dana heftig.
Katharina und Franziska sprangen von ihren Sitzen auf, als seien sie geschlagen worden, und stürzten aus der Messelounge.
»Du bist so was von dumm, Mama! Ist dir noch nicht in den Kopf gekommen, dass Antonius sich vielleicht an einer von uns vergreifen könnte?«, schleuderte Katharina ihr von der Tür aus entgegen, bevor sie verschwand.
Dana spürte, wie es in ihr flatterte. Ihre Hände zitterten. Ihr Mund war trocken. Alles zerbrach. Antonius. Ihre Töchter. Sie

konnte sich nicht daran erinnern, jemals so wütend auf sie gewesen zu sein. Sie war überzeugt, dass es Katharinas Plan gewesen war, aber Franziska hatte mitgemacht, auch wenn sie die meiste Zeit geschwiegen hatte. Sie war keinen Deut besser.
Und Antonius! Auf ihn war sie fast noch wütender als auf ihre Töchter. Wenn an all dem nichts dran war, wie hatte er es nur wagen können, sie so im Unklaren zu lassen! Ihr das zu verschweigen und sie blindlings in diese Situation laufen zu lassen? Alles zu gefährden, was sie verband, weil er nicht den Mut hatte, darüber zu reden? So feige zu sein und einfach wegzulaufen! Sie glaubte ihm ja, mein Gott, sie wollte ihm ja glauben! Aber warum hatte er es ihr nicht früher gesagt? Ein leiser Zweifel kam in Dana auf: Was, wenn er doch nicht unschuldig war und gerade deshalb geschwiegen hatte? Hatte sie ihm nicht erst neulich gesagt, dass sie fast nichts über ihn wusste?
Dann fiel ihr Blick auf Charlotte. Sie war leichenblass und saß leicht vornübergebeugt, den Kopf gesenkt.
»Mutti! Ist alles okay? Bist du unterzuckert? Soll ich dir Traubenzucker holen?«
Charlotte hob den Kopf. Einen Moment lang sah sie aus, als hätte sie Mühe, Dana zu fokussieren. »Mir ist nicht so gut. Nein, der Zucker ist okay. Es ist mehr hier.« Sie rieb sich den Magen. »Ich glaube, der Nachtisch war doch ein bisschen zu schwer.«
Dana ging um den Tisch herum zu Charlotte. Sie hockte sich hin und nahm ihre Mutter in den Arm. Hatte sie sich immer schon so zerbrechlich angefühlt?
»Willst du heute Nacht lieber hierbleiben?«
»Nein.« Charlotte schüttelte den Kopf. »Zum einen habe ich mein Nachtinsulin nicht dabei, zum anderen …« Sie musste nicht zu Ende sprechen. Siedend heiß fiel Dana Emma ein.
»Ach verdammt«, sagte sie. »Emma. Wo steckt sie denn? Sie wird sicher auch nicht hierbleiben wollen.«

Und plötzlich war da ein schrecklicher Gedanke. »Meinst du, Antonius hat irgendwas getan, was Emma … Ob sie deshalb in letzter Zeit so komisch ist?«
»Wäre das denn theoretisch möglich?«, fragte Charlotte langsam. »Waren sie mal allein?«
»Nein.« Dana flüsterte es.
»Was nein?«
»Ich weiß nicht, ob sie mal allein waren. Ich glaube nicht.«
Im Flur klappten zwei Türen, dann traten Katharina und Franziska wieder in der Lounge, Franziska sah zerknirscht aus, Katharina schmollend. Dana konnte beides nicht ertragen. Eine dritte Tür war zu hören: Emma. Mit gesenktem Kopf kam sie herein.
Charlotte stand mühsam auf. Als sie sich aufrichtete, musste sie sich an der Stuhllehne festhalten. Sie machte einen Schritt, und als sie sich sicher genug fühlte, einen zweiten. »Kommt, wir gehen. Lasst eure Mutter allein.«

Als alle weg waren, blieb Dana regungslos am Tisch sitzen. Sie fühlte sich wie eine Marionette, deren Schnüre gekappt worden waren. Ihr Kopf hing herunter, die Arme lagen bewegungslos an ihren Seiten, die Hände schlaff in den Gelenken, die Schultern fielen kraftlos nach vorn, ihre Beine waren ausgestreckt. Ihre Kraft war verschwunden, die Energie, mit der sie sich normalerweise in ihre Aktivitäten stürzte, weg. Was soll das eigentlich alles, dachte sie mutlos.
Im schlimmsten Fall hatte sie einen Liebhaber, der eine Minderjährige sexuell belästigt hatte. Im besten Fall hatte sie einen Liebhaber, der ihr etwas immens Wichtiges verschwiegen hatte. Als ob jeder Anspruch auf Ehrlichkeit zu viel wäre, als ob diese wundervollen Nächte, diese Intimität nichts war, dem man Rechenschaft schuldig war. War ihre gemeinsame Zeit für Antoni-

us vielleicht doch nur etwas Temporäres oder noch – viel schlimmer – etwas komplett Belangloses?

Sie hatte zwei Töchter, die mit eiskalter Systematik ihre Beziehung zerstörten. Wie sollte sie mit ihnen umgehen, mit ihnen leben? Lachen, sich mit ihnen freuen, für sie da sein, um sie bangen? Sie wusste es nicht.

Sie hatte eine dritte Tochter, die langsam aber sicher an etwas zerbrach, das keiner benennen konnte. Ein Mädchen, das kurz davor stand, allein in die Welt hinauszufahren, ohne dass Dana wusste, ob Emma ihr Tausende von Kilometern entfernt endgültig entglitt oder ob die Distanz für Heilung sorgen würde.

Und sie hatte eine Mutter, die alles für sic und die drei Mädchen tat und der es gesundheitlich zunehmend schlechter ging. Auch, wenn sie das Gegenteil behauptete. Dana hatte schließlich Augen im Kopf.

Es reichte, um stärkere Frauen als sie in die Knie zu zwingen.

Als Dana zu der Flasche Aquavit griff, blitzte Antonius' Silberring an ihrem Mittelfinger auf. Sie überlegte, ob sie ihn abnehmen sollte. Nein, entschied sie. So weit war sie noch nicht. Stattdessen schenkte sie sich ein. Mit einem Schluck hatte sie den Schnaps heruntergekippt. »Zweimal Äquator und zurück«, murmelte sie und goss sich das Glas zum zweiten Mal voll. Und noch mal. Und das, obwohl sie den Kümmelgeschmack eigentlich verabscheute und ihr die Schärfe überhaupt nicht half. Was sie anging, hatte das Hin- und Herschippern über den Äquator den Fässern mit Aquavit nicht geholfen.

Im Gegenteil: Ätzend, wie tausend kleine Messerspitzen, bohrte sich der Alkohol in ihren Magen. Der viel zu nah am Herzen lag.

14. Kapitel

»Wir müssen reden. Wo bist du?«, fragte Antonius. Seine Stimme klang dumpf und abgehackt. Offensichtlich rief er von unterwegs, wahrscheinlich vom Auto aus, an.

Dana stöhnte. Sie hatte einen Kater so groß wie die Spandauer Schleuse. Sie wollte nicht reden. Sie wollte, dass er sie in Ruhe ließ. Dass ihre Kinder sie in Ruhe ließen. Dass die Welt sie in Ruhe ließ. Als sie heute Morgen aufgewacht war, schien es eine sehr gute Idee, Antonius nie wiederzusehen. Dann war sie wieder eingedämmert.

Aber das war immerhin, wie ihr das Display verriet, sein achtzehnter Anruf. Die anderen siebzehn hatte sie glücklicherweise verschlafen.

»Ich bin auf dem Schiff. Und wo bist du?«, fragte sie müde. In ihrem Kopf pochte es. Wenn sie dieses Telefonat jemals überleben würde, brauchte sie dringend Aspirin.

»Am Dreieck Pankow.«

»Dann komm.« Ohne seine Antwort abzuwarten, klappte sie das Handy zu. Sie ließ sich in die Kissen zurückfallen und starrte an die Decke. Es war ihr egal, ob Antonius sich entmutigt fühlte. Es war ihr egal, ob er kam. Alles war egal.

Als Antonius eine knappe Stunde später in die Messelounge trat, war sie geduscht und angezogen. Der Blick in den Badezimmerspiegel hatte sie erschreckt: Ihre Augen waren blutunterlaufen, dunkle Schatten lagen darunter, ihre Lippen waren blass.

Auf Make-up hatte sie trotzdem verzichtet. Nichts sollte verborgen werden, alles offen liegen. Der Griff in den Schrank war leicht gewesen: Sie hatte alles herausgezogen, was schwarz war. Witwenschwarz. Trauerschwarz. Abschied-für-immer-schwarz. Gedankenverloren rührte sie in ihrer Kaffeetasse und machte sich nicht die Mühe hochzuschauen.
»Dana«, sagte er und ging auf sie zu. Als er sie berühren wollte, zuckte sie zurück. Er sah aus, als hätte sie ihn geschlagen.
»Fass mich bitte nicht an«, antwortete sie.
Antonius blickte einen Moment auf sie hinunter, dann griff er sich einen Stuhl und setzte sich verkehrt herum darauf. »Du musst mir zuhören!«
»Ich höre«, sagte Dana, schaute aber weiterhin beharrlich in ihre Kaffeetasse.
»Was Katharina über die Untersuchung des Vorfalls gesagt hat, ist wahr. Aber nur …«
Jetzt flog ihr Blick doch zu ihm hoch. »Du hast ein Mädchen sexuell belästigt?«, fragte sie ungläubig.
»Nun warte doch mal! So steht es im Internet, so reden die Schüler, dafür wurde ich von der Schule geworfen, deshalb habe ich mein Referendariat nicht zu Ende machen können. Und das ist auch der Grund, weshalb ich vor fünf Jahren aus Berlin abgehauen und zu meinem Vater in die Schorfheide gezogen bin. Weil ich diese Stadt einfach nicht mehr ertragen konnte!«, erwiderte er heftig.
»Und – hast du es nun getan oder nicht?«
»Natürlich nicht.« Er sah gequält aus. Dann griff er nach ihrer Hand, und diesmal ließ sie es geschehen, allerdings ohne seinen warmen Druck zu erwidern. »Melanie hat für mich geschwärmt.«
»Das Mädchen auf dem Foto?«
Er nickte. »Ja. Ich habe sie in Kunst unterrichtet. Sie hat mir Briefchen geschrieben, die ich leider nicht aufgehoben habe.

Das hätte mich entlastet. Sie hat auf mich gewartet, nach der Schule. Regelrecht gestalkt hat sie mich. Ich habe nichts dagegen unternommen. Sie war ja erst fünfzehn, und ich dachte, dass das jedem angehenden Referendar mal passieren kann. Das war naiv. Ich hätte es ernster nehmen sollen. Wenn mich eine Schuld trifft, dann die.«

Dana sah ihn aufmerksam an, registrierte den bitteren Zug um seinen Mund.

»Und dann?«

»Dann hat sie meine Adresse herausgefunden und stand ständig vor der Haustür. Und ich Idiot habe mir immer noch nichts dabei gedacht.«

Er zögerte, als suche er nach den richtigen Worten, bevor er fortfuhr: »Und dann habe ich die Klasse auf Klassenfahrt begleitet, am Ende des neunten Schuljahrs. Wir sind nach Buckow in die Märkische Schweiz gefahren. Ich habe mich um die Jungen gekümmert, die Klassenlehrerin war für die Betreuung der Mädchen zuständig.«

Dana nickte. Sämtliche Klassenreisen ihrer Töchter waren so organisiert gewesen.

»Fünf Tage. Eigentlich nicht sehr lang, oder? Aber lang genug für Melanie. Am letzten Abend hat die Klasse im Keller der Jugendherberge eine Party geschmissen.«

Antonius strich sich das Haar zurück. Heute hatte er, was eher selten war, auf den Zopf verzichtet. Unwillkürlich fragte Dana sich, wie er wohl mit kurzen Haaren aussehen würde. Im Zweifelsfall gut, wenn auch härter, wenn die kantigen Gesichtszüge nicht länger durch die sanften Wellen gemildert würden. Älter. Antonius als alter Mann. Die Haare kurz. Grau meliert. Geheimratsecken oder Glatze. Vielleicht ein kleiner Bauchansatz. Eine seltsame Vorstellung. Schnell verdrängte sie den Gedanken.

»Bei der Party fiel mir auf, dass einige fehlten. Das kam mir komisch vor. Ich bin durchs Haus gegangen, um nach ihnen zu suchen. Ich habe sie nirgends gefunden. Dafür kam Melanie gerade aus dem Mädchenklo. Genau in der Sekunde, als ich daran vorbeiging.«

»Wo waren denn die anderen? Die verschwundenen, meine ich?«, fragte Dana.

»Ach, ein paar Jungen hatten Schnaps besorgt. Die hockten alle draußen im Garten und gaben sich die Kante. Melanie hat später zu Protokoll gegeben, dass sie auch bei ihnen gewesen ist. Das erklärte natürlich einiges. Eigentlich hätten die, die die Schnapsflasche kreisen ließen, auch eins auf den Deckel bekommen müssen. Aber das war dann nicht mehr wichtig. Nichts war dann noch wichtig.«

»Weil?«

»Als Melanie aus dem Bad kam und unvermittelt vor mir stand, hat sie versucht, mich zu küssen. Sie hat mir gesagt, dass sie mich liebt, mich angefleht, dass ich ihr eine Chance geben soll, dass sie alt genug ist, um zu wissen, wie sie mich glücklich machen kann.« Antonius schnaubte. »Sie hatte eine Fahne. Ich habe sie abgewehrt, erst sanft, dann energischer. Ich habe sie bei den Oberarmen gepackt, um sie auf Abstand zu halten. Habe versucht, ihr gut zuzureden, sie zu beruhigen. Aber egal, was ich gesagt habe – es wurde immer schlimmer. Sie war außer sich. Als sie gemerkt hat, dass ich nicht im Traum daran dachte, auf sie einzugehen, hat sie geschluchzt wie verrückt. Sie war einfach nicht zu beruhigen. Sie hat gesagt, wenn sie mich nicht haben kann, soll auch keine andere mich haben. Dass sie dafür sorgen wird, damit ich begreife, dass wir füreinander gemacht sind. So ein unglaublicher Blödsinn.«

»Sie war in dich verliebt«, sagte Dana.

»Das war sie nicht! Mit Liebe hatte diese krankhafte Schwärmerei überhaupt nichts zu tun. Und dann …« Antonius trommelte mit den Fingern auf die Tischkante. »Dann kamen die Klassenlehrerin und zwei Freundinnen von Melanie in den Flur. Ich weiß genau, wie die Situation auf sie gewirkt haben muss: Ich hatte Melanie in meinen Armen, um sie zu beruhigen. Um sie davon abzuhalten, mich oder gar sich selbst zu verletzen, um sie irgendwie zur Räson zu bringen.« Er holte tief Luft.

»Und dann?«

»Dann brach die Hölle los. Melanie hat geschrien und steif und fest behauptet, ich hätte sie belästigt. Sie hatte sogar ein paar rote Flecken am Oberarm, da, wo ich sie gepackt habe, um sie von mir abzuhalten. Ich hätte ihr an den Busen gefasst, hat sie unter Tränen gesagt, ich hätte ihr schon in der Schule nachgestellt. Meinetwegen hätte sie Riesenangst gehabt, auf die Reise mitzukommen.«

»Und das hat man ihr geglaubt?«, fragte Dana.

Antonius wiegte den Kopf hin und her. »Vielleicht, vielleicht auch nicht, aber untersucht werden musste der Vorfall auf jeden Fall. Schulen nehmen einen möglichen sexuellen Missbrauch von Schutzbefohlenen sehr ernst, müssen sie ja auch. Die Gesamtkonferenz wurde eingeschaltet. Der Schulrat wurde unterrichtet. Es gab mehrere Befragungen. Es zog sich hin, über Wochen und Monate. Ich wurde suspendiert, und die Gerüchteküche brodelte.«

»Und Melanie ist nicht von ihrer Darstellung abgewichen?«

»Keinen Millimeter. Sie war sehr überzeugend. Alle Schwärmerei war plötzlich verflogen und ins Gegenteil verdreht. Sie hat sich in ihre neue Rolle regelrecht hineingesteigert. Irgendwann hat sie ihre Geschichte sogar selbst geglaubt, vermute ich.«

»Und wie ging das dann alles aus?«

»Aussage stand gegen Aussage. Die Schulpsychologin, die mit Melanie gesprochen hatte, kam zu keinem eindeutigen Ergebnis und konnte somit auch nicht ausschließen, dass Melanie die Wahrheit sagte. Die Eltern haben Stimmung gegen mich gemacht. Es wurde auch in den Zeitungen darüber berichtet. Auf ein Strafverfahren wurde verzichtet, aber gefeuert aus dem Schuldienst haben sie mich trotzdem.«

»So einfach ist das?«, fragte Dana ungläubig. »So wenig Verlass ist auf unser Rechtssystem?«

Antonius zuckte mit den Achseln. »Ich weiß nicht, ob das grundsätzlich so ist. Aber in meinem Fall wollte die Schulbehörde auf Nummer sicher gehen. Ganz ehrlich, es hat mir nicht mehr viel ausgemacht. Ich wollte nur noch weg. Ich tauge nicht zum Lehrer. Die paar Didaktik- und Pädagogikseminare, die ich an der Uni hatte, haben nicht ausgereicht. Hätten es auch niemals.«

Er schaute aus dem Bullauge. Auf der anderen Seite des Hafenbeckens lud gerade ein Kran Schrott von einem Frachter auf einen Laster. Die gefüllten Greifer schwenkten durch die Luft. Als sie sich öffneten, war das Scheppern der herabstürzenden Metallteile bis in die Messelounge zu hören.

»Weißt du, was ich seitdem wirklich fürchte?«, sagte er und drehte abwesend an seinem Ring, als ob jede weitere Umdrehung die Erfüllung eines Wunsches garantierte.

»Was denn?«

»Diesen schwärmerischen Ausdruck in den Augen von jungen Mädchen. Wenn ich ihn sehe, wird mir eiskalt. Ich kann schließlich nichts für mein Aussehen.«

»Aber du pflegst es doch. Du legst offensichtlich Wert darauf, cool auszusehen«, warf Dana ein. »Nicht, dass ich was dagegen hätte«, fügte sie hinzu.

»Das ist doch normal, oder? Ich kann ja nicht in Rentnersandalen rumlaufen, wenn mir nach Turnschuhen ist.«

»Und deine Haare …?«

»Sind in erster Linie praktisch so. Unser Aussehen sagt so unendlich wenig über uns aus und bestimmt zugleich so viel. Kein Mensch kann etwas dafür. Das liegt ausschließlich am Genpool.«

»Mir ist gleich aufgefallen, dass du bei meinen Mädchen sehr reserviert warst«, sagte Dana langsam. »Charlotte auch.«

»Mit voller Absicht. Schon am ersten Abend hatte ich Angst, dass es wieder das gleiche Scheißspiel wird. Gleich drei!«, sagte er heftig. »Aber dann warst du da, so wunderbar abgeklärt, so schön, so voller Humor, Wärme und Weisheit …«, er nahm ihre Hand und küsste sie. »Und ich dachte mir, dass du jedes Risiko wert bist.«

»Meinst du, Franziska und Katharina haben auch heimlich für dich geschwärmt? Und Emma?«, fragte Dana nachdenklich, während er ihre ineinander verschränkten Hände langsam sinken ließ.

»Franziska und Katharina? Keine Ahnung. Ich will es auch gar nicht wissen. Ich will nicht mal daran *denken.* Aber neutral sind ihre Gefühle mir gegenüber jedenfalls nicht. Sie hassen mich. Und Emma? Die bemerkt man ja kaum.«

Dana schwieg. Hass war ein großes, gefährliches Wort. Etwas, das sie nicht mit ihren Töchtern in Einklang bringen konnte. »Ich denke, sie sind verletzt, weil du der erste Freund bist, den ich seit dem Tod ihres Vaters habe. Und Katharina ist sowieso …«

»Die beiden hassen mich«, erklärte Antonius mit Nachdruck. »Mir ist es egal. Sollen sie mich hassen. Hass ist mir allemal lieber als Schwärmerei. Aber für dich tut es mir leid.« Er hob ihre Hand erneut zum Mund. »Dana, glaubst du mir? Glaubst du daran, dass ich unschuldig bin? Und verzeihst du mir, dass ich es dir nicht früher gesagt habe? An dem Abend, als Jens Flinder mit dem Schulnamen rausrückte, sind bei mir alle Sicherungen durchgebrannt. Und danach habe ich einfach gehofft, dass das Thema nicht mehr zur Sprache kommt.« Er lächelte zögernd, fast wider Willen. »Ich kann meine Unschuld nicht beweisen. Das könnte nur Melanie.«

Dana sah ihn schweigend an. Er hielt ihrem Blick stand. Vielleicht war es dieses Standhalten, das sie letztendlich überzeugte. Schließlich nickte sie, dann sagte sie schlicht: »Ja, Antonius. Ich glaube dir.«

Er stieß einen Seufzer purer Erleichterung aus und konnte nicht verhindern, dass ihm Tränen in die Augen stiegen.

Dana seufzte ebenfalls. Allerdings nicht vor Erleichterung, sondern weil sie sich keine drei Worte vorstellen konnte, die den Graben zwischen ihr und ihren beiden Töchtern tiefer werden ließen als diese. Und es gab nichts, was sie dagegen unternehmen konnte, wenn sie Antonius nicht verlieren wollte.

Und wenn ihr etwas in den letzten Minuten klargeworden war, dann war es, dass sie ihn auf gar keinen Fall verlieren wollte. Er bedeutete ihr zu viel. Er berührte etwas in ihr, das niemand anders erreichte. Das nicht einmal Burkard erreicht hatte. Noch hatte sie die Kraft, ihr persönliches Glück gegen die starren Meinungen der anderen zu verteidigen. Noch reichte es, auch wenn sie das Gefühl hatte, zum wiederholten Male auf die Probe gestellt worden zu sein.

15. Kapitel

»Was ist denn jetzt mit Mama und Antonius?«, fragte Emma, als sie ein paar Tage später ihre Koffer für den USA-Aufenthalt packte. Der August war fast vorbei. Anfang September würde es losgehen.

Sie stopfte gerade ein Hemd in einen bereits halbvollen Plastiksack, der neben ihr stand. Wie fast alle ihre Sachen, war es ihr mittlerweile zu groß.

Sie hatte beschlossen, Klarschiff zu machen. In den USA würde sie sich erst mal neue Kleidung kaufen müssen. Sie hatte im Internet schon nachgeschaut, wie dort die Kleidergrößen gezählt wurden. Es begann mit Kleidergröße zwei. Sie schätzte, sie war inzwischen eine sechs. Wenn sie bloß schon drüben wäre …

Neben dem Sack stand ein geöffneter Koffer. Nur wenige Kleidungsstücke lagen bis jetzt darin.

»Keine Ahnung, ob die noch zusammen sind. Woher soll ich das denn wissen? Wir sehen Mama ja kaum noch. Was sie auf dem Boot treibt, kann ich nicht sagen.« Katharina saß auf dem Bett und schaute ihr zu.

»Ich dachte, sie macht Schluss mit ihm«, murmelte Emma und griff nach dem nächsten Teil, hielt es hoch und betrachtete es kritisch.

Katharina schnaubte verächtlich. »Das dachte ich auch. Aber wahrscheinlich ist sie noch mit ihm zusammen, sonst wäre sie ja mehr bei uns. Oder sie ist immer noch sauer auf Franzi und mich, aber das verstehe ich dann auch nicht. Wir wollten ihr doch nur die Augen öffnen! Ich finde, Mama ist komplett wahnsinnig. Der Typ ist ein Verbrecher! Stell dir mal vor, die würden heiraten! Wie ätzend wäre das denn«, schimpfte sie und beobachtete, was ihre Schwester gerade entsorgte. »Hey, das blaue Shirt ist doch nett! Willst du das nicht mehr?«

»Nee. Du? Hier.« Emma warf es ihr zu. »Meinst du wirklich, dass sie heiraten?«

Mit einer lässigen Bewegung schnappte Katharina das Shirt aus der Luft. »Zutrauen würde ich es Mama. Dann bin ich hier aber für immer weg, das kannst du mir glauben. Warum fragst du? Was interessiert dich das denn? Je weniger wir von Antonius sehen, desto besser. Und ehrlich, je weniger von Mama auch, solange sie so strange ist.«

Emma antwortete nicht. Stattdessen wandte sie ihrer Schwester wieder den Rücken zu und begutachtete ein Flatterhemd. »Das habe ich auf der Alten Oder getragen«, murmelte sie wie zu sich selbst.

»Warum packst du eigentlich jetzt schon?«, wollte Katharina wissen. »Ein bisschen Zeit bis zur Abreise hast du doch noch.«

»Ich fange schon mal an. Außerdem – bis dahin würde ich am liebsten ausziehen.«

»Was? Spinnst du? Wieso das denn?«, fragte Katharina entgeistert.

Emma schwieg. Katharina sah nur, wie ihre Schwester den geschorenen Kopf schüttelte. Sie stand auf und trat an Emma heran.

»Sag mal, Kleine, was ist denn eigentlich los?«, fragte sie in einem seltenen Anflug von schwesterlichem Mitgefühl.

Aber Emma schwieg weiter. Stattdessen fielen jetzt dicke Tränen auf das Hemd, das sie mit ihren schmalen Händen umklammerte.

»Na komm, deiner großen Schwester kannst du es doch sagen«, drängte Katharina. Was konnte bloß hinter Emmas seltsamen Stimmungen stecken? »Ist es wegen Mama? Machst du dir Sorgen um sie?«
Emma zuckte nur mit den Schultern.
»Musst du nicht. Die kriegt sich schon wieder ein. Jede Wette.«
Aber diese Prognose schien Emma nicht heiterer zu stimmen. Sie schwieg beharrlich, während sie packte. Schließlich reichte es Katharina, und sie verließ das Zimmer.

Dana wäre lieber an Bord geblieben, wo sie sich in diesen Tagen mit Abstand am wohlsten fühlte, und wo sie auch heute wieder Zeit mit Antonius verbracht hatte. Im Bett, aber auch in der Messelounge: Er hatte etwas gelesen, sie hatte weiter am Plan für die nächste Reise gearbeitet. Aber das schlechte Gewissen wegen Emma trieb sie an diesem Abend dann doch nach Hause, wenn auch erst spät.
Es war schon nach zehn, als sie die Tür aufschloss und in die Küche ging. »Alle an Bord?«, fragte sie Charlotte gezwungen fröhlich.
»Nein. Emma ist noch nicht da. Ich wollte dich gerade anrufen. Ehrlich gesagt, weiß ich nicht mal, wo sie ist. Sie ist heute am frühen Nachmittag weggegangen«, antwortete Charlotte und schloss die Küchenschranktür. Sie hatte gerade den Geschirrspüler ausgeräumt. Jetzt drehte sie sich zu ihr um und sah sie sehr bestimmt an.
»Dana, ich habe mich niemals in die Erziehung der Mädchen eingemischt, und ich gönne dir alles Glück dieser Welt. Aber spürst du nicht, dass etwas nicht stimmt? Du kannst nicht länger die Augen davor verschließen. Emma isst so wenig, und dann das mit den Haaren. Deine Tochter verschwindet langsam, und du tust nichts dagegen. Ich habe ein schreckliches Gefühl dabei,

sie ein Jahr lang in die Welt hinaus zu schicken, ohne zu wissen, was sie hat.«
Die Worte trafen Dana wie eine Ohrfeige. All das hatte sie sich selbst schon gesagt und trotzdem die Augen davor verschlossen, gefangen in ihren eigenen persönlichen Hoffnungen, Nöten und Wünschen. Aber die rauhe Wahrheit jetzt so unverblümt von Charlotte ins Gesicht gesagt zu bekommen, öffnete ihr die Augen. Was für eine Mutter war sie eigentlich? Sie fühlte, wie die Tränen in ihr hochstiegen.
»Du hast ja recht«, sagte sie erstickt. »Es tut mir so leid.«
»Wir müssen Emma auffangen, bevor sie uns vollkommen entgleitet. Und uns bleibt nicht mehr viel Zeit.« Charlotte sprach leise, aber eindringlich.
»Ja, aber dazu müssen wir erst mal wissen, wo sie ist!«, sagte Dana, plötzlich von Angst gepackt. Sie wandte sich abrupt ab und ging den Flur entlang ins Zimmer ihrer jüngsten Tochter. Der Kleiderschrank stand sperrangelweit offen. Nur der Wintermantel hing einsam darin. Das Bett war ordentlich gemacht. Zwei Stapel Bücher lagen auf dem kleinen Schreibtisch vor dem Fenster. Dana drehte sich um und betrat Franziskas Zimmer, ohne sich die Mühe zu machen anzuklopfen. »Weißt du, wo Emma ist?«, fragte sie.
»Nein«, antwortete Franziska einsilbig. »Wieso?«
»Sie ist weg.« Vor Katharinas Zimmer zögerte Dana einen winzigen Moment. Sie war noch nicht über den Verrat ihrer Tochter hinweg. Aber hier ging es nicht um sie oder Katharina, sondern um Emma. Sie riss die Tür auf und stellte dieselbe Frage. Katharina sah vom Laptop hoch. »Ist sie nicht da?«, fragte sie.
»Sonst würde ich ja wohl nicht fragen«, entgegnete Dana.
Katharina stand auf. »Sie war heute Mittag schon so komisch«, sagte sie langsam. »Sie hat ihren Schrank ausgeräumt.«
»Das habe ich auch bemerkt.«

»Ist denn ihr Koffer noch da? Den hat sie auch gepackt.«
»Was!« Dana stürzte aus dem Zimmer und zurück in Emmas Kammer. Katharina folgte ihr.
Dana sah sich suchend um, schaute unters Bett, hinter die Tür. »Der Koffer ist weg!« In diesem Moment klingelte ihr Handy. Sie griff danach, abgrundtief erleichtert, felsenfest davon überzeugt, dass Emma, egal wo sie auch war, ihre Unruhe gespürt hatte und sich meldete.
»Schatz, wo bist du?«, fragte sie und zuckte zusammen, als sie die Stimme eines Mannes hörte. »Dana, ich bin noch in der Kanzlei. Es ist zwar spät, aber hoffentlich noch nicht zu spät! Ich wollte mal nachfragen, ob es Ihnen gutgeht …« Jens Flinder. Ausgerechnet jetzt!
Dieser Mann hatte ein seltenes Geschick, sich in den falschen Momenten zu melden. Hastig sagte sie: »Jens, bitte entschuldigen Sie, aber bei uns geht es gerade drunter und drüber.« Und noch bevor er etwas antworten konnte, hatte sie bereits aufgelegt. Stattdessen tippte sie Emmas Nummer ein und wartete angespannt auf das Freizeichen. »Ach, Mist. Abgeschaltet«, sagte sie frustriert und beendete die Verbindung.
»Sie hat zu mir gesagt, sie würde am liebsten ausziehen.« Katharina klang ratlos.
»Anscheinend hat sie das nicht nur gesagt, sondern auch getan«, stieß Dana hervor. Die Angst um ihre jüngste Tochter griff nach ihr, hielt sie eisern umklammert und ließ ihr Innerstes zu einem kalten Klumpen werden. »Wo kann sie bloß stecken?«
Charlotte kam den Flur entlang. Ihr besorgter Gesichtsausdruck verriet, dass sie alles mitbekommen hatte. »Vielleicht bei Jessy«, schlug sie vor.
»Ist Jessy nicht mit ihrem Vater verreist?«
»Ach ja. Stimmt. Mit wem hat sie denn sonst in letzter Zeit viel Kontakt gehabt?« Dana und Charlotte sahen Katharina und

Franziska an. Franziska schüttelte den Kopf, Katharina überlegte angestrengt. »Mit dieser Leonie aus ihrer Parallelklasse«, sagte sie dann. »Und mit dieser anderen, deren Freundin, wie heißt sie noch …«

»Anneke«, ergänzte Charlotte.

»Leonie, Anneke, und wie heißen die beiden mit Nachnamen?«, fragte Dana. Alle schüttelten den Kopf, sahen sich hilflos an. Doch Dana kam ein Gedanke. »Katharina«, sagte sie und blickte zum ersten Mal seit dem entsetzlichen Abend in die hellbraunen Augen ihrer mittleren Tochter. »Vielleicht kannst du ja deine außerordentlichen Spionagefähigkeiten einmal zu etwas Nützlichem einsetzen?«

»Ich probier's«, erwiderte Katharina kurz und verschwand in ihrem Zimmer.

»Die findet das raus«, sagte Franziska beruhigend. »Die findet alles raus.« Der Knoten in Danas Magen lockerte sich ein bisschen.

»Ich mache uns einen Tee«, schlug Charlotte vor. »Kommt in die Küche.«

Wie kann es sein, dass uns die Angst um Emma statt die Liebe füreinander zusammenbringt?, dachte Dana, während sie bedrückt zu dritt am Tisch saßen und darauf warteten, dass das Wasser kochte. Charlotte gab gerade zwei Beutel in die alte blaue Teekanne, als Katharina hereinstürzte.

»Einen Nachnamen habe ich schon mal. Leonie Wildermuth geht aufs Schiller-Gymnasium«, rief sie und wedelte triumphierend mit einem Stück Papier. Dana wollte danach greifen, als ihr Handy »Nimm mich mit, Kapitän, auf die Reise« anstimmte. Sie sah schnell auf das Display: Es war nicht Emmas Nummer. »Van Aken«, meldete sie sich.

»Frau van Aken, guten Abend«, hörte sie eine fremde Frauenstimme. »Mein Name ist Förster. Die Mutter von Anneke.«

»Ist Emma bei Ihnen?«, fragte Dana, bevor die Frau am anderen Ende weitersprechen konnte. »Oder wissen Sie, wo meine Tochter ist?«
»Ja. Sie ist bei uns. Deshalb rufe ich an.«
»Gott sei Dank! Wir haben uns solche Sorgen gemacht!« Dana fühlte sich schwach vor Erleichterung.
»Eigentlich wollte sie hier schlafen, aber es kam mir komisch vor, dass sie einen so großen Koffer dabeihat«, sagte Frau Förster und senkte die Stimme. »Die Mädchen sind seit Stunden in Annekes Zimmer. Emma wirkte sehr bedrückt, als sie hier ankam. Und ganz ehrlich, Frau van Aken, ich kenne Ihre Tochter ja noch nicht so lange, und es geht mich im Grunde nichts an – aber ist Ihnen nicht aufgefallen, wie sehr Emma in letzter Zeit abgenommen hat?«
»Natürlich ist uns das aufgefallen«, erwiderte Dana kurz.
»Es ist ja leider alles andere als ungewöhnlich, dass junge Mädchen Magersucht bekommen. Ich möchte nicht, dass das irgendwie auf Anneke abfärbt. Haben Sie schon mal daran gedacht, sich professionelle Hilfe zu holen?«
Das ging jetzt doch entschieden zu weit, befand Dana. Sie beschloss, die letzte Frage zu ignorieren. Hin- und hergerissen zwischen Erleichterung, dass Frau Förster sie angerufen hatte, und Ärger, weil sie sich in Dinge einmischte, die sie nichts angingen, sagte sie: »Zuerst mal möchte ich Emma abholen. Wo wohnen Sie denn?«
»Goethestraße 30, in Charlottenburg.«
»Danke. Ich bin schon unterwegs.«
»Soll ich Emma sagen, dass Sie kommen?« Aber da hatte Dana bereits aufgelegt und war aus der Tür hinaus.
Kurze Zeit später stand sie vor dem Haus, überflog die Türschilder, entdeckte das der Försters und klingelte ungeduldig. Der Summer ertönte, und Dana stieg rasch in den dritten Stock

hoch. Annekes Mutter erwartete sie bereits. Kühl nickten sie sich zu, und Frau Förster sagte: »Die Mädchen sind in Annekes Zimmer. Ganz hinten rechts.« Dana ging den langen Flur entlang, dann öffnete sie die Tür. Anneke stand auf und wischte hastig an Dana vorbei hinaus. Emma lag auf dem Bett.

»Emma, was soll das denn?«, fragte Dana. »Du kannst doch nicht einfach abhauen. Du kannst nicht einfach in einer Nacht-und-Nebel-Aktion deinen Koffer schnappen und uns nicht Bescheid sagen. Wir haben uns Sorgen gemacht, Emma! Verstehst du das nicht? Steh auf, wir gehen nach Hause.«

»Ich will aber hierbleiben!«, erwiderte Emma trotzig.

»Du kommst mit!«

Emma sah Dana mit geröteten Augen an und stieß hervor: »Du kannst mich nicht zwingen. Du kannst mich zu *gar nichts* zwingen. Lass mich in Ruhe. Die ganze Zeit kümmerst du dich nicht um mich, dann musst du es jetzt auch nicht tun!«

Das saß. Dana musste tief durchatmen, um nicht etwas zu tun, das sie später bitter bereuen würde. Dann sagte sie eindringlich: »Ich bin deine Mutter, und ich denke gar nicht daran, dich in Ruhe zu lassen. Wir werden über alles reden, versprochen. Aber zu Hause, nicht hier. Und jetzt komm endlich. Es ist schon spät.«

Quälend langsam erhob sich Emma, als ob sie einsah, dass sie diese eine Runde verloren hatte. Im Auto sagte sie kein Wort, schaute nur schmollend aus dem Wagenfenster, als gäbe es nichts Interessanteres als Straßenlaternen, erleuchtete Busse und Häuser, in denen sich die Menschen allmählich bettfertig machten.

Als Dana die Wohnungstür aufschloss, wollte Emma in ihr Zimmer gehen. Aber Dana hielt sie zurück: »Oh nein, so nicht, Emma. Du kannst nicht einfach abhauen und hoffen, dass du damit durchkommst. Und du kannst mir auch keine Vorwürfe machen und dann verschwinden. Wir gehen jetzt ins Wohnzimmer.« Sie öffnete die Tür und schob die widerstrebende Emma hinein. »Hier sind wir ungestört. Und nun raus mit der Sprache.«

»Ich will nicht«, sagte Emma bockig.

»Ach, jetzt willst du nicht, nein? Ich will aber. Ich will wissen, warum du ohne ein Wort verschwindest. Warum bist du wie ausgewechselt, und zwar nicht unbedingt zu deinem Vorteil, um es mal vorsichtig auszudrücken? Und wie kommst du überhaupt auf den Gedanken, du könntest mir egal sein?« Dana spürte, wie Stress und Sorgen in Wut umschlugen. »Weißt du denn nicht, dass kein Tag vergeht, an dem Groma und ich nicht über dich reden und uns fragen, was mit dir los ist?«, fuhr sie etwas sanfter fort. »Du bist meine Tochter, Emma, und ich mache mir große Sorgen um dich.«

»Das stimmt doch gar nicht! Du bist doch nie da! Tu doch nicht so, als ob es dich überhaupt interessiert, was ich mache. Du kümmerst dich doch nur um dich selbst! Wahrscheinlich kannst du es doch gar nicht abwarten, bis ich endlich in Amerika bin! Dann kannst du endlich ungestört auf deinem Schiff hocken mit … mit … Antonius.«

Jetzt war Dana wirklich schockiert. »Glaubst du das wirklich, Emma?«

»Ja! Du sagst immer, ich bin dir wichtig, und dann lässt du dich tagelang nicht sehen.«

»Aber das war doch immer schon so! Es gab immer wieder Zeiten, in denen ich auf der ›Drei Töchter‹ geschlafen habe, das weißt du doch!«, sagte Dana. »Die Reisen vorbereiten, den ganzen Papierkram machen, das kostet alles Zeit, und das hat es immer schon getan. Dass ich zu viel auf dem Boot bin, kann doch nicht wirklich der Grund sein, dass du auf einmal nichts mehr isst, dir die Haare abrasierst und dann abhaust!«

»Es ist ja wohl meine Sache, ob ich esse oder nicht«, gab Emma

heftig zurück. »Ihr habt alle an meiner Figur rumgemeckert. Jetzt bin ich endlich dünner, und dann ist es auch wieder falsch.«
»Ich habe niemals was gegen deine Figur gesagt!«, widersprach Dana energisch. »Du bist ein wunderhübsches Mädchen, sehr apart, ein ganz besonderer Typ, nicht wie Franziska und …«
»Sag's doch gleich! Nicht so schlank und nicht so blond und nicht so schön«, rief Emma aus. Es war ein verzweifelter Aufschrei. »Du kotzt mich an. Ihr alle kotzt mich an! Ich wünschte, ich wäre tot!« Sie sprang auf, raste aus dem Zimmer, riss die Tür zu ihrer Kammer auf und schmiss sie so heftig zu, dass der Knall durch die ganze Wohnung hallte.
Es war unmöglich, dass Franziska und Katharina den Lärm nicht gehört hatten, aber nur Charlottes Zimmertür wurde geöffnet. »Ich habe euch nach Hause kommen hören«, sagte sie kopfschüttelnd. »Und streiten.«
»Das war ja wohl nicht so schwer. Selbst ein Tauber hätte uns gehört«, schnappte Dana.
Charlotte sah sie überrascht und ein bisschen verletzt an. Dann meinte sie ruhig: »Das Mädchen ist ja völlig außer sich.«
»Ja, und das Schlimmste ist, dass ich immer noch nicht weiß, was sie eigentlich hat!« Entnervt fuhr Dana sich durchs Haar.
»Aber Gott sei Dank ist ihr nichts passiert, und sie ist wieder da«, versuchte Charlotte sie zu beruhigen.
»Wir haben sie zurück, aber irgendwie auch nicht«, sagte Dana geistesabwesend.
Charlotte nickte. »Wenn wir nur wüssten, was in ihrem Kopf vorgeht!«

Es war kurz vor zwölf. Dana hatte nach einem Buch gegriffen, es aber rasch wieder zur Seite gelegt. Sie war viel zu unruhig, um zu lesen. Tausend Fragen gingen ihr durch den Kopf. Wie war es nur möglich, dass ihre Familie in solch eine Schräglage geraten war? Wäre es nicht besser, Emmas Auslandsaufenthalt abzusagen? Oder war es gut, wenn sie aus allem herauskam? Denn das war es schließlich, was Emma heute versucht hatte. Aber warum bloß?

Charlottes Worte hallten in ihrem Kopf wider, als sie sich auszog, in ihr Nachthemd schlüpfte und sich die Zähne putzte: Wenn wir nur wüssten, was in Emmas Kopf vorgeht.

Sie ging ins Bett und löschte das Licht. Der Schein der Straßenlaterne fiel durch die Jalousie und malte einen hellen Kringel an die dunkle Decke.

Dana lauschte auf die Geräusche der Wohnung, aus der sie als junge Frau ausgezogen und achtzehn Jahre später wieder eingezogen war: das Knarzen des Parkettbodens, das leise Knarren einer Türfassung, das Klirren einer Fensterscheibe, wenn durch die nächtliche Straße ein Auto fuhr. Aber die Vertrautheit hatte heute ausnahmsweise nichts Tröstliches. Viel zu tief saß Danas Unruhe.

Plötzlich setzte sie sich auf. Warum hatte sie nicht daran gedacht? Es gab jemanden, der vermutlich jeden einzelnen von Emmas Gedanken kannte. Oder besser gesagt: Es gab etwas.

Sie stand auf, öffnete die Tür und horchte, ob sich etwas regte. Nichts. In der Wohnung herrschte absolute Stille. Durch den Flur huschte sie zu Emmas Zimmer. Vorsichtig drückte sie die Klinke herunter und hielt den Atem an, als die Tür beim Öffnen leise quietschte. Aber nichts geschah, alle schliefen weiter.

Emma hatte sich nicht die Mühe gemacht, die Vorhänge zuzuziehen. Der Mond, der hoch über der dunklen Häuserfront von Moabit schien, warf sein silbernes Licht in das kleine Zimmer. Emma lag zusammengerollt auf der Seite, den Kopf zur Wand gedreht. Dana blieb einen Moment stehen, betrachtete ihren kahlen Kopf und lauschte auf die gleichmäßigen Atemzüge. Dann ging sie zum Schreibtisch, nahm vorsichtig die schwere

Tasche, die Emma darauf abgestellt hatte, und verließ lautlos die Kammer.
Zurück in ihrem Zimmer, zog sie den Reißverschluss auf und sah die Bücher durch. Das Durcheinander von Jugend- und Erwachsenenbüchern war typisch für Emma. Zeig mir, was du liest, und ich sage dir, wer du bist, dachte Dana und kramte weiter, bis sie das gefunden hatte, wonach sie gesucht hatte: Emmas Tagebuch.
Sie schlug die erste Seite auf. Emmas Tagebuch zu lesen, war der denkbar größte Vertrauensbruch an ihrer Tochter, den sie sich vorstellen konnte. Und doch hatte sie keine Sekunde lang ein schlechtes Gewissen. Sie musste herausfinden, worum es hier ging, bevor es zu spät war.
Sie betrachtete Emmas Schrift. Schon immer hatte sie gern geschrieben, und irgendwie hatte sich das in ihrem Schriftbild niedergeschlagen. Es war flüssig und gleichmäßig, erinnerte ein bisschen an Schönschrift, so als ob sie ihren Gedanken auch äußerlich ein ordentliches Gewand geben wollte. Die S's und L's waren schnörklig, statt Punkten über den I's malte sie kleine, kugelrunde Kreise. Außerdem verwendete sie grundsätzlich türkisfarbene Tinte.
Drei Töchter, drei Schriften, dachte Dana, während ihr Blick über die ersten Worte glitten. Bei Franziska sah immer alles aus, als ob sie gerade Einkaufslisten erstellte, sachlich und strukturiert, Katharinas Schrift war ein kritzliges Chaos, zusätzlich verdorben durch den Gebrauch der Computertastatur. Hätte Katharina ein Tagebuch geführt, das Dana hätte lesen wollen – es wäre einer Hieroglyphenentzifferung gleichgekommen.
Das Tagebuch, eins von vielen, die Emma in ihrem knapp sechzehnjährigen Leben vollgeschrieben hatte, setzte im April dieses Jahres ein. Auf den ersten Seiten ging es um einen Streit mit

Jessy, der Emma offensichtlich sehr belastet hatte. Dana hatte nichts davon gewusst. Nun, in diesem Alter kam man ja auch nicht mehr wegen jeder Kleinigkeit zu seiner Mutter gelaufen, beruhigte sie sich.
Langsam blätterte Dana um, überflog die Tage und Wochen im Leben ihrer Tochter, als sei sie eine Fremde. An manche Situationen konnte sie sich gut erinnern, an andere dagegen überhaupt nicht. Und wer war bitte Marcel? Schien ja ein netter Typ zu sein. Doch Dana hatte noch nie von ihm gehört.
Aber sie hatte noch keinen Hinweis auf Emmas desolaten Zustand gefunden – bis ihr ein wohlbekannter Name ins Auge fiel: Antonius. Das Datum dieses Eintrags lag bereits etwas zurück. Emma hatte ihn geschrieben, als sie im Familienurlaub auf der Alten Oder unterwegs gewesen waren.

Gestern hatten wir unerwarteten Besuch an Bord. Er heißt Antonius und ist Maler. Er ist toll!!! So cool. Was mir auch super gefällt, ist, dass er nicht wie alle anderen immer Franziska oder Katharina anschmachtet, obwohl Franziska versucht hat, mit ihm zu flirten. Er ist ganz ruhig, so wie jemand, der nur sein eigenes Ding macht, dem es egal ist, was andere über ihn denken. Ich wäre auch gern so. Ob er mich wohl mag?

Dana war überrascht. Sie hatte nicht gewusst, dass Antonius so viel Eindruck auf Emma gemacht hatte. Sie konnte sich auch nicht erinnern, dass Emma in seiner Gegenwart jemals mehr als ein, zwei Sätze gesagt hätte. Sie blätterte um.

Ich habe einen Verdacht. Katharina und Franziska würden mich nur auslachen, wenn ich ihnen was davon erzähle. Außerdem hat Katharina nichts als ihren blöden Computer im Kopf und würde mich sowieso nur verstehen, wenn ich in Programmiersprache mit ihr rede.

Und Franziska denkt nur an den Stress, den sie mit Mark hat. Ist ja ihre eigene Schuld.
Ich glaube, zwischen Mama und Antonius läuft was. Ich habe so ein komisches Gefühl. Mama sieht so hübsch aus, als ob sie innerlich leuchtet. Und wenn es um Antonius und seine Bilder geht, spricht sie betont neutral. So, als ob es verräterisch wäre, wenn sie deutlicher wird. Das finde ich seltsam. So ist sie sonst nie. Ich würde gern wissen, wie das mit den beiden im Atelier war. Wie seine Bilder wohl sind? Worüber sie sich unterhalten haben? Ob sie sich geküsst haben? Nein, das glaube ich auf keinen Fall. Er ist so viel jünger als sie. Das kann nicht sein.

Daraufhin hatte sie mehrere Tage nichts mehr geschrieben. Dana überlegte. Die Schreibpause musste die Zeit gewesen sein, als sie mit den anderen beiden in Richtung Schwerin unterwegs gewesen war. Als Antonius ihr nachgefahren war und Emma allein mit Charlotte in Berlin geblieben war. Aber nach ihrer Rückkehr hatte auch Emma wieder etwas zu schreiben gehabt:

Ich hab's geahnt!!!! Mama und Antonius sind ein Paar. Katharina und Franziska haben sie im Bett erwischt. Katastrophe. Wie soll nun alles werden? Die beiden sind so wütend, und Mama ist nie mehr zu Hause. Am liebsten möchte ich mein Zimmer nie wieder verlassen und gleichzeitig nur noch woanders sein.

War es das? War Emma heute abgehauen, weil ihr der Stress in der Familie wegen Antonius zu viel war?
Der nächste Eintrag lag noch nicht lange zurück.

Ich will nicht mehr hier sein. Mir ist alles zu viel. Ich bin als Einzige ganz allein. Ich kann mit niemandem reden, Jessy ist weg. Ausgerechnet auf einer einsamen Insel in Finnland ohne E-Mail-Anschluss.

Lost! Ich sehe schrecklich mit der Glatze aus. Wie ein Sträfling. Oder wie eine Krebskranke. Genauso schrecklich, wie ich mich fühle.
Ich glaube, Katharina und Franziska planen was echt Fieses. Katharina ist zum Kotzen selbstgefällig. Ist sie ja immer, wie neulich, als sie mich wegen meiner Figur angemacht hat.
Jetzt tut sie so, als ob sie einen gefährlichen Spion überführt hätte. Irgendwas hat sie über Antonius herausgefunden, aber sie will mir nicht sagen, was. Ich komme mir ausgeschlossen vor, wenn die beiden die ganze Zeit flüstern. Aber das ist ja nichts Neues.
Ich weiß auch gar nicht, was ich machen würde, wenn ich wüsste, um was es geht. Ich könnte natürlich Antonius anrufen und es ihm sagen. Oder einfach auf seiner Matte stehen. Ob er überrascht wäre? Vielleicht würde er ja sagen, komm rein, Emma? Weil er sich total freut? Und überhaupt – wie wäre es wohl, wenn ich mit ihm allein wäre?

Plötzlich hatte Dana Mühe zu schlucken. Sie wollte schon zum nächsten Eintrag weiterblättern, als ihr Blick auf einige Sätze fiel, die scheinbar absichtslos an den Rand geschrieben waren.

Und die kleine Meerjungfrau küsste seine Hand, und sie fühlte, wie ihr Herz brach. Sein Hochzeitsmorgen sollte ihr ja den Tod bringen und sie zu Meeresschaum verwandeln.

Dana kannte diese Sätze genau: Sie waren aus dem Märchen »Die kleine Meerjungfrau« von Hans Christian Andersen, das sie den drei Mädchen früher vorgelesen hatte.
Emma hatte es nicht oft genug hören können. Zugleich war sie diejenige gewesen, der das Schicksal der Nixe am nächsten gegangen war. Obwohl sie damals noch ein kleines Kind gewesen war, hatte sie genau begriffen, was die kleine Meerjungfrau getan hatte: ihr Leben für die Hoffnung geopfert, dass der Prinz eines

Tages ihre Liebe erwidern würde. Was er nicht getan hatte, weshalb sie sterben musste.
Es war so typisch für Emma. Sie schwieg viel, beobachtete die Menschen, dachte sich ihren Teil und kam zum richtigen Schluss.
Und plötzlich ahnte Dana, was diese Zeilen aus der kleinen Meerjungfrau bedeuteten. Mit dem Gefühl, einer Katastrophe entgegenzusteuern, blätterte sie um. Die Seite zitterte, weil ihre Finger zitterten.

Mit Anneke verstehe ich mich total gut. Ich hab's nicht mehr ausgehalten und ihr das mit Antonius erzählt. Dann weiß es eben außer Jessy noch wer. Ich habe ihr gesagt, dass ich in ihn verliebt bin und dass es mir deswegen richtig, richtig schlechtgeht. Sie sagt, sie versteht es, aber das glaube ich nicht. Das kann niemand verstehen, der so etwas nicht selbst mitgemacht hat. Der Gedanke, dass Mama mit ihm zusammen ist, ist die Hölle für mich. Ich kann Mama manchmal gar nicht anschauen. Wenn sie nur mit einem Badetuch um den Körper hier rumläuft, könnte ich sie anschreien! Ich stelle mir vor, wie sie so vor Antonius steht, dann das Badelaken fallen lässt und was sie dann machen.
Ich habe noch nie mit einem Jungen geschlafen, auch wenn Marcel es wollte. Aber ich hab immer gewusst, dass ich ihn dafür nicht genug liebe. Antonius schon.

Wie eingefroren las Dana diesen letzten Eintrag ein zweites Mal. Ihre Ahnung hatte sie nicht getrogen. Emma fühlte sich wie die kleine Meerjungfrau. Es war das glühende, verzweifelte Bekenntnis, dass ihre jüngste Tochter sich in Antonius verliebt hatte, dass sie das Gefühl hatte, sterben zu müssen, wenn sie ihn sah und wusste, dass seine Liebe einer anderen Frau gehörte: ihrer eigenen Mutter.

Dana schossen die Tränen in die Augen. Sie spürte kaum, wie sie ihr über die Wangen liefen, während sie regungslos dasaß und auf den Schirm der Nachttischlampe starrte.
Ihre Liebe gegen ihre beiden älteren Töchter zu verteidigen, war eine Sache. Aber Emma tief zu verletzen, war eine andere. Und genau das hatte sie getan, als sie sich mit Antonius eingelassen hatte. Zwar unwissentlich, aber das machte es kein bisschen besser.
Sie schlug das Tagebuch mit bebenden Händen zu. Schließlich legte sie es zurück in die Tasche, stand auf und brachte sie schnell wieder zurück in Emmas Zimmer.
Als sie wieder im Bett lag, wollten ihre Tränen kein Ende nehmen. Egal wie sie es drehte und wendete, es schien nur eine Lösung zu geben.
Auch wenn es bedeutete, dass sie selbst sich wahrscheinlich in Meeresschaum verwandeln würde.

16. Kapitel

Du glaubst ihnen also doch. Du glaubst, dass ich mich an dieses Mädchen rangemacht habe. Und wenn du ihnen glaubst, vertraust du mir nicht. Du denkst, ich lüge dich an. Sonst würdest du nicht Schluss machen«, stieß Antonius mit gepresster Stimme hervor.

Mit aller Macht musste er sich beherrschen, um seine Wut, seine Enttäuschung und seinen Schmerz nicht laut herauszubrüllen. Was Dana da sagte, brachte seine Welt ins Wanken.

Sie hatte ihn angerufen und ihn gebeten, zur ›Drei Töchter‹ zu kommen. Er hatte sich gewundert, wie kühl ihre Stimme klang. Jetzt wusste er, warum. Es war Nachmittag, und die Sonne schien heiter in die Messelounge, unbeeindruckt von der Tatsache, dass sein Leben gerade in tausend Einzelteile zerbrach.

»Das ist nicht wahr«, sagte Dana. »Ich glaube ihnen nicht. Ich glaube dir. Ich vertraue dir aus vollem Herzen.«

»Wie kannst du in diesem Zusammenhang nur von Herz reden, Dana!«

»Antonius, du bist ein wunderbarer Mann, ein wunderbarer Mensch, der nur das Beste im Leben verdient hat. Ich schätze dich sehr. Aber zärtliche Gefühle allein reichen nicht und überwinden auch nicht alle Widerstände. Das Leben ist mehr als ein Gefühl für einen Mann. *Mein* Leben ist mehr als dieses Gefühl. Es ist randvoll mit Verpflichtungen. Es bedeutet mehr, als mich selbst glücklich zu machen.«

Er hob die Augenbrauen. »Sind Verpflichtungen das, was dich im Innersten ausmacht? Und das soll deine Antwort sein: Verpflichtungen? Ich war sicher, du schreibst etwas auf wie Suche nach Glück, Sehnsucht nach Liebe, Träume. Alles Fehlanzeige?« Er schnaubte.

Dana schwieg. Sie hatte nicht vor, ihm zu sagen, dass sie in diesem Augenblick nur eines ausmachte: die Sorge um ihre Jüngste. Sie gab nicht Katharinas und Franziskas Intrigen nach. Sie kapitulierte auch nicht vor dem Druck wegen des Altersunterschieds, den sie immer noch empfand, wenn sie sich außerhalb des schützenden Raumes des Schiffs befanden. Es ging ihr allein darum, Emma die verzweifelte Last ihrer ersten Liebe zu erleichtern und ihrer Tochter klarzumachen, dass Antonius aus ihrem Leben verschwunden war, bevor sie sie in den Flieger nach Florida setzte. So einfach war ihr Entschluss gewesen und zugleich so schwierig: Sie musste Antonius opfern. Sie musste die Freiheit opfern, ihn zu lieben.

Sie wollte Emma ihren Frieden zurückgeben, damit das Jahr im Ausland sie nicht zerriss. Gleichzeitig wollte sie ihre Tochter vor Antonius nicht als die jugendliche Schwärmerin entlarven, die er so fürchtete. Deshalb hatte sie beschlossen, Emmas Geheimnis für sich zu behalten.

»Findest du immer noch, dass ich zu jung bin, um zu verstehen, welche Verantwortung du Tag für Tag übernimmst? Dein Job, dein Unternehmen, deine Familie? Warum reitest du nur ewig auf dem Altersunterschied herum?«, fragte er.

Bei dem Wort Verantwortung wurde Dana plötzlich ärgerlich. »Mein Leben ist nicht eine Summe von Verantwortungen«, erwiderte sie kühl. »Und meine Familie ist es ebenfalls nicht. Meine Töchter sind drei junge Frauen, die verdient haben, dass ich alles versuche, damit sie ein gutes Leben haben. Materiell und emotional.«

»Ich verstehe«, antwortete er. »Dann geht es also doch darum. Um deine Töchter. Von denen mich zwei mit größtem Vergnügen in die Pfanne gehauen haben. Was ist das eigentlich für ein Scheißprinzip: Mutterschaft kontra Glück? Kannst du nicht beides leben? Kannst du deinen Töchtern keine gute Mutter sein und trotzdem zu deinen Gefühlen für mich stehen? Es ist doch sowieso nur eine Frage der Zeit, bis sie aus dem Haus sind.« Er strich sich das Haar aus dem Gesicht. Die Manschette seines olivgrünen Cordsamthemds rutschte hoch. Es hatte dieselbe Farbe wie seine Augen. Der Gedanke, nicht mehr in dieses stille Grün schauen zu können, ging Dana durch und durch. Fast wäre sie schwach geworden.

Sie sah ihn an. »Nein, im Moment geht das nicht. Wenn du das nicht verstehst – ja, dann mag es daran liegen, dass du zu jung bist.«

»Ich glaube dir nicht«, gab er kühl zurück. Sie ahnte, wie schwer ihm diese Reserviertheit fallen musste. Sie wusste, wie leicht sein Temperament die Führung übernehmen konnte, zu welcher Leidenschaft er fähig war. Sie bewunderte ihn für seine Selbstbeherrschung. Mehr noch: Sie respektierte ihn. Flüchtig fragte sie sich, wie das nächste Bild aussehen würde, das er malte. Sicher nicht sanft und wässrig. Eher etwas mit wütenden Farben und einer Pinselführung, die peitschte, stach und hieb.

»Die ganze Zeit über hast du wegen der fünfzehn Jahre, die uns trennen, gegen die Vorurteile der anderen gekämpft. Oder zumindest gegen das, was du für Vorurteile gehalten hast. Da kamst du mir echt vor, Dana. Manchmal zerrissen, aber echt. Jetzt nicht. Ich weiß nicht, warum du Schluss machst. Entweder du glaubst deinen Töchtern doch …« Sie schüttelte energisch den Kopf. »Oder es ist etwas anderes. Etwas, das du mir nicht sagen kannst oder willst. Vielleicht hat es dir ja dieser Rechtsanwalt von dem Klassentreffen doch angetan. Dieser

Jens Flinder. Reicher, etablierter und deutlich älter«, schloss er bitter.
»Ich habe dir doch gesagt, dass Jens Flinder mir völlig egal ist. Und das Alter ist auch nicht der Grund, weshalb ich finde, dass wir unsere Beziehung beenden sollten. Den Altersunterschied auszuhalten war nicht leicht für mich, aber er ist nicht ausschlaggebend. Und tu bitte nicht so, als ob ich von Bett zu Bett wandere und mir einen Liebhaber nach dem anderen aus dem großen Pool der Willigen rausfische!«, stieß sie heftig hervor.
»Was soll ich denn sonst denken?«, fragte er.
Plötzlich gewann Resignation die Oberhand in ihrem Gefühlschaos. »Ach, Antonius, denk doch, was du willst. Aber geh. Ich bitte dich, geh. Das mit uns war hinreißend und das Schönste, was mir seit langem passiert ist. Du hast mir unendlich viel geschenkt. Du hast mir das Gefühl für meine eigene Sinnlichkeit zurückgegeben. Dafür werde ich dir mein Leben lang dankbar sein. Aber mehr kann zwischen uns nicht sein. Ich schaffe es nicht. Die Zeit ist nicht reif dafür. Du und ich, wir hatten eben eine Sommerromanze, mehr nicht.«
Sie sagte es bittend, fast flehentlich, wie um sich selbst von der Wahrheit ihrer Worte zu überzeugen. Dann zog sie langsam den Silberring von ihrem Finger und hielt ihn ihm auf der flachen Hand hin.
Antonius betrachtete den Ring, als sähe er ihn zum ersten Mal. Dann schüttelte er den Kopf. »Nein. Ich will ihn nicht mehr. Er gehört dir. Behalte ihn als Erinnerung an das, was hätte sein können.« Mit diesen Worten drehte er sich um und tat endlich das, worum sie ihn gebeten hatte: Er ging. An der Tür angekommen, drehte er sich noch einmal um.
»Ich habe dich wirklich geliebt, weißt du«, flüsterte er.
Und dann war er endgültig verschwunden.

Dana brauchte zwei Stunden, um sich von dem Gespräch so weit zu erholen, dass sie nach Hause fahren konnte. Trotzdem zitterte ihre Hand, als sie die Wohnungstür aufschloss. Mein Gott, krieg dich in den Griff, ermahnte sie sich. Es ist nicht das Ende der Welt. Du hast es für die Familie getan. Für Emma. Damit die Spannungen, die Eifersucht und all die anderen negativen Gefühle verschwinden und die Harmonie zurückkehren kann. Du wirst ihn vergessen, ganz schnell.

Genau. Und dieses Jahr fällt Ostern auf Weihnachten.

»Was ist los?«, fragte Charlotte sofort, als Dana das Wohnzimmer betrat. Prüfend sah sie sie über die Lesebrille hinweg an.

Dana zwang sich zu einem Lächeln, aber es erreichte ihre Augen nicht. Sie stellte ihre Tasche neben den Sessel. »Das ist doch eigentlich mein Satz in letzter Zeit gewesen, Mutti. Immer, wenn ich nach Hause kam, war irgendwas Dramatisches.«

»Mit den Mädchen ist nichts. Die sind alle hier. Aber du siehst niedergeschlagen aus. Ist was mit dem Schiff? Oder mit dem Geschäft? Musst du Steuern nachzahlen? Oder ist was mit Antonius?«, fragte Charlotte weiter, als hätte sie Danas Satz gar nicht gehört.

Dana ließ sich in den Sessel fallen, ein bequemes dänisches Modell, das sie schon seit gut zwanzig Jahren in verschiedene Wohnungen begleitet hatte. Der karierte Bezug war alt und zerschlissen, aber sie hatte es nie übers Herz gebracht, ihn zu entsorgen. Wenn Burkard mal zu Hause gewesen war, hatte er am liebsten in diesem Sessel gesessen. Nach seinem Tod hatte sie sich auf der Suche nach Trost hin und wieder hineingesetzt. Dann meinte sie manchmal, den schwachen Geruch von seinem blauen Schifferpullover wahrzunehmen, diese unverkennbare Mischung aus Wasser, Treibstoff, Zigarettenrauch und Mann.

»Ich habe was Schreckliches getan, weil ich glaube, dass es das Richtige ist«, sagte Dana.

Vielleicht war es sein guter Geist, der sie jetzt dazu brachte, ihrer Mutter zu erzählen, was sie herausgefunden hatte und zu welchem Entschluss sie daraufhin gekommen war. Es tat gut, sich alles vom Herzen zu reden. Aber bevor sie ihren Worten freien Lauf ließ, nahm sie Charlotte das Versprechen ab, den Mädchen gegenüber zu schweigen wie ein Grab. Für immer und ewig.

17. Kapitel

Der Kohlestrich passte nicht zu dem, was Antonius zeichnen wollte. Er war zu grob. Der Bleistift dagegen brach ab, kaum dass er die Skizze deutlicher ausführen wollte. Unwillig steckte er das kaputte Werkzeug in das Einmachglas, das neben ihm stand und in dem es heute von falschen Stiften nur so wimmelte. Der Stuhl kratzte über den Boden, als Antonius aufstand und ihn nach hinten schob. Er ging zum Fenster und schaute in die Berliner Stadtlandschaft hinaus, ohne auch nur das Geringste wahrzunehmen.

»Läuft's heute nicht?«, fragte Wladimir hinter ihm. Er sprach laut, um den Geräuschpegel zu übertönen, der von einer Lou-Reed-&-the-Velvet-Underground-Platte stammte. Wladimir sammelte Schallplatten aus den siebziger und achtziger Jahren, die er beim Arbeiten auf einer alten Hi-Fi-Anlage abspielte. Laut abspielte.

Antonius warf einen Blick hinter sich. Heute war sein Freund mit irgendeiner seltsamen Skulptur aus rosa Latex beschäftigt.

Rosa. Ausgerechnet. Er wandte sich wieder ab. Er hatte immer gewusst, dass er mit dieser Farbe auf Kriegsfuß stand.

»Nein. Heute läuft's beschissen«, antwortete er gegen das kalte Glas. Ihm war es egal, dass sein Kumpel ihn unmöglich hören konnte.

»Du brauchst mal eine kreative Pause«, rief Waldimir ihm zu. »Seit die Kapitänin dich geext hat, hast du nonstop gearbeitet.

Und immer nur gezeichnet. Ohne ein bisschen Wasser aufs Papier zu werfen! Dein Hirn muss doch schon völlig ausgetrocknet sein.«
Antonius drehte sich langsam um. »Was hast du gesagt?«, fragte er. Er hatte nur mit halbem Ohr zugehört.
Antonius fragte sich, ob er so fürchterlich aussah, wie er sich fühlte. Seit Dana mit ihm Schluss gemacht hatte, fühlte er sich wie ausgelaugt. Gleichzeitig hatte sein Zeichentrieb ungeahnte Ausmaße angenommen. So etwas hatte er noch nie erlebt. Schwarz-Weiß-Zeichnungen waren bisher nie sein Medium gewesen. Aber jetzt ritt er auf einmal auf einer Welle aus Düsternis, die etwas ans Tageslicht spülte, das für seine Arbeit nicht schlecht war und eine neue Seite in seiner Kunst zum Vorschein brachte. Nur seine Seele – die ging langsam daran kaputt. Es war, als würde sie aus ihm herausfließen, um auf der Leinwand festgehalten zu werden.
»Ich habe gesagt, dass du groggy sein musst, weil du nonstop zeichnest. Und außerdem glaube ich, dass du vielleicht mal einen geilen One-Night-Stand brauchst! Das würde dich auf andere Gedanken bringen. Komm doch heute Abend mit. Ich mach bei 'ner Performance im Kesselhaus der Kulturbrauerei mit. Du brauchst dich nur neben die Bühne zu stellen und deprimiert auszusehen. Dann liegen dir die süßen Mäuse doch reihenweise zu Füßen. Sie wollen alle den schönen, traurigen Prinzen trösten.« Wladimir lächelte ihn schief an.
»Nein. Behalt deine süßen Mäuse für dich. Ich meinte etwas anderes. Du hast gesagt, dass mein Gehirn ausgetrocknet sein muss.«
»Das auch.« Wladimir wandte sich kopfschüttelnd ab.
»Und damit hast du RECHT!« Antonius brüllte fast. Dann nahm er den Skizzenblock vom Tisch und ging zur Metalltür, die das Atelier vom Treppenhaus trennte. »Ich haue ab, Wowa.

Keine Ahnung, wann ich zurückkomme«, sagte er so laut, dass es diesmal auch in der hintersten Ecke des Ateliers zu verstehen war.
»Melden Sie sich nicht bei uns, wir melden uns bei Ihnen«, murmelte Wladimir kopfschüttelnd. Von der eisernen Treppe draußen drang das Geräusch von Antonius' Schritten, die sich allmählich entfernten.
Wladimir drehte an einem Schalter. Der rosa Latexkorpus erbebte, dann leuchteten in seinen Tiefen mehrere Lichter auf, und die Installation begann, geheimnisvoll zu surren. Zufrieden schaltete Wladimir wieder ab. Er wusste zwar nicht, was Antonius vorhatte, aber was ihn anging, konnte der Abend im Kesselhaus kommen. Und die Mädchen auch.

Wasser, hatte Wladimir gesagt. Das war es, was Antonius fehlte. Er fühlte sich wie ein Fisch auf dem Trockenen. Zu schwer zum Atmen, das Bewusstsein, dass es Zeit zum Sterben war, gefährlich nah. Er brauchte Wasser, und zwar schnell.
Solange er mit Dana zusammen war, hatte er sich immer in Wassernähe aufgehalten. Die Frau lebte schließlich auf einem Schiff, wusste alles über das Element, war eins damit. Sie war das Meer, der Strom, der Fluss, der See für ihn gewesen. Sie war das, was er brauchte.
Aber er nicht das, was sie wollte.
Es schmerzte und wollte nicht aufhören zu schmerzen.

Als er die Stadt hinter sich ließ, fühlte er sich ein bisschen besser. Er fuhr zu schnell, aber es war ihm egal, ob er geblitzt wurde. Gas nahm er nur weg, wenn die Autobahn an einem Gewässer vorbeiführte. Aber kaum lag es hinter ihm, beschleunigte er, was die Maschine hergab.
»Na Junge, da biste ja mal wieder«, begrüßte ihn sein Vater. Er

trat gerade mit einem Eimer aus der Scheune, als Antonius das Motorrad aufbockte.
Er nahm den Sturzhelm ab, reckte sich, streckte die Arme dem Himmel entgegen und atmete tief die Sommerluft ein, in der hier, in Waldesnähe, schon der erste deutliche Hauch von Herbst hing.
»Ja«, sagte er. »Ich musste mal wieder raus.« Er hatte nicht vor, seinem Vater zu erzählen, was geschehen war. Sie lebten nicht nur in ihrer Kunst in verschiedenen Welten, sondern auch privat. Ihm vom Ende einer Liebe vorzuheulen war das Letzte, was er wollte.
»Was ist mit der Frau vom Schiff?«, fragte Karl und sah ihn mit seinen hellen Augen prüfend an. »Inzwischen deine Freundin?«
So viel zu ihren verschiedenen Welten. Sein Vater war offensichtlich scharfsichtiger als gedacht.
»Nicht mehr«, antwortete Antonius knapp.
»Schade. Passte, das mit dir und ihr und dem Wasser. Zu kurz, manche Lieben. Gerade die kürzesten bleiben am längsten im Gedächtnis«, meinte Karl. »Manchmal kann man das Gute in anderen nicht sehen, weil man zu dicht dran ist. N'bisschen wie bei Monet, Manet, weiß der Geier. Verstehst du, was ich meine? Stehst du direkt davor, siehste nix als bunte Pünktchen. Erst wenn du zurücktrittst, erkennst du, was es ist. Na, das wird schon, Junge.« Er klopfte Antonius tröstend auf die Schulter, bevor er sich in Richtung Schafweide aufmachte.
Karl hinkte stärker als sonst. Seine Arthrose schien schlimmer geworden zu sein. Antonius sah ihm verblüfft nach. Der Schwall Worte hatte ihn überrascht, so untypisch waren sie für den alten Schweiger gewesen. Machte sich sein Vater etwa Sorgen um ihn? Unsinn.
Dann schoss ihm ein anderer Gedanke durch den Kopf. Viel-

leicht hatte Karl ja gar nicht ihn gemeint. Sondern sich selbst und seine kurze Affäre mit Giulia vor über dreißig Jahren. Mit seiner Mutter.

Antonius nahm den Skizzenblock, ging in sein Atelier und legte ihn sorgfältig auf den Tisch. Dann griff er sich seine Malsachen – Palette, Pinsel, Leinwand – und verließ das Atelier wieder. Er wollte ans Wasser.

Erst im Auto überlegte er, an welches Gewässer es ihn eigentlich zog. Nicht an die Alte Oder, wo er immer an Dana würde denken müssen. Auch nicht an die Havel oder die Müritz. Das wäre die gleiche Geschichte.

Schließlich startete er den Motor und fuhr langsam über das unebene Kopfsteinpflaster vom Hof. Dann würde es wohl der Werbellinsee werden. Gut, dass er nicht länger mit Dana zusammen gewesen war und sie auf weiteren Touren begleitet hatte. Irgendwann wären ihm sonst glatt die Flüsse und Seen ausgegangen.

Er fuhr an den Süßen Winkel, am Ostufer des Sees gelegen. Es war eine Stelle, wie sie idyllischer nicht sein konnte. Doch als Antonius drei Stunden später sein Malwerkzeug wieder einpackte, war ihm klar, dass er sich die Fahrt genauso gut hätte sparen können. Keins der Bilder, die er angefangen hatte, würde er weitermalen. Er hatte es bei jedem einzelnen Strich gefühlt. Alles in ihm sperrte sich, so zu malen wie vor dem Sommer. Etwas hatte sich verändert. Er hatte sich verändert.

Wütend auf die Welt im Allgemeinen und auf sich im Besonderen fuhr er zurück. Vielleicht hatte Wladimir ja recht, und ein paar wilde Nächte in Berlin würden ihn kurieren von seinem Liebeskummer.

Er schnaubte und drehte Patti Smith so laut, dass es in seinen

Ohren klingelte. Als er wieder in den Hof einbog, sah er sofort den geparkten Wagen. Sein Herz machte einen Sprung. Einen Moment lang glaubte er, Dana sei gekommen, um ihm zu sagen, dass sie es sich überlegt hätte, dass es weitergehen würde … Aber nein, bestimmt nicht. Sie fuhr ja einen Zafira. Und das hier war nichts Geringeres als ein Porsche.

Er parkte und stieg aus. Sein Vater humpelte eilig von der Weide auf ihn zu. »Du hast Besuch!«, rief er. »In deinem Atelier!«

Antonius nickte und stieß die Tür auf.

Ein großer, hagerer Mann in weißen Jeans, einem dunkelblauen Polohemd und dunkelblauen Slippern stand mit dem Rücken zu ihm. Er kam Antonius vage bekannt vor. Aber er erkannte ihn erst, als der Besucher, der das Geräusch der aufgehenden Tür gehört hatte, sich umdrehte.

»Ah, der junge Künstler«, sagte Jens Flinder und schmiss den Skizzenblock auf den Tisch, in dem er gerade geblättert hatte. Antonius' Blick folgte der heftigen Bewegung, dann schaute er wieder in das sorgfältig rasierte Gesicht.

»Ich war doch sehr gespannt, Herr Merano, was Sie sonst noch gemalt respektive gezeichnet haben. Ihre Bilder hatten es mir auf der ›Drei Töchter‹ wirklich sehr angetan. Und so bin ich mit großen Erwartungen hierhergekommen. Ihr Vater war so freundlich, mich hereinzubitten.«

Karl hatte es sicher gut gemeint. Es passierte nicht oft, dass jemand in einem teuren Sportwagen bei ihnen vorfuhr, und wahrscheinlich hatte er in Flinder einen potenziellen Käufer gewittert. Aber dass Flinder hier allein rumschnüffelte, passte Antonius trotzdem nicht.

»Hallo Herr Flinder«, erwiderte er höflich. »Und, haben Sie etwas entdeckt, das Ihnen besonders gefällt? Oder haben Sie Fragen zu meinen Bildern?«

Flinder zeigte auf mehrere Gemälde. Sie standen nicht mehr da, wo Antonius sie ursprünglich verstaut hatte. Stattdessen hatte Flinder sie gegen die Wand gelehnt. Anscheinend hatte er jedes Regal durchkramt.

»Diese drei fand ich sehr interessant.« Dabei musterte er Antonius, als sehe er ihn zum ersten Mal. »Bei denen hätte ich mich mit Kaufabsichten tragen können.«

Fand? Hätte? Irgendetwas stimmte hier nicht.

»Das erste habe ich an der Ostsee gemalt«, sagte Antonius und zeigte auf das Bild. »Vor vier Jahren. Im Sommer …«

»Also ungefähr ein Jahr, nachdem Sie von unserer alten Schule geflogen sind? Da hatten Sie ja sicher viel Zeit für einen hübschen kleinen Urlaub am Meer. Allerdings wahrscheinlich nicht das Geld. Nun, manche Menschen scheuen das Primitive nicht. Haben Sie im Auto geschlafen? Oder wie ein Penner im Schlafsack zwischen den Fischerbooten?« Flinders Lächeln war kalt.

Antonius starrte ihn an. Er traute seinen Ohren nicht. Langsam öffnete er den Mund, schloss ihn dann aber wieder.

»Wissen Sie, auf manche Männer üben junge Mädchen ja einen unwiderstehlichen Zauber aus«, fuhr Flinder fort. Seine dünnen Finger spielten ruhelos mit dem Skizzenblock, der auf dem Tisch lag. »Der Gedanke, dass man der erste ist, ist bestimmt bestechend. Man hat die Chance, einmal der ganz große Reiter zu sein! Besonders, wenn man sonst im Leben sehr wenig vorzuweisen hat. Ich persönlich bin ja mit fünfundzwanzig bereits in die Kanzlei eingetreten. Sie haben Ihre Ausbildung wohl nicht beendet? Pech. Ein bisschen Talent haben Sie ja immerhin. Auch wenn mich heute nichts wirklich überzeugen konnte.«

»Ich habe nicht …«, hob Antonius zu einer Antwort an, wurde aber erneut unterbrochen. Er spürte, wie ihm das Blut zu Kopf stieg. Bleib ruhig, ermahnte er sich.

»Ich muss sagen, der Direktor der Sidonie-Springer-Oberschule war mehr als überrascht, als ich Ihren Namen erwähnte. Es stimmt eben doch: Man sieht sich immer zwei Mal im Leben. Finden Sie nicht?«, fuhr Flinder im Plauderton fort. »Unter uns: So schrecklich finde ich es eigentlich nicht, wenn man einen Teenager vögelt. Man darf nur nicht so bescheuert sein und sich dabei erwischen lassen. Vielleicht brauchen Sie als Künstler ja solche Stimulanzien. Und schließlich habe ich nicht den weiten Weg hierher gemacht, um Ihnen moralische Vorhaltungen zu machen. Aber so etwas passiert, wenn man sein Leben nicht auf die Reihe bekommt. So etwas lässt einen dann ganz, ganz dumm aussehen.«

Antonius sah rot.

»Raus!«, brüllte er. »Machen Sie, dass Sie wegkommen!«

»Ich wollte sowieso schon gegangen sein«, erwiderte Flinder unbeeindruckt. »Dieses Ambiente hier ist, nun, ein bisschen schmuddelig. In jeder Hinsicht.« Er rümpfte die Nase. Als er lässig zur Tür schlenderte und dabei an Antonius vorbeikam, ballte dieser die Fäuste. Wie gut täte es jetzt, diesem bornierten Widerling eins aufs Maul zu geben …

»Vorsicht, junger Mann«, sagte Flinder schneidend. »Das würde ich an Ihrer Stelle nicht tun. *Einmal* werden Sie ja wohl imstande sein, die Konsequenzen Ihres Handelns zu berücksichtigen. Triebgesteuert, wie Sie sind.«

Antonius starrte stumm auf die Bilder an der Wand. Bitte, hilf mir, dachte er und wusste nicht, wen er da um Hilfe anflehte.

»Eines verstehe ich aber nicht.« Flinder hatte die Tür schon geöffnet, drehte sich aber noch einmal zu ihm um. »Was sieht unsere schöne Kapitänin in Ihnen? Weiß sie denn nicht, dass Sie Appetit auf jüngeres Fleisch haben? Wenn dem so ist, wäre ich sehr enttäuscht. Na ja, aber von Stil kann man bei Frau van Aken trotz ihres einnehmenden Äußeren wohl nicht reden, wenn sie sich mit Ihnen einlässt. Schade eigentlich.«

Ohne nachzudenken, wirbelte Antonius herum, und eine halbleere Tube Umbrabraun verfehlte Flinders sorgfältig gescheitelten Kopf nur um Millimeter.
»Lassen Sie gefälligst Dana in Ruhe!«, rief er dem Rechtsanwalt hinterher.
Der war bereits auf dem Weg zu seinem Porsche. »Keine Sorge, das werde ich. Diese *Dame* ist nichts für mich«, sagte er laut, als er die Tür aufriss, sich hineinsetzte und den Wagen startete. Er schoss so knapp an Antonius vorbei, dass dieser zurückspringen musste, um nicht mitgerissen zu werden. In ohnmächtiger Wut sah er dem Wagen hinterher, der in den Feldweg einbog und verschwand.

Eine ganze Weile stand Antonius schwer atmend da. Schließlich schloss er die Augen und atmete tief durch, um sich zu beruhigen. Als er sie wieder öffnete, stellte er verwundert fest, dass sich nichts verändert hatte: Die Sonne schien unbeeindruckt auf den Hof, die Schafe auf der Weide blökten genauso eintönig wie immer, und die Gebäude wirkten noch genauso vernachlässigt wie eh und je. Und Dana war genauso fort wie vorher.
Innerlich bebend, ging er langsam zurück zur Scheune. Zum dritten Mal in einem Monat hatte ihn die Vergangenheit eingeholt. Erst als er in der Tür stand, wurde ihm klar, dass er den Raum nicht mehr betreten wollte. Das Gift von Flinders Worten lag noch in der Luft. Es fiel ihm schwer, hier drinnen zu atmen.
Plötzlich hatte er die verrückte Idee, den Pinselreiniger auf den Holzboden zu gießen, ihn über alle Bilder, seine Staffelei, die Farben und die eingebauten Regale zu kippen. Mit einem einzigen Streichholz würde alles, was er jemals gezeichnet und gemalt hatte, in Flammen aufgehen. Welche Ironie: Wasserbilder, die im Feuer vergingen!

Bevor er der verlockenden Phantasie nachgeben konnte, griff er den Skizzenblock und verließ das Atelier. Draußen setzte er sich auf die warmen Steine und schlug den Block auf.
Dana sah ihn an.
Noch in Berlin hatte er sie aus der Erinnerung gezeichnet, weil er etwas von ihr behalten wollte. Die erste Skizze zeigte sie im Profil, mit dieser schmalen, etwas zu langen Nase, die Lippen leicht geöffnet, die Augenlider halb geschlossen. Auf der nächsten Seite war sie frontal zu sehen. Einmal hatte er sie liegend und nackt gezeichnet, mit geschlossenen Augen, den einen Arm locker über die Brust gelegt, wie sie es oft getan hatte, nachdem sie miteinander geschlafen hatten. Sie sah unglaublich erotisch und zugleich völlig unschuldig auf diesem Bild aus, entspannt und trotzdem zu allem bereit, wenn sie nur die Augen aufschlagen würde.
Aber es war die letzte Skizze, die ihm am besten gefiel. Man konnte kaum erkennen, ob Dana etwas anhatte oder nicht, ob sie schlief oder wach war. Für einen Fremden wäre nicht mal sicher zu erkennen gewesen, dass sie es überhaupt war, aber Antonius wusste es. Sie schien zu schweben und wie zu einer Musik zu tanzen, die nur sie hörte. Ihre Bewegungen waren gelöst und völlig frei. Man hätte meinen können, Dana sei von Luft umgeben, aber das stimmte nicht. Es war schließlich ein Wasserbild.
»Die Wellentänzerin«, sagte Antonius zärtlich und fuhr mit dem Finger darüber.
Und plötzlich erkannte er, warum Flinder so zynisch und so verletzend gewesen war. Nicht wegen Melanie Brinkmann. Er musste schon von dem vermeintlichen Missbrauch gewusst haben, bevor er sich auf den weiten Weg zum Hof gemacht hatte.
Antonius fühlte die Galle in sich hochsteigen, so zuwider war ihm der Mann. Flinder war so scharf auf seine Bilder, hielt sie für eine so gute Investition, dass ihm das, was ihm der Direktor

gesteckt hatte, vollkommen gleichgültig war. Nein, der Rechtsanwalt war wegen etwas ganz anderem ausfallend geworden: Antonius hatte ihn in seiner männlichen Eitelkeit, aufgeblasen wie ein Heißluftballon, gekränkt. Als Flinder allein im Atelier gewesen war, musste er den Block mit den Skizzen von Dana entdeckt haben, die auf den ersten Blick die Intimität zwischen ihr und Antonius preisgaben. Die Flinder nur zu gern selbst mit der »schönen Kapitänin« geteilt hätte.

Die Genugtuung, dass Flinder bei Dana abgeblitzt war, ließ Antonius' Wut beinahe verrauchen. Langsam stand er auf, klopfte sich seine Jeans ab und ging, den Skizzenblock in der Hand, zurück ins Atelier. Unschlüssig blieb er stehen und ließ den Blick über die Bilder wandern, die im ganzen Raum verteilt waren. Er nahm eine frische Leinwand, stellte sie auf die Staffelei und griff nach einem Pinsel.

Die Wirkung des ersten Strichs erstaunte ihn. Leuchtendes Rot zeigte sich auf der weißen Oberfläche. Wie die Farbe des Feuers, von dem er vorhin noch phantasiert hatte. Als ob er mit seinem eigenen Herzblut malen würde. Aber dann ließ er den Pinsel wieder sinken. Er wusste beim besten Willen nicht, wie es mit diesem Bild weitergehen sollte.

Erst am nächsten Tag begriff er, dass selbst das Malen nicht mehr half. Auch von Berlin zurück auf den Hof zu kommen brachte nicht die Heilung, die er sich erhofft hatte. Die Ereignisse der letzten Zeit hatten ihn zu sehr aus dem Gleichgewicht geworfen. Deswegen beschloss Antonius, eine echte Auszeit zu nehmen.

Er sagte Karl Bescheid, packte alles, was er brauchte, und fuhr Richtung Nordwesten, zur Peene. Sein Handy nahm er nicht mit. Auf gar keinen Fall wollte er jetzt mit jemandem reden.

Als er die Abzweigung Waren passierte, schaute er schnell weg.

Allein schon der Name der Stadt schmerzte wegen der Erinnerungen, die er damit verband. Er nahm die Straße nach Teterow und erreichte schließlich die Stelle, die er sich auf der Karte ausgesucht hatte. Hier, nahe ihrer Quelle, war die Peene noch schmal, fast noch ein Bach. Ein Flüsschen. Sie mit einem Sportboot zu befahren wäre unmöglich gewesen, aber mit dem Kanu würde es gehen. Es hatte kaum Tiefgang.
Er trug das Boot die Böschung hinunter und musste sich dabei durch hüfthohes Gas kämpfen, das sich bis zum Ufer hinunterzog. Dort ließ er sein Kanu zu Wasser und verstaute Zelt, Isomatte, Schlafsack, ein paar Flaschen Wasser, Trockenobst und seine Zahnbürste, bevor er auf den schmalen Fluss hinausglitt.
Hier war er noch nie gewesen, und die Fremdheit reizte ihn. Er nahm sich vor, immer nur an das zu denken, was unmittelbar vor ihm lag, und an nichts, was gewesen war. Mit jedem Paddelschlag würde er die Vergangenheit weiter hinter sich und sie davongleiten lassen. Seine Liebe, die Dana ihm vor die Füße geworfen hatte, das Ekelpaket Flinder, die ungerechtfertigten Anschuldigungen, die ihn verfolgten, die Tatsache, dass es mit seiner Künstlerkarriere bis jetzt mau aussah und es finanziell mehr als eng war, interessierten nicht mehr. Jetzt gab es nur noch ihn und das Wasser, das ihn vorantrieb.
Allmählich wurde die Peene breiter, aber kein bisschen befahrener. Nur ein einziges Mal kam ihm ein anderes Kanu entgegen. In dem Boot saßen eine Frau und ein Mann und unterhielten sich vergnügt. Der Anblick war beinahe unerträglich für ihn. Er schaute zum anderen Ufer, wo die Seerosen gelb blühten und das Schilf in einem breiten Bogen ins Wasser wuchs. Den fröhlichen Gruß der beiden ignorierte er.
An diesem ersten Tag paddelte er ununterbrochen, bis seine Muskeln schmerzten und seine Schultergelenke knirschten. Er paddelte, als ob er dringend ein Ziel erreichen musste. Was nicht

stimmte. Er hatte alle Zeit der Welt. Es gab niemanden, der auf ihn wartete.

Als er abends müde in sein Zelt kroch, trank er in einem Zug eine Wasserflasche leer. Hunger hatte er nicht, und so schlüpfte er ohne Abendbrot in seinen Schlafsack und lauschte müde den Flussgeräuschen. Das hier war die Basis seines Lebens. Mehr brauchte er nicht. Jedenfalls nicht im Moment.

Als er frühmorgens erwachte und über sich die orangefarbene Zeltplane sah, war er erleichtert, dass er eine traumlose Nacht hinter sich hatte. Träume – wer brauchte denn schon Träume? Er doch nicht. Er konnte ohne Träume leben, das würde er sich beweisen.

Auch Nahrung schien er neuerdings kaum noch zu brauchen. Lustlos griff er eine Handvoll Trockenobst, kaute und schluckte es mit Wasser hinunter. Er putzte sich die Zähne, verzichtete aber darauf, sich die Haare zu kämmen. Noch bevor die Sonne über das Schilf schien, hatte er das Zelt abgebaut, saß wieder im Kanu und paddelte weiter.

Dabei ließ er sich etwas mehr Zeit als gestern. Zum ersten Mal, seit er unterwegs war, fielen ihm die Libellen auf, die wie Minihubschauber in der Morgensonne um ihn herumsausten. Er registrierte ihr Smaragdgrün, ihr leuchtendes Blau, ihr Feuerrot, verfolgte ihren raschen Flug und die blitzschnellen Wendemanöver, bis sie im Schilf verschwanden. Er beobachtete das Springen kleiner Fische, manchmal gefolgt von dem Platschen eines Raubfischs, der ihnen hinterherjagte. Er kam an Bäumen vorbei, deren Stämme Beißspuren von Bibern trugen, und es überraschte ihn kein bisschen, als er kurz darauf eine Biberburg im Wasser entdeckte. Er paddelte langsamer in der Hoffnung, eines der Tiere zu sehen, aber er hatte kein Glück.

Einige Stunden später fiel ihm auf, dass er beim Paddeln leise vor sich hin pfiff. Fast erschrocken über sich selbst unterbrach er sich sofort. Dafür knurrte jetzt sein Magen umso lauter. Also beschloss er, irgendwo zu Mittag zu essen.

Es war schon früher Nachmittag, als er am Ufer den Hinweis auf einen Fischimbiss entdeckte. Er zog das Kanu ans Ufer, ging auf den niedrigen Bau zu und kam an Netzen vorbei, die in der Sonne lagen. Aus einem Räucherofen qualmte dichter Rauch. Was da wohl hing – Aal, Heilbutt oder Saibling? Plötzlich lief ihm das Wasser im Mund zusammen.

Er setzte sich an einen Tisch, von wo aus er das Wasser sehen konnte. Weiter wollte er sich nicht davon entfernen. Eine junge Kellnerin kam und reichte ihm mit einem etwas vorsichtigen Lächeln die Speisekarte. Zu spät fiel ihm ein, dass er, unrasiert und ungekämmt, vermutlich selbst für einen Wasserwanderer etwas wild aussah. Egal. Der Räucherfisch schmeckte trotzdem großartig.

Den Nachmittag verpaddelte er in totaler Einsamkeit und Ruhe, aber als er an einem Rastplatz für Bootsfahrer vorbeikam, beschloss er spontan, sein Zelt dort aufzustellen. Eine Dusche wäre nicht schlecht.

Als er später rasiert und mit nassen, gekämmten Haaren aus den Waschräumen kam, sprachen ihn zwei Frauen im mittleren Alter an. Es erstaunte ihn, dass er sich mit ihnen unterhalten konnte. Einmal lachte er sogar, ohne das Gefühl zu haben, eine entsetzliche Grimasse zu schneiden. Die beiden waren mit einem Sportboot unterwegs und fragten ihn nach einer guten Anlegestelle mit Restaurant. Er empfahl Räucherfisch im Imbiss stromaufwärts.

Die Nacht und der nächste Morgen verliefen ereignislos. Bis auf den Moment, als er, noch im Dämmerschlaf, neben sich griff. Auf der Suche nach Danas Wärme, nach diesem leisen, süßen Geräusch, einer Mischung aus Seufzen und Stöhnen, wenn er sie im Bett zufällig weckte, um dann weiterzuschlafen. Jedenfalls meistens … Als er bei den schläfrigen Gedanken an ihren nackten Körper eine Erektion bekam, wurde er auf einen Schlag hellwach. Dass sein Körper auf die bloße Erinnerung an Dana so deutlich reagierte, empfand er als Verrat.

Wütend kroch er aus dem Schlafsack, legte im noch taunassen Gras das Zelt zusammen und stieß sich wenig später vom Ufer ab. Sein Ärger hielt an, bis er zu der Stelle kam, an der die Peene in den Kummerower See mündete. Hier tanzte der Wind über die Wellen. Er würde vorsichtig sein müssen. Eine Böe oder eine unbedachte Bewegung konnten sein leichtes Kanu schnell zum Kentern bringen.

Er kniff die Augen zusammen, um gegen die gleißende Sonne besser sehen zu können. In der Ferne entdeckte er eine Gebäudeansammlung. Als er allmählich näher kam, stellte er fest, dass das Haupthaus wie ein Schiff gebaut war: Deck, Bullaugen und Planken. An gedeckten Tischen saßen Menschen dicht am Wasser. Wahrscheinlich war es ein Ausflugsrestaurant, wo Familien am Sonntag dicke Eisbecher verputzten. War heute überhaupt Sonntag? Er hatte keine Ahnung. Irgendwie war ihm das Zeitgefühl verlorengegangen. Der Anzahl der Leute nach konnte es stimmen. Kinder rannten zwischen den Stühlen umher, auf den Steg zu, wieder zurück – es herrschte ein munteres Treiben. Sein Blick glitt wieder über die Wasserfläche. Hier schien der Fluss mit dem See eins geworden zu sein. Genau wie in einer Beziehung, in der zwei ineinander aufgingen. Doch so was gab es nicht, und der Fluss hier war der beste Beweis: Am anderen Ende des Sees trat er wieder aus und setzte seinen Weg unbeirrt fort. Als hätte es niemals einen anderen Weg, ein zweites Gewässer gegeben. Höchstens ein bisschen breiter, ein bisschen weiser war er dann, was ihm für den weiteren Verlauf auch nicht viel nützte.

Antonius beschloss, eine kleine Pause einzulegen. Als er eine ge-

eignete, vor den Blicken der Ausflügler geschützte Stelle erreicht hatte, schob er das Kanu ans Ufer. Dort legte er sich in den warmen Sand, schaute in den Himmel und wartete darauf, dass sein Herz wieder ruhiger schlug.
Die Zeit schien still zu stehen, während er dalag und an alles dachte, was sein Leben ausgemacht hatte, ausmachte und ausmachen sollte.
Die Gedanken kamen und gingen, ein buntes Kaleidoskop von guten und schlechten Erinnerungen, Gefühlen, Enttäuschungen, Verlusten und Hoffnungen und Plänen. Immer wieder sah er darin Dana, immer wieder seine Bilder, besonders das eine, das letzte.
Er wusste nicht, wie lange er an diesem Ufer gelegen hatte, als er wieder zu sich kam. Hatte er geschlafen? War er in eine Art Trance gefallen? Egal.
Mit ruhigen Bewegungen packte er sein Boot, schob es ins Wasser und paddelte wieder los, in die Richtung, aus der er gekommen war.
Gestern noch hatte er gedacht, er würde ewig weiterfahren können, stromauf, stromab, eine menschgewordene Untiefe. Der Gedanke war verlockend gewesen. Aber jetzt nicht mehr.
Der Rückweg würde länger dauern, weil er gegen die Strömung paddeln musste. Aber es würde gehen. Er würde es schaffen. Alles ging. Er hatte gelernt, mit seinen Kräften umzugehen. Er wusste, wie eine veränderte Sicht auf die Dinge die Dinge selbst verändern konnte.

Als er ein paar Tage später auf den Hof fuhr, fühlte er sich, als sei er ein Vierteljahr weg gewesen und mindestens um zehn Jahre gealtert. Zwar hatte er seine Vergangenheit nicht mit jedem Paddelschlag hinter sich gelassen, wie er es eigentlich gehofft hatte. Das turbulente Berlin, der manchmal schöne, manchmal deprimierende Hof, der Schmerz, Dana verloren zu haben, und die Wut über Flinder – all das war noch immer Teil seines Lebens. Trotzdem hatten der Fluss, das Alleinsein, das strömende Wasser und die wilde Natur entlang der Peene etwas in ihm geheilt. Er sah alles in einem etwas anderen Licht, gewissermaßen durchs Wasser gebrochen. Um manches würde er kämpfen, manches würde er aufgeben müssen, und manches lag außerhalb seines Einflusses. Was auf was zutraf, würde die Zeit bringen. Aber es war sein Leben. Und dazu gehörten auch andere Menschen, seine Kunst, der Hof und die Stadt. Und die Liebe.

»Hallo. Ich bin wieder da. Gab's was?«, fragte er Karl, als er in dessen Atelier trat. Dieser war gerade dabei, ein ruhendes Schaf unter einem Baum mit herbstlich verfärbten Blättern zu malen. Inzwischen war es September geworden.
»Ah, Antonius! Hattest ja Glück mit dem Wetter. War's schön auf dem Wasser?« Ohne die Antwort seines Sohnes abzuwarten, runzelte der alte Maler die Stirn. »Ja, da war was. Lass mal überlegen. Gleich als du weg warst, hat eine Frau angerufen. Aus Berlin. Sie wollte dich unbedingt erreichen. Geht aber nicht, habe ich ihr gesagt. Der Junge hat kein Handy dabei.«
»Eine Frau?«, fragte Antonius. »Dana?«
»Die mit dem Schiff, meinst du? Nein, nein. Die nicht. Ich glaube, sie hieß Leo. Kennst du eine Leo?«
Antonius schüttelte den Kopf »Na, wenn's was Wichtiges war, wird sie noch mal anrufen«, meinte er gelassen und machte Anstalten, das Atelier zu verlassen. Im Moment brauchte er keine Frau, sondern eine Dusche.
»Ich hab die Nummer aufgeschrieben!«, rief Karl ihm noch nach. »Liegt neben dem Telefon!«

Ich muss zum Friseur, dachte Antonius, als er in den Spiegel blickte. Die Haare, feucht vom Duschen, waren zu lang, zu zippelig. Außerdem hatte er abgenommen. Er war immer schlank gewesen, aber jetzt war er fast mager. Er sah aus wie der letzte Mohikaner der Mark Brandenburg.
Er zog sich frische Jeans und ein sauberes T-Shirt an und ging in die Küche. Sie war vernachlässigter denn je. Aus dem fast leeren Kühlschrank nahm er sich ein Bier, das erste seit langer Zeit. Erst als er draußen war, fiel ihm der Anruf ein, von dem Karl gesprochen hatte. Unschlüssig blieb er stehen, dann beschloss er, zumindest einen Blick auf die Telefonnummer zu werfen. Vielleicht kam sie ihm ja bekannt vor.
Als er es tat, setzte sein Herz gleich mehrere Schläge lang aus. Es hatte nicht irgendeine Leo angerufen, sondern jemand von Leo Coppi, einer renommierten Galerie in Berlin-Mitte.
Was wollten sie von ihm? Woher hatten sie überhaupt seinen Namen? Geschweige denn seine Nummer?
Antonius wählte, erreichte aber nur den Anrufbeantworter. Die Galerie hatte bereits geschlossen für heute. Er nahm einen langen Schluck. Er würde es morgen probieren. Und statt hier aufs Telefon zu starren, konnte er auch arbeiten. Das Bild, das er neulich angefangen hatte, war ihm nicht aus dem Kopf gegangen.

18. Kapitel

Jegliche Liebe schien zusammen mit Antonius aus Danas Leben verschwunden zu sein. Seit er fort war, funktionierte sie nur noch. Antonius fehlte ihr mehr, als sie für möglich gehalten hätte. Sie sprach, atmete und arbeitete, aber keine Stunde verging, in der sie nicht an ihn dachte. Sie sehnte sich nach seiner Stimme, seinen Berührungen, seinem Lachen, seiner Gegenwart. Seine Abwesenheit schmerzte sie jede Sekunde des Tages, und sie hatte nicht das Gefühl, dass sich das jemals bessern würde. Vor ihren Töchtern verbarg sie ihre Gefühle, so gut es ging, und flüchtete sich, wenn ihr nach Heulen zumute war, auf die »Drei Töchter«. Drei Mal hatte Charlotte sie in den letzten Wochen auf die Trennung angesprochen, aber sie hatte nur abgewunken. Das Mitleid in den Blicken ihrer Mutter würde alles nur noch schlimmer machen.

Bald würde Emma den Flieger nach Florida besteigen, die »Drei Töchter« am selben Tag Richtung Stettin ablegen und zwölf Tage unterwegs sein: Sieben Tage bis nach Wolgast, wo Herr Münst die Passagiere dann per Bus einsammeln und zurück nach Berlin bringen würde, danach hätten sie noch fünf Tage für die Rückfahrt.

Die Tour war zugleich Katharinas letzte Reise. Für die nächste Fahrt, die im Oktober anstand, musste Dana jemanden anheuern. Die Stimmung zwischen ihnen war auch nicht so, dass sie Katharina unbedingt weiter dabei hätte haben wollen. Sie konnte ihr nicht verzeihen und fand, dass sie es sich viel zu leicht machte. Ebenso Franziska. Nur dass diese so offensichtlich darunter litt, dass Mark sich noch immer nicht gemeldet hatte, minderte ihre Wut auf ihre älteste Tochter.

»Heute läuft Marks Frist ab«, sagte Franziska wie jemand, der genau wusste, dass er umsonst hoffte.

»Sei froh. Dann bist du ihn los. Mama ist doch das beste Beispiel: Seit sie mit Antonius Schluss gemacht hat, ist sie wieder cool drauf.« Katharina konnte die Trauer ihrer Schwester nicht verstehen. »Mark hat sich nicht bei dir gemeldet, auf keine SMS reagiert. Wahrscheinlich macht er Tag und Nacht mit dieser anderen Tussi rum. Jammer nicht. Schmeiß lieber eine Party.«

In Franziskas Augen standen Tränen. »Das werde ich nicht! Du hast ja keine Ahnung, wie sehr ich Mark vermisse. Ich war bescheuert, ihn links liegen zu lassen! Und findest du im Ernst, Mama ist ohne Antonius cool drauf?«

Katharina zuckte mit den Achseln. »Jedenfalls ist sie nicht mehr ständig auf dem Schiff. Meistens schläft sie hier und kümmert sich um Emma.«

»Ja, aber mit uns spricht sie nur das Nötigste. Sie lacht nicht. Sie hat abgenommen. Sie sieht aus, als ob sie heimlich weint. Groma ist auch schon ganz fertig deshalb. Verstehst du nicht, wie es sich anfühlt, wenn man Liebeskummer hat?«

»Da fragst du echt die Falsche. Von Liebe habe ich keine Ahnung. Will ich auch nicht«, murmelte Katharina und verließ, sich auf die Unterlippe beißend, das Zimmer. Sie hatte es immer gewusst: Liebe war das Letzte! Sie hatte sogar den Mail-Kontakt zu Bastian abgebrochen. Ob er nun zum Studium nach Berlin kam oder nicht, war ihr schnuppe. Sie brauchte keinen Freund. Noch so ein Grund, das Internet zu mögen: Man schrieb sich nicht mehr und zack – war es aus. Eigentlich war alles gut. Bestens.

Warum fühlte sie sich bei Franziskas Worten dann trotzdem so schlecht?

»Machen Sie einen Wellness-Urlaub. Achten Sie mehr auf sich. Sie haben alle Anzeichen eines Burn-outs«, murmelte Charlotte böse zu sich selbst und fuchtelte dabei ungehalten mit dem Regenschirm in der Luft herum. Was musste man sich heutzutage alles von einem Arzt anhören!
Zwei junge Männer, die ihr auf der Treppe der U-Bahn-Station Bayerischer Platz entgegenkamen, sahen sie neugierig an, dann machten sie vorsichtig einen Bogen um sie. »Wie soll ich denn auf mich achten, wenn es neuerdings in der Familie vor Problemen nur so wimmelt? Wenn ich die Einzige bin, die noch normal ist? Können Sie mir das mal verraten, Doktor?«, setzte Charlotte halblaut den imaginären Dialog fort.
Als sie in Moabit aus dem U-Bahnhof trat, hatte es angefangen zu regnen, und sie spannte den Schirm auf. Aber der Arzt hatte ins Schwarze getroffen. Die Familie hatte sie in den letzten Wochen an den Rand ihrer Kräfte gebracht. Alle befanden sich in Schieflage: Dana, Franziska, Katharina, Emma. Letzterer ging es zum Glück etwas besser, und sie konnte nur hoffen, dass wenigstens dieser Kampf ausgestanden war.
Trotzdem – all das hatte an ihr gezerrt und sie nachts nicht schlafen lassen, weil ihre Gedanken Karussell fuhren. Vergeblich hatte sie darüber nachgedacht, wie sie ihren vier Mädchen helfen konnte – und dabei sich selbst vergessen. Das rächte sich jetzt. Diabetes war zwar keine Krankheit, an der man starb, sie zwang einen allerdings, genau auf sich zu achten. Und das hatte sie in letzter Zeit nicht mehr getan, weil sie nur das Wohl der anderen im Blick gehabt hatte …
Beim Blutdruckmessen in der Praxis hatte sie demnach auch einen Schreck bekommen: Jahrzehntelang war er viel zu niedrig

gewesen, jetzt dagegen, trotz der neuen Blutdrucksenker, viel zu hoch! Und ihr Zuckerlangzeitwert, den sie normalerweise gut in Schach hielt, war ebenfalls außer Kontrolle. Das kam vom Stress, wovon auch sonst? An ihrer Ernährung hatte sich schließlich nichts geändert. Trotzdem musste sie plötzlich mehr spritzen, und dann drohten wieder diese vermaledeiten Unterzuckerungen. Dazu die Herzrhythmusstörungen … das alles machte ihr Angst. Sie würde mit Dana sprechen. Gleich nach Emmas Abreise. So ging das nicht weiter.

Zurück in der Essener Straße, saß Charlotte am Nachmittag im Wohnzimmer und trank grünen Tee, obwohl sie viel lieber Kaffee mochte. Es regnete immer noch, stetig und unabänderlich. Mit mäßigem Erfolg versuchte sie, sich auf ihr Buch zu konzentrieren, aber ihre Gedanken kreisten immer noch um den Arztbesuch und um die Perspektiven, die sie hatte. Ihre Grübeleien wurden plötzlich von Musik unterbrochen, die von der Straße kam. Erst leise, dann immer lauter.

»Was für ein Lärm!«, murmelte sie und ließ das Buch sinken. Sie trat ans Fenster und schaute hinaus. Direkt vor dem Altbau hatte ein Wagen geparkt. Trotz des Regens waren alle Scheiben heruntergelassen, damit die laute Musik auch außerhalb zu hören war. Das Klappen von anderen Fensterflügeln verriet, dass die Nachbarn ebenfalls rausschauten. Auch an der Hausfront auf der anderen Straßenseite herrschte Bewegung.

»Da spinnt aber einer echt. Was für ein Idiot!«, schimpfte Katharina, die durch die Lautstärke neugierig geworden war und nun neben Charlotte aus dem Fenster spähte.

»Hey, sag mal, Groma, ist das nicht …?« Sie schauten beide angestrengt auf den dunkelgrün glänzenden Toyota hinunter.

»Ach herrje. Du hast recht. Hol mal Franziska!«, befahl Charlotte.

Franziskas Zimmer lag zum Innenhof, kein Wunder, dass sie von dem Radau auf der Straße nichts mitbekam. Katharina riss die Tür auf. Franziska zuckte erschrocken zusammen.
»Spinnst du? Seit wann kommst du rein, ohne anzuklopfen?«, fragte sie unwirsch. Sie hatte die Vorhänge zugezogen und im Dämmerlicht die Decke angestarrt.
»Sorry. Komm mal.«
»Warum?«, wollte Franziska wissen.
»Mecker nicht. Hör lieber zu.«
Hier hinten war die Musik zwar leiser, aber durch die offene Tür immer noch deutlich zu hören. Franziska runzelte die Stirn. »Das ist doch … Rufus Wainwright«, sagte sie langsam. Sie stand auf und ging ins Wohnzimmer.
»Da unten steht ein Minnesänger. Ich an deiner Stelle würde mich schnell darum kümmern, Franziska«, erklärte Charlotte amüsiert. »Es ist nur eine Frage der Zeit, bis die Polizei kommt.«
»Halleluja.« Das letzte Wort sang eine sonore Männerstimme. Nein, sie brüllte es so laut, dass die Scheiben in der Essener Straße klirrten.
»Ich glaub's nicht«, rief Franziska. »Das ist Mark! Er spielt unser Lied!« Laut sang sie mit: *»Halleluja, Halleluja …«*
Dann rannte sie zur Wohnungstür hinaus.
Charlotte, Katharina und die gesamte Nachbarschaft lehnten inzwischen weit aus dem Fenster. Sie alle beobachteten, wie Franziska barfuß, nur in ihren abgeschnittenen Jeans und einem knappen roten Top, aus dem Haus und in den Regen stürzte. Die Beifahrertür wurde geöffnet, und sie schlüpfte in den Wagen. Blitzschnell wurden jetzt die Fenster hochgelassen, so dass die Musik nur noch gedämpft zu ihnen klang. Der Wagen setzte sich in Bewegung und rollte langsam fort. Charlotte schloss die Fensterflügel.

»Meinst du, sie vertragen sich wieder?«, fragte Katharina, fast ein wenig ängstlich.
»Das sieht ganz so aus. Ich freue mich für Franziska. Sie war in den letzten Wochen sehr bedrückt.«
»Aber sie haben sich so oft gestritten! Mark hat sie mit einer anderen betrogen! Der nächste Krach kommt garantiert.«
»Das mag sein, Katharina, aber sie müssen das allein ausmachen. Manche Beziehungen verlaufen harmonischer, andere stürmischer. Was meinst du, wie dein Großvater und ich uns früher manchmal gestritten haben. Ja, wenn ich darüber nachdenke, war ich Franziska nicht unähnlich.«
»Du? Mit Gropa gestritten? Niemals. Du bist viel zu …« Katharina suchte nach dem richtigen Wort, aber ihr fiel keins ein. Wie um Rat suchend, schaute sie zum Foto ihres Großvaters.
»Abgeklärt? Ausgeglichen?«, schlug Charlotte vor.
»Ja.«
»Da täuschst du dich. Das bin ich vielleicht jetzt, aber früher, nein, da war ich anders.«
»Ich dachte immer, Franziska ist mehr wie Mama. Viel zu emotional. Wenn's um Männer geht, benimmt sie sich genauso blöd«, sagte Katharina abschätzig. »Sie kapieren beide nicht, dass sie ohne Mann tausendmal besser dran sind.«
»Katharina! Was fällt dir denn ein!« Aber da war Katharina schon aus dem Zimmer gewischt.
Charlotte schaute ihr hinterher. Was war nur mit diesem Mädchen los! Sie spürte, wie ihr Gesicht glühte. In ihren Ohren pochte es laut. Sie musste sich setzen. Als Katharina kurze Zeit später vom Flur aus rief: »Ich geh noch mal joggen, Groma«, antwortete sie nicht.

Dana war mit Emma zum Hafen gefahren, damit sie sich vom Schiff verabschieden und nachschauen konnte, ob sie noch ir-

gendetwas von dort mitnehmen wollte. Danach hatte Dana ihr einen Besuch im Sushirestaurant versprochen. Nur sie beide.
Der Gedanke, dass ihre jüngste Tochter in ein paar Tagen abreiste, bedrückte Dana. Sie gönnte ihr das Abenteuer und die Freiheit ja, aber sie wusste jetzt schon, dass sie sie schrecklich vermissen würde.
Zusammen betraten sie die Sushibar, in der Emma am liebsten aß. Immer, wenn es Zeugnisse gegeben hatte, war Dana mit den Mädchen essen gegangen. Heute gab es zwar keine Zeugnisse, dafür stand der Abschied unmittelbar bevor.
Dana und Emma nahmen an der Bar Platz. Schiffchen mit Sushi und Sashimi glitten auf einem flachen Wasserbecken an ihnen vorbei. »Oh, wie lecker«, sagte Emma und griff nach einem.
Danas Rechnung war aufgegangen: Seit Antonius aus ihrem Leben verschwunden war, ging es Emma besser. Sie aß wieder, zwar vorsichtig und langsam kauend, aber immerhin.
Dafür hatte es Dana den Appetit verschlagen.
Sie stocherte in den Sushiröllchen herum, nahm sich lustlos ein bisschen Wasabi und eingelegten Ingwer dazu. Doch auch das nützte nichts. Alles schmeckte wie fischige Pappe.
»Willst du das nicht mehr?«, fragte Emma und schaute auf die letzten zwei Stückchen, die auf dem viereckigen Teller lagen.
Dana schüttelte den Kopf und schob ihn ihr hin. Emma angelte sich eins. »Geht's dir nicht gut, Mama?«
»Doch, ich hab bloß nicht so großen Hunger«, erwiderte Dana. Das Letzte, was sie wollte, war, Emma zu erzählen, wie sehr sie Antonius vermisste. »Ich hoffe so sehr, dass es dir in Florida gefällt«, sagte sie in dem Versuch, Emma abzulenken.
Diese nickte. »Das hoffe ich auch«, erwiderte sie mit vollem Mund. Dann legte sie die Stäbchen hin und sagte: »Ich habe fertig.«
»Gut, dann lass uns gehen.« Es regnete noch immer. Sie rannten zum Wagen, und die Tropfen schlugen ihnen ins Gesicht.

Als sie in die Wohnung traten, schüttelte Emma sich wie ein Hund. »Puh, bin ich nass geworden!«, sagte sie. »Ich ziehe mich erst mal um.«
»Ich auch«, meinte Dana. Ihre Bluse klebte an der Haut. Sie hatten drei Straßen weiter parken müssen. Nachmittags in der Essener Straße einen Parkplatz zu bekommen, war so gut wie ausgeschlossen.
Emma war schon in ihrem Zimmer verschwunden. Die Wohnung war auffallend ruhig. Seltsam. Wo steckten alle? Im Vorübergehen schaute Dana in die Küche – sie war leer.
»Mutti?«, rief sie, erhielt aber keine Antwort. Sie kam an Franziskas und Katharinas Zimmer vorbei und lauschte: ebenfalls nichts. Dann stieß sie die Tür zum Wohnzimmer auf.

Katharina joggte langsam die Essener Straße zurück. Wenn sie sich gestresst fühlte, half Bewegung. In letzter Zeit lief sie viel. Und heute hatte es auch funktioniert. Sie fühlte sich schon besser als vorhin, auch wenn ihre Sportsachen vom Schweiß und vom Regen klitschnass waren.
Das Blinken eines Blaulichts am Ende der Straße zog ihre Aufmerksamkeit auf sich. Mehrere Leute standen drum herum. Schon aus der Entfernung konnte sie Frau Schlüters Silhouette ausmachen. Ein Rettungswagen vor ihrem Haus?
Katharina beschleunigte das Tempo. Rasch kam sie näher und sah, dass gerade jemand auf einer Bahre aus dem Haus getragen wurde. Und ihre Mutter und Emma gingen nebenher! Sie sprintete los, aber sie kam sich vor wie in einem dieser entsetzlichen Träume, in denen man lief und lief und nicht von der Stelle kam. Ihre Lunge tat weh, und sie hatte Seitenstiche, als sie den Wagen endlich erreichte. Die Rettungssanitäter schoben gerade die Bahre hinein. Emma stand stumm davor. Sie weinte.
»Was ist denn los?«, rief Katharina außer Atem.

»Groma ist zusammengeklappt«, schluchzte Emma. »Als wir nach Hause kamen, lag sie bewusstlos im Wohnzimmer.« Katharinas Blick flog zu dem bleichen Gesicht ihrer Großmutter, zu deren geschlossenen Augen, dann zu ihrer Mutter, die bereits im Krankenwagen saß.

»Ich fahre auch mit«, sagte sie entschlossen und kletterte in den Wagen. Sie drängelte sich zu ihrer Mutter vor. »Katharina, du bist doch klitschnass«, wandte Dana ein.

»Wenn schon«, antwortete sie mit zusammengebissenen Zähnen.

Wortlos rückte Dana zur Seite.

»Ist sie ... Wie geht es ihr?«, fragte Katharina ihre Mutter bang, als der Wagen losfuhr.

»Sie hat Herzrhythmusstörungen, kurz vor einem Kammerflimmern, sagt er.« Dana nickte zum blonden Hinterkopf des Sanitäters. »Sie haben es mit dem Defibrillator hinbekommen, aber sie muss ins Krankenhaus. Außerdem war sie stark unterzuckert. Sie mussten ihr was spritzen.« Charlotte war an ein Gerät angeschlossen, auf dessen Monitor der Herzschlag zu sehen war.

»Ich frage mich, warum sie es mir nicht gesagt hat«, überlegte Dana leise.

»Was denn gesagt?«, wollte Katharina wissen. Das hellrote Haar klebte ihr nass an der Schläfe. Sie war fast so bleich wie Charlotte.

»Dass es ihr nicht gutgeht. Sie war schon längere Zeit nicht auf dem Posten. Ich hab's doch geahnt.«

Charlottes Augenlider flatterten. Dana streichelte ihre Hand. »Hörst du mich, Mutti?«

»Das ist alles *deine* Schuld«, zischte Katharina und beugte sich zu Dana. »Du und die Aufregung in den letzten Wochen. Vorher ging es ihr gut. Vorher ging es uns allen gut. Wenn Groma stirbt, dann bist du ...«

In diesem Moment schlug Charlotte die Augen auf, und Katharina verstummte. Einen Augenblick lang sah Charlotte desorientiert um sich. Dann wurde ihr Blick fester. Schwach lächelte sie Dana zu, die sie ängstlich betrachtete.
»Es geht mir besser«, sagte sie deutlich. Dana stieß einen Seufzer der Erleichterung aus.
»Ich kann euch sehen.« Die weiße Decke bewegte sich leicht. »Ich kann mich bewegen. Ich fühle alles. Schaut mich mal genau an. Hängt ein Mundwinkel?«
Dana und Katharina schüttelten die Köpfe.
»Gut. Dann habe ich keinen Schlaganfall gehabt«, stellte sie resolut fest. »Und dich habe ich eben auch gehört, Katharina. Sehr gut sogar.« Ihr Blick fixierte streng ihre Enkelin. »Du hörst mir jetzt mal gut zu. Ich habe viel zu lange den Mund gehalten, weil ich das letzte bisschen Frieden aufrechterhalten wollte, das in dieser Familie noch herrschte. Das Durcheinander bei uns ist dabei nicht zuletzt deine Schuld. *Das* hat mir nicht gutgetan.«
»Aber …«
»Du bist jetzt still, verstanden?« Katharina nickte erschrocken.
»Ich bin deine Großmutter, und ich liebe dich sehr. Aber Dana ist meine Tochter. Sie war dir immer eine großartige Mutter, euch allen. Sie hat es nach Burkards Tod sehr schwer gehabt, euch alleine großzuziehen. Und wenn jemand das Glück verdient hat, dann sie. Mit wem auch immer! Wer bist du denn, dass du darüber urteilen darfst, mit wem deine Mutter zusammen ist? Sie tut doch niemandem weh, wenn sie jemanden liebt, der jünger ist. Warum hast du was dagegen, wenn sie mit einem Mann glücklich ist?«
»Ich hab doch nichts …«, stammelte Katharina.
»Oh doch, das hast du! Nicht nur bei deiner Mutter, sondern bei Franziska auch. Denk mal darüber nach. Was ist denn so

schlimm daran, eine Beziehung zu haben?« Charlotte blickte ihre Enkelin ungehalten an.
»Und zu Emma bist du auch nicht nett«, fuhr sie fort. »Du bist neunzehn und solltest inzwischen den Unterschied zwischen Ehrlichkeit und Gemeinheit kennen. Du willst im Herbst auf die Uni und bist die Erste, die laut HIER schreit, wenn es darum geht, als Erwachsene behandelt zu werden! Also benimm dich auch so und nicht wie eine verwöhnte Göre, die bockig ist, wenn es nicht nach ihrer Nase geht.«
Katharina war bei ihren Worten noch blasser geworden. »Groma …«, versuchte sie erneut, Charlottes Redefluss einzudämmen.
»Nein, nichts ›Groma‹. Wenn dieser Wagen hält und ich ins Krankenhaus gekarrt werde, möchte ich nicht, dass du mitkommst, Katharina. Wie du mit Antonius und deiner Mutter umgegangen bist, war hinterhältig und gemein. Wage es nicht, mich zu besuchen, bevor du den Schaden, den du angerichtet hast, nicht wiedergutgemacht hast! So, das war's«, endete Charlotte erschöpft, aber mit einem sehr zufriedenen Unterton.
Der Sanitäter hatte sich umgedreht und mit offenem Mund der Standpauke gelauscht. Katharina war inzwischen nicht mehr bleich, sondern flammend rot. Sie sagte nichts, starrte nur verbissen auf die Folie im Fenster.
So war sie schon als Kind, dachte Dana. Lieber hat sie sich die Zunge abgebissen, statt zu weinen. Aber sie hatte nicht vor, ihrer Tochter zu Hilfe zu kommen. Charlotte hatte ja recht.
Im Krankenwagen herrschte Stille. Charlotte sprach nicht mehr, hielt die Augen geschlossen und öffnete sie auch dann nicht, als der Krankenwagen vor der Charité hielt und ihre Bahre herausgetragen wurde.
»Fahr nach Hause, Katharina. Ich bleibe bei Groma. Wir reden später«, sagte Dana mit einer Nüchternheit, die sie nicht empfand.

»Mutti, was du Katharina gesagt hast, war schon richtig«, begann Dana, als man Charlotte aufgenommen und in ein Krankenzimmer in der Kardiologie gebracht hatte, ein nüchternes Dreibettzimmer mit Blick auf die Dächer der Stadt. »Sie hat sich wirklich schrecklich in den letzten Wochen benommen. Aber sie ist nicht der Grund, weshalb ich mit Antonius Schluss gemacht habe.«

»Ich weiß, Dana«, antwortete Charlotte. Man hatte sie wieder an den Monitor angeschlossen, aber den Ton abgeschaltet. »Kannst du bitte mal die Lehne etwas höher stellen?«

Dana machte sich am Bett zu schaffen. Sie betätigte diverse Hebel, bis sie schließlich den richtigen fand.

»Ich weiß schließlich, dass Emma der wahre Grund ist, warum du Antonius den Laufpass gegeben hast! Aber die kleine Standpauke war trotzdem überfällig. Ich habe vergeblich darauf gewartet, dass du ihr mal die Meinung sagst.« Sie lächelte, als sie Danas betroffenen Gesichtsausdruck sah. »Du bist eine starke Frau, Dana. Das hast du in der Vergangenheit immer wieder bewiesen. Du warst deinen Töchtern Vater und Mutter gleichzeitig, hast die Familie versorgt und hart für dein kleines Unternehmen gearbeitet. Aber du bist viel zu harmoniebedürftig. Viel zu vorsichtig! Es steht dir als Mutter doch zu, deinen Töchtern auch mal die Leviten zu lesen, vor allem, wenn sie sich so etwas geleistet haben wie mit Antonius. Du bist vierundvierzig, wie alt willst du denn noch werden, bevor du dich zu deinen Gefühlen bekennst? Es ist nicht gut, immer alles in sich hineinzufressen. Ich selbst bin das beste Beispiel. Warum liege ich wohl hier, hm? Ich stresse mich so mit euch, dass ich nicht mal mehr auf meinen eigenen Diabetes achte! Immerzu habe ich in den letzten Wochen nur an euch gedacht, an euer Wohlbefinden. Und warum drehen sich alle meine Gedanken um euch? Weil ich dachte, ich muss euch alle schonen. Schluss damit! Wahrheiten gehören ausgesprochen, und damit fange ich jetzt an! Hast du Antonius die Wahrheit über Emma gesagt?«, fragte sie und richtete sich auf. Dana wagte es nicht, sie sanft in die Kissen zurückzudrücken. Sie war unfähig zu sprechen. Stattdessen schüttelte sie den Kopf.

»Das solltest du aber! Hör auf, so feige zu sein, wenn es um deine Gefühle geht! Bekenn dich endlich dazu, vor allem vor dem Mann, den du liebst. Und natürlich liebst du Antonius, das brauchst du gar nicht zu leugnen. Ich finde, du hättest ihm von vorneherein die Wahrheit sagen sollen. Er hätte es verstanden. Liebe verdient immer eine ehrliche Chance. Auch wenn dir niemand versprechen kann, dass es glücklich endet. So ist das Leben nun mal. Emma ist bald weg und wird viele neue Eindrücke und Menschen um sich haben. Sie ist ein Teenager, da ist das, was heute ein Drama ist, morgen schon längst wieder vergessen. Du hast sie beschützt, du hast ein Opfer gebracht, aber ich bezweifele, dass das richtig war.«

Charlotte schwieg einen Moment, um neue Kraft zu schöpfen. Dann fuhr sie fort: »Keine Ahnung, wie viel Lebenszeit mir noch bleibt. Das weiß ja nur der liebe Gott. Aber eins ist sicher. Von nun an werde ich kein Blatt mehr vor den Mund nehmen. Was belastet, gehört ausgesprochen! Ich habe keine Lust, auf meine alten Tage ein zweites Mal im Krankenhaus zu landen. Altersweisheit muss doch für irgendwas gut sein! Und weißt du, was ich jetzt gern tun würde?«

Wieder schüttelte Dana den Kopf, leicht benommen von ihren Worten.

»Schlafen.«

Als Dana die Wohnungstür aufschloss, kam Emma aus ihrem Zimmer gelaufen. »Wie geht es Groma?«, fragte sie besorgt. »Ich habe Katharina gefragt, aber sie hat mir nicht mal geantwortet! Ich hab auch Franziska angerufen. Sie will …«

»Ich weiß, Emma. Franziska hat mich schon auf dem Handy erreicht. Sie bleibt heute Nacht bei Mark. Groma geht es den Umständen entsprechend gut«, antwortete Dana, auch wenn sie insgeheim fand, dass das nicht ganz zutraf. Ihre Mutter, sonst immer zurückhaltend und ausgleichend, war brutal offen gewesen. »Sie kontrollieren regelmäßig ihren Zucker, vielleicht muss sie neu mit Insulin eingestellt werden, aber sie wird sicher in ein paar Tagen wieder entlassen werden.«
»Kann ich Groma besuchen?«, fragte Emma.
»Ja, natürlich. Gleich morgen.«
»Ich weiß gar nicht, ob ich noch nach Florida will«, gestand Emma bedrückt.
»Warum denn nicht?«, fragte Dana erschrocken.
»Na, wegen Groma! Was, wenn sie … wenn was passiert, wenn ich weg bin?«
»Emma, du fährst genau wie geplant«, erwiderte Dana energisch. »Groma geht es gut. Sie war unterzuckert, aber sie wird es überstehen. Sie war durch all den Stress abgelenkt und hat nicht darauf geachtet. Sie hat Herzrhythmusstörungen, aber so was bekommt man mit Medikamenten hin.«
Unvermittelt brach Emma in Tränen aus. »Was ist denn?«, fragte Dana besorgt.
»Ich dachte, du kommst nach Hause und sagst, sie ist tot«, schluchzte Emma. »Ich dachte, das ist der Grund, warum Katharina keinen Ton gesagt hat.«
»Aber nein, im Gegenteil, Groma war sehr lebendig. Komm mal her, Schneckchen.« Dana zog Emma an sich und strich ihr über den Rücken. Einen Moment lang blieben sie so umschlungen stehen, dann löste Emma sich aus der Umarmung und putzte sich die Nase. »Katharina hat nicht mit dir gesprochen, weil sie mit sich selbst zu tun hat. Groma hat ihr gründlich den Kopf gewaschen«, erklärte Dana.

»Oh, wirklich? Gut!« Plötzlich leuchteten Emmas Augen. »Was hat Groma denn gesagt?«

Dana fühlte sich abgrundtief erschöpft. Emma war beruhigt in ihrem Zimmer verschwunden, und Dana selbst wollte nichts lieber, als sich mit einem Glas Rotwein auf die Couch zu setzen und sich durch den Kopf gehen zu lassen, was Charlotte ihr gesagt hatte. Aber eine Sache blieb noch zu tun.
Sie klopfte an Katharinas Tür und öffnete. Katharina saß, nicht überraschend, vor dem Computer. Inzwischen hatte sie geduscht, die Haare standen ihr wild vom Kopf ab. Sie sah aus, als hätte sie einen roten Heiligenschein. Obwohl – Katharina ein Engel?
»Katharina, wie geht es dir?«, fragte sie und blieb in der Tür stehen.
Diese sah hoch. »Okay. Ich arbeite gerade an etwas.«
»Ja, das sehe ich. Ich will dich nicht stören. Ich dachte nur, wir sollten mal miteinander reden. Groma war ja sehr direkt.« Zu mir auch, fügte sie in Gedanken hinzu.
Katharina schaute sie einen Moment so offen an, wie Dana es lange nicht mehr gesehen hatte. Allerdings nur kurz, denn Katharina wandte den Blick wieder ab. »Ja, das war sie.«
»Und hat sie recht? Damit, dass du uns nicht glücklich sehen willst?«
Katharina schwieg so lange, dass Dana schon dachte, sie hätte die Frage nicht verstanden. Dann endlich sagte sie: »Nein, das stimmt nicht. Ich weiß, was Groma meinte, aber es ist genau das Gegenteil.«
»Wie meinst du das?« Dana trat ins Zimmer und setzte sich auf Katharinas Bett. Sacht strich sie über die Decke, fühlte das weiche Material unter ihren Händen und wünschte, Katharina läge darunter, warm und sicher. Wie früher, als die Mädchen klein waren, als sie abends von Zimmer zu Zimmer gegangen war, als

ihr Gutenachtkuss schon reichte, um ihnen die Ruhe zu schenken, die sie brauchten, um zufrieden einzuschlafen. Aber so leicht war das schon lange nicht mehr.

»Ich will nicht, dass ihr unglücklich seid. Mark und Antonius sind doch nicht die Richtigen für Franziska und dich! Mark ist ein Betrüger, und Antonius …« Sie verstummte, als zauderte sie, das auszusprechen, was sie wirklich dachte.

Dana zog die Augenbrauen hoch. »Die meiste Zeit war ich mit Antonius sehr glücklich, Katharina. Und wenn Franziska unglücklich war, dann doch eigentlich nur in den letzten Wochen, als sie nichts von Mark gehört hat und Angst hatte, dass Schluss ist.«

»Aber irgendwann warst du es dann doch. Unglücklich, meine ich. Irgendwann wird auch Franziska mit Mark unglücklich sein. Irgendwann wird jede unglücklich«, erklärte Katharina mit ausdrucksloser Stimme.

»Aber das stimmt doch gar nicht!«, widersprach Dana. »Es gibt viele Beziehungen, in denen man den anderen sein Leben lang aufrichtig liebt.«

»Aber nichts ist wirklich für immer. Irgendwann ist Schluss. Papa ist auch gestorben.«

Jetzt endlich verstand Dana. Sie sah Burkard vor sich, mit Katharina auf dem Arm. Sie war ein winziges Ding mit flammend rotem, flaumigem Haar gewesen – und er der Einzige, der sie beruhigen konnte, wenn sie sich nachts die Seele aus dem Leib brüllte. Stoisch hatte er ihr was zugeflüstert, sie gewiegt, mit unendlicher Geduld einen Kokon aus Ruhe und Zärtlichkeit nur um sie beide gesponnen. Später war sie zu ihm gegangen, wenn sie sich über die anderen geärgert hatte. Und sie, die Vater-Tochter, war die Einzige gewesen, die an seinem Grab nicht wie wild geschluchzt hatte. Als ob sie innerlich zu Eis geworden war.

»Katinka, schau mich an«, bat sie, aber Katharina schüttelte nur den Kopf und blickte wie versteinert auf den Monitor.

»Papa ist viel zu früh von uns gegangen, das stimmt. Aber alle Menschen sterben nun mal, und das Leben geht trotzdem weiter. Der Tod gehört dazu, ob es uns gefällt oder nicht. Papa hätte niemals gewollt, dass du seinetwegen die Liebe verbannst. Weder aus deinem Leben noch aus dem deiner Schwestern oder meinem. Papa ist weg, und damit müssen wir klarkommen. Aber wenn wir an ihn denken und uns an ihn erinnern, ist er immer noch bei uns.«

Zögernd, wie gegen ihren Willen, sah Katharina sie an und sagte: »Wenn man sich nicht verliebt, kann man nicht verletzt werden. Man kann auch niemanden verlieren. Man ist von niemandem abhängig und kann machen, was man will.«

»Da hast du völlig recht. Man kann immer allein bleiben und um alle Emotionen einen Riesenbogen machen. Aber wir sind Menschen, keine Flusskiesel. Wir sollen fühlen, wir sollen leben, wir sollen lieben, auch wenn es manchmal weh tut. Weißt du, was Opa Walter mal zu mir gesagt hat, als ich das allererste Mal verliebt war? Ich war so ungefähr in Emmas Alter und hatte schrecklichen Liebeskummer, weil der Junge nichts von mir wissen wollte. Er hat gesagt: ›Dana, nie fühlt man sich so lebendig, wie wenn man Liebeskummer hat‹«, schloss sie mit einer akzeptablen Imitation der Stimme ihres Vaters. Dann blickte sie zu Katharina hinüber, die regungslos am Computer saß. Erst als diese sich mit dem Handrücken über die Augen fuhr, begriff Dana, dass Katharina etwas tat, was sie seit Jahren nicht mehr gemacht hatte: Sie weinte.

Wortlos stand Dana auf und umarmte ihre widerborstige Tochter, atmete den fruchtigen Duft des Shampoos, spürte die Wärme des schmalen Körpers. Sie ließ sie weinen, streichelte sie beruhigend, hielt nur kurz in ihrer Bewegung inne, als Katharina ihre Arme um sie schlang und sich fest an sie schmiegte.

»Ach Katinka«, sagte sie leise, »mach es dir und uns allen nicht so schwer. Hab keine Angst davor, dein Herz zu verschenken. Man bekommt sehr viel zurück, weißt du. Eines Tages wirst du es herausfinden, das verspreche ich dir.«

Lange standen sie da, die Arme umeinander gelegt. Erst als ein leises »Pling« ertönte, wand Katharina sich hastig, wie bei etwas Verbotenem erwischt, aus Danas Armen und schaute wieder zum Computer, wo das Signal für eine neue Mail aufleuchtete.

»Ich will hier noch was machen, Mama«, sagte Katharina mit rauher Stimme.

»Natürlich. Aber falls du mich brauchst, bin ich da.«

Katharina sah zu Dana hoch, die Spuren der Tränen noch auf den Wangen, und erwiderte ihren Blick. Schließlich lächelte sie unmerklich. »Ja, das weiß ich«, antwortete sie, bevor sie sich wieder dem Computer zuwandte.

Dana zuckte die Schultern. Sie hoffte, dass Katharina verstanden hatte, was sie ihr hatte sagen wollen, doch fürs Erste blieb ihr nichts anderes übrig, als zu akzeptieren, dass ihre Tochter sich auf das Gebiet zurückzog, das ihr nüchterne Sicherheit gab.

An: Melanie Brinkmann [coffeelove@gmx.de]
Von: Katharina van Aken [ispy@hotmail.de]
Hallo Melanie, habe deine E-Mail-Adresse von deinem Kumpel Daniel F. Habe ein paar wichtige Fragen zu dem, was vor fünf Jahren auf der SSO passiert ist. Würde dich gern treffen. Zeit? Ort?
Katharina

An: Katharina van Aken [ispy@hotmail.de]
Von: Melanie Brinkmann [coffeelove@gmx.de]
Lass mich in Ruhe.

Verwundert las Katharina Melanies Antwort. Klar, sie hatte damit gerechnet, dass Melanie wissen wollte, warum sie Fragen an sie hatte. Und was für Fragen. Vielleicht auch, dass sie nicht mehr gern daran erinnert werden wollte. Aber diese schroffe Abfuhr hatte sie nicht erwartet. Wie seltsam.

Charlottes Worte hatten gesessen. Sie hätte sich mit Melanie treffen sollen, *bevor* sie Antonius ins offene Messer laufen ließ. Die Standpauke ihrer Großmutter hatte sie zweifeln lassen, ob sie wirklich das Richtige getan hatte. Katharina hasste nichts mehr, als zuzugeben, dass sie einen Fehler gemacht hatte. Na ja, vielleicht keinen Fehler. Aber fragwürdig war ihre Vorgehensweise allemal gewesen: Sie hatte den Familienfrieden zerstört und ihre Mutter unglücklich gemacht. Auch wenn es nicht anders gegangen war … Das war zwar nicht nett gewesen, aber wie viel fieser war es, ein Mädchen anzubaggern?

Wie sie es auch drehte und wendete: Sie brauchte Melanie, um den anderen zu beweisen, dass sie recht gehabt hatte.

Wenn Melanie ihnen erzählen würde, wie das mit Antonius gewesen war, so richtig ungeschönt, konnte Groma einfach nicht länger sauer sein! Dann wäre die Recherche in diesem Fall rundum abgeschlossen. Warum habe ich nicht gleich daran gedacht, fragte sie sich kopfschüttelnd. Wo doch jeder vernünftige Nachrichtendienstler wusste, wie wichtig umfassende Informationen sind.

Nein, es ging kein Weg daran vorbei: Sie musste mit Melanie sprechen. Zu dumm nur, dass Melanie nicht mitspielte. Warum eigentlich nicht? Sie hatte doch nichts zu verbergen, oder? Ein neues Rätsel, das einer Lösung harrte, eine neue Herausforderung! Katharina liebte Herausforderungen. Sie krempelte mental die Ärmel hoch und schrieb noch ein paar Mails an verschiedene Leute. Sie würde schon in Erfahrung bringen, was sie wissen wollte. Das wäre ja gelacht.

19. Kapitel

»Können wir nicht noch mal schnell bei Groma vorbeifahren?«, fragte Emma ihre Mutter. Ihre Koffer waren gepackt, und sie saßen zu viert beim Frühstück. Dana hatte ein besonders leckeres Abschiedsfrühstück gemacht, aber niemand schien richtig Appetit zu haben.

»Emma, du fliegst in drei Stunden von Tegel nach Frankfurt. Zur Charité müssten wir genau in die andere Richtung. Das kostet Zeit. Und stell dir vor, wir bleiben im Stau stecken!«

Dana war nervös, und das nicht nur wegen Emmas Abreise. Der Zeitrahmen war heute eng gesteckt. Wenn der Flieger abhob, würde Dana mit den anderen schnell zum Westhafen fahren müssen, um die neuen Passagiere zu begrüßen. Wenn die »Drei Töchter« in Richtung Stettin ablegte, würde Emma schon in Frankfurt sein, wo sie sich mit den anderen Austauschschülern traf. Flog sie dann über den Atlantik, befuhren sie die Havel-Oder-Wasserstraße. Erreichten sie die Lehnitzschleuse, würde Emma gerade in New York landen. Und wenn die »Drei Töchter« im Schiffshebewerk Niederfinow die sechsunddreißig Meter Höhenunterschied überwand, stieg Emma gerade in Orlando aus dem Flieger.

»Außerdem hast du dich doch gestern von Groma verabschiedet«, fügte Dana hinzu, gerade, als es an der Tür klingelte.

»Post?«, überlegte sie laut, während Emma zur Tür ging und öffnete. »Groma!!!«

Dana stand hastig auf, dann griff sie in letzter Sekunde nach ihrer bedrohlich schwankenden Kaffeetasse. Kaffee über ihrer weißen Uniform hätte ihr jetzt gerade noch gefehlt!
»Mutti? Was machst du denn hier?«, fragte sie verwundert.
»Sie haben mich heute Morgen entlassen«, antwortete Charlotte vergnügt und stellte aufatmend die Tasche ab. »Und da dachte ich, ich überrasche euch. Ich wollte doch meine Kleine noch am Abreisetag sehen. Na, Emma, bist du aufgeregt?«
Emma strahlte. »Wie verrückt!«
Charlotte griff ihre Hand und drückte sie zärtlich. »Ich freue mich so für dich! Was du alles in Florida sehen und wie viele neue Menschen du kennenlernen wirst! Genieß es, hörst du?«
Emma nickte, sah schnell auf die Uhr und wünschte plötzlich, es wäre schon drei Stunden später.
Dana wusste nicht, ob sie sich freuen oder beunruhigt sein sollte. Sie war so sicher gewesen, dass Charlotte, während sie alle unterwegs waren, im Krankenhaus bleiben würde. Es war eine Sorge weniger – wäre eine Sorge weniger gewesen.
»Mir geht's gut. Wirklich«, beruhigte Charlotte sie, als sie Danas besorgten Blick auffing. »Ich freue mich, dass ich wieder zu Hause bin. Du kannst nicht erwarten, dass ich im Krankenhaus bleibe, wenn mir nichts mehr fehlt, nur damit du in Ruhe losfahren kannst. Wir können ja jeden Tag telefonieren, dann weißt du, dass es mir gutgeht. Wenn es mir schlechter gehen sollte, gehe ich ins Krankenhaus. Meinen Zucker teste ich noch ein Mal pro Tag extra. Das neue Langzeit-Insulin scheint besser zu sein. Und wenn ich sterbe, erfährst du es früh genug«, erklärte sie bestimmt. Damit war es entschieden.
»Groma, kann ich mal einen Moment mit dir reden?«, fragte Katharina unvermittelt. »Allein?«
Charlotte sah sie scharf an. »Du kennst unsere Abmachung. Hast du etwas unternommen?«

»Ich habe es versucht. Aber ich …«
»Versuche es weiterhin. Bis dahin habe ich dir nichts zu sagen.«
Katharina sah sie erst verblüfft, dann verletzt an. Dann senkte sie den Blick, nahm das Messer und köpfte mit Schwung ihr Frühstücksei.

Vierzehn Tage später …

»Mit irgendwas müssen wir sie bekommen«, flüsterte Katharina ihrer Schwester zu, als sie vor dem »Coffeemamas« am Adenauerplatz standen. »Sonst redet Groma nie wieder mit mir. Ehrlich, dieses Schweigen geht mir auf die Nerven. Groma wollte mir nicht mal zuhören, als ich versucht habe, ihr zu erzählen, dass ich diese Tussi jeden Tag von der Reise aus angemailt habe!«
»Tja, Groma ist plötzlich eisenhart«, meinte Franziska ungerührt.
»Das kannst du so locker sagen, weil du jede Nacht bei Mark hockst und Party machst oder was weiß ich«, ereiferte sich Katharina. »Du hast ja keine Ahnung, wie es jetzt zu Hause für mich ist. Wenn Mama weg ist, bin ich mit Groma allein. Ich will, dass sie wieder normal mit mir redet!«
Franziska ignorierte ihre Klage. »Vielleicht ist es einfach falsch, wenn du auf Melanie Druck ausübst. Wir könnten sie doch nach Hause einladen und ihr garantieren, dass niemand hört, was sie sagt, außer Mama. Die geht es ja am meisten an«, sagte sie stattdessen.
Katharina starrte sie verblüfft an. »Du hast recht! Ich dachte immer, wir müssen alle um einen Tisch sitzen und sie befragen, aber das muss ja gar nicht so sein. Weißt du was, das schlagen wir ihr vor!«

Schwungvoll stieß sie die Tür zum Café auf. »Da ist sie«, sagte sie leise und zeigte auf ein korpulentes Mädchen in weißer Schürze, das gerade eine Schale Milchkaffee und einen Brownie vor einen Gast stellte. Sie setzten sich an einen Tisch am Fenster.

»Was kann ich euch bringen?«, fragte Melanie Brinkmann, zog einen Block aus der Tasche ihrer Schürze und schaute sie erwartungsvoll an.

»Einen Cappuccino«, antwortete Franziska.

»Einen Latte. Und einmal die ungeschminkte Wahrheit, was vor fünf Jahren geschah«, fügte Katharina hinzu.

»Wie bitte?« Melanie starrte sie verwirrt an. Katharina erwiderte den Blick, ohne mit der Wimper zu zucken. »Ich bin Katharina van Aken. Wir haben gemailt. Na, sagen wir mal, ich hab dir gemailt.«

»Ich lass euch rausschmeißen«, zischte Melanie, als sie begriff, wer sie waren. »Seit über zwei Wochen belästigst du mich. Ich will das nicht!«

»Melanie, hör doch mal. Wir wollen dir nichts Böses, wir wollen nur unserer Mutter einen Gefallen tun«, beschwichtigte Katharina sie. »Ich hab's dir doch in den E-Mails erklärt. In unserer Familie ist in letzter Zeit viel schiefgelaufen. Unsere Mutter soll nur von dir erfahren, was sich damals wirklich abgespielt hat. Wir verstehen ja, dass du nicht gern daran erinnert wirst, aber es ist doch schon eine ganze Weile her. Und du weißt doch, wie wichtig ein gutes Gespräch ist – du studierst doch Sozialpädagogik«, schmeichelte sie. »Du musst auch nichts erzählen, was dir weh tut, bestimmt nicht. Bitte, Melanie, erzähl ihr unter vier Augen, was er getan hat, und gut ist.«

Franziska nickte. »Es kostet dich einen Abend, Melanie. Eine Stunde. Wahrscheinlich noch weniger. Ansonsten sind wir morgen wieder hier. Und übermorgen auch.«

»Von überübermorgen ganz zu schweigen«, fügte Katharina fröhlich hinzu.
Melanie sah aus, als kaue sie gerade auf extrem bitteren Kaffeebohnen. »Und wozu soll das gut sein?«, fragte sie dann. »Ich habe doch damals alles gesagt.«
»Das glauben wir dir, aber die Informationen aus dem Internet sind so schwammig, dass unsere Mutter es nicht richtig glauben will. Wenn sie es einmal von dir hört, dann sieht das garantiert anders aus! Und weißt du«, Katharina war gerade noch ein weiteres Argument eingefallen, »das ist doch eine tolle Chance, sich nachträglich an Antonius zu rächen. Es kann dir doch egal sein, ob du es noch mal sagst! Es hat was mit der Authentizität von Zeugenaussagen zu tun. Und damit, dass wir was beweisen wollen.«
»Ich werde euch wohl sonst nicht los, oder?«
»Nope«, bestätigte Katharina.
Ein seltsamer Ausdruck erschien in Melanies Augen. Sie sah aus, als ob sie über etwas nachdachte, und Katharina drückte die Daumen, dass sie sie überzeugt hatte.
»Und nur eure Mutter und ich, richtig?«
»Richtig.«
»Also gut. Ich habe hier um sieben Schluss. Wo muss ich hin?«

»Mama, bist du nachher hier?«, fragte Franziska.
»Natürlich. Wo soll ich denn sein?« Dana nahm sich ein wenig von dem Gurkensalat, den sie zum Abendbrot gemacht hatte. Mehr ging heute beim besten Willen nicht.
In den letzten anstrengenden Wochen hatte es gelegentlich Momente gegeben, in denen sie Antonius vergessen konnte: Als sie die Passagiere begrüßte, als sie durch Schleusen steuerte, als sie auf das Stettiner Haff hinausfuhr, als sie möglichst schnell nach Berlin zurückkehrte, voller Sorge um Charlotte, was sich glück-

licherweise als unnötig herausgestellt hatte. Aber heute hatte sie etwas im Briefkasten gefunden, das alle Erinnerungen an Antonius zurückgebracht und ihr den Appetit verschlagen hatte.
»Weil du Besuch bekommst.«
»Wer denn? Doch nicht etwa Jens Flinder! Sagt bloß, ihr habt diese Schnapsidee noch nicht aufgegeben!« Dana sah sie alarmiert an. »Ich bin heilfroh, dass der sich nicht mehr meldet!«
»Nein, nein«, beeilte Katharina sich zu sagen. »Es ist … na, wir haben Melanie Brinkmann aufgestöbert.«
»Melanie? Etwa das Mädchen, an dem Antonius sich vergriffen haben soll? Warum das denn?« Dana verstand gar nichts mehr.
»Weil sie wollen, dass du die Wahrheit aus Melanies Mund erfährst. Das macht Sinn«, sagte Charlotte und legte sich eine Scheibe Ziegengouda auf ihr Knäckebrot.
»Sie will mit dir allein reden, Mama«, fügte Franziska hinzu.

Um halb acht klingelte es. Katharina öffnete die Tür und betrat kurz darauf mit Melanie das Wohnzimmer.
In den letzten Stunden hatte Dana Zeit gehabt, sich Gedanken zu machen. Für ihre Töchter stand fest, wie das vor fünf Jahren mit Melanie und Antonius abgelaufen war. Dana wusste, was sich vor allem Katharina von ihrem Treffen mit Melanie versprach: die Bestätigung, dass sie recht gehabt hatte, und damit ein Reinwaschen von ihrer miesen Aktion.
Dana dagegen sah das anders. Nach wie vor war sie sicher, dass an den Anschuldigungen nichts dran war. Antonius hatte ihr zu viel verschwiegen, das stimmte. Aber ein Lügner war er nicht.
Ach, Antonius, dachte sie unglücklich. Sie hatte gedacht, dass sie schnell über ihn hinwegkommen würde. Schließlich hatte die Beziehung nicht lange gedauert, und selbst in den schönsten Momenten war ihr immer bewusst gewesen, was sie beide trennte. Stattdessen war genau das Gegenteil eingetreten: Sie ver-

misste ihn nicht weniger, sondern jeden Tag ein bisschen mehr. Und jetzt, da Emma weg war und es ihr den ersten Mails nach blendend ging, kam Dana ihre Entscheidung plötzlich fragwürdig vor. Ein kleines Glück hatte sie opfern wollen – was, wenn es das große Glück gewesen war?

»Hallo Melanie«, begrüßte Dana sie.

Melanie stand im Türrahmen. »Hallo«, sagte sie knapp. »Sie haben Fragen an mich?«

Dana ging auf sie zu. »Katharina und Franziska meinen, wir sollten uns mal unterhalten. Wir können uns gern in die Küche setzen.«

»Nein, nicht in die Küche. Haben Sie keinen Balkon?«

Dana sah sie erstaunt an. »Ja, wir haben auch einen Balkon. Einen kleinen. In Katharinas Zimmer.«

»Dann möchte ich lieber dort reden. Ich bin nicht gern in Zimmern mit geschlossenen Türen.«

Dana warf Katharina einen Blick zu, und diese nickte. Sie gingen in ihr Zimmer. Dana entriegelte die zweiflügelige Balkontür. Besonders gepflegt sah es hier nicht aus. Zwei Kästen mit staubtrockener Erde hingen an der Brüstung. Letztes Jahr waren sie bepflanzt gewesen, aber Katharina hatte sich offensichtlich nicht die Mühe gemacht, die verdorrten Pflanzen herauszunehmen. Jetzt waren nur noch einige kahle Stengel zu sehen. Dafür lagen in den Ecken vertrocknete Blätter. Zwei Klappstühle aus verblichenem roten Plastik und ein Tischchen, das deutlich bessere Tage gesehen hatte, standen in der Ecke. Dana zeigte darauf. »Komm, wir setzen uns. Darf ich dich duzen?«

Melanie nickte und nahm Platz. »Ja, sicher.« Als sie sich auf den Stuhl setzte und an den Tisch rückte, knarrte er laut unter ihrem Gewicht.

Kurz überlegte Dana, wie sie anfangen sollte. Dann sagte sie: »Ich will nicht in alten Wunden stochern, Melanie. Bestimmt nicht. Aber meine Töchter fanden, ich soll von dir hören, was damals mit Antonius passiert ist. Und ich bin überzeugt, dass man manchmal etwas nach einigen Jahren anders sieht. Egal ob schärfer oder milder.«

»Warum wollen Sie, dass ich Ihnen von Herrn Merano erzähle?«

»Weil ich diesen Sommer mit Antonius zusammen war. Jetzt sind wir es nicht mehr, weil die Beziehung eine zu große Belastung für meine Familie war. Nicht zuletzt deshalb, weil er den Vorfall mit dir zu lange verschwiegen hat.«

Melanie biss sich auf die Unterlippe. »Sie waren mit ihm zusammen? Aber Sie sind doch viel älter als er, oder?«

»Ja. Fünfzehn Jahre.«

Melanie schwieg einen Moment. Dann fragte sie unvermittelt: »Wie geht es ihm?«

Die Frage erstaunte Dana. Und es schmerzte sie, dass sie keine Antwort darauf hatte. »Ehrlich gesagt, weiß ich es nicht.«

»Was macht er beruflich?«

»Er malt. Bilder von Gewässern.«

Melanie starrte sie an. »Das hat er in der Schule mit uns auch gemacht. Im Kunstunterricht übers Wasser gesprochen«, sagte sie dann leise.

»Als Lehrer darf er nicht mehr arbeiten. Sie haben ihn ja damals entlassen …«

»Ich weiß. Hat er was über mich gesagt?«

Dana überlegte kurz, was sie darauf antworten sollte. »Melanie, warum willst du wissen, wie es ihm geht? Warum willst du wissen, ob er was über dich gesagt hat?«

Melanie zuckte mit den Achseln. »Weiß nicht. Ist auch egal«, sagte sie trotzig.

»Es war sicher nicht leicht für dich.« Dana ließ offen, was nicht leicht für sie gewesen sein musste. »Als Antonius das erste Mal auf unser Boot kam, waren meine Mutter, meine Töchter und ich gerade auf der Alten Oder unterwegs zurück nach Berlin.«

Melanie schnaubte verächtlich. Ob wegen der bloßen Erwähnung seines Namens oder weil er auf dem Boot gewesen war, konnte Dana nur raten.

Vorsichtig bohrte sie weiter: »Kannst du dir vorstellen, wie die Mädchen auf ihn reagiert haben?«

»Keine Ahnung.« Melanie weigerte sich, in die Falle zu tappen. Stattdessen fragte sie, ohne Dana dabei anzuschauen: »Wie lange waren Sie denn mit dem zusammen?«

»Zu kurz.« Dana sah in den schattigen Hinterhof hinunter, auf die staubigen, immergrünen Gewächse, die Frau Schlüter mehr oder weniger pflegte. Nur in der Tagesmitte schien die Sonne hinein, sonst nicht und schon gar nicht um acht Uhr abends.

Sie wandte sich vom Hinterhof ab und wieder Melanie zu. »Melanie, ich finde es schrecklich, wenn sich jemand an Kindern und Jugendlichen vergreift. Wenn das jemand bei meinen Töchtern täte, könnte ich für nichts garantieren. Willst dumir nicht sagen, wie das damals genau war?«

»Nein, will ich nicht«, stieß Melanie hervor. Plötzlich standen Tränen in ihren Augen.

Dana seufzte leise. »Na gut. Wenn es zu schwer für dich ist, darüber zu reden, dann lassen wir das. Wenn du gehen willst, dann geh.«

Melanie sah sie groß an. »Ich habe Angst, dass mich Ihre Töchter nicht in Ruhe lassen.«

»Ich sage ihnen, dass sie das tun sollen.«

»Was würden Sie machen, wenn ich Ihnen ganz genau sage, wie das damals abgelaufen ist?«, wollte Melanie wissen. Sie sah auf einmal müde aus, als ob dieses Gespräch sie viel Kraft kostete.

»Das kommt drauf an«, erwiderte Dana vorsichtig.

Lange schwieg Melanie, und Dana verzichtete bewusst darauf,

die Stille zu unterbrechen. Dann atmete Melanie unvermittelt tief ein. »Man muss über alles reden«, murmelte sie wie zu sich selbst. »Dann geht es einem besser, haben wir im Studium gelernt. Je länger man etwas in sich reinfrisst, desto schlimmer wird es. Aber ich sage es nur ein einziges Mal. Jetzt. Dann nie wieder. Vor niemandem sonst.« Ihre Gesichtsfarbe wechselte von Rot zu Weiß und wieder zu Rot. »Er hat nichts gemacht. Niemals. Aber ich war so verzweifelt verliebt. Er hat mich nicht für voll genommen. Da habe ich mich gerächt. Aber für mich wurde es dadurch nicht besser. Im Gegenteil. Seitdem lebe ich in der Hölle.«

Sie sprang auf, riss die Balkontür auf, durchquerte Katharinas Zimmer, verschwand im Flur, und dann knallte auch schon die Wohnungstür hinter ihr zu.

Dana blieb regungslos sitzen. Es war wahr. Antonius hatte nichts getan, und sie hatte ihm zu Recht geglaubt, aber es noch einmal von Melanie zu hören war noch etwas anderes. Es war Gewissheit. Doch in ihre Erleichterung mischte sich auch Empörung darüber, dass die Lügen eines Teenagers eine Existenz zerstört hatten, und Hilflosigkeit, dass sie nichts dagegen machen konnte. Denn Melanie würde ihre Anschuldigungen offiziell nicht zurückziehen, und Antonius wollte nicht mehr Lehrer werden. Außerdem war es sowieso müßig, darüber nachzudenken, da sie keinen Kontakt mehr hatten …

Dana ging zurück ins Wohnzimmer. »Sie ist wieder weg«, sagte sie. »Sie hat mir alles erzählt. Gott sei Dank ist das jetzt alles vorbei! Diese verdammte Lügerei …«

»Aha!«, meinte Katharina triumphierend. »Also habe ich doch recht gehabt?«

Dana sah sie an. »Wieso?«

»Na, Antonius hat doch gelogen! Oh, ich wusste es! Er hat sie angemacht, dieses Schwein!«

»Red keinen Blödsinn, Katharina. Hat er nicht. Melanie hat gelogen. Antonius hat die Wahrheit gesagt.«
Katharina starrte sie fassungslos an. »Was? Das kann doch nicht wahr sein! Sie muss dich angeflunkert haben, weil … weil …« Ihr schien kein überzeugendes Argument einzufallen.
»Das kommt davon, wenn du dem, was du im Internet findest, mehr glaubst als den Menschen«, sagte Charlotte streng.
»Das kann einfach nicht wahr sein!«, rief Katharina. Sie sah regelrecht verstört aus. »Da ist irgendein Haken dran! Er muss es gewesen sein! Er …«
»Halt den Mund, Katharina«, sagte Franziska scharf. »Du hast doch gehört, was Mama gesagt hat.«
Katharina sah sie überrascht an. »Du warst doch auch dafür, als es darum ging, Antonius zu entlarven!«
»Es gibt nichts zu entlarven, verdammt noch mal«, fuhr Dana sie an. »Geht das nicht in deinen Kopf? Kapier doch endlich, dass die Anschuldigungen gegen Antonius haltlos sind!«
»Was hat sie denn gesagt?«, fragte Charlotte. »Ihr wart ja eine ganze Weile auf dem Balkon.«
»Sie hat zugegeben, dass sie gelogen hat. Für sie war's eine Befreiung. Nach fünf Jahren …«
»Aber – ich verstehe das nicht! Hast du sie mit irgendwas erpresst?«, fragte Katharina, händeringend nach einer Erklärung suchend, warum das alles nicht stimmen konnte.
»Katharina, jetzt ist es aber genug. Natürlich nicht!« Dana schüttelte erbost den Kopf.
»Ich kapier's nicht. Ich will das alles nicht«, rief Katharina und sprang auf. Ihre Augen glühten. »Ich will damit nichts mehr zu tun haben. Ich hatte so schön recherchiert …«
»Und schreckliche Fehler gemacht. Setz dich. Sofort«, sagte Dana scharf, und Katharina ließ sich verdutzt fallen. Schmollend lümmelte sie sich in die Sofaecke.

»Und was machen wir jetzt?«, fragte sie. Sie klang ratlos, wie eine Spionin, die nicht mehr wusste, welchem Land sie geheime Unterlagen versprochen hatte. »Nichts, oder?«
»Keineswegs«, widersprach Dana ihr, gefährlich sanft. »Zum einen wisst ihr jetzt, dass die Vorwürfe gegen Antonius falsch waren. Das sollte euch beruhigen. Zum anderen werdet ihr jetzt eine Lektion fürs Leben lernen.«
»Was denn?« Katharina sah alarmiert aus und Franziska besorgt.
»Ihr beide werdet einen echten Canossagang antreten.«
Und mit diesen Worten legte sie ihren Töchtern eine Karte hin, die sie heute, in einem Umschlag an sie adressiert, im Briefkasten gefunden hatte. »Jetzt wird es ernst.«

Abends in ihrem Zimmer fand Dana keine Ruhe. Als sie in die Küche ging, um sich ein Bier als Einschlafhilfe zu holen, sah sie, dass auch in Katharinas Zimmer noch Licht brannte. Kurz überlegte sie, ob sie anklopfen sollte, aber entschied sich dagegen. Katharina musste erst mal ihre Wunden lecken.
Zurück in ihrem Schlafzimmer, stellte sie die Bierflasche ab und begann, auf ihrem Schreibtisch zu kramen. Sie suchte nach etwas, das sie neulich vom Schiff mit nach Hause gebracht hatte.
Und dann fand sie – Antonius' Skizze. Es schien eine Ewigkeit her, seit er ihr dieses Blatt auf der Havel bei Fürstenberg gegeben hatte. Sie sah ihr Hotelschiff, das er mit lockerer Hand gezeichnet hatte, erkannte sich, ihre drei Töchter und Charlotte. Betrachtete die Landkarte mit den Flüssen, auf der sie, die Kapitänin, die »Drei Töchter« entlangsteuerte. Fuhr mit dem Zeigefinger den Verlauf der Gewässer nach: Havel, Spree, Elbe und Elde, Müritz, Oder, Haff und Bodden.
Und dann begann sie zu schreiben, was sie heute, an diesem

Abend, in dieser einsamen Nacht, nach diesem Tag der Wahrheit ausmachte. Es wurde eine lange Liste.
Und weil es sich so richtig anfühlte, schrieb sie gleich noch dazu, was sie sich für die Zukunft ersehnte: eine echte Chance, den größten Fehler ihres Lebens wiedergutzumachen.

20. Kapitel

Liebe Mami,

wir haben ja schon ein paar Mal gemailt und geskypt. Schon toll, dass ganz Orlando ein Hot Spot ist. Das wäre für Berlin auch nicht schlecht. Aber heute bekommst du einen Brief per Schneckenpost. Dass es hier super ist, weißt du. Aber du weißt noch nicht, dass ich mich verliebt habe. Sag es nicht Katharina, sonst macht die sich wieder lustig über mich. Er heißt Gordon, ist siebzehn und geht auf meine Highschool. Seine Vorfahren kommen aus Schottland und Deutschland, und einer seiner Urgroßväter war sogar ein Seminolen-Indianer! Gordon ist bei der Schülerzeitung und hat mich gefragt, ob ich nicht einen Artikel über den Schüleraustausch schreiben will. Wollte ich natürlich. Seitdem arbeite ich dort mit, und Gordon und ich sehen uns viel, obwohl er ganz andere Kurse als ich hat. Mehr Mathe und Physik und so. Er hat einen alten Buick, mit dem wir manchmal ans Meer fahren. Am besten gefällt mir Cocoa Beach. Daytona finde ich nicht so schön. Dort fahren sie mit ihren Autos direkt an den Strand. Ab und an vergessen die Leute, dass es Ebbe und Flut gibt, und gehen was essen. Wenn sie dann zurückkommen, sehen sie nur noch die Autodächer. Geschieht ihnen recht.

Ich wollte dir noch was sagen. Ein Geheimnis. Das schreibt sich auf Papier besser. Aber bitte sei nicht erschrocken, ja? Es ist nämlich so, dass ich in Antonius verliebt war. Gleich beim ersten Mal, als er aufs Schiff kam, fand ich ihn so toll. Es war zuerst nichts Ernstes, mehr so

eine Art Schwärmerei, aber irgendwie wurde es im Laufe der Zeit immer schlimmer. Ich habe ihn nicht mehr aus dem Kopf bekommen, konnte an nichts anderes mehr denken. Dann konnte ich plötzlich nichts mehr essen, weil ich dachte, ich sei zu dick und wenn ich dünner wäre, würde er mich mögen. Und als ich das dann mit dir und ihm erfahren habe, musste ich mir die Haare abschneiden. Dabei waren sie ja immer das Schönste an mir. Am liebsten hätte ich mich aufgelöst. Ich wollte nur noch weg. Von euch und von Berlin.
Verstehst du das? Hoffentlich, denn so ganz verstehe ich es nicht. Besser kann ich es nicht ausdrücken. Aber ich denke, du weißt, was ich meine.
Meine Haare sind inzwischen schon ein ganzes Stück gewachsen. Gordon sagt, ich sehe ein bisschen wie Emma Watson aus, aber das sagt er nur, weil er so ein Lieber ist. Schön wär's ja! Ich finde, ich sehe nach wie vor wie Emma van Aken aus. Ich esse auch wieder normal. Diese Hamburger sind echt gefährlich lecker!

Alles Liebe

Deine Emma

21. Kapitel

»Das wird ein Wahnsinnsabend, Alter«, meinte Wladimir vergnügt und musterte die Frauen eingehend, die nach und nach die Galerie Leo Coppi betraten.

Neben ihm standen zwei Männer. Einer von ihnen war Antonius, der nervös am Stiel seines Sektglases herumspielte. Dann stellte er es ab und zupfte stattdessen an den Ärmeln des schwarzen Jacketts, das er sich extra für den heutigen Tag gekauft hatte. Die offizielle Ausstellungseröffnung war für zwanzig Uhr angesetzt. Bis dahin waren es nur noch wenige Minuten. In den Räumen der Galerie wurde es zunehmend enger, so viele Besucher waren zu der Vernissage gekommen. Sie alle warfen interessierte Blicke auf die Bilder. Seine Bilder.

Als es um die Einladungen gegangen war, hatte Antonius der Galeristin ohne zu zögern die Adressen all seiner Freunde genannt. Sie waren gesammelt erschienen, um mit ihm seinen Triumph zu feiern. Antonius konnte Audrey und den blonden Hünen sehen, mit dem sie erschienen war. Glücklicherweise hatten sie Klitschko zu Hause gelassen.

Nur bei einem Namen hatte Antonius lange gezögert. Geschlagene vierundzwanzig Stunden hatte er mit sich gerungen, bis er sich endlich einen Ruck gab und ihn auch auf die Liste gesetzt hatte: Dana van Aken.

Nichts hätte er sich mehr gewünscht, als sie heute dabeizuhaben. Sein Erfolg in den letzten Wochen hatte ihm in professioneller

Hinsicht neues Selbstbewusstsein geschenkt, aber eine Wunde in seinem Herzen war noch offen, und der kalte Wind der Erinnerung blies schonungslos hindurch. Er wusste, dass er Dana verloren hatte, aber er wollte sie zumindest wissen lassen, dass es mit ihm aufwärtsging. Und zwar steil.

»Danke, dass du extra für diesen Abend nach Berlin gekommen bist, Florian«, sagte er zu dem Mann neben sich. Er nahm einen winzigen Schluck, was allerdings kein bisschen gegen die Nervosität half.

»Na, das habe ich gern gemacht«, antwortete Florian Pontano und rückte seine schmale, dunkle Brille zurecht. Das Blatt Papier, das er in der Hand hielt, raschelte. Er und Wladimir kannten sich aus der Zeit, als Florian noch Dozent an der Universität der Künste gewesen war. Mittlerweile arbeitete er als freischaffender Bildhauer auf Langeoog. Sein Ruf war inzwischen auch international so gut, dass eine Eröffnungsrede von ihm eine große Ehre war. »Ich freue mich, dass Wladimir uns zusammengebracht hat. Tinke und ich sind gern in Berlin.«

Er deutete auf eine zarte, blonde Frau, die sich lebhaft mit zwei dunkelhaarigen Frauen unterhielt. Zwei Männer standen neben ihnen, einer dunkelblond, der andere grauhaarig, und sahen beide so aus, als ob sie lieber woanders wären.

Florian lächelte. »Typisch. Tinke hat mal wieder die ganze Familie angeschleppt.«

In diesem Moment trat die Galeristin auf sie zu. »Ich denke, wir können dann beginnen, Antonius«, sagte sie. »Florian? Kommen Sie?« Antonius schluckte und strich sich eine Haarsträhne zurück. Das war er, der große Moment.

Sie gingen zu einem kleinen Stehtisch, auf dem ein Mikrofon bereitlag. Die Galeristin griff danach und schaltete es an.

»Guten Abend, meine Damen und Herren«, begann sie. »Obwohl wir uns der Förderung junger Künstler verschrieben haben, passiert es in der Regel nie, dass wir in den gesamten Räumlichkeiten eine Einzelausstellung von einem noch relativ unbekannten Künstler veranstalten. Aber Ausnahmen bestätigen die Regeln, und Antonius Merano ist diese Ausnahme. Als ich seine Bilder zum ersten Mal gesehen habe, wusste ich, dass sie hierher gehören. Ich freue mich sehr, dass wir heute Abend diesen hochinteressanten jungen Maler bei uns haben, um ihn und sein Werk besser kennenzulernen. Ich übergebe jetzt das Wort an Florian Pontano. Er hat sich mit dem Werk, das Sie in den nächsten zehn Wochen bei uns betrachten und ja, natürlich auch kaufen können, auseinandergesetzt.«

Beifall erklang. Die Galeristin reichte das Mikrofon an Florian weiter.

Antonius kam sich komplett überflüssig vor. Er war froh, dass er nichts sagen musste, spürte aber, dass ihn alle anstarrten. Was er brauchte, war ein Mensch unter den Besuchern, den er anschauen konnte. Sein Blick fiel auf seinen Vater, der ganz vorn stand, stolz und ein bisschen einsam unter den illustren Gästen. Die Schaffellweste jedoch, die Karl trug, war so vertraut, dass sich der Knoten in Antonius' Magen ein bisschen lockerte.

Während Florian zu sprechen begann, wurden Fotos von ihnen dreien gemacht. Immer wieder blitzte es grell auf. Antonius glaubte, jedes Wort der Rede zu kennen. Schließlich hatte er ihm alle Bilder als Fotodateien geschickt, und was Florian darüber sagen wollte, war ebenfalls als Mail einige Male zwischen ihnen hin- und hergegangen.

Aber mit seinen nächsten Worten überraschte Florian ihn dann doch. »Lassen Sie mich bitte noch etwas zu einem ganz besonderen Bild sagen. Es ist Antonius Meranos jüngstes Gemälde und präsentiert eine neue Facette seines Schaffens. Wir haben hier eine angedachte Gegenständlichkeit, gepaart mit einem erweiterten Farbspektrum, als wir es bis dahin bei ihm kennenge-

lernt haben. Zugleich ist es aber auch das Gemälde, das unmittelbar an sein Werk mit dem Titel »Giulia« aus seiner Anfangszeit anschließt. Wären wir hier bei einer Retrospektive des Künstlers – was wir glücklicherweise nicht sind – würde ich sagen, dass diese beiden Bilder Alpha und Omega des Gesamtwerks sind, Anfang- und Schlusspunkt. So kann ich Ihr Augenmerk nur auf »Die Wellentänzerin« lenken und hoffen, dass dieser Ausstellung in den kommenden Jahren noch zahlreiche weitere folgen werden. Ich danke Ihnen.«
Das war so nicht abgesprochen gewesen. Antonius war es unangenehm, dass Florian die Aufmerksamkeit der Besucher auf dieses eine Bild richtete, und er wusste plötzlich nicht mehr, ob es überhaupt richtig gewesen war, es auszustellen. Es war schließlich einzigartig, genau wie die Frau, die ihn dazu inspiriert hatte, und nun musste er es mit allen Menschen teilen …
Blödsinn, natürlich war es richtig, entschied er in dem Moment, als Florian fertig war und er, wie alle anderen, in die Richtung des Gemäldes schaute. In diesem Moment ging die Tür auf.

»Hier findet man ja noch schwerer einen Parkplatz als bei uns«, maulte Katharina vom Rücksitz aus, als sie in die Auguststraße einbogen. Seit geschlagenen zwanzig Minuten suchte Dana nach einer Gelegenheit, das Auto abzustellen. Schon drei Mal war sie dabei an der Galerie Leo Coppi vorbeigefahren.
»Da fährt einer raus«, sagte Franziska und deutete nach vorne. Dana gab Gas, um den Platz zu erreichen, bevor ihn ihr ein anderer wegschnappte. Erst als sie ausstiegen, erkannte sie, wo sie waren: direkt vor »Clärchens Ballhaus«. Die Erinnerung an die Nacht voller Tanz und Liebe stieg in ihr hoch. Unruhe ergriff sie, und sie konnte nicht sagen, ob es wegen der Erinnerung war oder wegen dem, was vor ihr lag. Sie wusste nur, dass es höchste Zeit wurde, dass sie endlich zur Galerie kamen.

Sie strich sich rasch das dunkelblaue Etuikleid glatt und griff nach Mantel und Tasche. Dann gingen sie alle drei, so schnell die Pumps sie trugen, die Straße bis zur Galerie zurück. Dana warf einen raschen Blick in die hell erleuchteten Fenster. Wenigstens war es voll. Gut, so konnten sie unauffällig hineinschlüpfen und sich unter die Leute mischen. Irgendwann später würden sie dann zu ihm gehen, ihren ganzen Mut zusammennehmen und sagen, was sie ihm zu sagen hatten. Sie spürte, wie ihr Herz allein bei dem Gedanken daran schneller schlug.
Was, wenn es schon längst zu spät ist? Wenn er gar nicht allein ist, sondern von einer jungen Frau begleitet wird, die ihn anschmachtet? Wenn du dich komplett lächerlich machst? Sagst du es ihm dann auch?, fragte sie sich im Stillen. Darauf hatte sie keine Antwort.
Sie öffnete leise die Tür – genau in dem Moment, als der Redner in ihre Richtung zeigte. Sie sah Antonius, der, wie alle anderen, zu ihr starrte. Ihre Blicke trafen sich quer durch den Raum. Und plötzlich stand der Fluss der Zeit still.

Antonius merkte nicht, dass Bewegung in die Menge kam und der Geräuschpegel anstieg. Er hörte auch nicht, dass sich die Gespräche nur um seine Bilder und um ihn drehten, der heute Abend als neuer Stern am Künstlerhimmel aufging. Und wenn er es gehört hätte – es wäre ihm egal gewesen.
Er stand einfach da und sah zu Dana hinüber. Dann fuhr er sich langsam, wie aus einem Traum erwachend, mit seiner beringten Hand durch das Haar. Schließlich setzte er sich in Bewegung und bahnte sich einen Weg durch die Menge, zu ihr. Er ignorierte die weißbeschürzte Kellnerin, die ihm ein Glas Sekt hinhielt. Fragen wurden an ihn gerichtet, die er nicht beantwortete. Abwehrend schüttelte er den Kopf, als ihn jemand am Arm packte und in ein Gespräch verwickeln wollte.

»Du hast ein neues Jackett«, begrüßte Dana ihn, als er endlich vor ihr stand – es war idiotischerweise das Erste, was ihr einfiel.
»Dana«, sagte er, und er kam ihr so nah, dass sie, genau wie bei ihrer allerersten Begegnung auf dem Schiff, seine Wärme spürte. Er streckte ihr die Hand entgegen, hielt dann aber inne, als wagte er nicht, sie zu berühren. »Du bist gekommen. Du bist hier.«
Sie nickte, unfähig, den Blick von ihm abzuwenden. »Ja. Franziska und Katharina auch.«
Da erst bemerkte er die beiden Mädchen, die neben ihr standen. Franziska sah in ihrem gelben Leinenkleid wie eine zarte Sonnenblume aus, Katharina trug ein schwarzes Minikleid, das ihre helle Haut noch weißer, ihr Flammenhaar noch röter wirken ließ. Sie war es auch, die jetzt entschlossen auf ihn zutrat. »Wir müssen dir was sagen, Antonius.«
»Was?«, fragte er, ohne den Blick von Dana abzuwenden.
»Wir wollen uns bei dir entschuldigen. Für die ganze Aktion mit Melanie, die Schnüffelei und dass wir dich bei dem Essen so bloßgestellt haben.« Jetzt hatte sie endlich seine volle Aufmerksamkeit.
»Warum das auf einmal? Woher kommt dieser plötzliche Sinneswandel?«, fragte er.
»Mama hat mit Melanie gesprochen. Melanie Brinkmann«, erklärte Katharina, als ob Antonius nicht genau wusste, wer Melanie war.
Antonius starrte sie an, als traute er seinen Ohren nicht. »Melanie? Sie hat mit euch geredet?«, fragte er dann langsam.
»Nicht mit uns. Das wollte sie nicht. Mit Mama«, erwiderte Katharina eine Spur ungeduldig und warf Franziska einen hilfesuchenden Blick zu.
»Und … was hat Melanie gesagt? Wieder ihre alten Lügengeschichten aufgetischt?« Antonius verstand es immer noch nicht. Was sollte das alles? Er schaute zu Dana, die ihn beobachtete.

»Sie hat zugegeben, dass sie gelogen hat«, wisperte Franziska ihm von der anderen Seite zu. »Aber sie weigert sich, es auch öffentlich zu machen. Sie würde alles abstreiten und bei ihrer alten Geschichte bleiben. Wir haben nichts gegen sie in der Hand. Trotzdem: Wir wissen die Wahrheit. Du bist unschuldig. Es tut uns leid, Antonius. Wirklich leid.« Bei ihren Worten nickte Katharina eifrig.

»Was mir von Anfang an klar war«, fügte Dana hinzu. Vor den Blicken ihrer Töchter legte sie ihm ihre Hand an die Wange. Sie trug seinen silbernen Ring. Dann zog sie ihn zu sich heran und küsste ihn, sanft und süß, auf den Mund.

»Ich liebe dich«, sagte sie leise, als sie sich von ihm löste. »Ich habe es dir nie gesagt. Das war ein Fehler. Auch ich muss mich bei dir entschuldigen, Antonius. Ich war zu feige, um zu dir zu stehen. Nicht mutig genug, um an die Kraft der Liebe zu glauben.«

Und dann hielt sie den Atem an, wartete auf seine Antwort und betete, dass es noch nicht zu spät war.

Es war nicht allein, was Dana sagte. Es war die Tatsache, wie sie es sagte: vor den Mädchen, vor all den Menschen um sie herum.

Sein Verstand begriff es noch nicht. Aber seine Seele akzeptierte widerspruchslos, dass heute anscheinend alle seine Wünsche in Erfüllung gingen. Wenn er jetzt noch mit Dana allein sein konnte, einen Moment nur …

»Na, ihr beiden Hübschen, dann wollen wir euch mal einen Prosecco besorgen«, platzte Wladimir dazwischen, der gerade aus der Menge trat. Er zwinkerte Dana zu und zog Franziska auf der einen, Katharina auf der anderen Seite mit sich fort. Sie waren so überrascht, dass sie widerspruchslos mit ihm gingen.

Auch der letzte Wunsch hatte sich erfüllt. »Dana, das von dir zu hören, bedeutet mir die Welt«, sagte Antonius. »*Du* bedeutest mir die Welt.« Und dann zog er sie an sich und küsste sie.

Als seine Lippen ihren Mund berührten, fühlte es sich an, als seien sie inmitten des Trubels um sich herum allein. Nur dieser Moment zählte, in dem alles ausgelöscht wurde, was sie voneinander getrennt hatte.

Als Antonius sich zögernd von ihr löste und Dana die Augen wieder öffnete, nahm sie über seine Schulter eine Frau mit einem perlenbestickten Käppi wahr, die in Begleitung eines großen, schlanken Mannes auf sie zukam. Er hatte dunkles Haar, das ihm locker in die Stirn fiel, entweder von Natur aus oder durch einen unverschämt teuren Haarschnitt. Dazu strahlte er eine verunsichernde Mischung aus Charme, Arroganz und Selbstsicherheit aus. Zu seinen hellen Jeans trug er ein schlichtes weißes T-Shirt, darüber ein dunkles Leinenjackett, dessen Ärmel er hochgeschoben hatte, als ob ihm zu warm sei. Auf geradezu lächerliche Weise verknüpfte er das Aussehen eines Filmstars mit dem eines charmanten Naturburschen.

Dana wandte den Blick genau in dem Moment ab, als die beiden sie erreicht hatten.

»Antonius«, begann die Galeristin und ignorierte Dana geflissentlich. »Ich möchte dir Jonas Anderson vorstellen. Er ist ein Kollege von mir aus New York, ein leidenschaftlicher Kunstsammler und gelegentlich auch ein Mäzen, nicht wahr, Jonas?«

Jonas Anderson nickte, während sie ihm mit einer anmutigen Bewegung die Hand auf den Arm legte, die aber durchaus etwas Besitzergreifendes hatte.

»Jonas ist auf meine persönliche Einladung hin hier. Er wird noch ein paar Tage in Berlin bleiben und möchte sich gern mit dir treffen. Könntet ihr gleich einen Termin ausmachen? Morgen vielleicht?«

»Einen Augenblick, Mister Anderson«, meinte Antonius, und zu Dana flüsterte er: »Bitte bleib, geh nicht.« Sie nickte.
Jonas Anderson sah zu Antonius, dann zu Dana. Schließlich glitt sein Blick weiter zu dem Bild, das neben ihr hing. Sie wusste nicht, was er sah, aber seine Augen verengten sich, als ob ihm ein Gedanke gekommen war, der dringend nach Bestätigung verlangte. Während die Galeristin mit ihm und Antonius zur Seite trat, hörte Dana noch, wie er sagte: »Dieses Bild da interessiert mich. Es hat die stärkste Emotionalität.« Er sprach deutsch, wenn auch mit Akzent. »Wir können über einen Kauf sprechen. Der Preis?«, fragte er die Galeristin, und als sie, ohne zu zögern, »25 000 Euro« antwortete, war Dana sicher, dass sie sich verhört hatte.
Langsam entfernte sie sich von den dreien, ging von Bild zu Bild. Wie immer sprachen sie zu ihr, berührten ihre tiefsten Sehnsüchte. Antonius verdiente den Erfolg, fand sie. An vier Werken klebten bereits diskret Schilder. Verkauft, stand auf ihnen, direkt neben dem Preisschild. Dana schaute darauf und fühlte sich auf einmal schwindelig. Sie hatte sich nicht verhört, als es um die Summe gegangen war.
Ein paar Minuten später stand Antonius wieder neben ihr. »Ich treffe mich morgen mit ihm«, meinte er.
»Antonius, du bist … ich meine … deine Bilder sind ja wahnsinnig teuer!«, sagte Dana schwach. »Auf der ›Drei Töchter‹, du meine Güte, da hängt ja ein Vermögen! Ich muss eine Alarmanlage einbauen lassen!«
»Es weiß ja keiner, dass du so viele Bilder von mir hast«, erwiderte er lässig, griff nach ihrer Hand und küsste sie. »Aber würde es dich beruhigen, wenn wir zusammen hinfahren und nachsehen, ob alles in Ordnung ist? Jetzt gleich?«
»Du kannst unmöglich jetzt schon deine eigene Vernissage verlassen!«, sagte Dana nervös.

Er drängte sich an sie, Hüfte an Hüfte, Bein an Bein, eine intime Nähe, die in dem Trubel nicht weiter auffiel. »Ach, die wissen alle, wie wir jungen Künstler sind. Immer exzentrisch, immer unberechenbar. Und wenn dann noch der Erfolg zu unseren Launen kommt, wird es ganz gefährlich.« Seine Augen glitzerten. »Außerdem hat sie das hier wunderbar im Griff.« Er wies zur Galeristin, die immer noch lebhaft mit dem Amerikaner sprach. »Sie braucht mich nicht. Es reicht, wenn sie meine Bilder hat.« Er drückte ihre Hand, kräftig und zärtlich zugleich. »Wollen wir gehen, Dana?« Seine Frage klang eindringlich. So als meinte er etwas ganz anderes.

Dana zögerte nicht.

»Was machst du nächste Woche, Dana?«

Sie lagen nackt im Bett. Sie hatten geredet, Dana hatte ihm von Emmas Schwärmerei erzählt, er hatte es verstanden. Sie hatten sich geliebt. Alles war gut.

Die »Drei Töchter« schwankte sanft. Der Wellenschlag eines schweren Frachters, der eben ins Hafenbecken fuhr, bewegte sie sacht.

»Nächste Woche? Nichts weiter. Ich bereite mich auf die Herbstreise vor. Nach Usedom. Wir sind ausgebucht. Mir fehlt nur noch ein Matrose. Einer, der sich im Notfall um die Elektrik kümmern könnte.« Sie fuhr ihm übers Haar, das er ein ganzes Stück kürzer trug als noch vor ein paar Wochen. »Aber du musst ja malen.«

»Ich kann überall malen. Hauptsache, in der Nähe ist Wasser. Wenn du einen Matrosen brauchst, bin ich dabei. Aber bis dahin hast du noch nichts geplant? Willst du dir nicht freinehmen?«

Er sah sie an, und sie erwiderte den Blick. Ihre Iris war dunkelblau wie der Himmel, kurz bevor der Abend in die Nacht übergeht. Das Dunkelste aller Blaus, bevor es zu Schwarz wird. Er beschloss, dieser speziellen Farbe den Namen »Dana« zu geben.

»Na ja, wenn es was Wichtiges wäre, ginge es.« Ihre Finger trommelten leicht auf seiner Brust, glitten dann über den Bauch, verfolgten den schmalen Streifen dunkler Haare vom Nabel abwärts … Er räkelte sich.

»Für eine Reise?«

»Mit dir?«

Er küsste sie aufs Ohr. »Natürlich mit mir. Mit wem denn sonst? Ich lade dich ein. Geld spielt keine Rolle.«

»Angeber! Und wohin?«

»Ich möchte mit dir nach Südfrankreich fahren. Seit neunzehn Jahren war ich nicht mehr dort. Und dann will ich …«

»Wohin?« Sie fragte, aber sie wusste die Antwort schon.

»Ans Mittelmeer. Wir könnten rausschwimmen, Hand in Hand. Es ist sicher noch warm genug.« Er ließ den Zeigefinger über ihre kühne Nase, ihre schmalen Nasenflügel gleiten. »Und dann möchte ich mit dir an den Strand zurückschwimmen. Hand in Hand durch die Brandung gehen. Den Schaum der Wellen an den Füßen spüren. Es ist schwer, Schaum gut zu malen, weißt du. So hell und leicht und im nächsten Augenblick in Flocken zerfallen und vergangen. Schwimmst du im Bikini?«

»Eher im Badeanzug«, sagte Dana. »Ich fühle mich nicht so wohl im Bikini …«

»Wir könnten auch nackt schwimmen«, schlug Antonius vor. Es schien ein unschuldiger Vorschlag, aber Dana schnaubte amüsiert. Unschuldig. Von wegen. Sie legte die Hand auf seine Hüfte. Glatte Haut. Wärme. Muskeln, Sehnen, Blut. Sie liebte es. Sie liebte ihn.

»Ich möchte mit dir am Strand liegen. Rotwein trinken, wenn die Sonne untergeht. Ich habe nächste Woche Geburtstag. Ich werde dreißig«, fuhr er fort.

»Oh, fast erwachsen«, neckte Dana ihn. Dreißig! Sie erinnerte sich noch so gut an ihren dreißigsten Geburtstag. Wie klein die Mädchen da noch gewesen waren!
Ein Urlaub zu zweit klang verlockend. Warum eigentlich nicht? Franziska war glücklich mit Mark, Emma war in Orlando, Charlotte ging es wieder gut und Katharina – die würde bestimmt nichts sagen. Sie hatte ihre Lektion gelernt. Und selbst wenn: Sie war schließlich frei in ihren Entscheidungen.
»Ja«, sagte sie und wandte sich ihm zu. »Ja, nächste Woche passt gut. Lass uns nach Südfrankreich fahren. Ich würde gern mit dir …«
Sie kam nicht weiter, weil er sie küsste. Wie ein Mann, der genau wusste, was er wollte: sie. Ohne Garantie, denn die gab es nun mal nicht. Vieles konnte passieren. Viel *passierte.* Leben war schließlich das, was geschah, während man eifrig dabei war, andere Pläne zu machen. Da hatte John Lennon völlig recht.
Aber Antonius' Kuss sprach von seiner Liebe zu ihr, die jetzt und morgen und nächste Woche und nächsten Monat uferlos war. Und mit an Sicherheit grenzender Wahrscheinlichkeit auch nächstes Jahr. Und das darauf.
Das reichte ihr persönlich fürs Erste völlig.

Epilog

An: Mama [danavanaken@online.de]
Von: Emma [wandering.star@gmx.de]

Hi Mom,

hab gerade von Kat erfahren, dass du und Antonius wieder zusammen seid und dass Melanie zugegeben hat, dass sie gelogen hat. Hammer! Finde ich gut. Ehrlich. Freue mich für dich. Bin gespannt, was Gordon sagt, wenn ich ihm davon erzähle. Wegen eures Alters und so. Die Amis spinnen ja manchmal ein bisschen.

Love & Kisses

Emma

PS: Aber eins ist ja wohl klar: Ich werde ihn NIEMALS Papa nennen!

Tania Krätschmar

Winterherz

Roman

Biologin Ella hat eine große Leidenschaft: Wölfe. Ihr großer Traum ist es, Hinweise auf die Tiere in der Schorfheide nordöstlich von Berlin zu finden. Auf einem ihrer Streifzüge lernt sie dabei den zurückhaltenden, geheimnisvollen Sander Engelbrecht kennen. Es beginnt mit einer kleinen Katastrophe – und entwickelt sich zu einer flammenden Romanze inmitten der Winterlandschaft. Aber Sanders heftige Abneigung gegen die Wölfe bedroht Ellas Glück. Sie ist fest entschlossen, ihn von sich und den Tieren zu überzeugen …

Knaur Taschenbuch Verlag

Julia von Droste

Die Seidenrose

Roman

New York 1907: Im Kosmetiksalon ihrer Tante Antonietta erlebt die junge Waise Mirella die faszinierende Welt des Luxus und der Schönheit. Nach Antoniettas Tod baut sie den Salon gegen viele Widerstände zu einem erfolgreichen Unternehmen aus. Als sie dann auf einer Feier den attraktiven Pferdetrainer Nick trifft und sich unsterblich in ihn verliebt, könnte ihr Glück perfekt sein. Doch Nick kann ihre berufliche Unabhängigkeit nur schwer akzeptieren, und so muss Mirella für ihre Liebe und ihr Glück kämpfen.

Knaur Taschenbuch Verlag